KB154769

루르몬트의 정원

고즈윈은 좋은책을 읽는 독자를 섬깁니다.
당신을 닮은 좋은책―고즈윈

루르몬트의 정원
금경숙 지음

1판 1쇄 발행 | 2010. 7. 15.

저작권자 ⓒ 2010 금경숙
이 책의 저작권자는 위와 같습니다. 저작권자의 동의 없이
내용의 일부를 인용하거나 발췌하는 것을 금합니다.
Copyright ⓒ 2010 by Keum Kyoung Sook
All rights reserved including the rights of reproduction
in whole or in part in any form. Printed in KOREA.

발행처 | 고즈윈
발행인 | 고세규
신고번호 | 제313-2004-00095호
신고일자 | 2004. 4. 21.
(121-819) 서울특별시 마포구 동교동 200-19번지 202호
전화 02)325-5676 팩시밀리 02)333-5980
홈페이지 godswin.com

값은 표지에 있습니다.
ISBN 978-89-92975-38-4

고즈윈은 항상 책을 읽는 독자의 기쁨을 생각합니다.
고즈윈은 좋은책이 독자에게 행복을 전한다고 믿습니다.

루르몬트의 정원

금경숙 지음

고즈윈
God's Win

　무한 자유와 과잉 규제가 얽히고설킨 나라, 차별 금지와 평등이 헌법 제1조인 나라, 세계에서 어린이가 가장 행복하다는 나라가 네덜란드입니다. 국민 대다수가 제 삶에 흡족해하지만, 우울증을 앓는 사람이 백만 명을 넘는다는 조사 결과도 있습니다.

　우울한 사람들에게 이 사회가 건네는 지침 몇 가지를 인상적으로 읽은 적이 있습니다. "나는 괜찮은 존재야."라고 자기를 긍정하라는 낯익은 충고로 시작해서 마지막은 이렇게 끝납니다.

　"물 위에 머리를 내놓아라."

　바다보다 낮은 땅에 사는 사람들에게 '물 위로 머리를 내놓는' 일은, 생존을 위협하는 바닷물이 밀어닥칠 때 여의치 않으면 아등바등 댈 것이 아니라 머리를 물 밖에 내놓고 살아 있기만이라도 해 두라는 말입니다. 삶이 물에 잠겨 허우적거릴 때, 우선 머리만이라도 물 위로 꺼내 놓고 하루하루를 지내다 보면 또 살아갈 방도가 생긴다니, 참 긍정적이고 현실적인 지혜다 싶습니다.

낮고 평평한 이 땅에서는 누구나 아래위 없이 함께 살아갑니다. 나만의 자기장으로 세상에 존재하는 법을 배우고 다른 사람의 자기장과 어떻게 교감할지 궁리합니다. 바닷물이 넘쳐 오면 머리를 물 위로 내놓고 손 맞잡을 수밖에 없으니까요.

그리 떠돌며 살아 본 적도 없는 제가 이 낮은 땅 네덜란드로 훌쩍 이사를 왔습니다. "나가는 직장을 그만두고 진정한 나를 찾아 길을 떠났다."는 사람들은 어쩜 그렇게 과감하고 결단력이 있는지요. 다른 길이라고는 꿈조차 꾸지 않았던 직장 생활을 정리하고, 사는 법을 깡그리 바꾸는 일은 호락호락하지 않았습니다. 그러던 어느 날, 아무리 날이 궂고 사나워도 빗속을 자전거로 달리고 날 개면 피울 꽃을 가꾸는 사람들이 눈에 들어왔습니다. 물 위로 겨우 머리만 내놓고도 이렁저렁 그대로 행복하다는 사람들이 보였습니다.

어리둥절했던 그 몇 해 동안 제 블로그나 일기장에서 뛰놀던 글들을 다시 돌아보며 썼습니다.

'루르몬트 일상'은 제 주변의 소소한 이야기들과 이 동네 사람들이 살아가는 모습을 담았습니다. 네덜란드 사람들이 사는 모양 한 조각 이라고 여기시면 됩니다.

'림뷔르흐 나들이'는 네덜란드 림뷔르흐 지방에서 자주 나들이 가 는 제 나름의 성소들입니다. 가까이 있는 파랑새를 찾는 기쁨을 나누 고 싶었습니다.

'네덜란드 걷기'에는 네덜란드에서 만난 그림, 건축물, 숲, 운하 등 이 담겼습니다. 이야기를 들려주는 풍경에 대해 말하고 싶었습니다.

여행기가 될지 타향살이 정착기가 될지 저도 모를 글입니다. 여행 작가들의 말을 빌리면, 여행기란 결국 일기가 된다고 하지요. 사는 일은 곧 여행이라는 말도 될 겁니다. 그 여행에서 끝내 만나는 건 사 람들이고 거기엔 저 자신도 들어 있음을, 원고를 마무리하는 지금 새 삼 깨닫습니다.

더듬이 끝에 걸리는 세상은 그 외연을 넓혀 갑니다만 언제나 그 중심은 내 한 몸 누인 곳입니다. 바람이 잦아든 밤, 정원에 나와 서면 꽤 그윽한 향기가 납니다. 이 비와 바람의 나라에 그새 저도 뜰 하나 짓고 산다는 이야기로, 한국에서 저를 지켜봐 주시는 모든 분들께 안부 전합니다. 손 내밀어 책으로 만들어 주신 고즈윈 편집부 여러분, 고맙습니다.

2010년 6월
네덜란드 루르몬트에서
금경숙

차 례

네덜란드 걷기

일러두기

네덜란드어를 비롯한 외래어의 표기는 현행 한글 어문 규정을 따랐습니다.

Netherlands

Amsterdam

Gouda

Delft

Nationaal Park De Hoge Veluwe

Nuenen

Limburg

Lottum

Baarlo

Thorn

Roermond

Maastricht

Valkenburg

chapter 1

루르몬트 일상

네덜란드 사람들에게 집이란 '내 왕국'이다.

내가 사는 집은 어떤 나를 드러내고 있을까?

이 장소에 이르기까지 내가 간절히 원했던 건 무엇이었을까?

동쪽 서쪽,
우리 집이.
제일.

 네덜란드로 이사 오기 전 내가 아직 한국에 있는 동안 집을 구하고 잠이나마 잘 만하게끔 단장하는 일은 순전히 토니 몫이었다. 어렵사리 구한 집의 거실 벽은 허리춤을 기준으로 위는 회색, 아래는 분홍색이라는 기괴한 조합으로 페인트칠되어 있었다. 아방가르드 카페나 지하 이발소 같은 분위기였다. 토니는 이 벽을 찍은 사진을 이메일로 들이밀며 페인트를 칠할 것인지 벽지를 바를 것인지 물어 왔다. 낡았지만 나무마루가 깔린 거실 바닥은 그대로 두기로 했으나, 헐벗어 시멘트를 드러낸 방바닥에 카펫이나 장판지를 까는 일을 결정하는 데 난감하기는 그도 나도 마찬가지였다.

이른바 '집 짓는 회사'에 다니며 남이 살 집에 대해서라면 밀리미터 단위로 고민하는 게 일이었으나, 정작 내가 어떤 집에 살고픈가는 그림도 그려 본 적이 없었던 것이다. 고민이라고 해 봤자 어느 동네에 살고 싶은지 또는 아파트와 단독주택의 호불호쯤이었을 게다. 혹은 아파트 평수라든가. 투자가치가 있는지, 학군이 좋은지 따위가 집을 고르는 취향인 사회에서 집보다 사무실과 술집에 있는 시간이 더 많은 삶을 살았고, 집이란 전쟁터에서 돌아와 잠시 쉬어 가는 곳일 뿐이었다.

취향대로 알아서 하라는 성의 없는 내 답변에 자신이 없었던지 토니는 무던하게 흰색 페인트를 칠했고, 잠자는 방 창에는 베이지 색의 두꺼운 커튼을, 바닥에는 장판지를 깔아 큰불은 잡아 놓고 있었다. 잔불을 끄는 데 걸린 서너 달 동안 우리는 지하실에 세 든 록 밴드처럼 또는 야영이라도 하는 모양새로 지냈다. 주문한 침대를 기다리는 한 달 반 동안 바닥에 매트리스를 깔고 잤고, 거실 창을 가릴 블라인드와 화장실 전등이 달리기까지는 몇 달이 더 걸렸다.

가게 문 닫는 시각이 저녁 여섯 시로 못 박혀 있으니, 마누라 없는 이 나라의 직장인들은 어떻게 밥해 먹고 사나 걱정도 분노도 하던 타향살이 초기였다. 뒤뜰에는 풍차가, 앞뜰에는 튤립이 만발한 앙증맞은 집에서 그림같이 살리라 생각하진 않았지만, 소비 권하는 IT 강국의 시민에서 한순간에 아프리카 원주민이라도 된 듯한 마음이었다.

원하는 물건을 찾는 데 드는 품과 고단함은 접어 두더라도, 이미 돈을 치른 물건이 내 손에 들어오는 데 걸리는 시간 개념을 재조정하며, 이케아IKEA(저가형 가구, 액세서리, 주방용품 등을 판매하는 스웨덴의 다국적 기업)의 인기란 저렴하고 실용적인 디자인 때문만이 아니라 그 자리에서 바로 물건을 가져올 수 있기 때문임도 깨달았다. 아무튼, 물건 하나 더 팔아 남는 이문보다 가족과 보내는 저녁 시간이 더 소중한, 다른 세상에 온 것이다.

표준규격과 거리가 먼 창문은 저마다 개성을 자랑하여 커튼을 달까, 가리개를 달까 하는 예쁜 고민을 할 겨를도 없이 크기만 맞는다면야 뭐가 대수람, 하는 간절한 마음으로 바뀌었다. 커튼 하나 사는 데 왜 이렇게 힘을 빼야 하는지 깊이 생각하기보다 타협을 빨리 배울수록 삶은 쉬워졌다.

네덜란드 주택은 도로에 면한 폭은 좁고 뒤뜰로 깊은 모양이 흔한데, 오래된 집일수록 이 좁고 깊은 세장비細長比는 커진다. 한 줄로 늘어선 '로하우스(저층 단독주택)'라면, 이 세장비가 클수록 집 안은 어두워져서 도로 쪽 벽은 죄다 채광창으로 내준다. 그렇거니, 창으로 집 안이 들여다보이고 창 아래 난방 라디에이터가 있어서 난방 효율 때문에라도 거실 창을 가리는 게 급한 일이었다.

종교개혁의 후예 네덜란드 사람들은 숨길 것 없이 떳떳한 삶을 보여 주기라도 하듯 이 커다란 창을 열어젖히고 지낸다. 건너편 집에 사람이 들고 나는 모양도 어연번듯이 드러나고, 그들도 우리 집에 손님이 있는지 밥을 먹는지 텔레비전을 보는지 훤하다. 집 안에서 행인과 눈이 마주치기도 한다. 한편, 이 열어젖힌 창의 창턱에는 화분이나 조각품을 놓아 꾸미기에도 열을 올리는데, 집 안으로 들어오는 시선을 가리는 구실도 하지만, 장식품이 바깥을 향한 걸 보면 행인의 눈요깃감이 그 목적인 듯하다. 가히 쇼윈도 같은 풍경이다.

이번 토요일에도 알맞은 물건을 사지 못하면 한 주 더 누드 상태인 집을 견뎌야 하며, 다음 토요일이 오더라도 다른 가게에서 마음에 드는 물건을 살 수 있다는 보장이 없다는 데 슬그머니 지쳐 가던 참이었다. 돈이 좀 들더라도 맞춤 제작 커튼이 차라리 낫지 않을까 하는 생각이 들었다. 수공으로 만든 커튼 가격이 몇 달 치 집세에 맞먹는다는 걸 몰랐을 때다. 게다가 제작 주문을 해 놓고 또 몇 주를 기다려야 한다니, 네덜란드 살림집 부엌 한구석마다 놓인 재봉틀이 이해가 되는 순간이었다. 재봉틀가게 앞도 기웃거렸다. 재봉틀 할인 광고가 나오면 잠시 마음이 흔들리기도 했다. 그러나 알맞은 물건을 살 수 없어서 또는 돈 아끼느라, 도무지 소질도 흥미도 일지 않는 재봉 일을 해야 한다는 아이디어가 그다지 유쾌하지 않았다. 하지만 누가 알겠는가? 몇 해 뒤에는 나도 커튼과 침대보를 내 손으로 직접 만들고 있을지도 모를 일이다. 그 밖에도, 삐죽 나와 있는 전기선에 램프 달기부터 전화와 인터넷 연결까지 걸린 시간과 분노와 정신 수양의 과정은 후략한다.

하릴없이 보내는 시간은 허송세월이므로 하루는 잘게 쪼개어 백분 활용하고, 그 주워 담은 시간에는 늘 뭔가를 하는 것이 삶의 효율이고 미덕이었다. 시간은 돈이니 편익-비용비를 높이려면 무엇이든 최단시간에 이루어져야 하며, 시간을 어떻게 관리하느냐에 따라 성공적인 삶에도 가까워질 수 있다는 데 누가 딴죽을 걸 수 있으랴.

그런데 이 나라에는 곳곳에서 시간 도둑이 출몰한다. 오전에 출발하는 비행기에 대려고 스히폴 공항에 가는 토니를 기차역까지 차로 태워 준 날이었다. 플랫폼에 들어섰을 때 스히폴행 기차가 연착된다는 안내방송이 나왔다. 얼마나 늦는지 정확한 시간을 말해 줄 수 있는 사람은 아무도 없다. 날씨처럼 예측 불허인 이 기차 말고는, 공항 리무진이라든가 시외버스라든가 하는 대중교통 수단이 없으니 달리 방법이 없다. 차로 스히폴 공항까지 데려다 주고 돌아오는 길도 역시 예측 불허였다. 고속도로에서 위트레흐트를 지나자 공사 중이니 우회하라는 안내문이 붙어 있었다. 우회란, 곧은길을 두고 에둘러 가는 것. 브레다와 틸뷔르흐를 거쳐 집에 왔는데, 이를테면 서울에서 경부 고속도로를 타고 내려오는데 대전-대구 구간이 공사 중이어서 진주를 거쳐 울산까지 오는 식이다. 차가 덜 다니는 이른 시간에 일하거나 한 차선씩 차례로 작업하지 않고 대낮에 고속도로를 막아 버리는 화끈함은, 시민의 불편함보다는 내가 잠자는 시간에는 일꾼들도 잠을 자야 한다는 가치 때문일 테다. (이 일을 주변 사람들에게 투덜댔다가 도리어, 왜 공사 구간을 미리 확인하지 않았느냐는 핀잔을 들었다. 이들은 길을 떠날 때 공지된 도로 공사 구간이 있는지 알아보고 나서, '계획을 세우고' 출발하는 모양이다.)

언젠가 쿠바에 다녀온 친구 크르트는 제 손으로 찍은 동영상을 보여 주며 "정말 신기하지 않아? 언빌리버블!"을 연발했었다. 고속도로에서 만난 소 떼 행렬이 지나가기를 차들이 기다리는 장면이었다.

"네덜란드랑 비슷하네. 우리도 골목에서 자전거 부대 만나면 다 지나갈 때까지 기다리잖아."

나라마다 도로에서 중요하게 여기는 것도 천차만별이다.

언제 올지 아실 이 없는 기차를 기다리자면, 초연한 낯빛을 한 다른 이들의 몫까지 더해져 분노는 갑절이 된다. 왜 저들은 화내지 않을까? 나는 사소한 일에만 분노하는 사람인가? 이건 사소한 일인가? 되풀이되는 문제를 왜 고치지 않을까? 나는 왜 화가 날까? 잃어버린 시간 때문에? 내 시간을 누가 훔쳐 가기라도 했나? 기차가 늦어진 시간만큼 손해 보상 받아야 하는 것 아닌가? 나는 어떤 손해를 봤나?

이 나라에서 시간은 공짜인가? 생각이 꼬리를 문다. 혹시, 이게 바로 '여유 있고 느린 삶'이란 것일까?

방하착放下着. 깨달음을 얻으려면 버리는 법을 먼저 배워야 하듯, 익숙한 환경을 떠나 낯선 땅에 자리 잡고 살기란 묵은지와 된장찌개를 못 잊는 그리움보다 더 짙게 몸에 밴, 속도와 효율이라는 개념을 미련 없이 내려놓는 일이었다. 더 나아가, 편리함이나 서비스와 같은 달콤한 말들도 잊어야 한다. 그것은 세상 어디나, 어느 삶이나, 그만의 리듬과 내적 논리가 있음을 뼈아프게 깨달으며 그 리듬을 감지하고 흐름을 타는 일이다. 그리고 이제껏 당연하다 여겨 왔던 모든 문명에 대해 겸손한 마음이 된다.

우리 집은 1946년에 지어진 한 지붕 두 세대의 임대주택이다. 네덜란드 어느 골목에나 즐비한, 벽돌로 된 이층 기와지붕 집이다. 두 사람 사는 집이니 조그만 아파트라도 무던하련만, 알맞은 아파트 구하기가 쉽지 않았다. 그럴싸한 아파트는 55세 이상을 입주 조건으로 걸거나 주택조합이 관리하는 공공임대아파트다. 이 공공임대주택 가격은 시중 임대료보다 훨씬 싸지만, 더는 새로 짓지 않는 데다 벌이와 식구 머릿수로 입주 순서를 정하므로 보통 살림살이라면 몇 해를 기다려도 얻기 쉽지 않은 형편이다. 거꾸로 말하면, 서민일수록 싼 집 얻기가 더 쉽다는 뜻이다. 네덜란드 살림집 가운데 4할 남짓이 임대주택이며, 그 임대주택의 4분의 3가량이 공공임대주택이니, 열 집 가운데 얼추 세 집 반은 저렴한 공공임대주택에서 집 없는 설움 없이 사는 셈이다. 그러나 기약 없이 몇 해를 기다릴 수 없는 우리 같은 사람

들은 몇 안되는 민간임대주택을 골라야 하니 입맛에 맞추기가 여간 어렵지 않다.

말이 나온 김에, 많이들 물어 오는 네덜란드 내 집 마련 형편을 잠깐 들여다보고 가자. 네덜란드중앙통계청 자료를 보면 2006년 취업 인구 한 사람의 월 평균 소득은 2,590유로이니 세금을 40퍼센트 낸다고 하면 1,554유로가 된다. 1유로 환율을 1,700원이라고 하면 약 264만 원이다. 평균 주택 가격은 240,000유로, 얼추 4억 원이 넘는다. 한국에서 잘 쓰는 방법으로 말하자면, 월급을 한 푼도 쓰지 않고 13년 동안 모아야 내 집을 마련할 수 있다. 임대주택은 유형, 규모나 위치 등에 따라 물론 천차만별이지만 거칠게 셈해서 600~800유로쯤을 월 임대료로 낸다. 그러니 외벌이 가정이라면 소득 대비 주택 비용이 얼마나 되는지 짐작할 수 있다. 그래서 벌이가 얼마 아래인 가정에 싼 임대주택 입주 자격이 있으며, 임대료 보조금도 준다. 결국 어려운 사람, 살 만한 사람 모두, 제 벌이에서 집에 들어가는 돈의 비율이 크게 차이 나지 않게 되어 사는 것도 어금지금해진다.

네덜란드의 공공주택도 다른 부문과 마찬가지로 신자유주의의 바람 탓인지, 정부가 나서서 싼 공공주택을 더 짓지는 않는다. 넉넉하지 못한 집은 임대료 보조금이라는 방법으로 주거 안정을 돕는 반면, 중산층에게는 임대보다 소유를 권하는 쪽으로 돌아선 탓에 해마다 임대주택 비율은 시나브로 줄어들고 있다. 집을 살 때는 세금 공제를 받을 수 있는 장기주택금융의 손을 빌리는데, 맞벌이가 아니면 집 사기 어렵다고 할 만큼 주택 비용 지출이 만만치 않긴 하나, 그것 역시 임대든 자기 집이든, 살 만한 집이든 가난한 집이든 비슷하게 겪는 일이다. 누구나 인간다운 환경에서 살 권리가 있고, 그 권리가 훼손되지 않도록 빈틈없이 짜인 시스템으로 내남없이 엇비슷한 집에 살고 있으니, 반지하 방에서 60평형대 아파트 사이의 사회 갈등 없이 고른 편이다. 다들 고만고만하게 사는 것이다.

어쨌거나 우리는 시청이나 주택조합을 거치지 않고 개인이 내놓은 셋집을 구했다. 집 열쇠를 한번 받으면 원할 때까지 우리 집처럼 살 수 있으며, 임대료를 올리는 일도 주인 맘대로가 아니라 나라에서 정한 요율에 따르는 터에, 임대주택은 안정적인 주거 형태로 자리 잡았다. 평준화가 지나치면 질적 발전이 어려운 것인지, 보통 사람들이 사는 그 고만고만한 집들은 한국 중산층의 주거 수준에 대면 썩 좋다고 할 수는 없을 테다. 네덜란드에도 집을 여러 채 가진 투자자들, 서울 강남 저리 가랄 만큼 비싼 집도 있으며, 집 없는 부랑자도 있다. 하지만 전 국민을 부동산 투기꾼이 아니면 세상에 뒤처진 바보로 만드는, 마치 17세기 네덜란드의 튤립 투기 같은 광기는 없다는 마땅한 사실은 탐탁하다. 집에 대해서만은 한껏 하향 평준화되어야 그 질적 수준이 높다 할 수 있지 않을까?

벌이에 따라 사는 동네가 달라지는 일이야 어디서나 있는 일이지만, 이 사회복지국가 네덜란드에도 뒤늦게 '소셜믹스(도시나 주거 단지의 개발에 있어 다양한 사회계층이 함께 거주하도록 하는 방식. 곧 중소형이나 대형 아파트, 분양과 임대 주택을 한 단지 안에 골고루 섞어 짓는 것을 이른다)'라는 개념이 등장한 덕택에 그간 슬럼화한 주거 단지를 철거하고 재건축하는 일이 벌어진다. 멀쩡한 집이 반값에 나와 있으면 여지없이 '안 좋은' 동네다. '안 좋은' 동네란 그저 좀 가난한 동네라는 뜻이 아니라 산뜻하지 않을뿐더러 범죄 발생률도 높아 더 스산한 동네를 말한다.

스리랑카에서 정치적 망명을 한 뒤 열다섯 해째 네덜란드에 사는 삼판탄은 이렇게 낙인찍힌 동네에서, 시에서 마련해 준 임대아파트에 산다. 혼자인데도 큰 거실과 방 두 개의 제법 넓은 아파트여서, 방 하나를 재임대 놓을까 하는 유혹도 받는다. (공공임대아파트의 재임대는 불법이지만 완전히 없는 것도 아니다.) 윗집의 부부 싸움으로 소란스러운 것 빼고는 잘 갖춰진 현대식 아파트라 흡족해하는 편이다. '노동허가' 없는 난민 신분인 삼판탄은 정부에서 생활 보조금을 받아 살아가는데, 그 돈을 쪼개어 스리랑카에 있는 아내와 세 자녀에게 보낸다. 손님 입맛에 맞지 않을까 봐 여러 요리를 상 비좁게 차린 스리랑카식 점심을 먹으러 갈 때, 이 동네 어귀에서 대낮이라도 무리 지어 어슬렁거리는 젊은 남자들을 만나면 조마조마해진다. 흔한 꽃 화분 하나 보이지 않는 을씨년스런 동네 분위기가 우리나라의 달동네와는 다른 풍경이다. 아파트에는 모국의 방송을 보려고 집집이 내단 위성 접시가 숲을 이룬다. 슬럼·게토가 되어 버린 동네를 '문제 지구'로 지정하여 주거환경개선사업을 벌이는 것이 현재 네덜란드 주택공간계획환경부의 주요 업무이기도 하다. 어디서나 소 잃고 외양간 고치는 일이 벌어지는 것이다.

빈촌이 있으니 부촌도 있다. 우리 동네 루르몬트가 한자동맹(13~15세기에 독일 북부 연안과 발트 해 연안의 여러 도시 사이에 이루어진 도시동맹. 해상교통의 안전 보장, 공동 방호, 상권 확장 등을 목적으로 하였다) 도시로 번성했던 시절, 돈깨나 만지는 장사꾼들이 살았던 고급 주택가가 그것이다. 19세기에 지어진 혜렌하위스에 사는 모로코 친구 파티마의 집에 커피 초대를 받아 간 적이 있는데, 높은 천장에 샹들리에가 반짝이는 전형적인 네덜란드 저택이었다. 폭보다 깊이가 다섯 곱절은 넘는 듯한 집 안에는 부엌, 식사 공간, 거실이 한 줄로 차례차례 놓여 있고, 거실에는 모로코 냄새가, 정원은 남편 취향으로 프로방스 느낌이 났다. 집 안 구경의 마지막 코스로 파티마가 보여 준 것은, 마당 한쪽의 벽돌 무더기. 담장에서 나온 백 년 묵은 벽돌들이었다.

친구를 만날 때도 잔치할 일이 있을 때도 집으로 손님을 불러들이는 네덜란드 사람들에게, 집이란 '내 왕국'이다. '동쪽, 서쪽, 우리 집이 제일.'이라는 속담은 어쨌든, 자기 집이 제일이라는 말이다.

집에서 걸어서 일하러 다니던 친구 남편 릭은, 회사가 자동차로 한 시간 거리인 에인트호번으로 옮겨 가자 집 근처의 다른 일터를 구했다. '이사보다는 이직'을 먼저 고려할 만큼 살던 곳의 관성은 크다. 릭 부부는 백 년쯤 된 낡은 집을 사서 주말마다 집수리를 하며 보내고 이제 겨우 숨을 돌리던 참이었다. 조금 부풀려 말하면, 한국에서 다른 직장을 구하는 일만큼이나 만만치 않은 것이 여기서는 이사하는 일이다. 먼 나들이를 곧잘 하고 세계를 제집 안방처럼 드나드는 '플라잉 더치맨*'들의 원심력은 이렇게 강한 구심력을 바탕으로 한다. 미셸 투르니에는 어디선가 집과 삶의 방식에 대해 붙박이 삶과 떠돌이 삶이라는 두 가지로 나눈 바 있는데, 그 잣대로 보자면 이들은 단연코 붙

* 신을 모독한 죄로 항구에 돌아갈 수 없게 되어 영원히 희망봉 근처나 북해를 떠다닌다고 하는 전설 속의 네덜란드 유령선. 오늘날에는 의미가 확장되어 대항해 시대의 해양국가 네덜란드를 상징하거나, 일반적으로 네덜란드 사람을 가리킬 때 사용된다. 바그너의 오페라 「방황하는 네덜란드인」은 이를 소재로 했다.

박이형이다.

　네덜란드의 집을 얘기하려면 '헤젤러흐_{gezellig}'라는 말을 짚고 가야
한다. '아늑한', '쾌적한', '기분 좋은', '편안한' 같은 좋은 뜻이란 뜻은
다 버무린 듯한 이 말은 네덜란드적 삶의 지표다. 현대적인 내부 장식
의 카페는 헤젤러흐하지 않고, 알맞게 어둑한 조명에 낡은 나무탁자,
갈색 천장의 카페를 헤젤러흐하다고 여기며, 한길가에 들어선 대형
매장보다 몇 대째 내려오는 골목의 조그만 가게를 헤젤러흐하게 생
각한다. 집에 대해서도 으레 '헤젤러흐'함이 제일가는 잣대다. 저마다
지닌 '헤젤러흐 미학'에 따라 누구라도 실내장식 디자이너같이 집을
가꾸고 산다. '헤젤러흐'는 영어로 옮기면 'cozy(아늑한)'가 가장 가깝
겠으나 'cramped(갑갑하게 비좁은)'라고 읽힐 수도 있다. 좋게 말하면
작은 것이 아름다운 것이고, 빈정대자면 비좁게 끼어 사는 것이다.

　사람 사는 집 모양새가 얼추 갖추어지자 주변에서는 우리 집이 얼
마나 헤젤러흐한지 궁금해하는 눈치였다. 실내장식에서부터 정원 설
계에 이르기까지 우리 집을 소재 삼아 얘기하고 싶어 했다. "어떤 스
타일로 단장했느냐?"고 물어 올 때는 잠시 대답을 골라야 했다. 집을
구하고 살림을 풀어 놓는 데, 어떤 취향이 들어갈 자리가 있었을까?
게다가 처음 살아 보는 이층집, 살림채보다 넓은 정원, 아니 정원보다
작은 살림채에 어리둥절해 있던 참이었다.

　사실 아래층의 거실·부엌 공간, 위층의 작은 방 셋과 욕실, 지붕
아래 다락, 지하실, 정원에 창고까지 달린 집은 누가 봐도 둘이 살기
에 작다고는 할 수 없을 테다. 하지만 네 개 층의 수직 공간으로 나뉜,
지하실에서 다락까지를 가파른 계단으로 오르락내리락하는 데는 적

응 시간이 필요했다. 거실은 거실대로 작고, 더욱이 욕실과 따로인 화장실은 변기 하나로 꽉 찰 만큼이어서 부엌과 함께 작기로는 막상막하다. 방은 또 방대로 작아 답답한데, 거실만 한 앞 정원과 그 갑절이 넘는 뒤뜰을 보면 왠지 억울하고 허망하다. 그런데도 우리 집에 놀러 온 사람들은 "정원이 멋지다.", "집이 헤젤러흐하다."는 찬사를 잊지 않으며 눈을 반짝였다. 자기 집이 제일이라는 건 그렇다 쳐도, 남의 집을 궁금해하는 마음은 대체 어디서 오는 걸까? 집은 그 사람을 비추는 거울이므로, 집주인에게 품은 인간적 호기심이랄 수 있을까?

공간이 수직으로 나뉘어 좋은 점도 있다. 몸을 많이 움직여야 하는 건 불편함이기도 하지만 '채 나눔의 미학'이라는 철학적인 면도 있는 것이다. 위층의 침실 공간과 아래층의 생활공간이 완전히 나뉘니 밤늦게 깨어 부스럭거려도 위층의 휴식에는 큰 영향을 주지 않고, 잠깐 얼굴 내비치고 위층으로 올라가 버리면 각자 손님이 왔을 때 프라이버시도 지켜진다.

한국에서 다니러 온 가족들은 저마다 다른 생각이었다. 무거운 청소기(한국의 경쾌한 청소기와 달리, 꽤 크고 무겁다)를 들고 가파른 계단을 오르내리는 걸 보고 친정엄마는, 이렇게 불편해서 어떻게 살림을 하느냐며 안쓰러워하셨고, 조카는 지하실에서 다락까지 계단 타기를 재미있어하는 통에 조심하라고 잔소리해야 했다. 녀석에겐 불편함이 아니라 재미라는 것이다.

지하실은 여러모로 쓸모 있는 공간이다. 여행길에 사 온 포도주를 보관하는 와인 저장고이며, 이따금 김치를 담그면 김치통도, 조금 오래 보관해도 좋은 과일이나 감자도 지하로 내려간다. 밥상이 단순하니 부엌은 가장 홀대받는 공간인데, 작은 부엌에 놓인 냉장고는 한국에서 혼자 살 때 쓰던 것보다 작다. 그러니 자주 장 보고, 음식이 남지 않게끔 조금씩 만들어 먹는다. 작은 냉장고가 선사한, 한국에서라면 도무지 몸에 배지 않았을 습관이다. 대용량 냉장고가 주는 편리함이 아쉬울 때가 잦았지만, 조금 더 바지런 떨어 절로 에너지를 아끼는 기분 좋은 불편함이다.

네덜란드 텔레비전 방송에 「도와줘요, 내 남편은 뚝딱이」라는 프로그램이 있다. 집 안 수리를 뚝딱 해치우는 수리꾼이 아닌 남편과 그 아내가 겪는 고초 등으로 버무려진 사연을 방송사에 보내면, 방송사는 그 상태가 심각한 가정을 찾아가 남편이 못다 한 집수리를 돕는다. 전등, 벽지, 바닥재는 물론이고 부엌과 욕실도 채 갖춰지지 않은 새집의 마감 공사는 입주자 몫이다. 욕조, 화장실, 세면대를 설치하고 타일을 까는 일은 꾸미기 수준을 넘어선다. 방송은, 온갖 건설자재가 쌓인 부엌 한구석에서 야영용 버너에 밥을 짓거나 싱크대에서 몸을 씻으며 사는 모습들을 보여 준다. 아내의 고통스러운 표정과 눈물도 함께. 다음 장면은 이 남편의 일터다. 엉망진창인 집 안 꼴을 찍은 사진과 남편의 얼굴로 안내판을 만들어 이 사람을 혹시 아느냐 물으며 다닌다. 이 사람이 이렇게 해 놓고 사는 것도 아느냐고 묻는다. 마침내 프로그램의 도움으로 남편은 몇 달 또는 몇 년을 미뤄 온 집수리를 끝내고 아내와 껴안으며 화목한 가정을 이룬다는 내용이다.

시청자들은, 남편의 게으름과 무능력을 나무라고 아내의 고충에 십분 공감하면서 극적 해결을 지켜보는 재미를 느끼게 되는데, 나는 어쩐지 재미보다 불편한 마음이 가시지 않았다. 집수리에 재주도 흥미도 없는 남편이 직장 일과 함께 집수리 공사를 직접 하기란 얼마나 힘들지 아무도 이해해 주지 않는 걸까? 분업화가 등장한 지 언제인데, 왜 전문가를 부르지 않을까? 직접 집수리하기를 즐기는 이도 있겠지만 아닌 사람도 있을 텐데, 이 나라에선 그 아닌 부류를 무능하다 여기는 건가? 그리고 그건 남편의 일인가? 그럼 아내는 요리도 잘하고 바느질도 잘해서 돈 안 들이고 뭐든지 쓱싹쓱싹 만들어 내는 솜씨를 가져야 되는 건가?

작가 프랜시스 메이스는 이탈리아 토스카나 지방의 한 마을에서 이백 년 된 농가를 고쳐 가며 두 번째 집으로 삼는데, 이 시골집을 만나 관계 맺으며 어떻게 자아가 확장해 가는지, 책『토스카나의 태양 아래에서』에 고스란히 담았다. 당신이 있는 장소가 당신이 누구인가를 말해 주므로, 장소를 선택하는 것은 미치도록 갈망하는 무언가를 붙잡는 일이며, 거기에 우연이 들어설 자리는 없다는 게 그녀의 깨달음이다.

누군가에게 집은 재산을 늘리거나 젠체하려는 욕망이고, 누군가에게는 비바람 피해 가는 둥지고 동굴이다. 홀홀 털고 떠날 수 있는 사람이 있는가 하면, 한곳에 지긋이 머물고 싶은 갈망 덕분에 사는 곳이 나와 하나가 되어 버리는 사람도 있다. 그렇거니, 집이란 그 사람의 취향만이 아니라 자아의 반영이라는 데 고개를 끄덕일 수밖에 없다.

내가 사는 집은 어떤 나를 드러내고 있을까? 이 장소에 이르기까지 내가 간절히 원했던 건 무엇이었을까?

꽃으로.
말해요.

 "올해는 정원에 뭐 심을 거니?"
오렌지와 초록색 체크무늬 테이블보 위에 커피 잔을 내려놓으며 물으신다.

"제라늄하고 나팔꽃으로 할까 해요. 마마는요?"

"옳아, 저 알아서 잘 크고 예쁜 꽃들 골랐네. 난, 달리아 키가 너무 커서 히비스커스 뒤로 옮기고 장미 몇 그루 더 심을 거야."

곧 봄이 온다. 긴긴 겨울이 지나고 봄이 온다.

언젠가는 오실 터인데 기다림에 지쳐 원망만 쌓여 갈 즈음, 잠깐 햇볕이 난다. 봄옷 입고 외출했다 찬 바람 맞고는 분한 마음으로 돌아오고, 치웠던 전기장판을 다시 깔게 되는 시기. 야속함에 마음만 다쳐 가는 시기. 그럼 그렇지, 아직 안 오시나 보다며 우중충한 겨울옷과 두꺼운 이불을 다시 꺼낸다. 애써 잊고 지내다, 나 왔어, 하며 등을 툭 치는 손길에 돌아보면 세상은 온통 봄이다.

아침에 일어나면 커피 내릴 물이 끓는 사이에 마당부터 나가 본다.

밤새 나처럼 웅크리고 잠잔 꽃들과 인사한다. 봄맞이 채비를 하는 이월의 정원에는 흙 사이로 근질근질 가장 먼저 크로커스가 올라온다. '나는 언제나 당신을 기다립니다'라는 꽃말처럼, 행여 올해는 봄이 어서 오지 않을까 앞세우는 내 마음 같다.

삼월은 아직 시린 손 비벼 가며 바이올렛을 심고, 히아신스, 무스카리, 수선화 같은 알뿌리 화초가 집집이 등장하는 즈음이다. 한 해 내내 땅속에 웅크렸다가 고작해야 이레쯤 꽃 피우고 마는 히아신스는 분홍, 쪽빛, 남색의 고운 색깔과 황홀한 향기로 긴 겨울에 지친 마음을 달래 준다. 알뿌리 꽃에 기댈 만큼 마음이 얼어붙기도 하는 때다.

이 집을 구했을 때 토니는 정원이 깊은 데다 작은 연못까지 있다며 좋아했지만, 한동안 사람이 살지 않아 정글 같았던 정원을 보고 나는 일 걱정이 앞섰다. 차라리 집을 좀 더 크게 지을 일이지 조그만 살림채보다 더 큰 정원이 뭐람.

거실에서 내다보이는 연못에는 새들이 와서 목을 축이고 목욕까지 하는지 요란하게 파닥거린다. 나뭇가지를 옮겨 다니며 방울사과를 쪼는 새들은 빤히 쳐다보면 저도 시치미를 뗀다. 마당에 드나드는 고양이는 눈이 마주치면 "네가 이 집 주인이냐?" 하는 얼굴인데, 새들은 곁눈질하면서도 못 본 척한다. 까마귀밥처럼 몇 남은 방울사과가 끝물이면 한해살이 꽃을 심어도 좋은 봄이다.

정원이라고는 시멘트 포장된 마당의 담장 밑에 흙을 채운 나무궤짝을 놓고, 노랫말처럼 아버지와 채송화 씨를 뿌렸던 기억이 전부다. 아직은 흙바닥이었던 골목길과 동산에 놀던 꼬맹이 때의 희미한 기억

속에는, 소꿉놀이 반찬으로 쓰던 호박꽃, 패랭이꽃, 밥 먹으러 가야 할 시간이 넘어 버린 어스름에 피던 달맞이꽃의 이름이 남아 있고, 아카시아 꽃향기로 천지가 진동하던 꽃멀미의 기억이 있긴 하지만, 꽃 이름조차 컬러 대백과사전에서 익힌 몇 가지가 알고 보면 전부인 나는 도시 촌뜨기다. 그래서 장미와 백합이나 구별할까, 들꽃을 비롯한 식물에 대해라면 무식하기 그지없다.

네덜란드살이가 얼마 되지 않았던 십일월의 어느 날, 토니 어머니와 누나 윌리는 이듬해 봄에 필 알뿌리를 지하실에서 꺼내 와 심고 계셨다.

"너희는 어떤 걸로 심을 거니?"

우리 집의 '내년도 상반기 구근 종합계획'을 묻는 말이, 이번 주말에 뭐할 거니 하는 투다.

"좋아하는 꽃 있으면 몇 개 가져가거라." 하며 쪼그라든 양파와 고구마 같은 알뿌리가 담긴 봉지를 내미신다.

"그럼, 튤립 주세요." 내가 아는 유일한 알뿌리를 몇 알 얻어 와 무심히 심었던 것이 아직 쌀쌀한 사월에 흙을 비집고 올라온다. 비밀처럼 숨어 있다 때 되면 꼬박꼬박 꽃대를 올리는 모양이 신기해서 나도 알뿌리 한 봉지를 사다 심었다. 글라디올러스, 달리아, 아마릴리스……. 이젠 제법 키 높이도 맞추고 색깔도 어우러지게 고를 줄 안다.

토니가 나고 자란, 지금 어머니가 살고 계신 집에는 무궁화가 몇 그루 있다. 그 가운데 토니 아버지가 돌아가시기 한 해 전에 심었다는 나무에 유독 예쁜 무궁화가 핀다. 한국을 상징하는 꽃이라고 하니, 생

전 뵙지도 못한 분이 선견지명이 있으셨나 보다는 말을 들었다. (히비스커스라고 불리는 무궁화는 네덜란드에서 흔한 정원수다.) 어릴 적 아버지와 함께 만들었던 그 사과 궤짝 화단이 떠올랐다. 아버지와 함께 심은 나무가 뿌리를 내린 집이란 참 따뜻하겠구나 싶었다.

지역신문 더 림뷔르허르에, 나무에 팔 하나를 짚고 기대선 고뇌 가득한 얼굴을 한 남자 사진과 함께 이런 기사가 실렸다.
누군가 정원의 나무를 독살했다.
피살된 나무 세 그루는 아이들이 태어날 때마다
기념으로 한 그루씩 심은 것인데,
누군가가 주사한 독극물에 그만 죄다 죽어 버렸다.
경찰도 범인을 찾지 못했고, 피해자는 짐작 가는 이조차 없다고 한다. 세 아이와 함께 자랐을 나무를 누군가가 죽였다는 것도, 그만큼 앙심을 품은 사람이 있다는 것도 끔찍하지만, 원한을 푸는 방법도 참 기이하다. 직접 사람을 해치지 않은 것만도 다행이다 싶지만, 가만 생각해 보면 오싹해지는 일이다.

밤 기온이 영상으로 올라가는 사월 중순 무렵, 우편함에는 화초 광고지가 늘어 간다. 꽃밭 말고도 정원 테이블이나 마당 한구석에 놓을 한해살이 꽃을 구상하는 시기다. '은퇴하다', '정년퇴직하다'는 뜻으로 '제라늄 뒤에 앉다'라는 네덜란드 말을 자주 듣는데, 일선에서 물러나 제라늄 꽃이 있는 집에 머무르며 조용한 노년을 보낸다는 소리다. 은자의 꽃 국화도, 네덜란드 대표 꽃 튤립도 아닌 제라늄이 은퇴

한 노년을 상징하는 꽃이 된 까닭은, 집집이 제라늄이 가장 흔한 탓일 테다.

제라늄은 한여름에 집을 비워 며칠 물 주기를 걸러도 꿋꿋이 잘 자라는 데다. 탈 듯이 붉은색이 벽돌집에 잘 어울린다. 한해살이 꽃으로 첫해에는 내가 좋아하는 데이지와 마그리트를 심었는데, 눈에는 고우나 햇볕에 약해서 정성으로 물을 줘야 하는 데다 벌레도 많이 끓어 가을까지 버티지를 못했다. 하루만 집을 비워도 그새 말라 비틀어져 갈 마그리트 생각에 마음이 편치 않았다.

화장 안 한 민얼굴처럼 담백한 네덜란드 건물을 한결 화사하게 하는 것은 집마다 발코니에 내건 제라늄이나 나팔꽃 화분이다. 꽃이 없다면, 유리창을 캔버스 삼아 오브제처럼 놓인 앙증맞은 조각품이 없다면, 골목은 지루하고 싱거운 벽돌집 풍경에 그칠지도 모른다. 이런 존재미학은 도시 미관이나 마을 가꾸기 같은 공동체적 가치가 아니라 내면을 향해 있다. 남의 눈길이 아니라 나만의 그윽한 만족을 위해 날마다 쓰다듬고 매만지며 옷매무새를 살피는 것이다.

튤립이 꽃술을 드러내며 벌어질 즈음엔, 목련이 터지고 벚꽃도 날린다. 햇빛이 적고 비바람은 많아서인지 꽃나무에서 피는 꽃들은 탐스러움이 덜하다. 바라보고 있으면 마음 어디 둘 줄 모르게 흐드러지지도 않고, 제대로 피어나지도 않았으니 처연히 지지도 않으며, 은근히 왔다가 슬쩍 가 버린다. 나, 꽃이에요, 하며 손들고 도드라지는 튤립 같은 꽃을 좋아하게 된 까닭은 그래서가 아닐까?

겨우내 정원으로 새들을 불러들였던 사과나무에 복사꽃처럼 화사

하게 피었던 사과 꽃이 지고 있다. 연못에는 노란 창포와 주홍색 나리가 꽃봉오리를 맺고 대기 중이다. 보라색 매발톱꽃도 그 수가 늘어나 자리를 좀 옮겨 주었더니 올해는 연분홍으로도 핀다. 어쩌면 지난해에 눈치채지 못하고 지나쳤는지도 모르겠다. 새로 칠한 하늘색 나무 대문 위로는 분홍색 장미가 막 터질 듯 때를 기다린다.

어떤 식물이 숨어 있는지 채 모르는 데다 잡초인지 화초인지 꽃이 피기 전에는 알 도리가 없어서 첫해엔 그저 정원을 바라보기만 했다. 잡초 같아 뽑아 버릴까도 했던 배추 잎같이 거친 풀에서는 예쁜 종을 매단 '요정의 골무(디기탈리스)'가 올라오고, 선홍색 제라늄도 오월부터 초겨울까지 피고 지고 피고 진다. 그 옆에서 우단동자도 질세라 고개를 내밀었다. 여느 때는 볼썽사납게 서 있는 수국도 칠월이면 화사하게 꽃이 필 것이다. 아무 데서나 삐쭉 올라오는 접시꽃도 주인을 잘못 만나 뿌리 뽑힐 뻔했다. 조금도 장미처럼 생겨 먹질 않았는데 '로제아Alcea rosea'란 꽃이 여름 내내 필 거라더니 꺽다리 접시꽃이었다.

'파라다이스'는 본디 '담장으로 에두른 뜰'이라는 뜻이 있는 말이다. 평화와 만족이 가득한 그 뜰을, 사람들은 더할 나위 없이 행복하고 아름다운 곳, 이상향으로 생각하지 않았던가? '담장 안의 뜰'이란 곧 '정원'이거니, 집은 나의 왕국이요, 정원은 나만의 낙원인 셈이다.

며칠 전에 김을 맨 화단에 어느새 잡풀이 돋았다. 이 풀들은 대체 어디서 오는 것일까? 어디선가 생겨나 떠돌다가 바야흐로 땅에 자리 잡으려는 풀을 냉큼 뽑아 버리기가 참 매정한 짓이다 싶은 것은, 잡초와 잡초 아닌 것의 경계도 희미해서 어느 틈에 꽃도 피우고 풀 냄새도 피워 대는 까닭이다. 잡초 자라나는 속도가 무서울 지경이 되면, 저도 목숨인데 놔두자며 마음을 접어도 본다. 그러다 누가 이기나 내기하듯 다시 김을 매면서, 내가 이런 미물과 경쟁하는구나 하는 생각에 스스로 측은해진다. 또 뿌리를 박을 걸 애써 뽑아내면 뭘 하나 허무함도 인다. 그러면 어차피 죽을 걸 뭐하러 아등바등 사나 하는 근원적인 결의로 다시 정원에 쪼그리고 앉는다. 그래, 이렇게 자라는 게 네 처지이고, 내가 뿌린 것들을 위해 널 솎아 내야 하는 게 내 처지라고 거듭 마음먹는다. 이윤기 님의 말처럼 "어떤 밭에서는 나도 필시 잡초일 터"이지만, 그리고 내일이면 다시 어디선가 날아온 풀들이 자리 잡을 테지만.

남의 집 앞마당에서 그 집주인을 읽어 내는 건 편견일까? 집 앞 골목 모퉁이 집에는, 잔디는 잡풀 하나 없이 막 깎은 듯 깎여 있고 가장자리 꽃밭은 철마다 꽃이 바뀐다. 저 집에 올해는 어떤 꽃을 심으려나 하고 보면, 여지없이 초봄에는 바이올렛(보라색으로만), 여름에는 붉은 샐비어다. 말쑥한 차림의 할아버지가 베레모를 쓰고 정원 일을 하신다. 신발은 나막신이다.

동네 한 바퀴만 돌면 회양목으로 실현한 정원 기하학, 영국식 야생 정원, 트렐리스(덩굴식물이 타고 올라갈 수 있도록 한 울타리)와 아기 천사, 난쟁이 요정들의 세계를 다 만난다. 네덜란드식 정원은? 굳이 나누자면 수국, 튤립, 바이올렛 따위의 여러 화초를 아무렇게 섞어 놓는다. 벽돌 블록이나 자갈을 깔고 벤치와 화분 몇만 놓은 초간단 정원은 맞벌이 젊은 부부가 있는 집일 것이다.

언어학교 수업 시간, 정원을 주제로 하는 표현을 익힐 때였다. 양 옆집의 아름드리나무에서 우리 집 연못으로 낙하한 이파리들 걷어 내기가 고단하지만, 옆집 장미 넝쿨도 우리 집으로 다 넘어온다는 얘기를 했다.

"무슨 장미인데?"

"아주 큰 살구색 꽃송이인데……."

선생님은 이름도 잊어버린 그 장미 이름을 알려 주며 또 묻는다.

"무슨 장미 좋아하니?"

장미라면 분홍색 장미, 검붉은 장미, 노란색 장미같이 색깔로 나눌 줄밖에 모르거니와 어떤 장미가 좋은지는 생각해 본 적이 없다. 다들 장미광인가? 그날은 장미의 종류별 관리법에서 여러 향기에 이르기까지, 장미 이야기만 하다가 선생님이 근처의 장미마을을 소개해 주는 것으로 장미 수업이 끝났다. 장미 하면 영국이지만, 세계에서 가장 많은 종류의 장미를 생산하는 곳은 네덜란드라고 장담까지 한다.

한국을 떠나와 네덜란드에 도착한 날, 공항에 마중 나온 토니는 장미 한 송이를 들고 있었다. 십일월의 네덜란드는 한국보다 기온이 낮달 수 없는데도 훨씬 더 춥게 느껴지는 날이었다. 네덜란드와 한국이라는 먼 거리를 한 해에 몇 번씩 오가며 이메일로 전화로 계속된 관계는 우여곡절이 많았지만, 네덜란드에서 한번 해 보자는 결심으로 이어졌다. 그 몇 해 동안 토니는 한국에 올 때마다 여자들이 좋아할 만한 목걸이나 향수 같은 선물을 빠뜨리지 않았고, 네덜란드에서 인터넷으로 주문한 꽃바구니를 보내곤 했다. 주는 사람이 기대하고 설레는 만큼 받는 사람이 감동할 만한 선물은 아니었어도 내색하지 않고 내버려 둔 데는, 그 일에도 유효기간이 있으리라는 셈도 있었다. 물어보고 사라거나 좀 창의적이 되어 보라 다그친 탓인지, 예상대로 다른 선물은 줄었지만 지금도 변함없는 건 꽃을 주는 일이다.

제2의 고향이 될 수도, 한동안 머물다 가는 곳이 될 수도 있는 낯선 나라, 낯선 마을, 낯선 집에 짐 가방 두 개를 들고 도착했을 때, 자그마한 거실은 꽃 천지였다. 토니 가족들은 꽃병까지 사서 저마다 꽃다발을 꽂아 놓고는 '웰컴 홈'이라고 적힌 카드로 맞아 주었다.

선물이나 한턱내는 씀씀이는 박해서 구두쇠 소리를 듣는 사람들이지만, 꽃 인심만큼은 넉넉하기 그지없다. 집 안에 꽃이 있어야 '헤젤러흐'하다 여기는 토니 어머니는 손사래를 쳐도 꽃을 더러 주시는데, 두 다발을 사면 깎아 주는 슈퍼마켓 제철 꽃을 사서 한 다발 건네거나 정원에서 꽃을 꺾어 오신다.

커피 마시러 가면, 집에 꽃 있니? 정원에서 꽃 좀 꺾어 가렴 하시는데, 손수 키우신 걸 잘라 내기가 편치 않아, 됐어요 하고 그냥 온다. 오늘은 잠깐 나갔다 온 사이에 정원에서 빨간색과 흰색 달리아를 꺾어 한 다발 탐스럽게 두고 가셨다. 집 안에 꽃이 있으니 역시, 헤젤러흐하다.

로테르담에 사는 토니의 조카 에릭이 상급학교에 가게 되어 할머니께 인사드리러 온 적이 있었다. 각별한 조카 녀석이라 용돈이나 줄까 하고 들렀더니 한 아름 꽃다발을 할머니께 가져왔다. (대학생이 되는 조카에게 토니는 30유로를 봉투에 넣어 주었다. 더 넣으라고 우기지 않았으면 훨씬 가벼운 봉투를 건넸을 것이다.) 그러고 보면 토니의 꽃 선물도

남다른 로맨틱이라기보다, 우리로 치면 남의 집에 빈손 대신 과일 한 봉지 들고 가는 이치다. 식사 초대에도, 축하할 일이 있을 때도, 고마운 마음을 전할 때도, 꽃이다.

　나보다 먼저 일어난, 동네의 주인 없는 검정박이 고양이가 연꽃 꽃대를 주둥이로 젖혀 가며 연못 물을 마신다. 등을 맞댄 정원들이 절로 잘 연결된 생태 네트워크가 되어, 살아 움직이는 것에 놀라는 일도 흔하다. 창문을 열어 놓으면 그 온갖 생태계가 방 안을 드나들어서, 같이 산다고 할 만한 거미는 아예 내버려 두는 지경이다. 난생처음 보는 고슴도치란 짐승도 우리 집 마당을 공유한다. 쥐일까 두더지일까, 빤히 보고 있으니, 저는 내가 더 무서운지 안 움직이는 척 가만있다가 머리만 담쟁이덩굴로 밀어 넣는다. 커다란 엉덩이는 다 드러낸 채로. 고양이처럼 도도한 녀석일지, 보기엔 가시투성이지만 사람 눈치를 보는 순한 녀석일지 알 수가 없다.

　짐승이면 덮어놓고 무서워하는, 도시내기의 촌스러운 모습은 집 밖에서도 마찬가지다. 집 근처 자연공원에서 숲과 황야 사이로 난 오솔길을 걷다가 야생마를 만났다. 만났다기보다 풀을 뜯는 야생마를 지나가야 했다. 두리번거리며 쩔쩔매다가 끝내는 못 본 척하며 숨죽여 지나는 내 모양이 영락없이 우리 집 마당의 고슴도치다. 야생마 두 마리 사이를 지나는 그 찰나에는 산에서 곰이라도 만난 듯 가슴이 뛰었다. 곰이라면 죽은 시늉을 해야 한다는 것쯤은 주워들은 바가 있으나 야생마에 대처하는 방법은 누구도 가르쳐 주지 않았으므로. 낯선 사람 향해 짖어 대는 걸로 주인에게 충실한 개에게도 얕보이면 안 된다

는 것쯤은 알지만, 곁눈질을 하는 말들에게는 위풍당당한 척이 나을
지 저보다 약한 체를 해야 하는지 도무지 알 수가 없다.

어느새 연꽃이 피었다. 지난해엔 잎사귀 구경만 살짝 하고 말았는
데, 줄기를 솎아 주었더니 꽃대가 제법 여러 개 나왔다. 그 사이로 역
시 해마다 수를 늘리는 물고기들.
그리고 아침 기지개 켜다 나누는 대화.
"연꽃 핀 거 봤어?"
오후에 비라도 오면,
"연못의 물고기들 시원하겠다."
토니 어머니네 커피 마시러 가니 어디서 들으셨는지,
"연못에 연꽃 폈다면서? 예쁘겠다." 하신다.
마당에 새로운 꽃 피는 게 '뉴스'인 생활에 적응되어 가는 중이다.
오늘은 옆집으로 훌쩍 넘어가 버린 담쟁이덩굴을 잘라 내야겠다.

이방인과.
시민의.
경계.

 직장을 그만두고 편도 항공권으로 네덜란드행 비행기를 탄다는 말에 주변 사람들의 반응은 두 가지였다. 잠시 여행 가는 사람 취급하거나 아예 다시 못 볼 사람처럼 서운해하는 것. 전쟁 같던 하루하루의 직장 생활도 그젠 익숙한 일상이었으므로 거북이가 제 몸의 일부가 되어 버린 등껍질을 떼어 내기라도 하듯 아프기도 했지만, 삶의 다른 장이 시작되려 한다는 어렴풋한 기미를 느끼던 때였다. 삶의 서론을 겨우 끝내고 본론에 이제 막 들어선 즈음이라는 사실이 딱딱해진 거북 껍질보다 더 섬뜩했다. 여기가 아닌 저기가 좋아 보이고 먼 곳을 꿈꿀 때는 먼저 나를 돌아보아야 한다. 내 삶의 어디가 막혀 있으며 내가 어떤 물줄기를 타고 있는지, 자연스레 둥둥 흘러가고 있는지, 떠내려가지 않으려 안간힘 쓰고 있는지, 엉뚱한 목적지에 닿는 물줄기는 아닌지, 의심이 많아지던 즈음을 그렇게 지나왔다.

여행이라도 떠나는 듯 보내 주던 사람들은, 몇 해 살다 오겠지, 라고 생각했는지 휴직하면 어떠냐는 조언을 해 주는가 하면, 어떤 사람들은 배 타고 태평양 건너 외국 가던 시절처럼 한번 가면 영영 이별인 듯 아쉬워하기도 했다.

"젊을 때야 몰라도 너, 외국에서 평생 살 수 있을 거 같니?"라는 염려에는,

"좀 살아 보고, 아니다 싶으면 다시 오는 거지 뭐." 하고 헛장담도 했지만, 그 어느 쪽도 간단하지 않다는 걸 모를 만큼 젊지는 않았다. 하지만 마음먹으면 간단하지 않을 건 또 뭐 있나. 한두 살 먹을수록 늘어 가는 소심함만큼 무모함도 커진다.

그렇게 조금 멀리 이사를 왔다. 우리는 모두 지구별 여행자라는 관점에서 보자면, 제법 긴 호흡의 '상주적 여행자'가 된 셈이다. 날마다 예상치 못한 상황에 맞닥뜨려야 하고, 내딛는 걸음이 미지의 세계라는 점에서는 장기 배낭 여행자와 다를 바 없다.

지나가는 여행자의 처지와 외국 땅에서 생활인으로 살아가는 것이 얼마나 다를지 재어 보지 않은 것은 아니다. 아서라, 손을 내젓던 지인들에게는 "사는 건 어디나 마찬가지 아니겠어?" 하고 일축하곤 했지만, 사는 모양은 얼마나 다른가? 같은 땅 위에, 같은 하늘 아래 살아도 똑같은 삶이 없는데, 물 다르고 사람들 숨결도 다른 땅에 사는 일은 제법 심각한 차이가 있을 테다. 하지만 어느 하늘 아래서건 두 발로 땅을 딛고 서야 하고, 사람살이에서 겪어야 할 풍랑을 맞아 너울을 타야 하는 것은 어디서나 마찬가지일 테다.

출구는 곧 다른 어딘가의 입구라고 하지 않나. 잘할 수 있을 거야, 라는 축하와 격려를 마음에 아로새기며, 다른 어딘가의 문을 연다.

"우연은 논리적이다."

네덜란드의 전설적인 축구 선수이자 코치였던 요한 크라위프가 남긴 어록 가운데 하나다. 우연히 또는 인과에 따라 이 나라에 발을 들인다는 생각에 이르게 되자, 풍차와 튤립, 하이네켄과 반 고흐에 머물렀던 이해를 좀 넓혀 볼까 하고 네덜란드를 다룬 책 몇 권을 읽었다. 한국어로 펴낸 네덜란드 관련 서적은 손에 꼽을 만큼이었고, 네덜란드어에 관해서는 사정이 더 좋지 않았지만, 나라는 작으나 안정된 복지국가이며 외국인이 살기에 나쁘지 않은, 개방적인 나라라는 정도는 알 수 있었다. 여자에게만 적용되는 다른 행동 양식이 있다거나 인종 차별이 심하다거나 거리에 총격전이 난무한다거나 하는 나라였다면, 우연은 필연이 되지 않았을지도 모른다.

한국 시장에 얼굴을 내민 여러 나라들 중 네덜란드는 미국, 영국, 일본에 이어 네 번째로 많은 투자를 하는 나라이며, 유럽으로 내다 파는 한국 물건에서 독일에 이어 두 번째로 많은 양이 네덜란드로 가는데, 무역에서는 한국이 네덜란드와 꽤 수지맞는 장사를 하고 있는 등 두 나라의 교역이 이렇게 활발한 줄은 훨씬 나중에 안 사실이다.

여기서 한번 살아 보겠노라 거주신고를 한 며칠 뒤에, 시청 담당 부서에서 보낸 편지를 한 통 받았다. 언어학교에 가야 하니 인터뷰를 하러 오라는 내용이었다. 집 밖에 나갈 때는 지도를 손에 쥐고 다니던 시절이어서, 토니는 하루 휴가를 냈다. 공문으로 통지받은 약속 시간에 약속 장소로 찾아갔다. 그런데 루르 강변에 있는 시청 별관의 안내실 직원에게 들은 말은, 담당자가 아파서 결근했다는 것이었다. '그게 끝인가요?' 하는 얼굴로 "그래서요?" 하고 물었더니, 직원은 어깨를 으쓱하고 만다.

공문까지 보낸 담당자가 결근이라면, 대체 근무자는 없는 걸까? 약속한 민원인에게 약속이 취소되었다고 전화로 알려 줄 수는 없었을까? 오늘 하루 우리가 허탕 친 것은 누구에게 보상받나? 토니는 하루 휴가까지 냈는데……. '어깨 으쓱'은 내가 하고 싶은 몸짓이었다. 다시 약속이 잡히고 편지를 받기까지 족히 한 달은 걸릴 터였다. 강바람이 얼음 조각처럼 아프게 와서 부딪치는 겨울날이었다.

분노 또는 황당함으로 뒤범벅된 불편한 마음을 삭이려고, 몸이 아파도 일정 때문에 억지 출근해야 했던 시절을 곰곰이 떠올려 본다. 나 하나 빠진다고 회사가 망할 리는 없지만, 아픈 몸보다 회사 일정이 더 중요하므로 동료에게 돌아갈 부담을 생각하면 중병이 아닌 다음에야 쉽게 결근할 수 있는 회사원은 한국에 없을 것이다. 민원인을 조금 배려해 줄 수는 없었을까 생각 들면서도, 이것저것 잴 것 없이 마음껏 아플 수 있다니 참 좋구나 싶었다.

위아래는 없지만 관료는 있다는 네덜란드 사회의 관료주의는 알고 보니 누구라도 늘 겪는 일이었다. 5분 전화 통화면 끝날 일을, 언제 어디로 오라는 편지를 몇 주 전에 보내어 꼭 대면해서 일을 처리한다든가, 한 부서의 담당자 둘이 민원 하나에 각각 다른 공문을 보내온다든가 하는 일은, 정보통신 강국의 전자정부 아래에서 시민으로 살던 내게는 참으로 진기한 풍경이었다. 한국에서 전산 발급받은 증명 서류를 보고 원본을 가져오라는 공무원에게 전자문서에 대해 강의하기도 했다. 같은 사안을 놓고 창구 직원마다 '내 생각에는', '내 의견으로는'으로 시작하는 주관적 업무 처리 지침을 들이댈 때면 "당신 생각이 뭔지는 알 바 없으니 규정이 뭔지 알려 달라."고 요구해야 했다. 다음 날은 또 다른 담당자가 "내 생각에는……" 하며 다른 서류를 요구하기 일쑤였지만. (어떤 일을 대하든 제 의견을 또렷이 밝히는 것이 미덕이라 교육받으며 자란 때문이라고 토니는 분석해 주었다.)

관공서 일 보느라 하루 휴가를 내는 수많은 직장인들의 노동력을 생각하면 전화나 이메일같이 일반화한 문명의 이기를 쓸 법도 한데, 일한 근거를 남기기 위해서일까, 그저 이대로가 좋을 만큼 그저 게으른 것일까, 편지를 주고받는 전통은 바꿀 생각이 없어 보인다. 공무원에게 No라는 대답을 들었다 해도 곧이곧대로 받아들여서는 안 되며, 자료와 근거를 들어 가며 Yes라는 답이 나올 때까지 끈기 있게 호소하고 설득해야만 시민으로서 행정 서비스를 받을 수 있다는 것도 배웠다. (어떤 일에 대해서든 내 의견을 또렷이 밝히는 것 역시 시민이 갖춰야 할 덕목이다.) 시간이 넉넉하다면 마음 비우고 기다려도 좋지만, 담당 공무원이 약속한 업무 처리 기간을 넘어설 때는 강하게 '어필'하면, 아니 해야만 일이 처리되기도 한다.

내가 겪은, 가장 처리 기간이 길었던 민원은 건설교통부쯤 되는 네덜란드 정부 부처에 민원 신청하고 나서 한 해 반쯤 뒤에 답변을 받은 일이다. 의사 자격 관련 서류를 가지고, 역시 해당 정부 관련 부처와 씨름 중이던 친구 마르타가 제 경험에 비추어 조언해 주었다. 민원 신청 뒤 여섯 달이 지나도 답이 없어서 전화 문의를 하니, "담당자가 일을 그만두었다."고 하더란다. '그래서?', '그러면?'은 없다. 그 업무의 담당자가 서류철을 그대로 한구석에 쌓아 둔 채 퇴직했으므로 전화

를 받은 사람도 뭐라 뾰족한 답변을 해 줄 수가 없는 것이다. 그 공무원이 제시한 가장 빠른 방법은 서류를 재신청하는 것이었다. 잊을 만하면 이렇게 도를 닦는 일은 그 뒤에도 더러 생겼다.

한국 관료 조직에서 오래 일하다 보면 융통성이나 창의적인 업무처리보다 흠을 남기지 않으려고 근거만 남기는 보신주의가 몸에 배기 쉽다는데, 네덜란드 공무원을 대하는 내 모습은 어느덧 '근거를 남기는' 민원인이 되어 있다. 영수증을 갈무리해 두지 않으면 전산망에 그 기록이 남아 있지 않은지, 수수료를 다시 내라고 한다거나 매번 딴소리하는 일들을 겪고 나서다. 구두 답변은 조금도 구속력이 없으며, 전자행정은 먼 나라 이야기니 시간을 길게 잡고, 근거가 남는 이 나라의 우편제도를 이용할 수밖에 없다. 시간과 인내심의 싸움이다.

'창문 공무원'은 '철밥통'의 다른 말이다. 공무원들도 스트레스에 시달리는데, 늦게 시작하고 일찍 집에 가지만 온종일 창문을 쳐다보는 일이 그들의 고충이라고 이기죽대는 말이다. 창문 쳐다보기는 공무원들만의 일은 아니어서, 한국에서처럼 소비자 권리가 몸에 밴 사람이라면 울화병에 걸리거나 득도하는 경지에 이른다. 쓰고 있던 휴대전화를 해약하려고 대리점 직접 방문, 고객센터 가까스로 전화 통화, 우편으로 해지 신청, 인터넷으로 해지 신청, 해 볼 것은 다 해 봤는데도 계좌에서 요금이 빠져나가는 여섯 달째에 포기하고 말았다. 그동안 쓰지 않은 결제 요금을 되돌려 받아야겠지만 그것도 정신건강을 생각해 관뒀다. 몇 달 안에 끝날 신경전이 아님을 익히 보아 온 데다, 그만한 내공은 아직 멀어서 스트레스를 이겨 낼 수 없을 것만 같았다.

토니가 쓰던 인터넷 서비스를 해지하고 나서도, 전화 소유자인 어머니 계좌에서 요금이 결제되기가 두 해쯤 지났을 때 마침내 해지 신청이 완료되었으며, 해지 신청 뒤 여지껏 결제된 요금을 정산해서 돌려주겠다는 편지를 인터넷회사에서 받았다. 토니 어머니는 얼마나 기쁜지 덩실덩실 춤이라도 추실 듯했다. 그동안 완곡한 호소와 협박을 오가는 편지와 전화를 얼마나 했던지 잘 알기에 웃을 수도 없었다. 어쨌거나, 고통이 길면 기쁨도 큰 법이지만.

시간은 흘러서 시청 공무원과 다시 편지를 주고받으며 '외국인 학생'이 되는 날은 왔다. 연말연시, 카니발, 부활절이 끝나자 학교의 봄 방학까지 끼어 있어서 입학 절차에 다섯 달쯤 걸렸다. 이 나라 공무원들은 12월부터 4월까지는 일을 하지 않는 건가? 아마도, 예. (한 달 만에 일사천리로 수속이 끝났다는 다른 학생을 보고 다섯 달이란 시간이 아깝다고 생각했지만, 하릴없던 그 시간을 누구도 아깝게 여기지 않는다는 것도 깨달았다. 우리로서는 어쨌든 아무것도 안 하고 보낸 시간은 너무 아까운 것이다.)

덕분에 난생처음 이루 말할 수 없는 해방감을 맛보았다. 이제껏 소속에 따라 들씌워지는 신분 없이 지내본 적이 없었으니, 학생도 아니고 직장인도 아닌 처지란 구름 위에 바다 위에 강물 따라, 둥둥, 둥실, 떠다니는 기분이었다. 그 뒤 한 해 동안의 언어학교 생활은 땅을 딛기까지의 부유기에, 슬그머니 밀려드는 불안함을 없애 주는 완충재 노릇도 했다. 아직은 땅에서의 일에 서툴러도 되는 시간이 그렇게 지나갔다.

에인트호번이나 마스트리흐트같이 큰 도시에 있는 학교로 통학하기를 내심 바랐는데, 5만 명쯤 모여 사는 작은 도시에 외국인이 얼마나 많은지, 걸어서 5분 거리의 학교에 배정되었다. 알파벳도 모르는 채로 학교 담당자를 만났더니 인터뷰와 간단한 시험을 거쳐 레벨 1로 편성해 준다.

수업 첫날 자기소개 시간. 아프가니스탄·이란·이라크의 중동 국가, 모로코·이집트·나이지리아·콩고 따위의 아프리카 국가, 러시아를 비롯하여 루마니아·보스니아·세르비아·코소보·크로아티아·아제르바이잔 같은 동유럽 국가, 인도·스리랑카·태국·중국·필리핀 같은 아시아 국가, 그리고 터키·브라질·스페인·멕시코 따위의 여러 국적에 자위트코레아(South Korea)가 더해졌다. 이 다국적 학생들은 레벨 1의 초급반이지만, 이미 몇 해 네덜란드살이를 한 사람들이 꽤 있어서 자기소개쯤은 할 수 있는 수준이었다. 새로 시행된 법이 소급 적용되어 학교에 불려 나온 이민자들이 많았던 것이다. 자기소개도 못 할 만큼 초짜였던 나는 내 차례가 돌아오자 얼떨떨해서 선생님에게 물었다.

"영어로 말해도 되나요?"

"나한테는 영어로 해도 되지만, 다른 학생들에게는 네덜란드 말이 원칙이에요."

네덜란드 말로 수업한다는 건 알고 있었지만, 초급반이니 의사소통을 위한 언어가 있어야 할 것이고 그러므로 으레 영어를 쓰리라는 터무니없는 생각을 하고 있었다. 쉬는 시간에 손짓 발짓 언어로 의사소통하며 알게 된 것은, 학생들 대부분은 영어가 아닌 다른 언어를 쓴다는 사실이었다. 중동·아프리카 학생들은 아랍어를, 러시아·동유럽 학생들은 러시아어나 터키어나 독일어를, 중남미와 스페인은 스페인어를 쓰며 대륙을 뛰어넘어 의사소통한다. 거기서 양쪽 언어를 아는 학생들이 아랍어, 프랑스어, 독일어 사이를 징검다리 놓아 준다. 영어는 완전히 변방의 언어였다. 아는 외국어라고는 영어밖에 없던 나는 그 언어 네트워크에서 소외당한 채 몇 달을 보냈고, 아시아에서 온 친구들이 많은 중급반에 올라가니 영어가 종종 들려왔다. 영어가 돌연 반갑고 숨통 트이는 말이 되었다.

'Something'이라는 뜻인 네덜란드 말 '이츠iets'를 설명하는 풍경.
  영어로 말해 주면 그리 품을 들이지 않아도 될 이 단어를, 네덜란드 말로 풀 때에는 더없는 상상력이 동원된다. 선생님은 바지 주머니에 분필 하나를 넣은 채, "나는 지금 여기에 iets를 가지고 있어." 또는 손으로 눈을 비비며 "내 눈에 iets가 있네." 같은 문장을 만들어 가며 연극배우처럼 온몸으로 단어 하나를 설명하는 데 공을 들인다. 아는 네덜란드 낱말이 다들 변변찮으니, 예문이 다양해지고 동작이 한결 커져도 학생들의 반응이 시원하지 않다. 마침내 선생님은 스페인어로, 프랑스어로 그 뜻을 말하고 나서, 마지막으로 나를 향해 something이라고 알려 주었다. 아하, 하는 깨달음이 몇 초 간격으로 예서제서 터진다. 먼저 프랑스어 말귀를 알아들은 모로코 학생이 아랍어로 알려 준 뜻은 터키를 지나 이라크로 이란으로 아프가니스탄까지 전해지며, 그 어디쯤에서 독일어로, 러시아어로 갈아타는 식이다.
  나도 통역자가 되어 잘난 체했던 일도 있다. 저희들처럼 내가 이웃 나라 말을 알아먹는다 생각했던지, 누군가 중국 슈퍼마켓에서 산 음식 재료를 가져와 요리법을 물어 왔다. 중국 말이라면 청맹과니지만, 몇 분 동안 물에 담갔다가 끓여라, 기름을 두르고 볶아라, 쯤은 읽어낼 수 있었고, 선생님에게서 배운 팬터마임으로 국수를 삶고 볶는 시범을 보였다.

아직은 같은 말을 서로 나누지 못하지만, 저마다 제 언어로 '토론'하고 '통역'하느라 초급반 수업 시간은 그렇게 늘 수런거렸다.

시민통합프로그램은 2007년 1월 시행된 시민통합법에 따라 이주 외국인이 수료해야 하는 언어·문화 교육 과정으로, 유럽연합 바깥 나라 사람이 네덜란드에 와서 살려면 반드시 거쳐야 하는 법적 의무 사항이다.

언어학교에서 만난 이민자들은, 유럽연합 바깥에서 온 이민노동자 가족, 정치·전쟁 난민, 네덜란드 국적인을 동반자로 둔 사람들이 대부분인데, 이 나라에 도착하기까지 그 사연만 들어봐도 저마다 책 한 권은 족히 될 만한 소설 같고 영화 같은 이야기다. 브라질의 해변에 휴가 온 남자친구와 함께 새로운 생활을 시작한 크리스티나, 인도에서 만난 여자친구의 초청으로 온 산토스, 소말리아에서 배를 타고 이탈리아로 다시 비행기로 암스테르담에 온 압디아, 어떤 사연이 있는지 꿍꿍이를 알 수 없고 객쩍은 소리 잘하는 에티오피아 청년 꾸미, 영국인 남편이 하는 사업 때문에 이사 왔지만 "왜 네덜란드 말을 배워야 하는지 모르겠다."고 투덜대는 콧대 높은 러시아 여인 마리나, 성공의 꿈을 품고 이집트 레스토랑을 꾸려 가는 이집트 출신의 쟈스민 가족, 모로코 이민자들에게 드리워진 좋지 않은 인상 때문에 아랍 어보다는 프랑스어를 쓰며 이슬람교도이지만 히잡을 쓰지 않는 파티마, 아프가니스탄에서 부부 교사로 살다 전쟁을 피해 이민 온 뒤 얼마 전 셋째 아이를 낳은 알리와 소라야. 그 가운데 네덜란드와 한국으로 이루어진 '다문화 가정'은 가장 특별하지 않은 사연이었다.

사연은 다르지만 우리는 모두 네덜란드 말을 배워야 하는 공동 운명. 교육과정은 언어뿐만 아니라 네덜란드 사회를 이해하는 데 필요한 내용도 포함한다. '시민통합'이라는 뜻인 '인뷔르헤런inburgeren'은 이민자들을 사회 구성원으로 '통합'시킨다는 의미다. '뷔르허르burger'가 '권리가 있는 주체로서의 시민'을 의미하므로 '시민통합'은 단어 그대로 '시민이 되다'라는 말이다. 그냥 시민이 아니라, 사회에 잘 통합되어 말썽 피우지 않는 시민이 되라는 뜻이 짙다.

하지만 다른 나라, 다른 문화, 다른 사회에서 나고 자란 사람이 새로운 환경에서 말썽 없는 '시민'으로 옷을 갈아입는다고 해서, 호수에 떨어지는 한 방울의 물처럼 그 사회에 스며드는 것은 아니다.

네덜란드 거주민은 크게 '알로흐톤'과 '아우토흐톤'으로 나눌 수 있다. '알로흐톤'은 이민자 1세대와 2세대, '아우토흐톤'은 그 부모가 네덜란드에서 태어난 사람을 뜻한다. '일손', '외국인', '이민자'였던 사람들이 그 2세대, 3세대까지 자리 잡고 살아가는 마당에 이제는 외국인도, 이민자도 아닌 사람들을, 부정적인 색깔을 빼고 완곡하게 부를 말은 없을까 하고 고대 그리스어에서 가져온 것이다. 다시 말하면, 네덜란드에서 태어나 네덜란드 국적을 가졌어도 부모가 이민자거나 국제결혼 했다면, 그 자녀는 알로흐톤이며, 그다음 세대부터 아우토

호톤이다. 네덜란드 인구 천육백만 명가량에서 알로흐톤은 19.3퍼센트에 이른다. 다섯 가운데 얼추 하나는 이민자거나 그 2세인 셈이다.*

손이 모자라 불러들인 일손과 옛 식민지 나라에서 온 이민자들은 이제 이민자 2세대, 3세대를 이어 가고 있지만, 자신들의 문화와 생활방식을 고집하며 네덜란드 사회에 섞여 들지 않기 때문에 여러 사회 문제가 생긴다고 여기는 사람들이 제법 많아졌다. 그 사회문제란 상대적으로 높은 실업률과 범죄율이다.

알로흐톤 중에서도 이슬람 국가 출신을 특히 마뜩잖게 여기는 극우파가 등장하고 극우정당 당수 핌 포르타윈이 2002년 총선 코앞에 암살되자, 이들에게 한결 높은 지지를 보내는 사람들도 많아졌다. 2004년에는 이슬람 비판 영화감독 테오 반 고흐(화가 반 고흐의 동생 테오 반 고흐의 증손자)가 네덜란드 국적의 모로코인에게 살해되는 일이 있었고, 이 나라의 관용적인 국민은 충격에 휩싸인다. 이는 이민자 정책을 둘러싼 논란으로 이어져, 예민한 문제에는 늘 앞서 가는 나라답게 세계 최초로 이민자를 대상으로 '시민통합의무'를 실시한다. 2007년 발케넌더 수상이 이끄는 제4기 내각이 출범했을 때, '함께 살며 함께 일한다'를 새 정부의 기치로 내걸 만큼 사회통합은 주요 이슈였다.

---

* 지금의 네덜란드 왕실도 알로흐톤인데, 베아트릭스 여왕의 아버지가 독일인이며, 여왕의 남편 클라우스 공 또한 독일 출생이다. 그 왕위를 이을 빌럼 알렉산더 왕세자는 아르헨티나 출신의 막시마와 결혼했다. 막시마 왕세자비는 아르헨티나와 네덜란드라는 이중국적을 갖고 있어, 고위 공직자들의 이중국적 문제와 함께 극우파 정치인들의 입에 오르내린다. 모로코와 마찬가지로 '우리나라에 태어나면 영원히 우리나라 사람'이라는 아르헨티나 법을 바꿀 수도 없고, 왕세자의 국제결혼을 막을 수도 없으니 허망한 논쟁일 뿐이다. 2008년 로테르담 시 의회는 모로코 출신의 알로흐톤을 시장으로 선출했다. 로테르담 시장 아메드 아부탈레브는 모로코 및 네덜란드 국적자다.

저들이 남의 나라에 함부로 발 들이밀어 휘젓고 다니던 때를 잊었는지, 요사이 유럽은 이민자들이 쉬이 들어오지 못하도록 담을 높여 간다. 네덜란드의 이민자 정책도 사뭇 까다로워져서, 이민자가 네덜란드 땅을 밟으려면 제 나라에서 '네덜란드 언어·사회 기초 시험'을 거쳐야 입국 비자를 받을 수 있다. (한국은 2007년부터 임시체류허가 비자 면제 협정이 체결되어 이 단계가 줄었다.) 스리랑카에 있는 가족을 데려오려는 삼판탄은, 가족들이 이 시험을 통과하기도 어렵지만 한 사람에 840유로쯤 되는 비자 수수료를 마련하는 일이 더 힘겹다는 사정을 들려주었는데, 내가 아는 형편으로는, 그의 가족 상봉은 '힘겹다'를 넘어 불가능에 가깝다. 일가족을 초청한다면 비싼 수수료만으로도 높은 장벽이 되는 것이다.

이런 과정을 거쳐 입국한 뒤에는 '시민통합의무'에 따라 '시민통합교육'을 받고 '시민통합시험'을 통과해야 하는 일이 남아 있다. 이 모든 절차를 마쳐야 비로소 '네덜란드 시민'이 된다.

한마디로 말하면, 담을 쌓아 올리고 정한 문으로만 드나들도록 문단속을 하는 한편, 집 안에 들어온 손님은 한 식구가 될 때까지 길라잡이를 해 주는 방식이다.

그 안내의 첫 번째는 '말'이다. '제2외국어인 네덜란드어Nederlands als tweede taal', 즉 NT2는 레벨 1에서 레벨 5까지의 다섯 단계로 나뉜다. 정규학교에 입학하려면 고등학교는 레벨 3, 대학교는 레벨 4 통과가 기준이며, 레벨 2는 물건을 사거나 병원에 갈 때 쓰는 생활회화 수준인데, '시민통합' 과정은 이 레벨 2를 목표로 한다. 몇 달 만에 거뜬히 통과하는 사람이 있는가 하면 몇 해가 걸려도 어려운 사람도 있는데,

대개 한 해에서 한 해 반쯤 걸린다고 한다. 관공서에서 온 편지 읽기나 학부모 노릇 하기는 레벨 2로도 충분하지 않아서, 학생들은 곧잘 학교에 편지를 가져와 선생님에게 도움을 받는다.

시민통합교육 과정은 사회의 새내기로서 말도 배우고 이 사회를 소개받는 좋은 기회이지만, 귀화도 아닌 거주에 따르는 절차치고는 꽤 요구 수준이 높은 데다가, '의무적'으로 이 나라 말을 배워야 한다니 텃세로 느껴지기도 했다. '다음 중 노르트브라반트 주의 주도는?', '네덜란드 왕실의 일원이 아닌 사람을 고르시오.', '다음 중 네덜란드 사회의 규범에 맞는 것을 고르시오.' 같은 문제를 풀게 할 만큼 이 나라가 이민자 문제에 날이 서 있는 것이다.

이런 초유의 이민자 정책이, 네덜란드가 개방적이고 관용적인 세계 시민으로 가득한 나라라는 인상을 깡그리 갉아먹는 것은 아니다. 유럽연합 바깥 나라 이민자들에게 벽을 높이는 까닭은 민족주의나 인종차별이라기보다는 '알로흐톤'과 '아우토흐톤' 사이의 경제력 차이에서 오는 충격을 더는 흡수만 하지는 않겠다, 로 읽힌다. 한 발이라도 이 땅을 디딘 사람이라면 사회가 한 품으로 보듬는다는 생각은 고스란하며, 특정 나라 이민자를 두고 나쁜 평판은 떠돌지만 '알로흐톤'이라고 해서 차별 대우나 해코지를 겪는 일은 없다고 할 만하다. 네덜란드 '아우토흐톤'들이 본새나 때깔로 사람을 업신여기거나 피부색으로 편 가르기 하거나 하는 일은, 지금까지는 먼 이야기다. 그러므로 네덜란드 말이 미끈하지 못하여 일자리를 못 구하거나 저임금 생활자가 되는 것, 문화와 관습을 이해하지 못해 받는 불이익 등 사회 동화 정도에 따르는 책임은 버젓이 사회의 부담이 된다. 그래서 사람들은 알로흐톤과 아우토흐톤을 나누어 범죄율도 따져 보고, 곳간이 새지는 않을까 안절부절못한다. 노령연금, 실업급여, 장애급여, 저소득층 생활 보조금 같은 보조금 수여자 비율을 살핀 내용은 이런 근심거리에 고개를 끄덕이게 한다. 사회 보조금을 받는 알로흐톤 비율이 아우토흐톤보다 꽤 높으며, 저소득층 생활 보조금만 놓고 보면 그 격차가 더 드세어진다.

성취나 목표 달성과 상관없이 순전히 즐기는 공부란 이런 것이구나 난생처음 느끼며 학생으로 되돌아갔던 언어학교 생활, 주 12시간이라는 수업량은 학교 다닐 때도 하지 않던 예습 복습을 하며 따라가도 넉넉했다. 수업 내용보다 쉬는 시간 휴게실의 사회생활과 방과 후 시내 카페에서의 사회통합에 한결 마음을 많이 썼다. 그런데도 학교에서는 꽤 진도가 빠른, 아니 가장 앞자리가 된 데는 정부에서 교육비를 지원한다는 이유가 있었다. 이 한 해 무상교육 기간이 지나면 내 돈으로 학교에 다녀야 하므로, 주어진 기간에 최대한 높은 레벨을 '따고' 나오리라 마음먹는 게 당연한 줄 알았다. 시험 앞에서 강해지고 뭐든지 진지하게 하지 않으면 개운치 않은 것도 한국인이라면 몸에 밴 자연스러운 습관이었다. 하지만 모두가 이렇게 생각하는 것 같지는 않다. 저소득층 이민자는 교육과정이 끝날 때까지 자비 부담이 없고 교통비도 지원받으며, 예산이 허락되는 시에서는 개인 학습용 컴퓨터 구입 보조금도 준다. 그런데도 몇 해째 교육과정을 마치지 못하고 마칠 생각도 그리 없는 듯한 학생들을 보며 이 사회도 참 고민이 많겠구나 싶었다.

제 나라 안에 외국인이 들어와 살려면 그 사회에 '통합'되어야 한다는 이 정책은, 제대로 둥지 틀고 살아 보려는 사람에게는 고마운 일이다. 이 프로그램의 1인당 교육비가 평균 6,900유로쯤이라고 하니 거칠게 셈해도 천만 원이 넘는데, 정부 지원 금액인 6,000유로를 훨씬 넘기는 대도시(2009년 암스테르담과 위트레흐트의 1인당 교육비는 12,000유로에 달했다)에서는 시 재정으로 교육비를 충당해야 하므로 예산집행 감시자인 시민의 시선이 또 곱지 않다. 언제까지 밑 빠진 독에 물 부어야 하느냐는 새된 목소리도 나온다. 사회비용을 줄여 보자고 마련한 정책이 또 다른 사회비용을 낳고 있으며, 그 돈이 제 주머니에서 나간다고 여기는 사람들은 극우정당이 외치는 반이민자 정책에 귀가 더 솔깃해진다.*

"내가 왕년에는 말이야."처럼 서글프고 허무한 말이 있을까? 소싯적에 제아무리 잘나갔어도 과거는 과거일 뿐, 지금 나는 이국땅의 외국인에 지나지 않는다는 참담한 진실을 마주한다. 외국인으로 살기란 이제껏 마련한 무기와 갑옷을 다 내려놓으며 나를 무장 해제해야 하는 일, 내가 쟁여 온 그 외피들이 의미 있었던 세상에서 떠나왔으니 자기 내공만으로 살아가는 일이다. 어제 얻은 관성에 기대어 살아갈 수 없으니, 생존은 야생처럼 거칠어지고 오롯해진다.

'내가 왕년에는……' 하는 말만큼 서글픈 언어를 고르라면 '우리나라에서는……' 하는 말이다. 외국인이 사사건건 제 나라 법칙을 들이대는 것만큼 가련한 모습이 있을까?

---

* 2010년 6월 9일 치러진 네덜란드 총선에서는 보수적 자유주의 노선을 지향하는 자유민주국민당이 처음으로 제1당에 올라섰다. 재정 위기 불안감에 휩싸인 네덜란드 국민들의 마음을 대변하는 선거 결과인 셈이다. 이에 따라 제1당으로 8년간 연립정부를 이끌었던 기독민주당의 발케넨더 수상은 물러나게 되었다.

우리는 모두 경계에 서 있다. 떠나온 고향과 지금 삶의 터전 사이, 기존 세계와 새로운 세계 사이, 지난날과 다가올 날들 사이.

하나의 모듬살이 안에 오래도록 쌓인 역사와 문화가 어우러지고 그 안에서 나와 비슷한 사람들과 사는 일은 따스하고 편안하다. 다른 모듬살이의 문을 두드리고 들어갔을 때, 나와 언뜻 달라 보이는 사람들의 사는 모양을 보는 것도 기분 좋은 일이다. 이들도 이들만의 사는 방식이 있구나 하는 안도감을 느끼게 된다. 여기에도 같은 하늘 아래 사는 사람들끼리 맺은 무언의 약속, 같은 기억, 공동의 운명이 있다는 뜻이다.

그들끼리 맺은 그 약속에 귀 기울여 본다. 얼굴 다르고 사는 모양도 다른 사람들과 섞여 편안함과 안온함은 아직 멀지만, 이내 서로 고개 끄덕이며 바라보는 일은 어렵지 않다. 북해에서 불어오는 거센 바람을 같이 맞고, 흐린 하늘을 같이 이고 사는 처지이니까. 이제 같은 기억을 쌓아 가는 존재이니까.

네가.
설탕도.
아니잖아?

언어학교의 작문 시간에 있었던 일이다. 그날 작문 주제 가운데 하나는 네덜란드 교도소의 수용 정책에 관한 것이었는데, 예산 부족 때문에 독방에서 2인 1실로 바꾸려는 계획에 대한 짧은 글짓기였다. 수감자들에게 독방을 주지 않는 것이 얘깃거리라니 얼떨떨했다.

나라면 사생활이 보장되는 독방을 더 치겠는데, 사람 온기와 차단되어 벽을 맞보고 살아야 하는 감옥살이의 고독함을 주위들은 적이 있는 터라 선뜻 결론을 내기가 어려웠다. 게다가 한국에서는 독방이 더 가혹한 벌로 여겨지지 않는가? 그런데 논쟁의 핵심은 수감자의 프라이버시가 예산 때문에 훼손되어도 좋은가 하는 문제였다. 사생활이란 그만큼 기초적이고 중요한 권리 차원의 문제이구나 그때 어렴풋이 짐작했다.

사생활을 높이 받드는 사회 분위기는 오랜 개인주의의 전통에 있을 것이다. '나'는 소중한 존재이며 '내'가 내 삶의 주인이고 남이 내 삶을 쥐락펴락하게 내버려 두지 않는 개인주의는 사생활의 존중을 빼고 얘기할 수 없다. 나아가 내 자유가 소중한 만큼 남의 자유도 존중해야 한다는 관용이 함께 움트고 뿌리내렸을 것이다.

새로 구성된 정부 내각에 동성애자가 몇 사람인지, 인기 연예인이 어떤 집에 사는지, 옆 사람의 연봉은 얼마인지, 약혼 상태인지 동거 중인지 결혼은 했는지, 손위인지 손아래인지, 가족계획은 있는지 없는지, 이들은 어느 것에도 눈길을 주지 않는다. 그건 '사생활'이자 '남의 일'이기 때문이다.

정치인의 배우자도 마찬가지다. 2002년부터 2010년까지 내각을 이끈 수상 발케넨더의 가족도 세간의 관심사와는 거리가 멀었다. (발케넨더 전 수상의 부인 비앙카 호헨데이크는 남편 성을 따르지 않은 최초의 수상 부인이었으며, 자기 직업을 가진 수상 부인으로서도 최초라는 점 등에서 나는 그녀에게 관심이 많았다. 그녀는 '수상 부인'으로서 공식 활동은 하지 않았다.) 당시 노동당 당수이자 재정부 장관이었던 보스 가족을 몰래 찍은 사진이 한 잡지에 슬쩍 실렸을 때도 여론과 법은 정치인의 사생활에 손을 들어 주었다.

왕실은 또 어떤가? 정해진 촬영 시간 말고는 왕족의 사생활도 지켜져야 하므로 네덜란드에서 파파라치는 재미없는 직업이다. 왕세자 가족이 왕세자비의 친정인 아르헨티나로 휴가를 갔을 때, 현지에서 사진기자들에게 실랑이를 당한 일 같은 뉴스는 네덜란드에서는 먼 이야기다. 거기엔, 국민이 사랑하는 왕실이니 궁금증이 앞설 만도 하지만 사생활에 관해서라면 누구라도 똑같이 보호받아야 한다는 사회적 약속이 있다. 동성결혼, 안락사, 마약 따위의 문제도 옳으냐 그르냐 따지기보다는 남의 사생활이므로 상관할 바가 아니라는 쪽에 가깝다. 남에게 피해를 주지 않으면, 개인의 행복 추구를 사회가 강제할 까닭이 없기 때문이다.

비행기에서 이런 경험이 한 번쯤은 있을 것이다. 한국에서 파리를 거쳐 오는 비행 편이어서 기내에는 한국인이 꽤 있었는데, 내 옆자리에도 출장을 온 듯한 양복 차림의 한국 남성이 앉았다. 비행기에서 한국 사람과 나란히 앉아 가면 둘 중 하나다. 눈인사도 나누지 않은 채마치 옆에 사람이 없는 듯한 태도로 일관하는 사람과 바로 이런 경우. 물어보지도 않은 자기 출장 사유와 회사 이야기를 늘어놓는다.

"○○회사 알죠? 제가 거기서 일하거든요."

처음 듣는 회사라고 하자, 어떻게 이 회사를 모를 수가 있지 하는 투로 명함을 꺼내 주며 "바빠서 정신을 못 차리겠어요." 한다. 그렇게 바빠 죽겠으면 비행기에서만이라도 좀 휴식을 취하면 좋을 텐데, "이것도 인연인데……"라며 내 여행 사유를 묻는다. 내가 몸담은 직장에 자부심 품는 건 좋지만, 그 회사 이름과 출장 성과와 내 자아는 별개임을 깨닫지 못한다면 그 삶은 얼마나 바쁘고 고단할 것인가?

"네덜란드에 사나 보죠?"

얘기가 길어질 눈치라 대충 둘러댈까 잠시 망설이자니 바로 신분 확인 절차에 들어간다.

"학생이에요? 아니면 주재원인가?" (은근슬쩍 반말이 섞인다.)

학생이라고 심드렁하게 내뱉는 눈치를 못 챌 만큼 둔한 것인지 딴

청인지 세부 정보 조사가 이어진다.

"전공이 뭐예요? 에인트호번에 나도 아는 유학생이 있는데……."

(어떻게든 인맥을 찾는다.)

네덜란드 사람과 살며 언어학교에서 네덜란드어를 배운다는 대답에, 내 인생에 대한 염려인지 훈계인지 모를 말들이 이어졌다. 우리나라도 살기 좋은데 왜 군이 외국 남자와 외국에서 사느냐……. 한국에서 숱하게 들었던 레퍼토리도 등장한다. 나만 한 여동생이 있어서 하는 말이다…….

"충고 감사합니다."라는 말을 끝으로 헤드폰을 꽂았다. 이래서 우리는, 내게 말 걸지 마, 하는 얼굴을 한 승객이 되는 것일까?

누구에게든 어떤 사회적 잣대도 들이밀지 않는 사회는, 선의의 개인주의를 밑동으로 한다. 남의 일에 끼어들지 않아도 될 만큼 저마다 구축한 심오한 성채는, 내 일로 여기고 달려들지 않아도 될 만한 사회 안전망에 힘입어 누구도 무너뜨릴 수 없는 나만의 삶을 일구어, 스스로 결정하고 책임지는 일에 익숙한 하나하나의 우주가 공존한다.

개인주의가 이기주의가 되지 않으려면 그 성 밖의 세계에 대한 관용이 있어야 할 테고, 어쩌면 그보다 나를 절제하는 게 먼저일 텐데 우스꽝스러운 막무가내식 개인주의도 있다.

이를테면, 교통법규 위반 운전자를 현장에서 단속하는 장면을 보여 주는 「도로 무법자」라는 프로그램을 볼 때였다. 경찰이 과속 운전 차량을 세우고 신상을 묻는데 운전자는 개인정보 밝히기를 거부한다. "그건 내 프라이버시라서 밝힐 수 없어. 내 프라이버시라고, 프라이버시."라고 노래한다.

내 자유의 대가란 이런 것인지 갸우뚱하게 만드는 장면도 있다. 길섶에 나이 지긋한 한 남자가 쓰러져 있어서 말을 붙였다. 노숙자나 알코올 중독자일 수도 있겠지만, 길에서 간질이나 심장발작이 왔을 수도 있는 것 아닌가? 응급차를 불러야 할지도 모른다고 생각했는데 천천히 몸을 일으켜 세우더니 괜찮다고 한다. 이렇게 돌아봐 줘서 고맙다는 말을 연방했다. 길에 사람이 쓰러져 있는데도 눈길 한 번 주지 않은 채 사람들의 발길이 스쳐 간다. 붐비는 기차에서 내릴 역이 가까워져 문 앞으로 나갈 적에, 떡하니 버티고 서서는 여간해서 비켜 주지 않는 사람들을 볼 때처럼 속이 메슥거린다.

하루는 기차에서 옆자리에 여자아이 둘이 있는 한 가족이 앉았다. 딸아이 둘이 유난히 아빠한테 애교를 피우며 한 아이가 "아빠, 왜 저 기차는 저렇게 작아?"라고 물으면 대답할 틈도 주지 않고 다른 아이가 "아빠, 저 기차는 어디로 가는 거야?" 하고 쉴 새 없이 종알거린다. 객실 칸을 쩌렁쩌렁 울렸지만 성가시다기보다 웃음이 절로 머금어지는 풍경이었으나, 아이들 아빠는 집게손가락을 입술에 대며 쉿, 쉿, 하는 소리를 낸다. 아이들은 아빠 귀에다 뭔가를 속삭이고 아빠의 말 한 마디에 까르르 까르르 더 큰 소리로 웃어 대다가 자기들끼리 또 쉿, 쉿 한다.

요즘은 적잖이 달라졌다고들 하나, 네덜란드 어린이들은 여럿이 있는 자리에서 그래도 점잖아 보인다. 마구 뛰어다니거나 소리 질러 대는 아이들은 흔하지 않고, 그럴 때는 주위의 눈총을 받는다. 오히려

조금 자라 청소년쯤 된 아이들이 또래들과 어울려 기차를 타면 그때는 일등석으로 옮기고 싶을 만큼 끔찍해진다.

객실 안 소음을 나처럼 힘겨워하는 사람이 많은지 기차에는 '스틸테라윔터(침묵 공간)'가 있다. 어른들도 속삭이는 법을 아예 모르거나 기차에서 조용히 해야 한다는 생각이 없긴 마찬가지라, 휴대전화로 토론하는 오늘 저녁 식사 메뉴나 남의 직장 뒷담화 등을 더는 듣고 싶지 않을 때는 이 '침묵 공간' 객차로 간다. 네덜란드와는 어쩐지 어울리지 않는 단어지만 '스틸테라윔터'는 곧이곧대로 옮기자면 '고요한 장소', '묵언의 방'이니 '정숙 칸'쯤 된다. 이렇게 '정숙 칸'을 따로 만들어 놓은 건, 그 외의 공간에서는 마음껏 떠들어도 된다는 뜻일까? 공공 공간에서 조용히 해야 한다는 공중도덕 관념이 우리와는 다른 것일까?

까르륵거리기를 멈추지 못하던 아이들에게 주의를 주던 아이들 부모는 내릴 역이 가까워지자 아이들의 신발 끈을 제대로 묶게 했다. 그런데 이 아이들은 천으로 된 기차 좌석 위에 신발을 턱 올린 채 끈을 묶는다. 아무리 집 안에서도 신발을 신는 문화라지만 의자 위에 신발을 올리는 습관에는 오지랖 넓게 나서고 싶어진다.

상상할 수 있는 모든 것이 가능하다는 분위기에서 자라는 아이들에게 오지랖 대신 드리워지는 것은 '한계선'이다. 두 해 동안 혼자서 요트 세계 일주를 하겠다는 열세 살 소녀의 계획에, 부모는 딸을 지지하고 격려를 보내며, 교육부는 "그다지 좋은 생각이 아니다." 정도로 '의견'을 내는 나라다. 나이와 상관없이 제 행동에 책임을 질 수 있다면 제 뜻대로 살아가도록 놔두는 나라이긴 하나, 이 일에는 꽤 비판이 일었다. 소녀의 부모들은 이렇게 말한다. "딸아이는 여섯 살 때부터 혼자 요트 여행을 하곤 했으며(영국 당국은 네덜란드에서 혼자 요트로 도착한 소녀를 부모가 데리러 올 때까지 '보호'하기도 했다), 두 해 동안 교육 과정에 맞게 스스로 학습하며 이메일로 학습지도도 받을 것이다. 우리는 딸아이가 이런 방식으로 자라는 것이 사회에 나갈 준비를 하는 데 훨씬 좋은 방법이라고 생각한다." 소녀의 솔로 요트 일주는 아동법원의 결정을 기다리고 있는데, 법원 결정에 앞서 친권을 박탈하리라 여러 사람이 예상했던 '아동보호위원회'는 소녀가 홀로 항해할 능력이 되는지 여부를 지켜보며 따져 본 뒤에 판결을 내리겠다고 한다.

불가능한 것은 없고 또 그래서도 안 되지만, 거기에는 '선'이 있다. '모든 것이 가능하다.'는 명제와 '한계선'은 모순이면서 보완이다. 그 '선'은 대체로 '가능해야 할 모든 것' 가운데 어느 하나를 불가능하게 하거나 강제하지 않기 때문이다. 여전히 모든 것은 가능하다. 그리고 그 선은 부모나 학교나 사회가 아니라 내가 긋는다. 가정과 사회는 나 스스로 그 선을 그을 수 있도록 도와줄 뿐. 미성년자를 보호해야 하는 공동체의 책임과 개인의 자기결정권 사이에서 네덜란드 사회가 이 일에 그어 줄 '한계선'은 어디까지일지 자못 궁금하다.

하지만 모두가 자기만의 선을 정하고 그에 맞춰 가지런히 살지는 않는다. 선을 긋는 법을 제대로 배우지 못했거나, 삶의 단계마다 선을 잘못 그어 대는 멍청한 순간이 있기 마련이다. 학교를 중도에 때려치우거나 약물에 빠지거나 범죄에 휘말린 사람들이 잘못 그은 선을 다시 수정할 수 있도록 도와주는 게 공동체가 하는 일이다. 학교생활에 적응하지 못한 아이들은 적성에 맞는 갈래를 찾아가게끔 보듬고, 약물 중독자는 치료하고 재활을 도우며, 범죄를 저지른 사람은 혼내거나 되갚아 주기보다는 교정하고 교화한다.

그렇다 해도 세상에는 내 욕구만을 앞에 놓는, 말하자면 다른 사람의 눈살을 찌푸리게 하는 사람들이 있는 법이다. 그래도 개인 행동을 통제하는 규율이나 공중도덕 캠페인은 없다. 모든 것이 가능해야 하기 때문이다. 내 욕구가 다른 이들과 맞부딪치면 둘 다 만족하게 할 방도는 없는지 먼저 찾아본다. "네덜란드 사람들 말이야, 기차를 전세 냈나, 자기 안방처럼 떠들어." 하고 툴툴댄다면, 바로 이런 말을 듣기 쉽다.

"'정숙 칸'으로 가면 되잖아."

기차 안에서 조용한 자리를 원하는 사람과 다른 사람들의 쩌렁쩌렁한 목소리에 불편한 줄 모르는 사람은 따로 앉으면 된다. 이런 네덜란드식 갈등 해소법을 '합의'라고 부른다.

네덜란드식 합의 문화는 '폴더모델*'로 불리는 노사 합의 문화, 좌우 날개로 균형 잡은 정치 지형에만 드리워진 거대 담론은 아니었다. 네덜란드 사람이라면 누구나 고수인 '합의' 기술은 생활필수품인 듯하다. 하물며 견고한 두 우주가 결혼이나 공동생활의 관계를 맺고 사는 데는 반드시 있어야 할 윤리이자 생활 방식이 아닐까?

어떤 문제가 얽히고 꼬여 있다. 예컨대 견해가 다르고 원하는 게 다른 두 사람이 있다. 갈등은 으레 그렇듯 상대방의 어떤 행동이 맘에 들지 않는 까닭이, 옳고 그름의 문제인지 취향의 문제인지 또렷하지

---

* '폴더'란 바다를 메워 만든 간척지를 뜻한다. 즉, 바다의 위험에 직면해 살아온 네덜란드 사람들이 서로 타협하고 협력해 위기를 극복한 것처럼 노사정이 협력하여 발전한다는 맥락이다.

않다는 데서 싹튼다. 그런 마당에는 둘 사이의 얽힘과 꼬임을 아무리 풀려 해도 좀처럼 풀리지 않는다. 여전히 내가 옳으네 네가 옳으네로 싸우기 때문이다. 네덜란드식 문제 풀잇법은 대체로 이렇다.

첫째, 고백한다. "나는 네 이런 점이 맘에 안 들어."를 넘어 "네가 이랬으면 좋겠어."를 털어놓는다. 이때 중요한 것은, 내 감정 털어놓기에 그치지 않고 내가 끝내 원하는 것이 뭔지 또렷이 알아야 한다는 점이다.

둘째, 귀를 열고 서로의 소망이 다름을 깨닫는 일이다. 그리고 서로의 고백 내용을 인정한다. 이때, 서로의 소망과 욕구가 다르다는 사실에 대한 충격은 재빨리 흡수해야 한다. 그 능력이 부족하여 행여 마음을 다치면 다음 단계로 나아가지 못하고 제자리다.

셋째, 두 사람 모두의 최대 만족, 최대 행복을 어떻게 끌어내면 좋을지 서로 생각을 내놓고 토론한다. 또는 두 사람 모두 최소 불만, 최소 불행한 상태를 궁리한다.

넷째, 내가 원하는 바를 얻기 위해 상대방에게 무엇을 줄지 고른다. 서로 균형이 이루어졌다고 생각하면 합의를 맺는다.

얽힘은 끝내 풀어지거나 녹아 버리지는 않았다. 다만 합의될 뿐. 역시 마음 한쪽에 석연찮음이 남지만, 너와 내가 부딪쳐 생기는 통증이란 불균형이 주는 억울함이기 쉬움을 떠올려 보면, 그 통증은 사라지고 평화로워졌다. 사람 사이 일이 이렇게 자로 잰 듯 되지는 않겠으나, 뭐 더 좋은 방법이 있는가? 그냥 봐주거나 나를 죽이는 법 없이, 한쪽만의 양보와 희생 없이.

"예를 들면 어떤 점이 그닥잖은가요? 단, 날씨는 빼고."

밤길 운전이 불편해서 찾아간 안과의사는, 내 눈은 정상이고, 도로에 조명이 없어서이지 눈이 어두워서가 아니라고 알려 주며, 네덜란드 생활이 어떤지 물어 왔다. 못마땅한 구석을 들자면 궂은 날씨가 단연 으뜸이지만 사람 힘으로는 어쩔 수 없는 일. 월급의 반을 떼 가는 세금? 이 돈으로 충당되는 사회복지에는 대체로 공감하는 바이니 끽소리 할 일이 못 된다. 후진 공공 의료 서비스? 그렇지 않아도 소비자보다 장사꾼을 더 받드는 문화에서 여기저기 죄다 민영화되어 '서비스'라는 개념이 무색하고 뒤떨어지긴 하지만, 대체로 사회가 개인을 극한 절망에 빠뜨리지 않으니 이것도 통과. 트집을 잡자면, 살림살이에서 가장 지출이 많은, 비싼 집값과 공과금(정확히는 민영화 시설 사용료)인데, 반지하 방이나 닭장 집에 사는 사람 없고, 으리으리하지 않지만 대체로 최저 주거 기준 이상의 집에서 살아가며, 공과금 아끼느라 전깃불 끄고 수도꼭지 잠그며 사는 것은 이 나라에선 누구에게나 해당되는 일이니 이것도 크게 볼멘소리 할 일은 못 된다.

평소 마뜩잖았던 것도 막상 끄집어내려니 딱히 떠오르지 않는다. '보도에 굴러다니는 개똥과 그게 예사로 가능한, 사람들의 교양 수준', '저녁 먹고 산책하거나 혼자 친구 집에 갈 수 없는 것', '밤길에는 누군가(남자)의 에스코트를 받아야 하는 것'을 꺼냈다. 그러자 의사 선생님이 정말 궁금하다는 얼굴로 묻는다.

"한국에서는 밤길을 혼자 걸을 수 있나요?"

그리고 보면 이 나라에 살면서 좋은 점이 뭐냐는 질문은 받아 본 적이 없다. 네덜란드 사람들 스스로, 이 세상 어느 나라보다 살기 좋은 곳이라 생각해서일까? 기특한 점보다 허물을 끄집어내는 게 더 재미나기도 하지만, 제 나라 험담을 모질게 하더라도 대체로 객관적으로 들어 줄 줄 안다는 것도 이유라면 이유다.

네덜란드에 산다고 하면 던지는 말 가운데 하나인, 좋겠어요, 라고 할 때의 그 좋은 점이란 저마다 습득한 유럽 정보와 가치관에 따라 다르겠지만, 한국에서 극빈층에 가까운 삶이 아니었다면 네덜란드 살림살이가 한국에서보다 윤택하다고 느껴질 리는 없다. 그 윤택함이란 넉넉한 곳간 때문만이 아님은, 좋겠어요, 하는 말에도 물론 담겨 있다. 네덜란드살이에서 어떤 점이 좋다 할 만한지 누군가 물어 온다면, 나는 주저 없이 이렇게 말하겠다.

"모든 것이 가능하다." 그리고 "모든 것이 가능해야 한다는 생각"이라고. 모든 것이 가능하지 않음을 아는 사람만이 품을 수 있는 말. 삶이 아름답지만은 않음을 아는 사람의 아름다운 삶, 과 같은 말이다.

작은 지구촌인 언어학교는 크고 작은 문화 충돌이 일어나는 현장이었다. 그 와중에도 불평 많고 핑계 잘 대는 투덜이에서 콧대 높은 깍쟁이까지, 마음결이 제각기인 낱낱이 모였지만 그 사회 문화적 밑동을 척 묶어 낼 만한 공통적인 성향은 고스란했다. 생각하고 느끼고 행동하는 방식에서, 켜켜이 쌓여 있는 '습속'이 빠끔히 드러난다.

제 나라 얘기를 할 때마다 톨스토이와 차이콥스키를 불러오는, 문화적 자존심으로 가득 찬 러시아 학생들, 직접 만든 주전부리를 비닐봉지에 담아 와서 나눠 먹기 좋아하는 터키 학생들, 네덜란드식 자유는 이기주의라며 부모 자식 사이에 서로 끼어들어 가르쳐야 한다는 아프가니스탄 학생들, 적은 것도 없는 필기 노트를 자주 빌려 달라고 하던 모로코 학생들 사이에서 한국인인 나는 이리도 저리도 잘 어울리지만, 딱히 눈에 띄지도 않고 지각과 결석을 하지 않는 평범한 학생이었다.

그런데 쉬는 시간은 휴게실에서 커피 마시고 종이 치면 교실로 돌아오면 되는 하루 세 시간의 그지없이 평범한 교육과정을 힘들어하는 학생들이 많은 것에 놀랐다. 시에서 교육비를 지급하고, 교육과정 때문에 생업에 지장이 있다면 야간 수업으로 옮기거나 교육과정을 마칠 때까지 생활 보조금을 받을 수 있는데도, 결석과 지각을 밥 먹듯이 하는 거였다. 학교 측은 학생들의 출결 상황을 시에 통보해야 하는 처지에 있고, 학기마다 과정에서 탈락하는 학생은, 말하자면 국민의 피땀 어린 돈으로 다시 교육해야 하므로 출결 상황이 좋지 않은 학생을 교사들이 채근하는 일은 마땅해 보였다. 그러나 어떤 학생들은, 지각에도 온당한 사유가 있고, 시험을 잘 못 본 것도 그럴싸한 까닭이 있으며, 좋은 직업을 못 가진 것도 결국 남의 탓이라는 투로 투덜대기만 한다. 문제의 원인을 내 바깥에서 찾는 사람은 어디나 있기 마련이지만, 특정 문화권의 학생들이 비슷비슷한 투덜이 행세를 하는 것이 의아했다. '게으른 국민성'이란 대체 있는 것인가?

의문은 그들보다 외려 네덜란드 사람들을 알아 가면서 차츰 사그라졌다. 내 문제를 남에게 좀체 드러내지 않는 네덜란드 사람들과 너나들이하며 지낸다고 해서 내 고충을 토로하다가는 말이 채 끝나기도 전에, 그건 내 알 바가 아니다, 라는 쌀쌀한 반응을 대하게 될 수도 있다. 내 문제를 하소연하려는 게 아니라 그저 궁금한 걸 좀 물어보자는데도, 어깨를 으쓱 올린 채 손바닥은 상대방을 향하며, 마치 폭탄이라도 건드린 것처럼 더는 다가오지 말라는 제스처를 취한다. "난 당신의 결정에 영향을 주거나 얽히고 싶지 않아."라는 뜻 같다.

예컨대 "요즘 집값이 내렸는데 집을 사는 게 좋을까?"라는 질문을 누군가 했다고 하자. 지금이 적기다, 아니다, 좀 더 기다려야 한다, 같은 여러 의견이 있을 법한데 반응은 이런 식이다. "그건 네가 알아서 판단해야 할 문제지."

"긴 머리가 좀 지루해서 자를까 하는데 어떻게 생각해?"

"그건 네가 알아서 해야지."

결국은 내가 결정할 일임을 몰라서도 아니고 너 때문에 긴 머리를 잘랐으니 책임지라 할 것도 아닌데, 상대방의 사정에 자기 의견을 더하는 데는 박하다. 그게 대체로 네덜란드 사람들의 성향이라는 걸 몰랐을 때는, 이 사람 꽤 살풍경하구나 생각했다.

그리고 '게으른' 학생들의 푸념을 떠올렸다. 그건 어쩌면 상대방이 내 어려움에 공감해 주기를 바라는 데서 나온 어법인지도 모른다. 그 세상에서는 그게 친구이든 동료이든 선생님이든, 서로의 하소연을 들어 주며 위로로 마무리하는 대화가 자연스러웠을 테다. 어떤 이의 눈에는 그게 투덜이로 보이고, 어떤 이는 두 손 들고 어깨 으쓱하며 "네 일은 네가 알아서 하세요."라는 반응을 보이지만, 어떤 이에게는 "오늘 날씨 참 안 좋구나." 정도의 대화일 수 있다.

평소 자전거로 통학하는 아이가 비가 온다며 칭얼댈 때, 궂은 날씨에 아이를 차로 데려다 주는 부모들이 있을 법도 한데 네덜란드에서는 이런 말을 듣기 쉽다.

"네가 설탕으로 만들어진 것도 아니잖아? 자전거 타고 가!"

네가 설탕이라면 비에 녹아 버리니 말썽이지만, 설탕도 아니면서 비 맞는 게 무슨 대수람, 네가 설탕이니? 하며 날씨 탓하는 이를 나무라는 말이다.

나는 설탕도 아니면서 아직도 비 오는 날 자전거 타기가 익숙지 않다. 찬비가 찬 바람을 타고 불어 댈 때는 더더욱. 하지만 비 때문에 자전거를 탈 수 없다면, 비 오는 날은 집 밖을 나가지 못한다는 것이고, 조금 과장하면 날마다 집에 있어야 한다는 뜻이다. 아무렴, 내가 설탕은 아니잖아, 마음먹고 밖에 나가 본다. 비닐 모자 끈을 턱 밑에 동여맨 할머니, 야광 안전 조끼를 입은 전동차 위의 할아버지, 아이 둘을 앞뒤로 태운 엄마, 후드 모자를 눌러쓴 학생들, 다 녹지 않고 자전거를 탄다.

감정의 파고를 거칠게 너울 타는 멕시칸인 마르타는 복통으로 찾아간 병원에서, 이리저리 배를 눌러 보는 의사에게 통증을 호소했다가 "과장하지 마라(엄살떨지 마라)."는 핀잔을 들었단다. 아픔을 느끼는 크기가 다른 것일까? 아니면 아픔을 표현하고 다루는 태도에 따라 실제 아픔도 덜 느끼는 것일까?

나를 포함한 그 많은 중증 투덜이들 역시 설탕으로 만들어진 것은 아니므로, 이 나라에 사는 동안에는 어떤 날씨에도 푸념하지 않고 자전거 페달 밟는 법을 배우게 될 것이다. 그러고는 강가에 가서야 징징대는 법을 익히게 되리라. "당신이 얼마나 외로운지, 얼마나 괴로운지…… 나에게 토로하지 말라…… 차라리 강에 가서 말하라……."는 황인숙 시인의 시처럼 말이다.

그런데 네덜란드 사람들이 저마다 정신적 독립국에서 살아간다고 해서 늘 자기 안만 들여다보며 사는 쿨한 내적 지향형 인간이랄 수는 없다. 흠 하나만 슬쩍 보며 이유를 대자면, 이들은 정작 만나면 '다른 사람 이바구'로 시간을 보내기 때문이다. 얘깃거리의 화수분인 날씨 이야기를 되풀이하다 지치면 '다른 사람에 관련된 사실'을 커피 테이블 위에 올려놓는다. 토니 어머니와 윌리 부부와 함께한 어느 오후의 커피 타임에서 두 시간쯤 나눈 대화의 주요 내용이다.

— 왕실 정보 텔레비전 프로그램인 「푸른 피」에 나왔던 왕실 여인
  들의 모자와 드레스 색깔 논평
— 옆집 부인이, 여왕과 왕세자비 가족이 참가하는 행사를 보겠다
  고 덴 하흐(헤이그)까지 가던 길에 있었던 일들(기차 연착, 기차 검
  표원과 주고받았던 말들, 출발 시각과 도착 시각, 점심 식사 시간과 장소
  를 포함한 여정, 그 식당 평가, 행사 스케치)
— 큰 아들 윕이 다음 주 목요일에 두바이로 열흘 동안 출장 가는
  데, 며칠 몇 시 어느 공항에서 출발, 며칠 몇 시 어느 공항에 도
  착한다.
— 윕의 아내 티티의 여동생 셋이 네덜란드를 방문한다는 소식과
  그들의 방문이 참 즐거운 일이 되리라는 바람 몇 분
— 내일부터 윌리 부부네 부엌 개조 공사가 시작된다. 이어서 새
  로 놓을 부엌의 상세 디자인(재질·색깔·구매 과정 등. 단, 값은 제외)
  과 찬사 몇십 분
— 우리 집 거실에 새로 들인 그릇장 구매와 조립 및 설치 과정, 나

무 재질과 색깔 등의 세부 디자인, 그릇장 안에 놓인 그릇 종류
에 대한 질의응답

헐벗은 우리 집이 하나둘씩 옷가지를 입어 가던 때, 지금은 다 자란
윔의 아이들이 쓰던 이층침대를 분리해서 가져와 컴퓨터 책상과 책장
을 만들고, 남은 나뭇조각으로 창턱에 화분 받침대를 만들기까지의
진전이 있던 때였다. 길에서 거실이 들여다보이지 않게끔 늘어뜨릴
요량으로 꼼꼼하게 치수를 재어 블라인드를 사 왔는데, 막상 대어 보
니 손톱만큼 길어서 아무리 꼼수를 부려도 들어맞지 않았다. 그래서
어쩔 수 없이 이 블라인드를 정원 쪽 창에 달게 되었다. 창문 가리개
에 얽힌 사연을 이렇게 길게 써야 하나 의아하겠지만, 그만큼 험난하
고 긴 과정이었다. 한동안 가족들 사이에서 이 일은 날씨 다음가는 대
화 주제였다. 텔레비전이 놓인 거실 구석 모퉁이에는 역시 이층침대
에서 나온 나무로 이등변 삼각형의 선반을 잘라서 사포질을 하고 여
러 번 페인트칠해 달았다. 이 모든 과정을, 마치 이탈리아에 휴가 다
녀온 윔리네가 한 달 동안의 세부 이동 경로를 얘기할 때만큼 눈을 반
짝이며, 페인트를 어디서 샀는지 어떤 연장을 썼는지 토론할 때, 텔레
비전에서 훌훌 께벗는 사람들을 처음 봤을 때에 버금가는 문화 충격
을 받았다. 이다지도 할 이야기가 없는가, 아니면 이만한 일이 그리
큰 뉴스인가. 소소한 살림 하나 사는 데도 자동차나 집을 사는 일 마
냥 귀동냥과 발품, 그리고 시간까지 들여야 하는 곳인 데다, 집 단장
이라는 국민적 관심사가 어우러져 시너지 효과를 내면서, 한동안 우
리 집 살림 장만 현황은 인구에 널리 회자하였다.

내 눈엔 대단찮은 거리를 서로 즐겨 말하는 배경에는, 나라가 크지 않다는 이유도 있겠고 이들의 삶이 퍽 안정되어 있다는 점도 있겠다. 30분도 겨우 채우는 듯한 저녁 뉴스는 우리나라 신문 사회면 한구석에나 몇 줄 나올 법한 소식들로 채워지고, 저명인사의 생일 소식이나 연예인 커플의 결별 소식이 나오기도 한다.

어느 날 지역 일간지(림뷔르흐 '주'에서 발행하는 신문이다)에, 루르몬트의 어느 거리에 주차장이 추가된다는 기사가 제법 크게 나왔다. 주소를 보니 늘 주차할 데가 마땅찮았던, 우리 집 가정의의 진료실이 있는 거리여서 반가운 마음으로 기사를 읽었다. 그 길에 주차장 '다섯 면'이 마침내 확충되어서 주차 여건이 더 좋아졌다는 내용이었다. 다섯 면!

그러니 쓸데없는 얘기로 시간 보낸다고 타박할 일만은 아니다. 과묵하거나 진중하지 못하다고 혀를 찰 일도 아니다. 게다가 거대 담론도 사생활도 얘깃거리로 마땅치 않은 마당에, 대화와 토론을 즐기는 사람들이 커피 타임에 주고받는 이야기는 잡담일 수밖에 없다. 오래 앉아 있을수록 잡담은 한결 시시콜콜해지고, '팩트fact'는 자주 불려 나온다.

"어제 친구 린과 커피를 마셨는데, 아루바로 휴가를 간대."

몇 월 며칠에 출발, 체류 기간 며칠, 비행 소요 시간 몇 시간이라는 팩트가 한참 오가는 어느 지점에는, "글쎄, 걸음도 불편한 사람이 무슨 아루바까지 휴가를 간담……."이라는 무언의 대사가 숨어 있다.

"아루바까지 비행기 값, 호텔 값 치르려면 돈이 꽤 들 텐데……."라는 또 다른 팩트가 이어진다. 아루바를 가든 쿠라사우를 가든, 제 형편껏 가는 휴가가 초호화판이든 말든 괘념치 않아야 하지만, 대놓고 나무랄 수 있는 유일한 말이기 때문일까? "비싸겠다, 그지—"라는 말이 이어진다. 누가 큰 차를 샀건, 스페인에 별장을 샀건, 오스트리아로 스키를 타러 갔건, 멀쩡한 텔레비전을 평면 텔레비전으로 바꿨건 말건, 남 일이니 끼어들지 말아야 하지만, 그것이 큰돈 들어가는 '소비'에 관한 사실이라면 가십은 금기의 사슬을 끊고 마음껏 파닥거린다. "비싸겠다, 그지—"

친구 마르셀의 생일파티에서 진실게임을 하며 놀 때였다. 무인도에 갈 때 가져갈 세 가지라는 질문에 "시어머니!" 하고 아란이 냉큼 대답한다.

"이야기 상대가 있어야 하잖아."

수다 떨기 좋아하는('팩트'로 구성된 대화를 즐기는) 네덜란드 부인네들을 비꼬는 말이다. 시어머니의 위상이란 어디에서나 그리 탐탁지 않은 것일까? 더욱이 네덜란드에서 시어머니는 '뭐든지 알고 싶어 하는' 존재로 여겨진다.

"프라이버시, 프라이버시, 하면서 왜 자기 아들의 프라이버시는 보장해 주지 않는 거지?"

고장 난 텔레비전을 새로 바꾼 마르타네는, 제발 그의 가족에게 이를 알리지 말아 달라고 여론에게 신신당부했다. 동네방네 소문이 나고 곧 새 살림을 보러 방문하는 가족이 있을 것이기 때문이다.

"네덜란드 남자들이 이렇게 입이 싼지 몰랐다고." 하고 덧붙인다.

하지만 그들의 입이 딱히 가볍달 수는 없다. 그 가벼운 입에서 정작 중요하고 은밀한 이야기가 새어 나오지는 않기 때문이다. 다만, 새 가전제품을 샀다든가, 페인트를 새로 칠했다든가, 창고에 선반을 새로 놓았다든가, 마당의 목련 나뭇가지를 톱으로 잘라 냈다든가 하는 이야기들이다. 결국 마르타는 주말에 새 평면 텔레비전을 구경하러 온 시누이를 맞아야 했다.

새로 산 그릇장 이야기를 무심코 했다가 호기심에 찬 방문을 받은 뒤로는 나도 세간붙이에 대해서는 절대 보안을 유지한다. 정원에 무슨 꽃이 피었다는 이야기도. 그런데도 일상의 소소한 '팩트'는 발에 날개를 달고 방방곡곡 퍼져 나간다.

"어제저녁 시내 레스토랑에서 타파스(스페인 음식으로 한두 입이면 접시가 비워지는 소량의 요리를 통칭하는 말) 먹었다면서?"

뒤집어 보면, 그러므로 누구와도 이야기할 수 있다는 뜻도 되리라. 잡담은 누구와도 할 수 있는 것이니까. 그 순간만큼은 누구라도 유쾌한 얘기 상대가 되어 준다.

도시가 아름답다 할 때는 어떤 요소가 작용할까? 골목길을 덮은 자갈,

그 자갈에 부딪치는 발소리, 하늘을 사선으로 가르는 지붕,

뒤뜰을 감추고 있는 벽돌 파사드, 키 큰 나무들이 윙윙대는 소리,

거기에 더러 나만의 첫 경험이 더해져 도시의 인상을 자아낸다.

우리 동네 루르몬트의 첫인상은 마스 강을 건너 도시로 들어올 때의 풍경이었다.

13세기 첫머리에 수도원 교회로 세워져 지금도 주말 미사와 음악회가 열리는 뮌스테르 교회는 가톨릭 성전이지만 종교개혁을 겪은 탓인지 내부는 수수하다. 이 교회를 이야기할 때 빠지지 않는 찬사가 바로 '네덜란드에 남아 있는 가장 아름다운 후기 로마네스크 건축예술'이라는 말인데, 여러 대를 거쳐 증축 및 개축되어 광장 쪽에서 보면 고딕 양식이지만 뒤쪽은 로마네스크 양식이다.

일상의.
풍경.

우리 집 정원과 우리 마을에 대해서는 아직도 모르는 것이 너
무나 많아서 한 사람의 일생으로는 모자랄 지경이다.
　　　　　　　— 미셸 투르니에, 『짧은 글 긴 침묵』

삼월이 다 지나가고 있지만 봄은 아직 아득하다.
친구 마르타와 시내 카페에서 만난 어느 날, 이 열혈 멕시칸
은 대뜸 "징글징글한, 정말 징글징글한 나라 같으니……"라며 온도가
올라간다. 여느 도시처럼 우리 동네에는 되도록 멀리하라는 골목이
있다. 대낮에 무슨 봉변이야 당하려고, 하는 생각에 지름길인 그 골목
으로 온 마르타는 네덜란드에서 벌써 두 번째의 '징글징글한' 일을 겪
은 참이었다. 아랍계로 보이는 한 남자가 그녀를 향해 뭔가 소리 지르
며 따라오더니, 화난 얼굴로 역시 뭔가 나무라는 듯한 손짓 발짓을 하
기에, 고함을 질러 주고는 뒤도 안 돌아보고 뛰어왔다는 것이다. 검은
머리, 갈색 피부에 아담 체형이라 동남아 나라 출신이나 터키 쪽으로
보이기도 하는 그녀를 자기 동포라고 생각한 모슬렘 남자가 왜 히잡

을 쓰지 않느냐는 도 넘치는 지청구를 퍼부었던 모양이다. 대낮에도 피하라는 데는 그럼직한 까닭이 있나 보다. 그렇잖아도 긴긴 겨울에 기진맥진해 있을 때 이런 일을 겪으면 더 스산하다. 게다가 남자친구의 유난한 어머니 때문에 스트레스를 종종 받는 그녀는, 부활절을 그쪽 식구들과 함께 보낼 생각에 벌써 목이 뻣뻣해진다. 카페는 오후 다섯 시가 지나자 더는 주문을 받지 않고(종업원에게서, 주방이 닫혔다, 는 답을 들었다) 의자를 테이블에 올리고 청소가 시작된다.

"여섯 시까지 아닌가요?"

"그래서 지금부터 정리 시작해야 하거든요."

쫓겨나듯 카페에서 나오니 살을 에는 듯한 칼바람이 불고, 우리는 갈 곳이 없다. 아직 못다 한 얘기가 많으니 조용히 차 한잔 마실 수 있는 곳을 찾아 두리번거린다. 거리에는 궂은 날씨처럼 구겨진 얼굴들이 오간다.

해마다 겪는 꽃샘추위에 해마다 속아 넘어가듯, 부활절이 되어야 봄이 오는 걸 알면서도 기다리는 마음만 앞세우는 때가 삼월이다. 가끔 눈이 오거나 하늘에서 얼음 덩어리가 요란하게 쏟아지면 다들 '미친 삼월'이라는 말을 달고 다닌다. 올해 삼월에도 햇볕 한 번 보기 어려웠고 만나는 사람마다 어딘가가 아프다는 안부를 전해 왔다.

네덜란드에서 세 번째 겨울을 겪어 낸 내게도 습하고 차가운 겨울은 조그만 생채기를 내고 지나갔다. 아침 이불 속에서 몸을 일으키려는데, 왼쪽 팔이 도무지 움직이질 않고 눈물을 쏙 뺄 만큼 아픔이 몰려왔다. 보기엔 멀쩡히 매달려 있는 팔이 뇌의 명령도 제대로 듣지 않았다. 평소 어깨를 불편해하시던 엄마가 호소하던 통증이 이런 것이었나 하는 뒤늦은 공감과 함께, 벌써 오십견이 온 것인가 하여 조금은 공황 상태에까지 이르렀다. 때는 주말이어서 의사한테 보이려면 우리 집 가정의가 아니라 당직 의사한테 가야 하는 터라 망설이던 참이었는데, 팔의 통증보다 기막힌 것은 주변 사람들의 반응이었다. "이불 잘 안 덮고 잤구나."부터 "따뜻하게 껴입고 파라세타몰 먹고 쉬어라."는 자체 처방을 대수롭지 않게 들려준다. 침실 난방을 좀처럼 하지 않는 네덜란드식 겨울나기가 어려워 전기장판을 쓰는데, 따뜻한 이불 속에 뒤척이면서 어깨에 그만 찬 바람을 맞은 듯하다. 한마디로 '풍'이 든 것이다. 이 나라의 만병통치약인 파라세타몰과 그저 며칠 쉬라는 자연주의적 처방이 못 미더워 인터넷 검색을 했다. 관절염을 동양의학으로 설명하면 풍, 한, 습의 세 가지가 함께 몸을 덮쳐서 경락의 기혈을 교란하는 거란다. 바람과 차가움과 습기라, 내가 바로 관절염 걸리기에 딱 좋은 조건에 살고 있음을 깨달았다.

네덜란드 사람들은 머리를 시원하게 해야 병이 생기지 않는다는 '두무냉통' 원리의 신봉자들이라 한겨울에도 자는 방은 '냉방'이다. (사실은 비싼 난방요금 때문에 냉방에 자기를 예사로 여기는 습관이 붙은 것일 게다. 지금도 중앙난방 보일러 없이 난로만 놓고 사는 집도 많다.) 몸을 따뜻하게 하고 원적외선 램프(어르신들 있는 집에는 어지간하면 갖춘 물건!)로 자가 물리치료를 며칠 했더니 거짓말같이 나았다. 그래도 이런 일을 감기처럼 대수롭지 않게 여기며 산다니, 이번에도 한 수 배웠다.

삼십 대 초반인 여룬도 아침에 일어나니 목이 돌아가질 않아서 만사에 신경질이라는데(얼마나 답답하고 짜증스러울까?) 가정의에게 가더라도 첫 진단은 파라세타몰 처방인 터라 그저 낫기를 기다린단다. 사십 대인 프랑스는 인공 햇볕을 쬘 수 있는 솔라룸에 다니고, 토니 어머니는 손가락 마디 통증으로 커피 잔도 들 수 없다며 날씨 탓을 하신다. 겨울철, 사람들의 미간에 더 깊게 패는 주름과 히스테리를 이해할 듯도 하다. 땅보다 높은 바닷물이야 둑을 쌓아 막는다지만 날씨 복 없는 땅에서 하늘이 부리는 심술은 어쩌할 수가 없는 것이다. 온돌방이 김치만큼 사무칠 수도 있음을 깨달으며, 자연을 경외하면서도 다스리며 살아온 우리네 구들장이 네덜란드의 수천 킬로미터 둑보다 더 감탄스러워진다.

　가톨릭 문화권인 네덜란드의 남부 두 개 주, 림뷔르흐와 노르트브라반트에는 사순절 이전에 성대한 카니발이 열린다. 광야에서 금식했던 그리스도의 고난을 생각하며 고기를 멀리하는 사순절이 시작되기 전에 먹고 즐겁게 노는 큰 명절이다. 카니발 기간의 마지막 날인 파스테나본트(단식하는 저녁)라는 말에 그 종교적인 기원이 조금 남아 있을 뿐, 금욕과 묵상이라는 본디 취지보다 풍자로 가득한 종이 우상을 앞세우고 가장행렬 하며 맥주를 손에 들고 거리로 쏟아져 나와 흥청댄다. 웃음이 없던 중세에 카니발이 숨통을 틔우는 구실을 한 것처럼, 여느 때는 엄전한 네덜란드 사람들도 이 기간만큼은 맘껏 흐트러지고 망가진다. 카니발 기간은 부활절 40일 전이니 이월 하순께가 되는데, 겨울의 끝자락에서 봄을 기다리는 마음과 유희의 충동을 함께 달래는 것이다. 비와 겨울이라는 긴 피정 또는 동안거를 깨는 축제다. ('봄'을 뜻하는 네덜란드 말 '렌터lente'도 '사순절Lent'과 관계있다.)
　사흘 동안의 카니발 휴일은 고향 친구 모임을 도모하기도 하고, 올해는 어떤 별난 짓을 해 볼까 궁리하며 놀 거리를 찾아다니는 시기.
카니발 기간에 거리에서 행진 구경을 하고 아무 카페에나 들어가 보
라. 좀체 알아들을 수 없는 그 동네만의 사투리로 된 노래가 울려 퍼
지고, 아무와도 어깨동무하며 어울려 맥주 마실 수 있다. 다만, 맥주
잔이 엎질러져도, 사람들 발에 마구 밟혀도 좋을 만한 신발과 옷차
림이어야 한다. 동네가 온통 3차쯤 마신 듯 대취하여 크고 작은 사고
도 일어나며, '카니발 베이비'라는 말도 있다. 하지만 '카니발 베이비'
보다 조심해야 할 것은 '카니발 피버'다. 며칠 동안 쌀쌀한 거리에 '서
서' 맥주 마시고 카페에서 밤새 엉켜 노는 통에 카니발이 끝나면 앓는
사람이 많다. 과로한 탓이기도 하겠지만 그다지 모여 놀지 않다가 도
시 전체가 참가하는 파티를 치르고 나면 도시 전체가 그만 감기에 걸
려 버린다. 이렇게 카니발 피버와 함께 겨울의 마지막을 앓으며 봄을
기다린다.

부활절, 봄소식과 함께 사월의 네덜란드를 들뜨게 하는 건 '여왕의
날(4월 30일 혹은 이날이 일요일인 경우 4월 29일)'이다.
해마다 도시 한 군데를 골라서 왕실 가족은 시민 사이를 걷는다.
여왕의 손도 잡고 꽃도 건네며 스스럼없는 사람은 뺨에 뽀뽀도 한다.
이름부터 싸늘한 프리슬란트(추운 땅)의 도시 한 군데에서 여왕의
날 행사를 할 때였다. 왕실 가족이 시민과 어우러져 전통놀이를 하며
즐거운 가운데, 한쪽에는 빙판이 마련되었다. 빌럼 알렉산더르 왕세
자가 프리슬란트에서 열리는 그 유명한 '11개 도시 스케이트 대회'에
서 완주했던 일을 기념하는 것이다. 1986년 왕세자는 신분을 숨긴 채,

—

매년 11월 20일경 네덜란드 사람들은 스페인에서 배를 타고 오는 신테르클라스를 기다린다. '신테르클라스의 날'인 12월 6일까지 그는 학교나 병원 등을 방문하고 거리에서 퍼레이드를 벌인다. 신테르클라스(성 니콜라오)는 어린이들의 수호성인이지만, 누구나 가지고 있는 아이 같은 모습을 드러내 놓아도 되는 명절인 것이다.

—

며칠 전부터 멀쩡해 뵈는데 머리에 웬 왕관을 쓴 아줌마가 돌아다니더니 오늘은 코끝에 물감을 칠해서 고양이처럼 만든 갓난아기들까지 등장했다. 몇 집 건너 깃발도 내다 달고 동네 분위기가 수상하다 싶더니 카니발이다.

꽁꽁 얼어붙은 운하가 11개 도시를 이은 200킬로미터의 자연 빙판을 스케이트로 달렸다. 그때 가명으로 썼던 이름이 등에 적힌 오렌지색 점퍼를 다시 입고 왕세자는 스케이트를 탄다. 왕세자비 막시마도 스케이트 신발을 갈아 신는다. 부부는 사람들과 어우러져 스케이트를 타고, 악단은 뜻 모를 스페인어 노래를 연주한다. 막시마를 환영한다는 뜻일 게다. 다음 날 신문은 '왕실 여인들의 드레스 코드는 분홍색이었나?', '왕세자, 다시 빙판 위에 서다!' 같은 표제로 기사를 내보냈다. 어쩐지 동화 같다.

남쪽 지방은 카니발에 이미 질펀하게 놀아서인지 여왕의날에 덜 들뜨는 낌새지만, 홀란트 지방*에서는 콘서트가 열리고 거리로 사람들이 쏟아져 나와 우리 동네 카니발 같은 분위기인데, 다른 점이라면 여왕의날 옷차림은 내남없이 오렌지색이다.

2009년 여왕의날에는 왕실 가족을 향해 차가 달려든 사고가 있어서, 왕실은 격 없이 친근한 모습을 보이고 국민은 '우리는 오란여**'임을 함께 즐기는 이런 방식이 어떻게 달라질지 말이 무성하다. 네덜란드 왕실이 만약 목에 힘주고 왕족 행세를 했더라면, 이 나라는 입헌군주국이 아니라 공화국이 되었을지도 모른다는 게 내 생각이다.

---

* 암스테르담이 있는 북쪽의 노르트홀란트 주와 로테르담, 덴 하흐가 있는 남쪽의 자위트홀란트 주를 일컬어 홀란트라 하며, 네덜란드를 흔히 홀란드라고 하는 것은 여기서 비롯되었다.

** 네덜란드 왕가의 시조가 된 가문의 이름. 프랑스의 '오랑주Orange' 마을을 영지로 삼았는데 '오란여Oranje'는 이를 네덜란드식으로 옮긴 것이다. 원래 '오랑주'의 의미는 오렌지와 무관했으나, 이곳이 후일 유럽 북부 지역으로부터 오렌지가 보급되는 중심지가 되었기에 사람들은 오랑주 하면 오렌지를 떠올렸고, 그때부터 오랑주와 오렌지색이 한 쌍으로 여겨지게 되었다. 오늘날 오란여는 네덜란드 왕가의 이름이기도 하며, 오렌지색과 더불어 네덜란드의 상징이다.

네덜란드에서 계절의 맥박은 희미하다. 대기가 얼마나 싸늘한지, 하늘이 얼마나 높아졌는지 두리번거려 본다. 집마다 창가에 내건 꽃 화분이 아니면 봄이 온 줄도 모르고 지나갈 것만 같다.

마침내 봄이 시작되는 오월, 비보다 해가 나는 시간이 길어지자 도시가 순식간에 활기를 띤다. 카페마다 가게 앞에 테이블을 내놓고 그 위에는 작은 제라늄 화분이 놓인다. 뮌스터르 광장, 그 플라타너스 그늘에도 테이블과 의자를 내놓느라 분주하다. 저러다 비 오면 다 걷어야 할 텐데.

언어학교에서 열성적으로 네덜란드어를 가르치던 야누스 선생님은 헝가리 출신의 외국인이다. 우리가 어떤 문장구조를 어려워하는지 어떤 발음을 힘들어하는지, 네덜란드어에서부터 외국인으로 살아가는 일까지 체득하고 있어 그의 말 한 마디 한 마디가 귀에 와서 쏙쏙 꽂히곤 했다. 헝가리에서 독일어를 가르치던 그가 네덜란드에 와서 네덜란드어 교사가 되기 전에, 신문의 취업란을 샅샅이 뒤지며 일자리를 찾던 중 잠시 일했던 뮌스터르 카페 시절의 일화가 있다.

이 카페의 앞마당 격인 뮌스터르 광장을 노천카페로 만들었다가 다시 비우는 것이 그의 일이었는데, 날씨에 따라 들쑥날쑥한 일이니 말하자면 프리랜서로 고용된 셈이다. 광장을 가득 메우도록 파라솔, 테이블과 의자를 내놓고, 테이블보를 깔고 그 위에 양초와 조그만 화분을 하나씩 놓는다. 가게 문을 닫을 때 다시 와서 거둬들이면 되는데, 문제는 그사이에 폭우가 내리기도 하고 다시 하늘이 개기도 한다는 점이다. 집에서 대기하다가 카페 주인의 부름을 받으면 잽싸게 달려가서 노천카페를 정리한다. 집으로 돌아오면 다시 전화가 온다. "야누스, 하늘이 갰다네……."

우리 동네 카페는 크게 두 종류로 나눌 수 있다. 점심 카페와 저녁
카페.

점심 카페는 오전 느지막부터 오후까지 문을 열고 커피, 맥주, 와인
따위의 마실 것과 함께 간단히 요기할 수 있는 카페다. 시내의 다른
가게들과 마찬가지로 저녁 여섯 시면 문을 닫아 시내가 유령도시로
바뀌는 데 한몫한다. 기차역 광장을 둘러싼 저녁 카페는 오후 나절부
터 저녁 늦은 시각까지 여는데, 뭐, 술집에 가깝다. 금요일 밤부터는
클럽으로 바뀐다. 영업시간과 주메뉴 말고도 다른 점은, 뮌스터르 광
장을 둘러싼 센트룸*의 점심 카페는 나이 지긋한 사람들과 가족 손님
이 많다는 것이다. 아름다운 뮌스터르 교회를 배경으로 한 '헤젤러흐'
함 덕분이다. 하지만 역 광장에는 단연 젊은이들이 많은데, 옆 테이블
의 여자 손님에게 맥주를 사기도 하며 밤에는 더 많은 일이 벌어진다.

오전 내내 글을 쓰거나 컴퓨터와 씨름한 오후에는 장바구니를 자
전거에 싣고 시내에 간다. 읽고 있던 소설책과 네덜란드어 사전도 싣
는다. 모르는 단어가 많아 잘 넘어가지 않는 네덜란드 책도 카페에서
는 꽤 술술 읽힌다. 학교 교실처럼 빼곡한 테이블 사이로 들려오는 말
소리가 집중력을 떨어뜨릴 듯하지만, 사실은 그 반대다. 내 오솔길을
발견하고 그 길을 잃지 않고 따라가는 데는 나무들의 수런거림이 외
려 도움이 된다는, 카페에서 글 쓰기 예찬론자의 말처럼 숲의 수런거
림 속에서 이 글을 쓴다.

* 네덜란드 도시들은 대체로 교회와 마르크트를 중심으로 도시 (성)벽을 둘러 형태를 이루
었는데, 옛 도심이라고 할 수 있는 성벽 안이 도시의 중심이 되어 '센트룸'이라 불리며, '시
내'란 뜻으로 쓰인다.

날씨와 상관없이 바깥 공기를 사랑하는 사람들이긴 하지만, 카페 안이 금연구역으로 바뀐 뒤로는 담배를 피울 수 있는 테라스 자리가 더 인기 있고 창가 자리는 한결 쾌적해졌다. 종업원과 눈 한 번 맞추려 애쓰며 "내 돈 내고 커피 한 잔 마시기도 어렵구나." 했던 불평은, 커피 한 잔 시켜 놓고 자리를 오래 차지하고 있어도 아무도 마음 쓰지 않는다는 편안함으로 바뀌었다. 종업원이 수시로 재떨이를 갈아 주고 물을 다시 채워 주는 서비스로 넘치는 공간이라면, 카페 테이블을 내 책상으로 삼기는 불편했을 것이다.

친구들과 뮌스터르 카페에서 만나기로 했던 봄볕 좋은 어느 날, 우리는 뮌스터르 광장에서 커피 한 잔만 마신 뒤 역 광장의 카페로 갔다. 혼자 신문을 읽는 중년 사내, 파네쿠컨(팬케이크 위에 훈제 베이컨, 과일, 설탕에 조린 생강, 치즈, 건포도 등을 토핑한 네덜란드식 피자)으로 늦은 점심을 홀로 먹는 베레모 쓴 노인, 아무 말 없이 뮌스터르 교회만 바라보며 커피 마시는 노부부 사이에서 우리의 수다는 어울리지 않았다.

그 고장 사람들 사는 모양새를 보여 주는 예로 카페만 한 것이 없다. 햇볕과 바깥바람에 한 맺힌 사람들에게 마침내 찾아온 '카페테라스 차지하기' 계절은 연말연시처럼 근거 없이 사람들을 들뜨게 한다. 여성잡지의 5월호에는 테라스에서는 이렇게 입으라고 제안하는 '테라스 패션' 특집이 등장하고(V자 가슴라인의 꽃무늬 원피스가 대세다) '헤젤러흐한 카페테라스 톱 10'과 같은 기사가 실린다. 자외선이 대수랴. 햇볕이 피부에 닿자마자 혈관으로 침투해 피돌기가 팽팽해지면, 온몸의 눅눅함이 가시는 듯하다. '먹는 게 남는 것'이 아니라 '있을 때

쬐자'는 각오로 세포에 햇볕을 저장이라도 하듯 테라스에 앉는다. 손을 내밀어 햇살을 안아도 보고, 바람을 한 움큼 쥐어도 본다. 봄볕이 나를 쓰다듬는다. 세상은 다시 뽀송뽀송해졌다.

짧은 봄날은 그렇게 테라스 사이로 흘러간다.

장날인 토요일, 어디선가 아코디언 소리가 흥겹게 또 애절하게 들려오는 마르크트(시장. 시장이 서지 않는 보통 때는 일반 광장이다)에는 가판이 벌어진다. 시장이라고 해서 남달리 이국적이거나 어쩐지 분위기가 있거나 하는 건 아니다. 시장이 가지는 요소들을 제대로 갖추고 있을 뿐. 싸고 신선한 음식 재료와 슈퍼마켓에 없는 '귀한' 채소를 살 수 있다. 날씬한 무 하나 있으면 무나물로 비빔밥을 해 먹거나 뭇국도 끓여 먹을 수 있고 내키면 깍두기를 담그기도 한다. 그 까닭은 알 도리 없으나 잎이 보드라운 상추도 시장에서만 구할 수 있는 푸성귀다. 지퍼나 단추 같은 요긴한 생활용품부터 시장표 액세서리와 꽃무늬 옷가지들까지 시장 물건들이 사고 팔린다.

네덜란드 식탁에서 빼놓을 수 없는 치즈는 슈퍼마켓에만 가도 구색이 다양하지만 신선하고 맛나기로는 시장 치즈가 먼저다. 숙성 기간이 긴 아우트치즈를 사도 만든 지 얼마 안된 용치즈처럼 야들야들해서, 집에 오면 장바구니를 아무렇게나 부려 놓고 치즈를 꺼내 갓 담근 김치라도 되는 듯 선 채로 잘라 먹게 된다.

시장 치즈를 권하는 친구들은 이구동성으로, '홀란트 카스 센트럼'으로 가라고 귀띔한다. 대를 이어 치즈를 만드는 가족 농가인데, 다른 집보다 맛있을 뿐 아니라 이 집 아들이 유난히 귀엽다는 것이다. 동네의 '귀여운 남자'에 관해서라면 정보력이 대단한 아란도 눈을 반짝거린다.

네덜란드 말로 치즈는 카스라고 하는데, 이 말을 잊지 않고 기억하게 된 것은 암스테르담 스히폴 공항 주차장에서였다. 콘크리트 건물의 주차장 구역마다 치즈, 젖소, 나막신같이 네덜란드를 대표하는 물건들로 이름을 붙여 놨는데, 글자를 처음 배울 때 쓰는 낱말카드처럼 구멍이 숭숭 난 노란색의 치즈 그림과 함께 kaas와 cheese가 씌어 있었다. 치즈를 카스라고 하는구나, 카스 25번, 이렇게 중얼거리는 사이에 단어를 절로 익히게 되는 것이다.

네덜란드 카스는 하우다, 에담같이 대체로 그 원산지를 상표로 내건다. 요즘은 치즈도 슈퍼마켓에서 더러 팔지만, 푸줏간이나 제과점처럼 수제로 만든 치즈를 따로 파는 가게도 있다. 시장에 오는 치즈가게도 농가에서 만든 치즈라는 뜻의 부렝카스를 파는데, 가공하지 않은 원유로 만든 것이라 공장 치즈와는 맛이 다를 수밖에 없다. 농가마다 다른 풀, 다른 소, 다른 우유에 다른 손맛이 더해져서 남다른 맛을 낸다. 파스퇴르 처리를 하지 않은 원유로 만든 치즈이지만 딱딱한 듯 말랑한 반경성 치즈인데, 이 때문에 유해균에 안전하다고 한다. 커다란 휠에서 한 주 동안 먹을 만큼 덜어서 산다.

카스는 숙성 기간에 따라 용, 용 벨레헌, 벨레헌, 엑스트라 벨레헌, 아우트로 나뉘는데, 4주쯤 숙성시킨 용은 달금한 듯 간간한 감칠맛, 한 해 가까이 숙성시킨 아우트로 갈수록 아릿한 깊은 맛이 난다. 치즈 맛에 익숙하지 않은 사람에겐 군둥내일 수도 있으나, 생김치는 생김치대로, 신김치는 신김치대로 맛이 있듯, 갓 담은 치즈의 신선한 맛으로 시작한 것이 지금은 곰삭힌 아우트의 맛도 즐긴다. 외국 사람들이 좋아하는 김치가 살짝 맛이 들었을 때인 것처럼, 우리 입맛에는 '용'에서 '용 벨레헌'쯤이 맞다고들 한다. 하지만 묵은지와 청국장 맛에 눈뜨고 나면 평생 잊을 수 없는 기억으로 오장육부에 각인되듯, 아우트에서 반년쯤 더 묵힌 엑스트라 아우트만을 찾는 사람도 있다. 물론 중독된다.

홀란트 카스 센트륌에서 치즈 무게를 달아 잘라 주는 뽀얀 남자아이가 소문의 치즈 소년임은 그 앞에 늘어선 줄만 봐도 알 수 있다. 사근사근한 데다 무엇보다 사람 눈을 쳐다보며 이야기한다. "어서 오세요.", "좋은 하루 되세요." 하고 활달하게 장사꾼다운 인사를 하더라도 사람을 쳐다보지 않고 입으로만 하는 형식적 인사도 있지만, 이 치즈 소년은 눈으로 친밀감 쌓는 법을 아는 것이다. "뭐 더 필요한 것 없나요?", "주말 잘 보내세요."라고 내게만 따로 얘기하는 듯한 눈으로 말이다. 딱히 잘 생기지도 말쑥하지도 않지만 유독 손님을 끄는 까닭일 게다. 다른 치즈가게보다 맛있는지는 알 수 없다. 나도 이 가게의 단골이니까.

슈퍼에서 파는, 병에 담긴 올리브보다 시장에서 덜어 주는 올리브가 구색이 많고 감칠맛이 있다. 올리브야 어차피 다른 나라에서 가져오는 것이고 시장에서 파는 것이라 해도 공장에서 만들어 오는 것일 수 있지만, 어쨌든 맛이 있다. 중독성 있으면서 몸에도 좋기란 흔치 않으나, 올리브와 올리브기름은 예외다. 된장이 몸에 좋다고 아무 된장에나 들어맞는 말은 아니거니와, 올리브기름도 이왕이면 이탈리아에서 신선한 엑스트라 버진(올리브를 처음으로 짜낸 기름)을 가져다 파는 장사꾼을 찾게 된다. 말하자면 집된장인 셈이다.

아몬드, 잣, 땅콩, 크랜베리, 자두 따위의 말린 과일을 쌓아 놓고 파는 견과류가게도 빠뜨릴 수 없다. 청년들이 '골라 골라'쯤 되는 호객 행위를 요란스럽게 하는 과일 판매대에서는 내가 가면 후지사과를 꺼내 준다. "중국 사과, 비싸지만 이거 맛있지요." 하는데, 중국 사과가 아니라 후지사과라고 해도, 일본이나 중국이나 '아시아 사과'는 똑같다는 식이다.

장날 마르크트의 카페는 시장바구니를 바닥에 내려놓은 채 커피 마시는 사람들로 문전성시다. 길에서는 어른 아이 할 것 없이 프릿(감자튀김), 아이스크림을 손에 들었거나, 청어나 크로켓을 선 채로 먹는다. 쇠고기보다 비싼 것이 생선이고, 싱싱함보다 싼 것이 미덕인 동네라 가끔 먹는 생선조차도 소금에 절인 청어나 냉동생선이 대부분이다.

1970년대 광부로 독일에 와서 살고 있는 한국인의 삶을 다룬 다큐멘터리를 본 적이 있다. 이런저런 이유로 고향에 돌아가지 못하고 그리워하는 마음이 얼마나 끔찍한 것인지 짐작할 만한 장면이 있었다. 그 한국인은 네덜란드 북해 바닷가까지 와서 쪼그리고 앉았다. 직접 만든 도구로 돌에 붙은 굴을 캐서는 장만해 온 초장에 찍어 먹는다. 고향을 그리워하는 마음이 고작 굴을 먹는 것이냐 생각할 수도 있지만, 그립다는 것이 얼마나 복합적인 감정인지, 오장육부를 죄어 오는, 고향 냄새와 비슷한 것만 맡아도 며칠은 살 수 있을 듯한 안도감을 조금은 이해할 수 있다. 웬만한 한국 음식 재료는 세계 어디서나 구할 수 있는 세상이지만, 미나리를 넣은 칼칼한 매운탕이나 흐벅진 고등어가 끓는 찌개 생각에 시장에서 도다리나 생태를 사 와서 끓여 보지만, 보기는 그럴싸한데 기억 속의 그 맛이 나지 않는다. 김빠진 맥주 같다. 그렇거니, 굴을 캐며 향수를 달래는 일은 그저 굴의 문제만은 아닌 게다. 그래도 장날이면 생선가게에 간다. 뼈 다 발라낸 슈퍼마켓 동태나 훈제 연어보다야 비린내도 얼마쯤은 풍긴다는 데에 위안을 삼으며.

한 주에 하루, 온 국민이 정해진 시간에만 움직이게끔 약속된 것도 참 야릇한 노릇이었다. 사는 데 필요한 잡다한 물건을 사는 날은 목요일 저녁이다. 곧이곧대로 쓰면 'buy evening'이라는 뜻인 '코프koop 아본트avond', 목요일 저녁에는 아홉 시까지 시내 가게에 불이 꺼지지 않는다. 코파본트koopavond는 시마다 목요일과 금요일 가운데 하루를 저 알아서 고르는데, 주급을 받던 날인 목요일 풍습을 따르는 시가 더 많다. 한 주 단위로 삯을 받던 시절 목요일 저녁은 한 주일 치 장도 보고, 내키면 한잔하기도 하며 흥청거리는 날이었을 테다. 그 목요일 저녁 쇼핑 습관이 지금까지 전해 온다. 집마다 일곱 시를 넘기지 않고 저녁상을 치우고, 여덟 시면 텔레비전은 메인 뉴스 시각이니, 한밤중인 저녁 아홉 시까지 가게 문을 여는 것도 언감생심이다.

네덜란드 할머니들이 지하실에 비상식량을 쌓아 두는 습관은 전쟁과 관련된 인상을 주지만, 먹을거리를 넉넉하게 사 두거나 주의하지 않으면 곤란해질 때가 있다. 집을 얼마쯤 비웠다 돌아온 그날이 마침 토요일 저녁이었을 거다. 물론 냉장고는 다 비운 상태였다. 찬장 한구석에 있던 인스턴트 수프와 비스킷을 먹으며 가게 문을 여는 월요일 오후까지 기다려야 했을 때, 살갗이 아프도록 쏟아지는 우박을 갑자기 맞을 때만큼이나 얼떨떨했다.

그래도 요즘에는 일요일에 문을 여는 슈퍼마켓이 한둘 생기고, '코파본트'가 아니라도 슈퍼마켓 영업시간은 차츰 늦어지고 있다. 지난 선거 때만 해도 일요일의 선거운동을 놓고 왈가왈부하더니, 이 칼뱅주의자들의 삶의 리듬도 변화하고 있는 것이리라. 맞벌이 가정이 늘고 현대 소비사회의 생활 방식이 스며들기 시작하니 대형 복합 상업시설의 수요도 생겨난다. 수백 년 된 건물이 가득한 시내에 새로 건물을 지을 곳은 없으니 이른바 '불러바드 상가'들이 속속 생겨난다. 도시 바깥 언저리의 한길(불러바드)가에 주차장, 상가, 패스트푸드점을 아울러 편리함을 내세우는 대형 쇼핑 단지는 쇼핑과 외식을 일요일 여가 활동으로 만들었다. 우리가 이미 오래전에 겪은 생활양식의 변화가 바야흐로 네덜란드에도 들어오고 있는 것이다.

일요일에도 가게 문을 여는 '코프존다흐'가 네덜란드에서 시행된 때는 1990년대 후반부터다. 네덜란드 정치사상 처음으로 '기독민주당' 없는 내각이었던 '보라색 내각(노동당의 '붉은색'과 자유민주국민당의 '파란색'의 좌우 연정)'이었기에 가능했던 일이라 얘기하곤 한다. 네덜란드의 '가게영업시간법'은 일요일과 공휴일 영업 금지를 원칙으로 하는데, 한 해 12일 이내에서 일요일 영업 여부를 시에서 자체 결정하도록 위임했고, 관광객이 많은 시는 12일 상한선 규정도 풀어 주기로 법을 완화하여 '코프존다흐'가 바야흐로 시작되었다. 물론, 고용인이 일요일 근무를 거부할 수 있다는 전제 아래에서다.

목요일 저녁이나 토요일 말고는 쇼핑할 수 있는 기회가 없는 맞벌이 부부가 아니더라도, 소비자로서도 내가 무슨 요일에 장을 볼 것인가 정도는 내 맘대로 정할 수 있어야 한다 싶지만, 따져 보면 그리 간단한 문제가 아니다. 우선 기독교인은 이천 년 동안 지켜 온 '안식일'을 내세운다. 누군가는 소비사회로 변해 가는 풍조를 개탄한다. '코프존다흐'를 부추기는 쪽은 역시 기업인데, 일요일 영업 금지는 과다한 규제이므로 경제에 좋지 않다고 주장한다. 개인의 자유의지도 불려 나온다. 반면, 평일 근무보다 삯이 많이 들 게 뻔한 휴일 영업은 작은 가게가 대형 체인점과 불리한 경쟁을 해야 하는 처지로 만든다. 결국 덩치가 큰 가게나 기업일수록 영업시간이 긴 만큼 이윤이 늘어난다는 이야기다.

맞벌이 부부나 주중에 짬이 없는 직장인들은 밀린 숙제 같은 일요일 쇼핑을 달게 할 수밖에 없지만 일요일을 쉬는 날로 지키는 오랜 습관은 그래도 질기다. 암스테르담, 로테르담, 덴 하흐 같은 대도시에서는 이미 무색해진 생활 습관이나, '코프존다흐' 여부를 시민투표에 부쳤던 위트레흐트에서는 투표자의 65퍼센트가 반대했으며, 일요일에는 완전한 휴식 상태로 들어가는 시 20퍼센트를 포함해 코프존다흐를 연중 12일 이내로 결정한 시가 80퍼센트 가까이 된다.

주말에는 외려 어떤 활동을 해야만 잘 쉬었다 싶던 나도 일요일은 아무 일도 하지 않는 날, 일상의 공백으로 삼는 것에 사뭇 익숙해져 간다. 문 닫은 상점가, 여느 때보다 느슨하게 운행하는 기차와 버스, 사실은 아무것도 바삐 할 수 없는 날이다. 일요일 오전의 쥐 죽은 듯 고요한 동네를 걷자면 잠든 동네를 깨울까 봐 마음은 깨금발이다.

그 속도는 느리지만, 끝내는 이 나라도 쉬는 날과 일하는 날의 경계가 모호해질 것이다. 자유와 편리함을 누리는 데는 그 값을 치러야 함을 여기 사람들은 잘 아는 듯하다. 그것이 참된 자유인지, 삶을 넉넉하게 하는 편리함인지 되새겨 보고 묻는다.

국경에서 한걸음인 독일 뒤셀도르프나 쾰른 같은 큰 도시에 바람 쐬러 갈 때면 오랜만에 보는 폭넓은 도로나 네온사인 같은 번화함에 상경한 시골 처녀들처럼 탄성을 지르게 되는데, 우리 입에서 가장 크고도 긴 탄성을 끌어내는 것은 우습게도 스타벅스다. 네덜란드에는 스타벅스가 없다. 그래서 이 커피의 팬이 아닌 나도 괜히 반가운 마음이 들어서 푹신하고 넓은 소파에 몸을 묻고, 큰 컵에 든 싱거운 커피를 마신다. 참 어처구니없는 향수다.

요사이엔 네덜란드에도 스타벅스 1호점이 생기긴 했다. 암스테르담 스히폴 공항에 문을 연 커피점은 긴 논쟁 끝에 결국 세관 통과 뒤의 공항 안으로 결정되었는데, 얼마 전에는 2호점도 생긴 모양이다.

유럽과 아프리카 지역 사무소를 암스테르담에 두고 있으면서, 정작 그 매장을 네덜란드에서 보기 어려운 데는 여러 뒷얘기가 있다. 베네룩스 시장을 둘러싼 네덜란드 커피회사 다우어 에흐베르츠와의 '거래' 때문이다. 때가 되기를 기다린다는 말들이 있지만, 나라에서 작은 카페를 보호하느라 그 진출을 막고 있다고 사람들은 믿고 싶어 한다. 프릿과 맥도날드 감자튀김이 한 골목에 마주 보며 공존하는 이 상인들의 나라에서 제 나라의 카페를 보살핀다는 정책이 사실일 리는 없겠지만, 어쨌거나 외국계 커피점으로 뒤덮인 거리 풍경보다는 고상해 보인다. 눈에 익어 반갑기는 하지만, 그렇다고 운하 옆 카페 골목에 외국계 커피점과 아이스크림가게가 늘어선 풍경을 보고 싶지 않은 것은 나도 이 나라 사람들의 바람과 마찬가지다.

커피는 네덜란드 사람들이 가장 사랑하는 마실 거리다. 네덜란드 중앙통계청이 살핀 바로는, 한 사람이 한 해에 마시는 커피가 140리터, 하루 평균 3.2잔이다. 그중 7할을 집에서 마신다. 그렇거니, 스타벅스가 눈에 띄지 않는 것은 이 나라의 커피 문화가 coffee-to-go와는 거리가 멀다는 점과도 관계있을 것이다. coffee-to-go 문화는 '빠르고 기능적인' 사회의 산물이므로. 네덜란드에서는 프릿과 청어는 길에 서서 먹어도, 커피는 정해진 장소에 앉아 느긋하게 마시는 coffee-to-stay 문화다. 커피를 마실 때도 헤젤러흐함의 미학은 고스란해서, 혼자보다는 동행과 담소를 나누는 커피 타임이 헤젤러흐하다. 크로켓과 프리칸딜(네덜란드식 핫도그) 자동판매기는 있어도 인스턴트커피는 보기 어렵다. 무엇보다, '비싼 것은 죄악'이라 여기는 사람들에게 카페보다 비싼 이 셀프서비스 커피점이 눈에 고울 리 없다. 누군가는 스타벅스에서 향수를 느낀다면, 이 나라 커피 애호가들은 네덜란드의 정겨운 브라윈 카페테라스에서 헤젤러흐함을 찾는다.

경험하지 않고는 알 수 없는 일들이 있다. 한국에서 비 오는 날 우산을 쓰지 않던 토니에게 산성비의 유해성을 아무리 상기시켜 주어도, 그는 그저 어깨를 웅크린 채 걸을 뿐이었다. 네덜란드에서는 그게 '정상'이라고 했다. 날마다 내리는 비가 '정상'이라는 말을 여러 차례 들었지만, 새처럼 잠자코 비를 맞을 수밖에 없다는 건 한참 뒤에 깨달았고 이제는 어쩔 수 없는 일상이 되었다.

어떤 여름은 무덥다. 거리에 나서면 그늘을 찾기 어려워 카페든 어디든 들어가야만 한다.

어떤 여름은 장마철처럼 눅눅하고 태풍 철처럼 바람이 거세다. 우박과 천둥 번개도 잦다.

여름 이불과 겨울 이불을 번갈아 꺼내 덮고 지내는 날들, 프로이트처럼 마음은 절로 남쪽을 향한다. 겨울 거리에 추위보다 쉽게 찾아오는 어둠을 피해 사람들은 저마다 어디론가 숨어든다. 일기예보는 올겨울에 '몇 시간' 해가 났나를 알려 준다. 날씨란 맑은 날, 흐린 날 그리고 비 오는 날로 나뉘는 게 아니며, 시간 단위로 일기예보를 봐야 한다는 것도 배워 간다. 토니 어머니는 커피 마시러 들렀다가 시계를 보시더니(하늘을 보지 않고) 네 시부터 비가 올 테니 지금 일어서야겠다 하신다. 과연 문을 나서자마자 하늘이 어두워지고 비가 왔다.

시골에서는 도시보다 날씨에 훨씬 더 영향을 받는 법이다. 세계 최초의 보행자 거리가 로테르담에서 탄생한 것은 비 오는 날에도 아케이드를 따라 쇼핑할 수 있게 하려는 아이디어였으니, 적어도 도시에는 비 피할 처마 밑은 있는 셈이다. '설탕도 아니면서' 궂은 날씨 핑계로 바깥출입을 미루다가, 결국은 방수점퍼에 부츠를 신고 빗속을 걸어 시내에 간다. 비는 내리지 않고 날아다니며 얼굴을 때려 댄다. 폭풍우를 뚫고 오기라도 한 듯 스스로 대견해하며 걸어 도착한 시내는, 다른 풍경, 다른 세상이다. 여느 때와 다름없이 사람들은 커피를 마시고 프릿을 손에 들고 쇼윈도를 기웃거리며, 아기들은 비닐을 씌운 유모차 안에 얌전히 누워 있고 꼬마들은 빗속을 뛰어다닌다. 카페테라스의 길게 내린 차양에 매달린 온열기 아래로는 담배 연기가 자욱하고 오후 세 시 뮌스터르 카페의 내 지정석에도 이미 다른 손님이 앉아 와인을 마시고 있다.

카페, 유리창, 비, 눅눅한 공기, 그 위에 한 겹 감상을 더 드리우고 뮌스터르 광장을 내다본다. 광장에 깔린 자갈은 빗물과 가로등 불빛을 튕겨 내고, 그 위로 목을 뺀 길고양이가 어슬렁거린다. 교회 어딘가에 비를 피해 기어드는 저만의 장소가 있는 모양이다. 무언가를 통해 내다본 세상은 사뭇 낯설고, 일상의 풍경은 알 수 없는 것이 된다.

따뜻한 창 안에서 미지근한 와인을 마시는 이 순간도 풍경 안에서는 하나의 무늬다.

비 맞으며 집에 갈 걱정일랑 제쳐 놓고, 프로스트(건배)!

마스는 프랑스, 벨기에, 네덜란드를 거쳐
북해로 빠져나가는 서유럽의 큰 강이다. 마스 강 연안에는
3천 헥타르에 달하는 네덜란드에서 가장 넓은 지역이 있는데,
여기서 요트, 수상스키, 수상오토바이, 카누, 카약 등
물 위에서 가능한 스포츠는 다 본 것 같다.

"왜 행복한가요?"
"왜냐하면, 내가 행복하다고 느끼니까 행복하지요."

그들은.
항상.
옳습니다.

행복을 찾으려면, 행복하다고 느껴지는 순간을 잘 관찰하고
그것을 기억해 두어야 합니다. 무엇이 나를 행복하게 하는가?
이 질문에 대한 답이 나오면, 남이 뭐라고 하건 거기에 머물면
되는 겁니다.

— 조지프 캠벨, 『신화의 힘』

고대 이집트에서는 집 안에서 해야 할 일과 집 밖에서 이루
어지는 일을 이렇게 나누었다고 한다. 당황되지만 불가피한
일은 사적으로 처리하고, 당황되지 않고 반드시 해야만 하는 활동은
외부에 드러낸다. 요컨대, 용변은 집 안에서 보지만, 밥 먹는 일은 바
깥에서 한다.

현대 네덜란드에는 사적으로 이루어져야 할 만큼 어찌할 바 모르
고 당황되는 일의 범위가 고대 이집트인들에 견주면 적은 편이다. 사
람살이에 불가피한 일이나 현대 한국인들이 극히 사적인 것으로 여기

는 두 가지, 용변 보기와 섹스는 네덜란드에서는 역시 불가피한 일이긴 하나 당황과는 거리가 멀다. 그렇다고 거리 한복판에서 너나없이 방뇨나 섹스를 버젓이 하는 건 아니다. 다만, 숨어서 하고 시치미 떼는 은밀한 행위라거나 누가 눈치챌까 억눌러야 하는 욕망이 아닌 것만은 틀림없다.

거리에는 칸막이 없는 남성용 소변기가 있고, 섹스가 허용되는 강변 일광욕장에 이어 암스테르담에는 공원까지 지정되었다. 불가피한 일이라면 정해진 틀 안에서 허용하여, 거리가 화장실화하고 공원이 소돔과 고모라가 되는 걸 막는 게 낫다는 생각이다.

암스테르다머르(암스테르담인)들이 사랑하는 폰덜 공원은 그 자체가 문화재인 시민 휴식 공간인데, 아는 사람들끼리는 아는 섹스 공원으로 여겨져 왔다. 경찰에 걸리면 벌금을 물면서도 이용자는 늘어만 갔고, 2008년 9월에는 이 공원에서의 섹스가 법적으로 허용되기에 이른다. 해 진 뒤라는 시간제한이 있으며, 소음이 생기면 경찰이 쫓아낼 수 있고, 뒷정리를 해야 하며, 어린이 놀이 지역 근처에서는 금지 같은 조건을 달아 예외 규정을 만든 것이다.

"왜 실제로 지켜지지 않는 일을 지키려고 애쓰는가?"

"다른 이용자들에게 피해 주지 않으며, 어떤 사람들에게는 큰 즐거움인 일을 왜 금지해야 하는가?"

암스테르담 시 의원 판 흐리컨의 말이다.

폰덜 공원은 프로테스탄트에서 가톨릭으로 개종하면서 영감을 받아 쓴 시로 널리 알려진 17세기 시인 폰덜의 이름을 붙인 곳이다.

호기심으로 암스테르담 홍등가를 걸을 때 뭐라 표현할 수 없는 기분이 이는 까닭은 교회 뒤에 '소돔과 고모라'가 있다는 엄연함보다는 그 거리낌 없는 모습 때문이 아닐까. 다들 하면서 하지 않는 척이 아니라, 있는 그대로 드러내는 모습이 버젓하고 솔직하다. 교회와 성매매업소가 어깨 붙인 풍경이 암스테르담의 일만은 아닐진대, 그 뻔뻔함이 자아내는 야릇한 감정은 관광객의 발길을 이끈다.

스히폴 공항에서 환영과 배웅을 하는 사람들의 절절한 사연을 보여 주는 「헬로, 굿바이」라는 텔레비전 프로그램에서였다. 남자친구를 기다리는 한 젊은 여성은, 남자친구가 도착하면 맨 처음 하고 싶은 일이 뭐냐는 질문에, "침대로 가야죠." 하더니, "가능한 한 빨리."라고 덧붙였다.

이런 솔직함에 익숙하지 않은 외국인들은 네덜란드 사람들이 쏘아대는 독화살 같은 직설화법에 명중당해 치명상을 입기도 한다. 그리고 그들은 세상에서 가장 무례한 국민이 된다.

"무슨 일 있니? 안색이 안 좋아 보이네."가 아니라 "너 오늘 모양이 똥 같아."라는 말을 들을 때, "셋째 아이 가진 거 축하해."가 아니라 "뭐, 또 임신을 했단 말이야?"라든가, "등산 무사히 잘 다녀오길 바라."가 아니라 "너, 그 뚱뚱한 몸으로 등산할 수 있겠니?"라는 말을 바로 눈앞에서 들을 때면 미처 반격할 틈도 없이 나가떨어진다.

며칠 전에는 이런 말도 들었다.

"Your Dutch sucks(당신 네덜란드어는 글러 먹었어)."

그렇잖아도 제자리걸음인 네덜란드 말 때문에 고민인 친구에게 다른 친구의 남편이 던진 말이다. 외국인이 네덜란드 말을 하면, 꽤 잘

하는 걸, 쫌으로 얘기해 주는 사람이 더 많긴 하지만, 이렇게 지나치게 솔직한 사람도 있다. 물론 그 친구의 남편은 아무 감정 없이 한 말이며 그녀의 네덜란드어가 썩 좋지는 않은 게 사실이지만, 받는 충격은 아주 크다.

이런 직설화법은 세계 곳곳에서 이 나라로 모여든 비네덜란드인들을 하나의 전선으로 연대시키는데 "솔직함을 가장한 무례함이다."라는 게 중론이다. 발설자는 곧 잊어버렸을 텐데도, 날 선 말 한 마디에 온몸을 바르르 떨며 그 기억을 떨쳐 내지 못하는 사람들을 종종 본다. 이 나라 사람들이 스트레스 지수가 낮은 까닭은 떠오르는 대로 내뱉을 수 있어서가 아닐까 하는 건 내 추측일 뿐, 이들은 직설적인 것이 정직한 것이며 친절과 상냥함은 가장된 호의이거나 대가를 바라는 것이라 여긴다. 세상에 공짜는 없다는 상인 정신일까? 이쯤 되면 좀 각박하다.

오케스트라에서 지휘자로 일하는 마르셀은 얼마 전 중국 상하이 공연을 하고 돌아왔는데, 초고층 건물, 네온사인과 매연으로 뒤덮인 도시가 흉물 같았다는 인상을 들려주었다. 좋지 않은 경험이 있었던 것인지, 아시아인들은 가식적이라는 뜬금없는 말도 한다. 거리에서 길을 물으면 모른다고 솔직히 답하지 않고, 꼭 아는 것처럼 시간을 끌다가 결국은 엉터리 정보를 준다는 것이다.

마르셀의 불만에 대한 태국에서 온 아란과 티키의 변론은, 그건 그들이 외국인에게 길을 모른다 말하기가 미안하고 어쨌거나 도와주려는 마음 때문이라고 했다. 태국에서도 쉽게 "난 몰라요." 하며 제 갈 길을 가지 않는단다.

"모르면 모른다고 바로 얘기하는 것이 도와주는 일 아닐까? 괜히 아는 척하는 건 친절이 아니라 불필요한 가식이라고."

"상대방이 마음 다치지 않게 가능한 한 배려하는 게 예의지. 네가 말하는 건 정직함이 아니라 무람없는 거야."

네덜란드 대 아시아 문화 논쟁이 벌어졌고, 내게도 도와 달라는 눈빛을 보내온다.

"직설과 예의 사이에는 문화권마다 다른 스펙트럼이 있는 것 같아. 그래서 각자 몸담은 문화권에 따라 어느 한쪽은 버르장머리 없어 보이기도 하고, 다른 한쪽은 솔직하지 않고 에둘러 말하는 듯 들리니까. 그 스펙트럼에서, 네덜란드는 가장 직설적인 쪽이고, 어떤 문화권은 그 반대편에 있기도 하고 그런 거 아닐까?"

언어학교 역시 이런 식의 문화 충돌이 숱하게 일어나는 현장이었다. 메모 남기기를 좋아하는 네덜란드 사람들의 습관에 따라 우리도 간단한 메모 작성법을 익히는 작문 시간.

'저녁에 토스트 먹을 예정, 필요한 재료 사다 놓을 것.'과 같은 간단한 쪽지를 쓰는 일이 조금도 간단하지 않았다. 작문 선생님은 '간결함'과 '또렷함'을 줄곧 강조한다. '저녁에 토스트 먹으려고 하는데, 불쑥 약속이 생겨서 나가 봐야 하니까, 시간 되면 빵, 햄, 치즈 좀 사다 놓으면 좋겠다.' 같은 문장에서 '사정 설명하기'와 '시간 있으면 해 줄래?' 하는 말은 간결하지도 않고 명확하지도 않다는 지적을 받는다. 존대법이 거의 없다시피 한 네덜란드 말이지만 그래도 다소 친절하게 부탁하는 표현도 있는데, 선생님이 '네덜란드식'이라고 제시한 것은 '~할 것'과 같은 문장이었다. '명료하다'는 말을 네덜란드에서는 '다

위데레이크'라고 하는데 나중에 알고 보니 이 '다위데레이크'는 의견 개진, 일상 대화, 사람 관계 등에서 아주 높게 치는 덕목이었다. 요컨대 생각도, 감정도, 말본새도, 행동거지도, 두루뭉수리가 아니라 '다위데레이크'해야 하는 것이다. '다위데레이크'는 또렷하고, 눈앞에 드러나고, 논리적이고, 이해할 수 있으며, 직설적이라는 말과 같은 자리에 놓인다.

"나는 남편한테 그렇게 명령식으로 말하고 싶지 않아. 앞뒤 사정을 설명하고 친절하게 쓰고 싶다고."라고 말한 사람은 아프가니스탄에서 온 소라야였는데, 다른 학생들도 짧게 할 말만 하는 네덜란드식 화법이 불편한 모양이었다.

왜 학교에서 이런 메모 작성법을 가르치는지는 학생들의 작문 결과물을 보고 이해가 되긴 했다. 쪽지가 아니라 단편소설쯤 되는 것부터, 부탁하는 게 그렇게 어려운 것인지 왜 부탁을 해야만 하는지의 장황한 설명이 결론보다 더 긴 내용도 있었다. 동방예의지국 출신인 내 작문은 그 직설-예의 스펙트럼의 중간쯤이었던 듯하다.

지름길을 놔두고 에움길로 돌아가는 일을 솔직과 효율만으로 어떻게 설명할 수 있을까? "나는 그게 도리라고 생각하는데, 그럼 너희식으로 선물 마음에 안 든다고 대놓고 얘기해야 할까?"

우편제도의 낭만이 남아 있는 네덜란드에서는 생일에 카드를 주고받는다. (비록 카드에 이름만 씌어 있을지라도.) 생일카드와 함께 조그만 선물을 주기도 하는데 내가 원하지 않는 조잡한 것이라 고맙다는 생각이 그닥 들지 않을 때도 있다. 그래도 나는 선물 준 사람 마음을 상하게 하고 싶지 않아서 정직하지 않게 행동한다.

그러자 마르셀은 내 어깨를 툭툭 친다. "맞아, 그건 예의야."

있는 그대로를 말하면 상대방이 상처 받으리라는 생각도 어쩌면 나만의 것인지 모른다. 하지만, 이게 내 수준의 예의다.

모든 것에 대해 누구나 자기만의 '의견'이 있고, 그 의견을 개진할 '권리'가 있으므로, 내 의견은 타인의 의견과 으레 부딪친다. 그리고 논쟁한다. 논쟁이 아니라 할퀴고 물어뜯는다. 한바탕 논쟁 뒤에는, 아, 오늘 토론 좋았어, 하며 악수를 나누고 집에 간다. 의뭉스러움이나 배려는 들어설 자리가 없을 듯한 이런 태도는 정직하고 솔직한 것으로 여겨지며 물론 높이 평가받는다.

유명 인사들과 했던 인터뷰를 다섯 해 동안 묵힌 뒤에 비로소 꺼내 보여 주는 「다섯 해 뒤」라는 텔레비전 프로그램이 있다. 타임캡슐을 개봉하듯 한 사람의 다섯 해 앞뒤를 같이 놓고 볼 수 있을뿐더러 그간 달라진 시대상까지 보게 된다. 2003년에 찍은 테오 반 고흐의 인터뷰는 그 울림이 참 오래 남았다. 끓는점이 낮은 게 아니라 늘 끓고 있는 듯한 그는 담배를 손에서 놓지 않고 말을 쏟아 놓는다. 다섯 해 뒤에 이 영화감독이자 열정적인 사회활동가가 더는 세상에 없으리라고 그때는 아무도 생각하지 못했을 것이다. 2008년의 스튜디오에는 테오 반 고흐의 어머니와 여동생이 고인 대신 자리에 나왔다. 유족들의 바람은 그의 죽음이 잊혀선 안 된다는 것이었다. '무엇이' 잊히지 않기를 바라는지 하는 물음에, 그가 살해된 까닭과 다시는 이런 일이 일어나선 안 된다는 사실이 기억되어야 한다고 대답한다.

"테오 반 고흐가 살해된 뒤 이 사회가 달라졌다고 생각하나요?"

"네덜란드는 이제 닫힌 사회가 되었어요. 칼럼니스트와 코미디언도 조심스레 말하게 되었지요. 우리는 상대방을 어떻게 생각하는지 거리낌 없이 말할 수 있어야 합니다."

내 의견을 털어놓고 상대방을 비판할 수 있는 문화는 네덜란드 사회의 건강한 힘이다. 하지만 누구나 제 생각을 있는 그대로 말할 수 있어야 한다는 민주주의 기본 원칙이 어느 선을 넘으면 막말이 되고 고상함을 잃고 마는데, 머리에서 가슴까지의 거리가 저마다 다른 다문화 사회일수록 그 선이 어디까지인지는 조심스러울 수밖에 없다. 미국의 이라크 침공에 박수를 치고 극우정치인 핌 포르타윈을 지지했던 반 고흐는 이슬람 비판에 앞장이었는데, 냉소적이고 적대 감정을 담은 거친 목소리가 많았다. 관용 없는 자유, 토론 없는 일방적 비판에 뒤따른 것은 살해라는 극단이었다. 그때나 지금이나 네덜란드 극우정치인들이 코란을 비판하고 나서는 일은 '의사 표현의 자유'와 '종교 차별 금지' 사이에서 논쟁거리이지만, 차별 금지와 평등 원칙을 담은 헌법 제1조의 관용 정신이, 어느 원칙보다 앞서는 이 사회의 가치다.

표현의 자유와 신성모독 사이의 아슬아슬한 줄타기에는, 거친 직설을 정직으로 믿으며 나아가 온당하다고 여기는 사람들과, 그 온당함이 모욕이 되어 깊게 상처 받는 사람들 사이의 충돌이 있다.

일보다 눈치를 빨리 배워 가던 신입사원 시절, 야근만큼이나 내키지 않는 것은 저녁으로 먹는 중국집 배달 음식이었다. 그것도 우동과 자장면에서 택일이다. 밀가루 음식이 속에서 부대끼던 내 딴에는 타협해서 부른 것이 볶음밥이었는데 '사수'에게 이런 말을 듣곤 했다.

"요즘 애들은 개성이 너무 강해⋯⋯."

왜 간자장과 볶음밥은 안 되며 우동과 자장면에서 골라야 하는지 받아들이기 어려웠지만, 우동파와 자장면파 사이에서 볶음밥을 외치는 것이 개성이 되는구나 하는 눈치는 늘어 갔다.

멕시코 대가족 문화에서 자란 제시카는 네덜란드인 남편 가족과 밥 먹을 때면, 식구들에게 제각기 다른 식사를 차려 주는 시어머니 모습에 분개하고, 주는 대로 자식들이 먹지 않는다는 사실에 열 올린다. 호불호가 뚜렷한 네덜란드 밥상에서 "아무거나 주세요."는 없다. 또렷한 취향과 자기표현을 중심으로 자란 사람들이라 어떤 순간에도 거침없는 '예', '아니오'는 부럽기도 하다. 내 주장이 강하다는 것은 내면에 주의 기울여 산다는 뜻이고, 자신감에 찬 사람이 더 건강하기 마련이지만, 때로는 좀 묻어가면 어때, 하는 생각도 든다. 내 주장을 구부리는 여정에서 새로운 깨달음도 얻고 서로 엇비슷해지기도 하는, 이른바 두루뭉술해진다는 생각에 더 끌린다. 우동과 자장 외의 선택은 개성으로 여겨지는 문화에서, 서로 비슷해져야 조화롭다는 사고방식을 은연중 얻었을 것이다. 어쨌거나 싫어하는 우동도 가끔은 먹어 줄 수 있지 않을까 하는 게 솔직한 내 생각이니, 네덜란드식 '아니오 말하기'에 익숙해지려면 아직 한참 멀었다.

거절을 할 때도 우리는 거절을 담은 다채로운 비언어적 언어를 주고받지 않는가. 하지만 이 비언어적 언어에 낯선 사람들과 의사소통하며 살다 보면 나도 곧 직설법을 구사하게 되리라. 아니, 나 스스로 싫은지 좋은지가 또렷하지 않고, 싫다면 무엇이 왜 싫은지 희미한 것이 더 문제일 수 있다. '예', '아니오'는 그다음에 오는 것이므로.

이제까지 살아온 곳에서는 당연했던 일들이 세상의 다른 한 모퉁이에서는 이상한 일이 되어 버리며, 여기서 당연한 일이 내게는 몸에 맞지 않는 옷 마냥 마뜩잖다. 이런 문화 충격의 바탕에는, 이상한 사람으로 여겨질까 두렵고, 이해받지 못한다는 외로움이 서성댄다. 문화적 차이에서 오는 불편함을 머리로는 잘 알면서도, 다른 문화가 요구하는 행동 지침이 내키지 않아 어쩔 줄 모를 때는 먼저, 외부의 환경에 내가 어떻게 반응하는지 바라본다. 거기에서 내 욕구를 앞세우는 일을 옳지 못하다고 배우며 살아왔던 나를 만난다. 그래서 "난 그런 방식이 마음에 들지 않아." 하고 어린아이처럼 말하는 법도 근사하다는 것을 배운다. 유아기를 극복해야 사회화가 되지 않나 따져 볼까 하다가 그냥 정직해지기로 마음먹고 보니 이게 바로 네덜란드식이다. 그리고 "여기선 그렇게 해야 하는 걸 알지만, 나는 이런 식이 더 좋아."라고 털어놓는다. 우선은 나에게 솔직해져야 한다.

직설화법의 대가 네덜란드 사람들을 따라다니는 또 하나의 평판은 오만하고 시야가 좁다는 것이다. 조상 대대로 신세계를 찾아 항해하고 시장을 개척하며 여전히 나라 밖 나들이라면 알아주는 사람들에게 우물 안 개구리 같은 모습이라니. 이들이 다른 나라 구경을 즐기는 까닭은 세상에 네덜란드만 한 데가 없음을 확인하기 위해서라는 말도 있다. 국가주의나 민족주의 성향은 희미한 듯하지만, 제 나라를 어연번듯 여기는 마음은 인지상정인지 네덜란드가 아주 살기 좋은 나라이며, 어떤 갈래에서는 옆 동네가 더 앞서 감을 인정하려 들지 않는 사람도 본다. 하긴 남이 가진 것을 부러워하기보다 나를 긍정하고 만족하는 것이 더 건강한 태도임은 틀림없다. 다른 세상을 두루 보고 다니면서도 결국 우리 동네가 제일이구나 느끼는 오만함 또는 자신감은, 무엇이든 견주고 봐서 낫다 싶은 대상을 쫓아가지 못해 스스로 괴로움에 빠지는 모습보다 한결 기특해 보인다. 바깥보다 내 안을 향해 눈길을 두고 살아가면 삶의 기준은 그 안에서 나온다.

미국의 문화인류학자 마거릿 미드는 네덜란드 사람들을 두고, "그들은 항상 옳습니다."라고 말한 바 있다. 어린이와 임산부에 개의치 않는 너그러운 흡연 문화는 자기 집만 아니라면 어디나 재떨이가 되어도 상관없는 기초질서로 이어진다. 하지만 쓰레기를 수거일 전날 저녁에 내놓는다거나 집 앞 보도에 물건을 쌓아 놓는다거나 하는 일은 즉각 지탄받는다. 반드시 지켜야 한다고 여기는 덕목이 다를 뿐이다.

유로 2008 축구 경기가 스위스에서 열렸을 때였다. 8강까지 승전했던 네덜란드의 축구 팬 오란여들은 기차를 타고 바젤로 향했고, 바젤 시내와 야영장은 수만 명의 오란여들로 넘쳐 났다. 한국의 거리를 뒤덮은 붉은악마들을 보는 듯한 풍경이었다. 히딩크가 이끄는 러시아에 져서 네덜란드의 4강 진출 꿈이 꺾였던 날, 오란여들의 행동을 눈여겨보았다. 저들이 집 안에서 하듯이 바젤 한복판에서 난동이나 부리지 않을지, 텐트에서 자고 노숙하는 축구 팬들이 경기에 진 날 저녁을 탈 없이 보낼 수 있을지. 네덜란드에서 스위스 바젤로 경찰이 파견되었고 사소한 충돌이 있긴 했지만, 훌리건의 행패라고 할 만한 큰일은 없었다. 뉴스에는 오란여들이 참하게 지내 줘서 고맙다는 스위스 측의 보도가 이어지며 거리를 메운 오란여들의 열광적인 모습이 비쳐졌다. 물론 야영장은 맥주병으로 엉망이고 바젤 거리는 쓰레기로 뒤덮였지만 그다지 문제 삼지 않는 듯했다. 자랑스러운 오란여들인 것이다. 오란여들이 큰 말썽을 부리지 않은 것에 자랑스러워하는 사람들도 귀엽다. 물론 이들이 다른 나라까지 가서 훌리건 행세를 하고 왔다 해도 부끄러운 네덜란드인이라거나 오란여 이래도 좋은가 하는 성토는 없을 것이다. 그들은 항상 옳기 때문이다.

임신 여섯 달째를 맞은 친구와 카페엘 갔다. 2008년 7월부터 레스토랑과 카페에 금연이 시행되어 비흡연자들은 한결 편해졌다. 움직이기 불편할 만큼 비좁은 카페에 앉으면 옆 테이블의 담배 연기를 고스란히 다 맡아야 했다. 제 아이를 사이에 앉혀 두고 담배 연기 뿜는 부모들인데, 남의 배 속 아기까지 걱정해 줄 턱이 없다.

커피 마시자며 만났지만 친구가 정말 커피를 시킬 줄은 몰랐다. 카페인 없는 커피를 권하니 커피 한 잔은 괜찮다고 한다. 친구는 가방에서 초콜릿이며 사탕을 꺼내 쉬지 않고 입에 넣는다. 배 속의 아이를 위해 얼마나 더 추가분을 먹어야 하는지는 모르겠지만, 그렇게 단 것을 많이 먹어도 되는지는 또 걱정스럽다.

"얼마 전에 갑자기 눈앞이 하얘지면서 5분쯤을 못 움직이고 아득해졌었어. 조산원한테 갔더니, 저혈당 증세니 단 걸 많이 먹으래."

"검사는 제대로 해 보고 하는 말이야? 조산원이 의사도 아닌데, 빈혈일 수도 있잖아."

검사 없이도 긍정적인 추측, 그러나 확진을 내리는 '진찰 문화'를 익히 아는 터라 저어됐지만, 여기 기준은 '저 알아서 판단할 문제'임

을 되뇌며 오지랖을 여몄다. 임산부라고 해서 별난 식이요법이 있지도 않으며 심지어 카페인, 음주, 흡연도 '조금은 괜찮다'는 낙관주의자들이지만, 덜컹거리며 자전거를 타는 임산부의 모습에는 내가 가슴이 덜컹거린다. 친구는 철분제도 칼슘 보조제도 없이 건강한 아이를 출산했다. 한국에서 임산부들이 받는 온갖 검사는 물론 없었다. 검사나 주의사항 대신 조산원이 친구에게 힘주어 말한 것은 "임신은 병이 아니다. 평소대로 생활하고 임신 기간을 즐겨라."였다.

네덜란드에서는 아이를 집에서 낳는다. 공장 같은 한국의 대형 산부인과에 좋지 않은 기억이 있다면, 편안한 분위기에서 이루어지는 출산이 부러울지도 모르겠다. 산전 관리를 맡았던 조산원의 도움으로 평소 잠자던 침대에서 아이를 낳는 일이 흔한데, 체격뿐만 아니라 체질도 다른 것인지, 임신 기간과 출산을 그리 힘들어하지는 않는 듯하다. 설령 힘들다 하더라도, 엄살이나 투정이 받아들여지지 않는 분위기라 이만한 고통쯤이야, 하고 배포가 커지는 건지도. 배가 곧 터질 듯한 풍선인데, 카니발에서 '콜라'를 들고 춤추던 네덜란드 임산부에게, 출산 예정일이 언제냐고 물으니 '내일'이라고 하는 것도 봤다.

이렇게 출산을 자연스러운 일로 여기는 문화의 뒤에는 유럽 최고 영유아 사망률 국가라는 떳떳지 못한 얼굴도 있다. 호들갑 떨지 않는 기질은 담대하고 성숙해 보이지만, 예방 의료 서비스는 모자란 모양이다. 그럼에도 '자연주의적' 생활 방식과 낙관적 사고방식에 불만이 들어설 자리는 없어 보인다.

더 나아가, 네덜란드 사람들은 설거지할 때 세제 푼 물에 그릇을 담가서 쓱쓱 문지르고는 깨끗한 물로 행구지 않고 행주로 스윽 닦아 내고 만다. 네덜란드뿐 아니라 유럽의 다른 나라들도 이런 물 절약형 설거지를 한다니 이것도 문화라고 하자. 하지만 카페에서, 군내 나는 맥주잔에 얼룩이 보이면, '이거 날마다 양잿물을 조금씩 먹으며 죽어 가는 거 아냐?' 하는 생각이 든다. 이럴 때 네덜란드 친구들의 반응은 한결같다. "그거 조금 먹어도 괜찮아. 안 죽는다고." 심지어는 조금씩 먹다 보면 더 강해진다는 내성 이론도 내놓는다.

에누리도 없고 우수리도 없는 그 똑 부러짐은 어디로 가고 이렇게 너그러운 것일까? 가공식품으로 그득한 슈퍼마켓에서 원산지와 성분 표시라도 살피며 장을 보자면, 이들의 낙관주의가 이해될 듯도 하다. 보존제, 설탕, 첨가물 따위가 없는 먹을거리 사기가 어렵다며 투덜거리는 내가 적잖이 까탈스러워 보일 것이다. 기름에 튀긴 음식과 단 음식을 입에 달고 사는 이들에게 감히 그 식습관을 짚어 주려다가도, 웬 참견, 하는 눈초리를 보내는 마음은 나도 잘 알기에 그만두고 만다.

"젖은 머리를 빗질하면 큐티클층까지 같이 벗겨져서 머릿결이 거칠어진대."

"토마토는 기름에 볶아 먹어야 흡수가 잘된다고."

"밥 먹고 바로 커피 마시면 칼슘이 흡수되지 않고 빠져나가는 거 아니?"

"우리 나이엔 이거 먹어 줘야 된다고……."

그래그래……. 한국에 가면 이런 건강 정보들을 알려 주지 못해 안달인 사람들 틈에서 느끼는 기분이 아닐까?

공자는, 아침에 도를 들어 깨달으면 저녁에 죽어도 좋다고 했다.

'죽어도 좋아'는 더는 바랄 것이 없는 절정에서 나오는 외침이다.

며칠 전 텔레비전에서, 루게릭병 진단을 받은 삼십 대 후반의 남자 이야기를 봤다. 한 아이의 아버지이자 남편이며, 학창 시절에는 '킹카'로 주름잡았던, 다재다능하고 건강한 한 남자가 갑작스러운 발병 뒤 남은 삶을 완성해 가는 모습이었다. 인터뷰어는 몇 해 더 살 수 있으리라 예상하느냐고 바로 찔러 묻는다. 진단 뒤 다섯 해가 보통이라는 대답이다.

"앞으로의 계획은?"

묻는 사람도 어떤 감정적 동요가 없다.

"가능한 한 평소대로 살고 싶다. 몸이 불편해질수록 적절한 도움을 받아야겠지만 늘 그랬던 것처럼 가족과 일상적인 삶을 살아갈 것이다."라고 대답하자 카메라는 서너 살쯤 되어 보이는 아이 사진을 비춘다. "이 사람 너무 측은하지 않나요." 하고 들이대지 않는데도 가슴이 먹먹해졌다. 왜 하필 나에게, 우리 아이는 어떡하라고, 살고 싶어요, 하는 하소연이나 울부짖음이라도 나올 법한데, 여느 때처럼 아이와 놀고 산책하고 설거지하며 지내고 싶다는 모습에 외려 숙연하다. 그것은 슬픔이 아니라 온 힘을 다한 삶, 늘 깨어서 또렷이 바라보는 삶이 내뿜는 아름다움과 존엄이다.

주어진 삶이 얼마 남지 않았을 때, 그동안 못다 했던 일을 실컷 해 보고 죽겠다, 가 아니라 여태 그래 왔듯 소소한 일상을 즐기며 살겠다는 건 내 눈에는 도인의 경지로 보인다. 내일 죽어도 여한이 없는 삶은 과연 어떤 경지일까?

나라별로 행복지수라는 걸 살펴본 결과들은 행복의 잣대란 주관적

임을 보여 주지만, 우리는 내 행복의 내용보다 내가 행복하지 않은 까닭을 찾기에 더 바쁘다.

네덜란드중앙통계청에서 살핀 '인생 만족도'는 그 결과만큼 조사 항목도 놀랍다. 만족에서 불만족까지 늘어놓은 만족도 항목은, 굉장히 만족-아주 만족-만족-다소 만족-불만족의 다섯 가지다. 이 중 '만족' 이상이 88퍼센트, '다소 만족'은 9퍼센트라는 결과가 나왔다. 3퍼센트의 불만족자를 뺀 대부분의 사람이 내 삶에 만족한다는 것이다. 아주 만족은 다소 불만족과, 다소 만족은 아주 불만족과 동의어이지만, 이런 종류의 착시는 우리를 행복하게 만든다.

유럽 나라들 가운데서도, 삶의 질이나 행복도를 살피면 네덜란드가 늘 윗자리를 차지하는 것은, 괜찮은 경제지표나 국력 때문만이 아니라 정부와 사회시스템을 믿고 기댈 수 있는 까닭일 것이다. 한 사회의 만족도란 결국 미래를 대하는 태도의 문제이므로. 내 삶에 만족하려면 내 앞날의 모양새를 그릴 수 있어야 하므로.

"최근 연이은 강도 사건으로 흉흉한 분위기와 궂은 날씨 및 경제 위기에도 행복하다는 시민을 만나 봤습니다."

네덜란드 사람들이 행복한 국민이라는 한 조사 결과를 전하며 시민의 거리 인터뷰를 보여 준다. 질문도 대답도 참 그들답다.

"지금 행복한가요?"

"그럼요."

"왜 행복한가요?"

"아이들 잘 자라고 가족들 몸 건강하니 행복하지요."

"어떤 점이 당신을 행복하게 하나요?"

"나는 주로 아주 작은 것에 만족하고 행복을 찾습니다."

"왜 행복한가요?"

"왜냐하면, 내가 행복하다고 느끼니까 행복하지요."

집집이 배달되는 지역 정보 신문에는 '이 주의 질문'이라는 코너가 있는데, 이번 주의 질문은 '가장 최근에 느낀 소박한 즐거움은?'이다.

엘스(74세) : 정원에 어치 새 세 마리가 싸우는 걸 봤을 때

프랑스와즈(35세) : 친구와 기차 타고 위트레흐트에 강좌를 들으러 가는 길이었는데 그만 잘못 지나쳐 암스테르담까지 갔다. 강좌는 제치고 암스테르담에서 하루 신 나게 놀았지.

요스(51세) : 하루 동안의 힘든 일과를 마치고 저녁에 정원에 기분 좋게 앉아 있을 때. 음악 틀어 놓고 한잔 마시는 것, 참 기분 좋은 일이지.

샤롯테(36세) : 아이와 놀이공원 가서 같이 놀았을 때

넬리(61세) : 지난주 내 생일에. 정말 즐거웠어.

마리안(60세) : 두 주 전에 아기 고슴도치 세 마리가 내 정원에 찾아왔을 때

렌나르트(33세) : 오늘 조카들이랑 정말 신 나게 놀았는데, 그럴 때면 근심 걱정을 깡그리 잊어요.

마르렌느(45세) : 어제 열아홉 먹은 막내딸이랑 자전거 타러 갔는데, 그 애는 아주 낡은 자전거를, 나는 모터 달린 새 자전거를

탔어요. 얼마나 우스웠던지.

필(62세) : 엊저녁에 작은 마을에 있는 아주 조그만 카페테라스에서. 참 헤젤러흐하고, 참 특별했어.

릴리안(75세) : 내가 또 길을 잃어버렸지 뭐야. 그런데 생판 초면의 부인이 그 마을에서 커피를 청하더군. 아직도 그런 게 남아 있더라고!

네덜란드에서 파티는 조촐한 모임에 가까운 잔치다.
배불리 먹고 거나하게 마시며 즐기는 건
칼뱅주의자의 후예들과는 거리가 멀다.

게으르게.
놀이하는.
인간.

자연은 우리가 일을 잘할 뿐만 아니라 또한 빈둥거리기도 잘
하기를 요구한다.
— 아리스토텔레스

마르틴의 쉰 살 생일파티에 다녀왔다. '파티'라고 하면 이브
닝드레스에 손에는 칵테일 잔을 들고 담소를 나누거나 춤을
추는 장면을 떠올릴 수도 있겠지만, 네덜란드에서 파티는 조촐한 모
임에 가까운 잔치다. 배불리 먹고 거나하게 마시며 즐기는 건 칼뱅주
의자의 후예들과는 거리가 멀다. 드레스 코드는 일러 주지 않아도 평
상복. 하긴 출근복, 시내 쇼핑 갈 때 입는 옷, 장 보러 갈 때 입는 옷,
나들이용 옷, 파티복, 그리고 휴일에 집에서 입는 옷, 다 똑같다.

오십이면 지천명. '아브라함을 본다'고 하는 쉰 살 생일이라 커피와
플라이(사과, 살구, 체리 등의 과일을 넣어 만든 파이. 림뷔르흐 지방의 고유
음식)만 먹는 그냥 생일파티는 아니었다. 전국 각지에서 두세 시간씩

걸려 모인 가족들에게 샌드위치쯤은 대접하는 것이다. 유대 사람들이 "당신은 아직 나이가 쉰도 안되었는데 아브라함을 보았단 말이오?" 하고 예수에게 묻는 성경 내용에서 유래한 이 50세 생일 축하 풍습은, 여성에게는 아브라함의 아내 이름을 가져와 '사라를 보다'라고 한다. 마르틴 부부가 사는 골목에 들어서니 알록달록한 깃발이 생일파티가 있는 집이라는 걸 알려 주며, 현관과 창문에도 종이로 만든 '50', '아브라함' 글자가 붙어 있다.

생일선물로 알맞은 와인을 사려는데, 토니는 그냥 집에 있는 와인을 가져가자고 한다. (대체로 4유로를 넘지 않는 슈퍼마켓 와인을 사다 놓고 마신다.) 검소함이 제일가는 미덕임을 알면서도 어쩐지 민망하다. '정·예의·체면'이 뭉뚱그려진 한국 문화와 '실용·검소·솔직'의 네덜란드 문화가 맞부딪치는 순간이다. 다른 손님들이 가져온 선물을 보니 꽃다발, 아네모네 알뿌리 한 봉지, 양초, 비치타월(한 장) 등이다. 선물을 받으면 바로 열어 보지 않고 한쪽에 모아 두었다가 분위기가 무르익었다 싶으면 개봉식을 하는데, 포장을 하나씩 뜯을 때마다 고맙다는 인사와 양 뺨에 쪽쪽 키스가 이어진다. 간소한 선물 문화가 부담 없어 좋기도 하지만, 부담 없는 가격의 선물이니 과연 필요할까 싶은 물건도 있고, 조잡해서 쓰지 않을 듯한 선물이 되기도 한다. 싸면서 좋기란 어렵지 않은가?

플라이와 커피를 먹고 나자 마르틴과 요케 부부의 아이들이 음료와 함께 카나페를 만들어 내어 왔고, 커피와 단 음식을 질리도록 먹다가 식사 시간이 되니 뷔페상이 차려졌다. 빵, 치즈, 햄, 샐러드를 각자 접시에 담아 무릎 위에 올려놓고 먹는다. 수십 명 손님을 치르는 날이니 이런 식사가 간편해 보여 좋긴 하다만, 제발 '맛있니'라는 말은 물어보지 않으면 얼마나 좋을까? 맛보다 실용 정신으로 먹는 참인데 다들 만족스러운 듯, 서로 "레커르(맛있니)?"라는 질문과 "음, 레커르(맛있어)."라는 감탄사를 주고받는다. 한국의 잔칫날처럼 큰상 주변에 무릎 부딪쳐 둘러앉으면 되는 형편이 아니니 집 안의 모든 의자가 동원되어 거실에 배치된다. 꼭 빈 교실에서 큰 원을 그리듯 의자에 빙 둘러앉아 독서 토론회라도 하는 듯한 모양새다. 사람 열이 넘게 모여 얼굴 마주 보며 손에 커피 잔을 들고 있으면 무슨 말이 오갈까? 대화가 끊길라치면, "헤젤러흐—" 하고 서로 끄덕인다.

이런 가족 파티는 대체로 네덜란드의 국민 명절인 생일에 이루어진다. 부모님 생일은 물론, 쌍쌍 문화에 따라 형제자매와 그 파트너의 생일까지 포함하므로, 다섯 남매인 토니의 가족 모임은 형제자매 넷과 각 배우자를 포함해 모두 여덟, 어머니까지 아홉 번의 생일파티가 있다. 부부가 생일이 비슷한 시기이면 묶어서 하기도 한다.

얼마 전에는 윌리와 한스의 결혼 25주년 파티가 있었다. 자기들 결혼기념일을 왜 가족들 불러 파티를 열까 의아했는데, 윌리네 친정 식구들과 한스의 가족들, 즉 양가를 모두 초대한 걸 보면 아무튼 결혼 25주년을 꽤 중요히 여기나 보다.

편안한 소파는 어르신들에게 내드리고 온종일 딱딱한 의자에 앉아 있자니 학교 책상에서 보내는 하루처럼 고단했지만, 시집에서 잔치가 있는 날, 부엌에 쪼그려 앉아 전을 부치거나 온종일 서서 설거지하는 풍경을 상상하며 위안을 삼았다. 모니크와 아스트리트는 부모님의 결혼 25주년을 축하하는 노랫말을 지어 왔는데, 일종의 노래 가사 바

꿔 부르기였다. 프린트물을 손님들에게 돌리고, 같이 따라 부르기를 권했다. 이어서 두 딸은 스크랩북에 가족사진을 붙이고 재미있는 말풍선을 달아 만든 사진첩을 부모님에게 선물했다.

저녁 식사 뒤에 커피와 플라이가 한 순배 더 돌았고, 와인이나 맥주 잔을 들고 홀짝거렸다. 학예회 같은 파티가 밤늦게 이어지는데도 누구 하나 일어설 생각을 하지 않았다. 서로 얼굴 마주 보며 민숭민숭하게, 하기 싫은 회의를 하는 기분이 드는 건 나뿐인가 보다. 헤젤러흐하다는 소리가 여러 번 오갔다. 그 파티에 다녀와서도 며칠 동안은 데친, 네덜란드 시금치같이 늘어졌다.

작은 일도 그 기승전결을 조목조목 풀어 말하는 네덜란드 사람들에게 파티에서 얘깃거리가 떨어지는 법은 없다. 집집이 돌아가며 휴가 계획 또는 후감만 이야기하더라도 몇 시간은 족히 가는 것이다.

지난 주말에 우리가 라인 강에 다녀온 걸 어떻게 다들 알고 있을까? 여행이 어땠냐고 묻지만, 지난 휴가 얘기를 시시콜콜 할 생각은 없어서 '좋았다'를 결론으로 대답을 정리했다. 네덜란드 북쪽 지방으로 카누 여행을 다녀온 윔과 티티 가족은 이레 동안의 휴가 앨범을 아예 책으로 만들어 가져왔다. 올해는 킬리만자로 산을 등반할 계획인데, 날마다 얼마나 달리고 주말엔 얼마나 걸으며 훈련하는지 몇 달 전부터 중계하듯 들은 터라, 그 여행 계획에 대해 슬쩍 물어보았더니 윔은 기다렸다는 듯이 두꺼운 파일을 가져온다. 꼼꼼히 짠 여정을 비롯해, 킬리만자로의 부분별 고도가 표시된 단면도와 일일 등반 거리가 적힌 자료에 훈련 계획도 첨부되어 있다.

해마다 이탈리아에 캠핑카로 휴가를 가는 윌리와 한스 부부는 최근에 다녀온 토스카나 지방의 휴가 사진 앨범을 가져왔다. 한 식당에서 맛보고 반한 나머지 주문해 놓은 올리브기름을 찾을 겸 다시 간다고 하는데, 몇 월 며칠에 출발해서 어느 야영장을 거쳐 어디에서 며칠을 묵을 것인가 하는 세부 일정을 들려주었다. 요케와 마르틴 부부는 저렴한 동유럽파다. 올해는 에스토니아로 간다. 줄여서 얘기하자면 이렇지만, 저마다 안내책자 한 권은 쓸 만한 분량이다.

하위징아는 '놀이하는 인간'이라는 뜻인 '호모 루덴스'라는 개념을 내놓고, 인간 문화는 놀이에서 비롯되며 놀이가 인간의 본질일 수 있다고 했다. 이 네덜란드 학자가 말한 바로는, '놀이'는 시간 나면 즐기는 여가가 아니라 우리 삶의 밑동이자 거푸집이며 본령이다. 놀이와 진지함이 구별되지 않는 듯한 나라의 흥 없고 맥쩍은 사람들에게, 진지함에서 그만 벗어나 놀아도 좋다고 넌지시 일러 주는 듯하다.

1938년에 발표된 하위징아의 저서 『호모 루덴스』가 널리 반향을 불러일으킨 것은 1960년대 들어서다. 노동의 가치를 거룩히 여기는 칼뱅주의 네덜란드 사회에 '노는 것은 자유다.'라는 이론은 새로운 시대가 오리라는 변화의 바람을 타고 사람들을 단박에 사로잡았다. '모든 것이 가능'한 금기 없는 네덜란드 사회는 이 1960년대를 정신적 자양분으로 한다. 이웃 나라 프랑스에서는 혁명의 기운이 꿈틀거리던 때, 교회, 가족, 권위 따위의 전통 가치에 짓눌려 있던 네덜란드 사회에도 낡은 것은 가라, 자유 만세를 외치는 목소리가 봇물처럼 터져 나왔으니 프로보 운동과 히피들이 휩쓸던 1960년대는 가히 '노는 사람들'의 시절이었다. 그런데 그 노는 사람들은 대체 다 어디로 갔을까?

가족 잔치란 역시 좀 지루한 것이라고 해 두자. 그러면 젊은 사람들은 파티에서 어떻게 놀까? 친구 마르타의 남자친구 여룬의 생일이었다. 국적도 다양한 친구들이 네덜란드 한 모퉁이에 형성시킨 끈끈한 유대감은 타향살이의 외로움이나 생활정보보다는 노는 문화다. 우리는 금요일 저녁부터 같이 타코(밀가루나 옥수수 가루 반죽을 살짝 구워 만든 얇은 부침개 같은 것에 고기, 콩, 야채 등을 싸서 먹는 멕시코 음식)를 만들어 먹고 새벽까지 테킬라를 마시며 놀았다.

마르타는 다음 날 토요일 오후에 있었던 여룬의 동창 및 고향 친구들과의 생일파티 후감을 들려주었다. 음식 준비를 하지 않아도 되니 편하긴 했다만, 토요일 오후 나절의 생일파티는 도저히 이해할 수 없다고 했다. 삼십 대 초반의 남자들이 친구 집 거실에 둘러앉아 커피와 플라이를 먹으며 생일 축하해 주는 장면을 상상해 보라.

타파스 레스토랑에서 친구 생일파티를 할 때도 비슷한 풍경을 본 적이 있다. 삐삐처럼 머리를 양 갈래로 땋은 여성이 한 무리의 사람들과 우르르 들어왔다. 거지인지 허수아비인지 피에로인지 모를 차림의 삐삐 여성이 모임의 주인공인 듯했는데 결혼 전날 신부가 친구들과 하는 이른바 '처녀파티'라고 했다. 저런 차림으로 시내에 술 마시러 나올 만하면 어지간히 놀겠구나 싶었는데, 웬걸 우리 테이블보다 한결 조용히 건배만 몇 번 하고는 맥주만 홀짝이다 나갔다. 옷은 저렇게 입고 와서는 시시하다 했더니, 프란스 왈, "우리 네덜란드 사람들이 따분하잖아. 그러니 차림이라도 별스럽게 하는 거야."

물론 이런 파티만 있는 건 아니다. 친구들끼리 큰 파티를 열 때에는, 디스크자키를 잘하는 친구를 불러 음악을 맡기고, 디스코볼을 달아 제법 분위기도 낸다. 지휘자인 마르셀은 클래식 음악을 하지만, 그 동료와 친구들은 마르셀의 파티에 하우스 음악만을 틀었고, 한쪽 구석에는 몸을 제법 흔드는 사람도 있었다. (이 나라 사람들, 춤과는 좀 거리가 멀다.)

요리사인 프란스는 직접 음식을 준비해서 친구들을 자주 부르는데, 홍합이 싸게 들어왔을 때나 청어 철은 빠지지 않고 챙기며, 생일에는 식전주로 시작해 디저트 와인으로 끝내는 정찬 파티를 연다.

외국인 친구들은 생일과 상관없이 서로 초대한다. 밥 한 끼 같이 먹자는 것이 우리에겐 파티라면 파티다. 파티에 초대해도 밥은 안 주는 나라에서, 맛있는 음식을 같이 나눠 먹으며 술 한잔 곁들이는 것, 그게 우리에겐 파티다.

스페인 출신의 네덜란드 이민자인 도라 돌스라는 조각가의 삶에 관한 다큐멘터리를 본 적이 있다. 스무 살 좀 넘어 스페인을 떠나와 예순일곱이란 나이에 제2의 고향 로테르담에서 삶을 마쳤으니, 스페인보다 네덜란드에서 산 날이 더 많은 이 예술가는 제 정체성 묻기를 멈추지 않았다. 스페인과 네덜란드라는, 뜨겁고 차가운 두 문화권 사이에서 어디로 가야 할지 모를 어지러움을 내내 갖고 살았다고 한다. 그녀가 언급한 문화 충격에는 이런 것도 있었다.

"저녁 8시에 초대받아 간 집에서 '커피 한 잔'과 '쿠키 한 조각'을 대접받았을 때."

네덜란드에서 저녁 8시 초대는 식사가 아니라 커피나 음료를 마시자는 소리다.

네덜란드 음식 문화를 가장 잘 보여 주는 예로 점심만 한 것을 찾기 어렵다. 직장이나 학교의 점심시간이 45분이라는 사실과, 대체로 도시락을 싸 다니며 간단하게 먹는 습관 사이에 앞서고 뒤서고는 또렷하지 않으나 인과관계가 없다고는 할 수 없을 것이다. 점심 도시락이라면 한국에서는 IMF 때나 볼 만한 풍경이지만 네덜란드의 구내식당에 한 번만 가 보면 단박에 그 이유를 알 수 있다. 집에서 싸 오면 될 것을 사 먹는 점심은 말할 나위 없이 불필요한 지출로 여기기 때문이기도 하고, 점심밥 메뉴인 '보테르함(식빵)'이 건조하고 차가우나 썩 간편하다는 점도 이를 거든다.

점심으로 날마다 샌드위치를 먹는다니, 처음에는 토마토를 얇게 썰고 양파도 저며 넣고 달걀 샐러드도 만들어 가며 빵 속을 재주껏 바꾸기도 했다. 토니는 소시지와 치즈 한 장만 넣으면 된다지만 나는 아랑곳하지 않았다. (직장인들이, 오늘 점심은 뭐로 먹을까 하는 재미도 없이 마른 빵으로, 매일 똑같이, 그것도 45분의 점심시간이라니 안쓰럽지 않은가.) 언어학교에서 다른 학생들의 도시락을 엿보기 전까지는 말이다.

보테르함 도시락은 식빵 두 조각의 안쪽에 버터를 펴 바른 다음, 치즈를 한 장 깔고, 얇게 썬 소시지를 끼우면 끝이다. (잼, 땅콩버터, 크로켓, 초콜릿 페이스트 따위가 들어가기도 한다.) 이를 먹기 좋게끔 반으로 잘라, 얇은 샌드위치용 비닐에 싼다. 그러곤 커피나 수프를 사서 함께 우걱우걱 먹는 것이다.

'밥벌이하다'를 '보테르함 벌다'라고 하는 걸 보면, 보테르함은 우리네 밥에 맞먹는 주식이라 할 만하다. 빵 속이 두터운, 이른바 반찬 가짓수가 많은 보테르함은 '치장한 보테르함'이라는 비아냥거림을 든다. 밥벌이가 여의치 않으면 맨밥을 먹을 수도 있는데, 빵 속 없이 먹는 보테르함은 '만족감이 들어간 보테르함'이다. "오늘 반찬은 만족감이야." 하면, 치즈도 소시지도 없이 보테르함만 먹는 것이다.

이런 보테르함 도시락을 싸 줄 때마다 토니에게서 참 고맙다는 인사를 받는다. 그리고 주말에는 그가 요리 당번이 된다. 평소 내가 도시락을 싸 주는 게 고마워서라고 한다. 주변에 물어보니, 남녀노소 할 것 없이 제 보테르함은 제 손으로 쓱싹쓱싹 만들어서 집을 나선단다.

프랑스 사람들은 "음식은 그 나라 문화의 척도"라며 제 나라의 음식 문화를 자랑스러워한다. 자랑까지는 모르겠지만, 네덜란드 음식이야말로 이 나라 문화의 척도라는 데에는 공감할 수밖에 없다.

처음으로 초대받아 간 생일파티에서 '보테르함'이 나왔을 때는 나도 스페인 출신의 도라 돌스가 느꼈던 '쿠키 한 조각'의 절망에 버금가는 마음이었다. 시월의 쌀쌀한 그 저녁, 따뜻한 수프 한 모금 없이 배 속에 집어넣는 차가운 빵에 가슴이 돌처럼 딱딱해졌다. 그때 비로소 "저녁에 더운 음식 먹니?" 하는 말을 이해했다. 음식은, 요리 과정이 없는 '찬 음식'과 끓이고 삶고 지지고 볶아 낸 '더운 음식'으로 나뉘며, 이 나라 사람들은 하루에 한 끼쯤 '더운 음식'을 먹는다는 것도 알게 되었다. (대체로 저녁밥은 더운 음식을 먹는다.)

네덜란드 작가 세스 노테봄은 스페인에 처음 발 디뎠을 때를 떠올리며 '풍요와 빈곤'이라는 표현을 쓴 적이 있다. 1954년의 스페인은 가난한 떠돌이였던 노테봄보다 한결 더 가난했으나, 그는 '풍요와 빈곤'을 한꺼번에 느끼는 기이한 체험을 한다. 물질적인 넉넉함과 상관없이 간소한 음식 문화의 나라에서 온 그에게 스페인식 끼니는 사치스럽게 느껴질 만큼 풍성했던 것이다. 내게도 네덜란드 밥상의 첫인상은, 이들의 풍요로운 삶과 도무지 어울리지 않는 빈곤함이었다.

네덜란드는 단순한 음식 문화와 단순한 삶의 대표 주자다. 비교적 고른, 그 삶의 수준처럼 집마다 음식점마다 그 맛도 평준화했다. 계절 음식도 없고, 식단을 가끔 바꿔야 한다는 생각도 없다. 단순함과 복잡함이라는 틀로 나눠 보자면, 한국은 참 복잡한 나라다. 사시사철 아침저녁 다채로운 음식과 오만 가지 맛을 오가는 현란한 삶이다. 음식은 단순해도 삶은 복잡할 듯한 미국 같은 나라도 있다. 그런가 하면 화려한 음식에 단순한 삶을 누리는 낙원도 어딘가에 있을 테다.

외국인 친구들과 만나면 최근 맛보거나 새로 시도해 본 음식 이야기를 화제로 삼곤 해서, 네덜란드 친구들에게서 "먹는 게 그렇게 중요하니?"라는 말을 듣는다. 다른 도시, 다른 나라까지 음식 재료 원정 쇼핑을 나들이 삼아 갔다가, 진귀한 음식 재료를 발견하면 넉넉하게 사서 나누고(제 고향 음식 재료이기 쉽다), 신선한 음식 재료를 어디서 구할 수 있는지, 어떻게 요리하면 되는지, 네덜란드 사람들이 휴가 얘기하듯 시간 가는 줄 모르고 나눈다. 둘러앉아 밥 한 끼 같이 먹는 일도 우리 삶을 풍요롭게 하는 사소함임을, '살기 위해 먹는다'는 네덜란드 사람들이 이해하기는 어려울 것이다.

프랑스 남부 프로방스 지방에서는 뉴스거리가 없으면 남은 시간 동안 화면에 시계를 보여 준다는 얘기를 『프로방스에서의 1년』에서 읽은 적이 있다. 런던에서 온 도시 사람 피터 메일의 눈에는 이 '시계 뉴스'도 꾸밈없는 시골살이의 한갓짐과 매력으로 보였을 테다. 네덜란드의 뉴스는 시계가 아니라 다듬지 않은 자료화면을 그대로 튼다.

뉴스가 아니라 다큐멘터리 같다. 그뿐이랴, 아나운서의 말과 자료화면이 일치하지 않는 방송 사고는 하루에 한 번꼴은 난다 싶은데, 사과 멘트를 하지만 대수롭지 않다는 투다. 방송 시간은 끝나 가는데 출연자들의 발언이 끝나지 않았다면, 서둘러 토론을 갈무리하기보다, 말하던 사람은 발언을 이어 가고 방송은 자막이 올라가며 그냥 끝나는 식이다. 괜히 조마조마하다가도, 뭐 딱 맞아떨어져야 한다는 법도 없잖아, 하며 마음 편안해지는 구석도 있다. 긴장이나 경쟁의 기미 없이, 힘을 한껏 뺀 모습 덕분이다.

지루하기 짝이 없는 텔레비전 방송에서 가장 어이없는 것은 끊임없는 재방송 문화다. 어디선가 본 듯한 내용인데, 치매인가 데자뷰인가 곰곰이 생각해 보면 지난해에 본 프로그램이다. 명절 때마다 성룡 영화를 보여 주는 것과는 차원이 다르다. 몇 가지 안되는 철 지난 미국 시트콤이나 드라마 시리즈를 재활용하는 모양인데, 꼬마였던 아이가 다 자라면 한 해가 지나고, 잊을 만한 틈도 주지 않고 다시 꼬마로 돌아가 한 해 동안 재방송하고, 꼬마는 영원히 자라지 않는 소년으로 해마다 반복된다.

한 번 봤던 방송을 다시 보는 일보다 더 어처구니없는 것은, 사람들이 그걸 군말 없이 되풀이해서 본다는 점이다. 같은 내용을 여러 번 봐도 또 즐겁기만 한 아이들 같다. 재방송의 국민이라고 해서 이들이 멍청이 바보는 결코 아니지만, 시시한 방송을 되풀이해서 봐 줄 수 있을 만큼 참을성 있는 것인지, 아이처럼 순박한 것인지, 작은 것에도 즐거워하며 만족해하는 것인지 모르겠다. "정말 너무하잖아, 도대체 몇 번째람, 시청자를 바보로 아나." 하는 성마른 내 모습에, 세상에는 삶은 감자나 보테르함 말고도 맛있는 음식이 무궁무진하다고 혼자 떠드는 듯 머쓱해진다. 세상 저편에 얼마나 맛난 것이 있는지보다 내 뜰에 뭐가 있는지가 더 중요하고 그걸로 넉넉한 사람들이다. 그리고 충분히 행복해한다.

바다가 그리워 네덜란드의 북해 바닷가를 찾아간 적이 있다. 거기 있으리라 생각했던 바다 냄새와 파도 소리는 없고 황량한 모래언덕과 단조로운 해안선만 있었다. 썰물이 진 바닷가에는 아득한 모래 갯벌만 광활했다.

내가 아는 바다란 냄새와 소리를 빼고는 생각할 수 없었다. 검푸른 바다와 부서지는 파도는 잊고, 새로운 바다 풍경에 적응해야 한다고 그 단단한 모래 해변을 걸으며 생각했다. 잊는 것이 아니라 바다의 여러 모습에서 하나를 목록에 더하면 그뿐인데도, 세상 모든 바다가 이렇게 황량해지기라도 한 듯 서글프고 억울한 마음이 없지는 않았다.

사위를 둘러봐도 바다는 보이지 않았다. 텅 빈 풍경. 파도 소리가 아니라 파도를 때리는 바람이 내는 소리만 먼바다에서 들려왔다. 그 텅 빈 공간에 바람은 귀 아프게 윙윙 울리는데, 동시에 기막힌 적요가 흐른다. 바람만이 존재하는 공간. 그 수평적인 공간감이 주는 해방감과 자유, 하늘과 땅이 맞닿아 붙어 버릴 것만 같은 공간 사이에 나라는, 한없이 작고 힘없는 존재가 또렷하게 다가와 홀로 섰던 그때. 이런 하늘땅에서 사는 사람은 명령이나 통제를 받고는 살 수 없겠구나, 천상천하 유아독존이 될 수밖에 없겠구나 어렴풋이 짐작했다.

모래언덕의 풀숲 사이에 미동 없이 앉아 있거나 누워 바람 소리를 듣는 사람들이 있다. 마치 저 모래사장 멀리 엎드린 물개들처럼. 북해 바닷가의 모래언덕에서 엄청난 바람을 몸으로 맞으며 가만 서 있는 사람들, 바람 소리 듣기에 이어 바람 맞기 명상이라도 하는 것일까?

"여기서 무엇을 보고 있나요?"

"아무것도."

"아무것도 보지 않는다고요?"

"그런데 그게 전부지요."

북해 바닷가를 찾은 한 텔레비전 방송사의 인터뷰어와 사람들이 나누는 대화였다.

어두운 하늘, 울어 대는 바람 속에서 따뜻한 난로와 온기 있는 촛불 아래 모여 앉았다. 우리도 루르몬트를 특별한 곳으로 만들어 가 보자며 와인을 홀짝이던 어느 날, 대만에서 온 친구 치아는 "사람들이 너무 게을러서 미치겠어."라는 심경을 털어놓았다. 파트너십으로 같이 사는 남자친구를 겨냥해서 하는 말일 게다. 한쪽의 잣대로 보면 그 말을 충분히 이해할 수 있다. 게으르고, 낙천적이다. 소심하고, 열정이나 욕망이 없다. 한쪽의 기준으로 보면 그렇다.

생각해 보면 이제껏 주변에서 게으르다고 할 만한 사람이 있었던 가? 한국에서 게으르다고 해 봤자 주말에 세수도 안 한 채 손 까딱 않고 늘어지는 것, 휴가 때 집에서 뒹구는 정도가 아닐까? 늘 어딘가에 소속되어 무언가를 하며 게으를 기회 없이 살아가는 사람들에게 맹렬히는 아니더라도 게으르게 사는 것은 용납되지 않으며, 그 리듬을 삐끗하고 놓쳐 버리는 순간, 낙오자가 된다.

여차하면 둘러앉아 가락 뽑고 춤추며, 한마저 신명으로 즐기는 문화에 견주어 이들의 노는 품이 맥쩍다 흉볼 일만은 아니겠다. 일 덜 하고(2009년 네덜란드 노동자의 실질 노동시간은 주 31.9시간으로 유럽연합 회원국 가운데 가장 짧다) '노는 인간' 호모 루덴스들이 노는 법은, 먹고 마시고 눈이 즐거운 일에 매달려 있지는 않은 듯하다. 더 재미나고 더 새로운 것을 좇는 달뜬 욕망은 끝 간 데 없지만, 우리 삶은 유한한 것이니까. 그 삶을 무르익게 하고 팽팽하게 채우는 방도에는 바다짐승처럼 바닷가에 누워 고요에 귀 기울이는 일도 있다. 지루함과 빈둥거림을 견디고 또 즐기는 일이다.

Eet-en koffiehuis
De Kiosk
-luxe salades
-luxe stokbroodjes
-koffiespecialiteiten
-echte Limburgse vlaai

Deutsche Speisekarte
English menu

Tuinterras

Asperges

Koffie met
Limburgse
vlaai € 4.50

잘못된.
커피.
주세요.

하나하나의 지리학적 우주마다 저만의 신비를 품고 있으며,
그 신비는 그 고장 말을 배울 때에만 해독할 수 있다.
─ 카푸시친스키,『헤로도토스와의 여행』

토니는 인천공항에 발을 내딛는 순간 김치 냄새를 맡으면서
한국에 왔다는 걸 실감한다고 한다. 외국인들이 김치 냄새
에 얼마나 민감한지 짐작은 간다만, 아무튼 그는 한국이라는 나라를
가장 먼저 냄새로 느낀다.

살갗에 떨어지는 햇빛 속의 어떤 기운으로 기억되는 나라도 있고,
돌이나 나무로 된 건물이 주는 촉감이 하나하나 만져 본 듯 고스란한
장소도 있다. 그런데 네덜란드의 육질은 종잡을 수가 없다. 어쩐지 막
연하고 감감하다. 딱히 눈을 사로잡는 뭔가도 없고, 거리에서 특별한
음식 냄새가 풍겨 오지도 않는다.

네덜란드에서 받은 감각의 첫인상을 굳이 들자면, 소리다. 귀를 간

질이거나 솜사탕처럼 달콤하고 아스라한 소리가 아니라 수백 년은 담배를 피운 듯 칼칼하고 높은 목소리가 얼굴의 모든 주름과 근육을 빌려 나오는 네덜란드 말. 독일어처럼 생뚱맞으나 건조하게 들리는 말도 아니고, 프랑스어처럼 방정맞게도 사랑스럽게 들리지도 않는다.

그 나라 말을 배우지 않아도 으레 주워듣기 마련인 말 가운데 하나인 '사랑한다'는 말은 "익 하우트 판 야우."라고 했고, "나도 사랑해."라고 고백을 되돌려 줄 때는 "익 오크."라고 한다는데, 언어란 제아무리 저들끼리 맺은 사회적 약속이라지만 사랑은커녕 다정하게조차 들리지 않았다.

몇 번 다니러 왔을 때 슬쩍 보니 영어가 두루 잘 쓰이는 눈치여서, 네덜란드 말을 구태여 서둘러 배우리라 마음먹진 않았다. 어떻게든 되겠지, 편한 마음으로 시작한 외국살이는 정작 닥치고 보니 외국어에 무방비로 둘러싸인 처지였다. 관광객과 생활인의 차이, 길손과 안주인의 다른 점을 얕본 탓이다. 한 마디도 알아듣지 못하는 언어에 둘러싸여 살아 본 적이라곤 없었으므로 외국어란 얼마나 슬프고 아픈 것인지도 몰랐다.

십수 명의 네덜란드 말이 뒤엉키는 가족 모임에 다녀온 저녁에는 머리를 송곳으로 찌르는 듯 기진맥진해 네덜란드 말도 영어도 입에서 나오지 않는 반벙어리가 되었고, 한국의 가족들과 통화할 때는 마치 외국살이 수십 년은 한 것처럼 한국말까지 더듬던 때도 있었다. 가게에서 네덜란드 말로 셈하고 온 날이면 "역시 되는구나." 하며 한껏 날아오르다가, 전화 건너편에서 들려오는 네덜란드 말에 서툴지만 온 정신을 기울여 응하다가도 끝내 여의치 않아 토니에게 수화기를 건네주며 다시 풀이 죽는다.

오랜 일본 생활에서 일본 말을 익힌 경험이 있는 토니에게 물었다.

"얼마나 지나면 네덜란드 말을 완벽하게 할 수 있을까?"

여느 때는 내 말이 하루하루 늘어 간다며 용기를 북돋아 주던 토니의 대답은 절망스럽게도 "노이트(절대 안 돼)."였다. 틀린 말은 아니다. 시간이 지나면 제법 유창한 네덜란드 말을 구사하며 생활의 불편함이 없어지는 순간은 오겠지만, 모국어가 아닌 한계는 넘어설 수 없을 게다. 냉정한 토니의 대답은 외려 조급함이 주는 스트레스를 눅이는 데 도움이 되었다. 네덜란드 말이란 극복해야 할 대상도 아니고 완벽하게 구사해야 할 필요는 더더욱 없으며(그럴 수도 없거니와) 다만, 시간이 흐르면 자연스런 생활어로 몸에 배게 되겠지. 지금 아무리 「쉬스커와 비스커」 만화를 보며 공부한다고 해도, 이 만화와 함께 유년을 지나온 사람들만이 쓸 수 있는 표현들을 흉내 낼 수는 없는 노릇이다. 말 한 마디 못 하면서 수십 해를 살아온 이민자들도 있고, 심지어 모국어도 제대로 구사하지 못하는 네덜란드 사람들도 있으니 의사소통 수단으로서의 네덜란드 말이 더 중요하지 않겠느냐며 목표 하향 조정을 했고, 이만하면 나쁘지 않다고 자위하기에 이르렀다.

말만 들으면 외국인인지 모를 만큼 오사카 방언을 그럴듯하게 하는 토니는 지금도 여차하면 "앗, 뜨거.", "아야." 같은 말은 일본어가 먼저 튀어나오고, 일본어로 잠꼬대도 한다. 그런 그도 일본어를 익히면서 모국어가 아닌 외국어의 한계를 느꼈을 것이다.

이탈리아인 남편과 산 지 십 년이 넘어가는 친구에게,

"대체 얼마나 지나야 말 때문에 스트레스 받지 않고 살 수 있는 거니?"

"두 해쯤 지나면 말싸움이 되고, 네 해쯤 되면 네가 번번이 이길걸."

친구 아란은 시민통합교육 과정을 마친 뒤 달포가량 다시 네덜란드어 집중 과정을 거쳤다. 한결 전문적인 언어를 익히려는 사람을 겨냥한 단기 집중 교육인데, 막시마 왕세자비도 그 과정을 밟았다고 알려져 있다. 네덜란드어로 치르는 자격시험을 앞두고 역시 이 '브레인워시(세뇌)' 코스를 이레 동안 받고 온 마르타와 아란에게서 도대체 어떤 방식의 교육이기에 한 주 교육비가 삼천 유로 가까이나 하는지, 그리고 그게 아깝지 않다고 하는지 소상히 들은 적이 있다.

수준에 맞는 학습, 일대일 교육과 반복 훈련이 알맹이인데, 아무리 짧은 기간이라도 교육장 담벼락을 못 넘고 합숙해야 한다는 점이 특징이다. 테스트 결과에 따라 맞춤 교육을 받는 덕에, 처음에는 말이 제법 느는 듯하다. 잠들기 바로 전까지 틈을 주지 않고 몰아치는 교육이 며칠 지난 어느 순간, 혀가 굳어 버리기 전까지는 말이다. 네덜란드 말뿐만 아니라 영어도, 제 나라 말도 나오지 않는 어이없는 순간이 닥친다. 언어 영역을 담당하는 뇌의 한 부분이 헝클어져 버린 것일까? 그 경험이 꽤 충격적이었던 마르타가 교육 담당자에게 울다시피 하소연했더니, 누구에게나 그런 순간이 온다며 그 시기를 넘겨야 한다는 말을 들었단다. 새로운 언어를 익히는 일은 이런 '세뇌'의 고통스러운 과정일까?

폴란드 여행 작가 카푸시친스키는 『헤로도토스와의 여행』이라는 책에서, 낯선 땅에서 접하는 생소한 외국어 체험을 인도 뉴델리에 도착했을 때를 배경으로 들려준다. 영어도 익숙지 않고 힌두어도 몰랐던 그는, 언어가 '물체이자 물리적 차원으로 여겨졌으며 도로 한가운데서 벌떡 일어나 앞을 가로막는 벽과 같았고, 세상에 다다를 수 없게 고립시키는 것'이라고 절절하게 썼다.

네덜란드어가 까막눈이라도 길 한가운데서 벌떡 일어나 앞을 가로막는 장애물까지는 아니었다. 영어가 공용어인가 싶을 만큼 슈퍼마켓, 은행, 관공서 등 어디에서나 누구와도 영어로 의사소통할 수 있어서, 어설픈 네덜란드 말보다 그래도 말은 통하는 영어를 쓸까 하는 갈등과 유혹은 더 강렬해진다.

대문 두드리며 제 종교를 권하는 사람, 물건을 권하는 사람들을 내칠 요량으로 못 알아듣겠다는 얼굴을 하면 바로 질문이 들어온다.

"그럼, 어떤 언어로 말할까요?"

미국에서는 거지도 영어로 술술 말한다더니, 이런 일도 있었다. 싯누렇게 담뱃진이 밴 손가락에 흐린 눈빛을 한 여자아이가 길 가는 나를 붙잡고 차비가 없다며 통사정했다. 이 아이 말을 믿고 차비를 주면 마약 값을 대는 셈이 될지도 몰라 뜸을 들이자니 "영어 할 줄 알아요?"라고 영어로 물어 온다.

언어 수집가랄 만큼 외국어 배우기를 좋아하고 또 능한 이 나라 사람들은 얼추 85퍼센트가 '괜찮은 수준'으로 영어를 구사하고, 독일어를 할 수 있는 사람은 60퍼센트에 이른다 한다. 네덜란드어와 독일어의 촌수가 가깝다고는 하나, 그렇다고 독일 사람들이 그만큼 네덜란드 말을 하는 건 아닌 걸 보면, 이 나라가 외국어를 가르치는 태도 및 체계와 관계있을 것이다. 한국의 외국어 조기교육 열풍이 무색하게 도, 네덜란드의 영어 교육은 초등학교 7~8학년(만 10~11세)부터, 독 어와 프랑스어는 대체로 중등학교에서 시작되며, 대학 진학을 목표로 하는 고등학교에서는 라틴어가 더해진다. 성인들은 스페인, 이탈리아 같은 휴가 선호국의 언어를 취미 삼아 배운다. 눈여겨봐야 할 것은 얼 마나 일찍, 오랜 기간 배우느냐가 아니라, 배우면 그 말을 곧잘 한다 는 점이다.

음식 재료의 조리법, 세제 사용법이나 가전제품 사용 설명서들을 알아먹게 되면서 하나하나 물어봐야 하거나 장을 잘못 봐 오는 일이 줄어든 것만으로도 기분 좋은 일이었다. 물에 타서 써야 하는 마룻바 닥용 세제를 원액으로 문질러 마루를 다 벗겨 낸다거나, 매운맛을 산 다는 게 단맛 나는 칠리소스를 산다거나, 입에 맞지 않는 염소치즈를 산다거나 하는 자잘한 잘못에서 더는 낭패감을 느끼지 않아도 되니 말이다. 모국어로 얘기하는 히딩크 아저씨를 보는 일도 유쾌하다. 뭐 니 뭐니 해도 신문을 읽게 됐을 때의 기쁨이 가장 컸다. 인터넷 뉴스 레터도 받아 보고 눈길 가는 칼럼을 즐겨찾기도 하며 세상 비밀을 풀 수 있는 암호라도 알아낸 듯 설레었다.

책방 나들이 재미도 되찾았다. 이제 구석의 영어 책 코너로 직행하 지 않아도 된다. 먼저 입구에서 베스트셀러 코너를 훑어본다. 오, 하 루키의 『상실의 시대』와 『해변의 카프카』가 눈에 띈다. 동네 책방에 요시모토 바나나의 책까지 있는 걸 보니 일본 문학이 여기서도 인기인 모양이다. 댄 브라운도, 파울로 코엘료도, 토마스 만도, 폴 오스터도 모조리 네덜란드어다. 스머프 만화를 더빙 없이 보며, 하리 뮐리스를 원서로 읽게 될 줄이야. 사람살이의 속내를 가장 직접적으로 접할 수 있는 간접적인 방법이 문학이라면, 한국에 드물게 소개된 네덜란드 문학을 탐험하는 일은 미궁에서 길을 잃지 않게끔 이끌어 주는 아리아드네의 실타래다. 이 실타래를 움켜쥐고 이 사회의 더 은밀한 내면으로 한 발씩 내디뎌 간다.

네덜란드 사람들은 자기네 말을 하는 외국인에게 상반된 태도를 가진 듯하다. 어설픈 네덜란드 말이 원활한 의사소통에 방해된다고 생각해서인지, 영어 실습 기회로 삼으려는 건지는 모르겠지만, 네덜란드 말로 물어도 영어로 대답해 오는 일이 흔하다. 우리말, 너희 말 따질 것 없이, 말이 통하는 언어로 얘기하자는 실용 정신일 수도 있다. 그래서 가까운 사람이라면, 미안하지만 내가 너희 나라 말을 익혀야 되니까 좀 불편하더라도 네덜란드 말로 얘기해 달라고 도움을 청한다.

거꾸로, 이 나라에 살려면 이 나라 말을 반드시 배워야 한다 생각하는 이들도 적지 않다. "세상에, 그 사람은 십 년이나 여기 살았는데 아직도 네덜란드 말을 못 한다네." 하며 비아냥거리기도 한다.

2007년 5월 틸뷔르흐 대학에서는 비네덜란드어 사용자 학생들 때문에 학교 안에서 영어가 지나치게 쓰인다는 항의 시위가 있었다. 이 시위를 이끈 '언어보호회'는 제품명, 광고, 미디어 따위에 공연히 쓰인 영어를 바로잡는 등 네덜란드어가 외국어에 '오염'되는 일을 막자는

'순우리말 쓰기 운동' 단체다. 제 나라 언어와 문화의 정체성을 지켜 나가려는 이 언어 순수주의 운동은 극우정치 집단과 연관 있다는 눈 초리를 받기도 하는데, 실제 이 단체의 목표 가운데 몇 가지는 국수적 색채를 드러낸다.

"네덜란드 안에서 교육은 네덜란드어로 이루어져야 한다."

"외국인이 우리나라에 자리 잡고 살려면 우리말 배우기를 의무화 해야 한다."는 등의 주장이다.

전자의 주장은 이루어지지 않았으니 영어 교육 과정이 있는 대학에 가서 의사 표현을 했을 테고, 후자는 현재 '시민통합화' 프로그램으로 이루어진 셈이다. 이 일만으로 네덜란드 사회가 꽉 막혀 있다 보기는 어렵지만, 이 관용적인 다문화 사회의 국민 사이에 일렁이는 정체성 불안과 자신감 결여는 감지할 수 있다.

세계시민 에라스뮈스의 후손들도 요사이는 정체성을 자주 들먹 인다. 막시마 왕세자비가 2007년 한 연설에서 했던 "De Nederlander bestaat niet."라는 말도 꽤 화제가 되었었다. 정관사 'de'에 힘주어 "네 덜란드인은 존재하지 않는다." 다시 말하면, 네덜란드인은 어떠어떠 하다고 규정할 만한 고정된 정체성이란 없다는 뜻이었다. '커튼 젖힌 큰 창문으로 누구나 집 안을 들여다볼 수' 있으나 한편으로 '사생활 을 높이 치고' '차와 한 조각의 쿠키'로 '손님을 따뜻하게 맞이하며' '이성적이고 절제'하면서도 '함께 진한 감정을 공유'하는 사회가 네덜 란드다. 그러므로 하나의 정체성을 내세우기에는 서로 어긋나는 듯한 여러 모습을 지닌 '다채로운' 나라라는 게 속뜻이었다.

"하나의 이해관계를 공유하고 있으므로 서로 이해하고 배워야 한다. 스포츠클럽, 기업, 학교, 지역사회를 생각해 보라. 주안점은 사람 사이의 눈에 드러난 차이가 아니라 공통의 목표와 저마다 지닌 자질이다. 함께 뛰며 함께 공부하고 함께 일한다. 국경이 열린 세계에서 그것은 아주 중요하다. (다문화 사회에서 국적과 정체성은) 'Or'이 아니라 'and'로 보아야 한다."고 그녀는 강조했다.

한국인은 냄비근성이 있다, 한국은 유교 문화 사회다, 한국은 정으로 넘친다, 같은 몇 마디로 한 나라 사람들의 정체성을 담아낼 수 있을까? '국민성'이라는 개념 자체가 의심스러운 나로서는 그녀의 말에 오해 없이 공감할 수 있었다. 그런데 이 연설 뒤 언론이 보이는 반응이 꽤 재밌다. 막시마 왕세자비는 여기 산 지 일곱 해나 되는데도 아직 네덜란드의 정체성을 모른다, 용감하나 너무 순진하다, 라는 새된 소리도 나왔다. 아르헨티나 출신인 그녀가 "마찬가지로 '아르헨티나 사람'의 특정 정체성도 없다."고 덧붙였는데도 말이다. 다른 나라 왕실로 시집 온 외국인이 "이 나라 사람들은 정체성이 없다."는 말을 했으니 고깝기도 하겠다만, 누구나 어떤 의견이라도 거리낌 없이 표현할 수 있고 거기에 쓴소리할 수 있는 것도 이 사회의 정체성이므로 크게 시끄러워지지는 않았다. 둘에서 하나만을 고르라고 윽박지르는 흑백논리보다 둘 다 보듬어 정체성으로 삼아야 한다는 생각, 민감한 문제를 주저 없이 논쟁의 한복판에 스스로 끌어다 놓는 그 대범함에 외려 "막시마가 네덜란드 사람 다 됐구나."라고 이야기하는 사람들도 있었다.

아르헨티나 군사독재 정권의 각료였던 아버지를 둔 막시마 왕세자

비를, 처음에 국민은 장래 왕비로 그리 반기지 않았다. 네덜란드 사회는 이 결혼을 놓고 왈가왈부했고, 의회에서는 몇 달이고 토론이 벌어졌다. 답 없는 말싸움보다 써먹을 수 있는 결론을 좋아하는 이 나라 사람들은, 그녀의 아버지가 군사독재 정권에 발 담그긴 했으나 시민을 학살하고 수많은 의문의 실종자가 발생한 '추악한 전쟁'에서 피를 손에 묻히지는 않았으며, 아무리 왕세자의 혼인이라도 배우자를 선택하는 사생활 문제라는 정서에 슬쩍 기대어 긴 논쟁을 마무리한다. 그리고 의회는 이 결혼을 승인한다. 과거는 어쨌든 지나간 일이니까. 하지만 그녀의 아버지는 딸의 결혼식에 초대받지 못했다.

지금 그녀는 여러 잡지의 표지를 환한 미소로 장식하며 왕실의 국민적 인기까지 높이고 있는데, 텔레비전으로 생중계된 이들 부부의 약혼식에서 그녀가 선보인 유창한 네덜란드 말이, 사람들의 마음을 녹이고 데우는 데 아무 영향 없었다고는 못 할 것이다.

왕세자비만이랴? 외국인이 제 나라 말을 배우려 애쓴다면, 손 내밀어 금 안으로 끌어당겨 보듬고 싶은 마음이 인지상정이다. 말이 곧 문화이므로, 말이 통하면 말을 통해서 그 사회에 스며들고 밴다.

아르헨티나와 네덜란드의 이중국적을 가진 왕세자비, 나라의 정체성보다 다문화 사회의 앞날을 힘주어 얘기하는 이 장래의 왕비는 이민자 사회통합 문제에도 열심인데, 그 가운데서도 말을 배우는 일이 얼마나 중요한지 목소리를 높인다. "막시마 보라고, 네덜란드 말 정말 잘하잖아." 하는 비교를 들으며 절망하는 이민자들도 많을 것이다. 어쨌거나 월드컵 축구 경기장에 오렌지색 원피스를 입고 나타나 오란여들을 응원하는 그녀의 유창한 네덜란드 말에, 사람들은 그녀가 부에노스아이레스 사람임은 잊어버린다.

"네덜란드어 공부는 잘되어 가나요?"라고 누가 물어 오면, 얼굴을 얼마쯤 찡그리며 "휴, 네덜란드어는 정말 어려운걸요. 아직 소리도 제대로 못 내는 단어도 많아요." 하며 단어 몇 마디 소리 내 보라. 삼십 분은 너끈히 사람들을 즐겁게 할 수 있다.

이를테면 '안부'라는 말의 '흐루턴groeten'은 '채소'라는 뜻의 '흐룬턴groenten'과 왜 그렇게 헷갈리는지. "헤라르트한테 안부 전해 줘." 해야 할 것을 "채소 전해 줘."라고 하면, 자클린은 "그래, 토니한테도 브로콜리, 양파, 파프리카 전해 줘."라고 되받는다.

그 속사정을 모르는 채 무작정 따라 말하기에 부대끼는 말은 어디에나 있다. 예컨대 '코피 페르케이르트(잘못된 커피)'. 멀쩡한 커피를 시키면서 '잘못된' 커피를 달라고 해야 한다.

네덜란드에서 커피 마시는 법은 말하자면 우리네 '다방커피'와 엇비슷한데, 에스프레소만큼은 아니지만 꽤 진한 커피에 크림과 설탕을 탄 커피가 보통이다. 카페에서 커피를 주문할 때도 "어떤 커피로 드릴까요?" 하는 질문은 좀처럼 없고, "커피 주세요." 하면, 작은 잔에 담긴 커피에 크림, 설탕을 따로 내어 온다.

요즘은 모카나 카푸치노가 메뉴에 있는 '신식' 카페도 많지만, 전통적인 카페에서 가장 많이 마시는 것은 그냥 '커피'와 함께 '잘못된 커피'다. 이 잘못된 커피, '코피 페르케이르트'는 말하자면 '카페라떼'다. '카페라떼'는 말 그대로 우유가 들어간 커피인데, '잘못된 커피'임은 무슨 까닭일까? 커피가 잘못되었다(틀렸다)는 말은, '잘못되지 않

고 정상인' 커피에 우유가 많이 들어가서 '주객이 전도된' 커피이기 때문이다.

입에 척 붙지 않고 이물감을 주는 말들 틈에는, 사전을 들춰 보지 않아도 누가 설명해 주지 않아도 '아하' 하고 도 터지듯 와 닿는 말도 있다. 예컨대 '병원病院'이라는 뜻인 '지켄하위스ziekenhuis'는 '병ziek+집 huis'이다. 단박에 알아먹는다. '식민지植民地'라는 뜻인 '폴크스플란팅 volksplanting'이 '국민volk+심다plant'로 이루어진 조어법에서, 우리와 사고방식이 엇비슷한 데가 있다 느낀다면 성급한 생각일까?

이런 조어법의 공감은 우연이나 닮은꼴 세계관 때문이 아니라 일본을 징검다리로 한 역사가 배경이라는 이야기가 그럴듯하게 들린다. 네덜란드 선원 하멜이 제주도에서 표류해 억류되어 지내던 시절, 일본은 나가사키 항을 통해 서양 세계와 교역하고 있었다. 문을 열기는 열되 서양 문화가 퍼지는 것을 막기 위해 일본은 나가사키 항 앞바다에다 인공 섬 '데지마'를 외국인 거주 분리 지역으로 만들고, 섬 안에 상관을 둔다. 쇄국과 교역 허용이 동시에 이루어진, 이 외국인 무역특구의 주인공은 바로 세계를 항해하며 장사꾼 기질을 뽐내던 네덜란드인들이었다. 실리를 위해서라면 종교를 접을 준비가 되어 있었던 네덜란드 사람들은 기독교 전파를 저어했던 일본 막부의 정책에 어긋나지 않게, 이 섬에 자리 잡고 일본과 장사한다. 이때 일본은 네덜란드에서 의술, 천문, 지리, 생물, 지리학 등을 아우르는 서양 문물을 받아들이는데, 네덜란드 책을 읽으며 연구하는 사람이 수백 명이었다니, '난학蘭學(일본 에도 시대에 네덜란드에서 전래된 지식을 연구한 학문)'으로 불린 이 새로운 학문이 일본 근대화의 젖줄이 되었다 할 만하다.

서역 만 리의 네덜란드어는 일본을 거쳐, 꽁꽁 걸어 잠근 우리 문틈을 비집고 흘러들어 왔다. 맞부딪치거나 스친 적도 없는 네덜란드에서 먼 바닷길을 항해하여 도착한 말들은 이를테면 가스(하스gas), 메스(메스mes), 삥끼(픽pek), 마도로스(마트로스matroos), 뽐뿌(폼프pomp), 고무(홈gom), 란도셀(란설ransel) 따위다.

의학용어, 과학용어, 문법 술어 등도 이 난학을 거친 일본의 조어 실력이었다. 한국 학자들이 일본에서 가져온 학문을 그 일본어까지 고스란히 갖다 쓴 탓에, 네덜란드의 '눈먼 창자'는 일본에서 '맹장'이 되고, '맹장'은 우리나라에서 '막창자'를 밀어내고 널리 쓰인다. 어쨌거나 덕분에 어려울 만한 네덜란드 의학용어가 입에 설지 않다. '맹장'을 왜 '눈먼 창자'라고 하는지는 모르지만 '맹장'이 '맹장'임은 알고 있으니 말이다.

한국에서는 어쩐지 불온하고 칙칙한 단어가 되어 버린 '동거'라는 말도 네덜란드어와 연분이 있는지는 모르겠지만, 결혼하지 않은 커플이 함께 사는 것을 일컬어 '사멘보넌samenwonen(함께samen+거주하다wonen)'이라고 한다.

네덜란드에서 커플이 함께 사는 제도적 형태는 크게 세 가지다. 결혼, 파트너십 그리고 동거. '함께 살기'인 동거는 사랑이 끝난 연인들이 제 갈 길 가듯이 '별거'로 끝나기도 하고, 결혼으로 나아가거나 중간 단계인 파트너십까지 가기도 하지만, 아이 낳고 몇 해를 살아도 '동거'인 경우도 많다. 친구 릭과 티키 커플도 올해 초에 아들 팀을 얻었는데, 시청에 친자 인지 신고만 하고는 그대로 '동거' 중이다. 제 아이 엄마를 '여자친구'라고 부르던 언어학교의 선생님은, 결혼했느냐 학생들이 물어보면 "여자친구와 살고 있다."고 답하곤 했다. 둘 사이에 아이를 낳고 살아도 결혼 관계가 아니면 서로에게 남자친구, 여자친구다. "이쪽은 내 딸이고, 이쪽은 내 여자친구야."라고 할 때, 우리가알 수 있는 것은 이 커플이 결혼하지 않았다는 사실뿐, 동성애자 커플인지 이성애자 커플인지, 이성애자 커플이라면 이 여자친구와 딸은모녀 관계인지 아닌지 알 도리가 없다.

동거, 파트너십, 결혼은 각각 법적 권리 및 의무와 사회적 인식에서차이가 있으나 어떤 방식으로 함께 살지는 저희끼리 정할 일이다. '결혼'은 말 그대로 '결혼'하는 것이고, '파트너십'은 시에 '등록'하는 것이며, '동거'는 두 사람이 맺는 '합의'와 '계약'으로 이루어진다.

부양의무, 재산·부채의 공동의무, 위자료 지급 의무 따위에서 '결혼'과 '파트너십'의 차이점을 찾기는 어렵다. 다만, 파트너십을 맺은두 사람 사이에 아이가 태어나면 친자 인지를 해야 한다는 점과 배우자 관계를 끝내는 방법으로 '결혼'은 법정에서, '파트너십'은 공증인이나 변호사의 도움을 받는다는 점이 다르다.

'동거'는 '공동생활 계약'을 새끼손가락 걸며 약속하거나 계약서로만들어 공증받는다. 공동생활비, 주택 임대료, 은행계좌 같은 내용이계약서로 약속된다. '계약동거'라는 말도 썩 울림이 좋지 않은 말이돼 버렸지만, 기초 생활비가 워낙 많이 드는 탓에 공동생활의 '재정계획' 때문에라도 얼마쯤의 약속은 있어야 한다. 공동생활이란 것이, 군식구 숟가락 하나 더 얹으면 되는 형편이 아님을 내 눈으로 보고 나니 '계약동거'라는 말이 주는 야박한 기운은 가셨다. 상속권이나 승계

권을 포함할 수도 있고, 나중에 다툼이 없게끔 세간 소유권이나 집안 일을 나눈 내용을 못 박아 놓기도 한다.

여러 방식의 '관계 맺기'가 이렁저렁 자리 잡은 것은 결혼이 주는 짐 몇 가지를 가볍게 해 보려는 꾀부리기와 관련 있을 테다. 내 주머니, 네 주머니 따지며 계약에 기대어 함께 사는 모양이 우리 눈에는 스산하다 싶지만, 결혼이 선사하는 엄중함을 속속들이 엄중하게 다루는 태도일 수 있다. 두 사람이 맺는 가장 높은 차원의 약속이 결혼의 본령이라 믿는다면 말이다. 결혼이라는 제도에 덧씌워진 여러 오해를 걷어 내고 오롯한 함께살이를 해 보자는 것인데, 어떤 함께살이이든 그 약속이 어깨를 무겁게 누르는 순간이 없겠느냐마는, 제도적·사회적 편리함이나 세상의 눈이 아니라 자기와 맺은 약속, 내 짝과 맺은 약속의 힘을 믿고 키우며 살아갈 일이다.

언젠가 길 가다 솜사탕을 보고 토니는 그 한국말을 물어 왔다. '솜사탕'이라는 단어를 알려 주며 영어로 그 뜻을 설명했더니, 한국어는 상상력이 넘치고 판타지가 있다는 말을 했었다. 그때는 그 의미를 알지 못했다.

네덜란드 말로 솜사탕은 '사위케르스핀suikerspin'이라고 하는데 '설탕suiker+회전spin'으로 된 말이다. 우리가 '솜 같은 사탕'이라고 생각할 때, 이들은 '설탕을 회전시킨 것'으로 이해한다.

언어는 삶의 방식을 비추는 거울이므로, 눈에 보이는 대로 인식하고 구부리거나 부풀림 없이 말을 지었으리라 짐작했다. 하지만 이 가설은 잘 들어맞지 않았고, 이해가 수용의 전제 조건이라는 누군가의 말도 던져 버렸던 일이 있다.

시계를 읽고 시간 말하기를 익힐 때였다. 12 : 30이라고 버젓이 씌어 있지만, '12시 30분'은 '12시 30분'도 '1시 30분 전'도 아닌 '반시간 1시'로 읽는다. 18 : 40은 '18시 40분'이나 '6시 40분' 또는 '7시 20분 전'이 아니라 '반시간 7시에서 10분이 지난'으로 읽는다. 눈에 보이는 숫자가 뇌를 거쳐 말이 되어 나올 때는 1, 8, 4, 0이란 숫자는 없다. 다른 논리가 필요한 것이다.

언어학교에 다니기 전에 이미 이 혼란을 한바탕 겪은 바가 있다. 토니 어머니로부터 커피 초대를 받았는데 '반시간 11시'가 약속 시간이었다. 네덜란드에서 오전 커피 타임은 10시 30분으로 붙박이임을 알았다면 그런 실수를 하지 않았을 텐데, '반시간 11시'를 아무 의심 없이 '11시 반'으로 인식했다. 이 사람들의 사고방식은 10시 30분을 10시 30분이라 함을 당연히 여겨 온 내 사고 체계와 상관없는 것이구나, 머릿속을 지우고 세상을 새로 배워야 하는구나 싶었다.

덥고 춥다는 표현이 '따뜻하다'와 '춥다'의 두 가지로 수렴되는 것은 현실의 반영일 테다. 사계절의 경계가 흐리멍덩하고 그닥 덥지도 춥지도 않기 때문이다. 그러니 봄에는 따뜻하고, 여름에는 아주 따뜻하고, 가을에는 춥고, 겨울에는 아주 추울 뿐이다. 이해는 하지만, 수용은 역시 어려운 것. 한여름, 내 입에서는 "아주 따뜻해."라는 말이 나와 주지 않았다.

외국살이에서 그 나라 말을 익히는 일은 취향이란 끼어들 틈 없는 생존의 문제다. 현명한 사람이라면, 아예 좋아하려 애쓰는 편이 낫다는 건 나도 안다. 하지만 혹시 그 언어에 내가 갇히지는 않을까? 새로 익힌 언어를 저항 없이 술술 말하게 될 즈음엔 머릿속도 덩달아 세뇌되어 있지는 않을까? 예컨대, '언어적 더치 미니멀리즘(최소한의 요소로 최대한의 효과를 이루려는 사고방식)'과 같이, 절대 배우고 싶지 않은 사고방식 말이다.

금요일 수업을 마칠 때 선생님이 주말 잘 보내라는 인사를 건네면, 학생들은 "젤프더."라고 대답들을 했다. 슈퍼마켓 계산대에서도 "저녁마저 잘 보내세요." 하면 장바구니에 물건을 담으며 "젤프더." 하고 돌려준다. '그쪽도요'쯤의 뜻이다. "휴가 잘 다녀오고, 하는 일 다 잘되길 바라."에도 역시 '젤프더'다. 젤프더, 젤프더, 젤프더. 간편하다만, 이렇게까지 절약하며 누구나 한입이 되어야 할까?

어휘 선택의 파시즘은 밥상 위에도 있다. 이를테면 맛에 대한 찬사를 보내긴 하는데, 맛이 어떠냐 묻는 말에 구수하다, 칼칼하다, 새콤하다, 들큼하다, 달착지근하다, 매콤하다, 시원하다 정도는 아니더라도, 내 입은 다른 말을 한참 고르다가 대답은 끝내 '레커르'냐 '레커르하지 않은'이냐로 수렴되고 만다.

네덜란드 단어 가운데 이 셋만 알아도 얼추 의사소통은 된다는 '뢱 leuk', '모이mooi', '레커르lekker'를 보자. 이 세 단어는 각각 '좋다/예쁘다/맛있다'라는 뜻이나, 그 활용은 군더더기 없는 언어적 추상주의를 보여 준다.

"오늘 날씨 레커르하다, 그지?"

"응, 정말 레커르하고 모이한 날씨야."

"저기 모이한 테라스에 레커르하게 앉을까?"

"좋아, 레커르. 이 의자도 참 레커르하네."

"커피 레커르하게 한잔 어때?"

"좋지, 레커르."

"이 파이 레커르하다고 생각해?"

"응, 레커르."

"저기 지나가는 남자애 레커르해 보이지 않니?"

"나는 저런 타입 릭하지 않다고 생각해."

"휴가는 어땠어?"

"모이했지. 날씨도 레커르했고 참 릭한 휴가였어."

"오, 릭."

"저녁에 뭐할 거야?"

"집에 레커르하게 있을 거야."

"오, 릭."

"나는 집에서 애들하고 레커르하게 있는 게 가장 릭하다고 생각해."

"왜?"

"왜냐면, 나는 그게 릭하다고 생각하니까."

"그래, 릭."

이런 대화를 듣고 있으면 정말 릭하지 않다.

입에 붙지 않는 표현과 그 사고방식에 손사래 치며 남몰래 홀로 실랑이를 벌이지만, 그 말맛에 매료되어 완전 항복하는 순간도 있다.

네덜란드어의 동사는 어근+'-en'으로 구성되는데, 그러면 '자유로운'이라는 뜻인 vrij에 en이 더해진 vrijen은 무슨 뜻일까? 자유로워지다? 자유를 누리다? 놓아주다? 해방시키다?

프레이언vrijen은 '사랑을 나누다'라는 뜻이다. 언어가 세계관의 거울이라면, 프레이언이란 말을 지은 그 세계란 참 심오하고 멋지구나 생각했다.

자주 쓰고 싶은 말, 더 자주 말하려고 애쓰는 단어도 생겼다. 예를 들면, '헤니턴'은 무엇을 '즐기다'라는 뜻이다. 커피 테이블에 앉아, 살짝 나온 햇볕에 "음, 레커르."를 연발하는 것도 헤니턴이고, 정갈하게 가꾼 수수한 집에서 음악을 들으며 저녁 시간을 보내는 것도 헤니턴이다.

숲 속을 걷다가 토니는, 저기서 잠깐 헤니턴하고 가자, 라며 벤치를 가리켰다. 털썩 앉아 가쁜 숨 헉헉 몰아쉬기는 '쉬어 가기'이지만, 헤니턴은 숨을 가다듬고 눈에 들어오는 자연과 햇살을 누리는 일이다. 새들의 말을 혹시 알아들을 수 있을까 귀 기울여도 보고, 산들바람이 노곤한 몸에서 나는 땀을 실어 가고, 나무 내음이 땀구멍으로 들고 나는 것을 바라보는 일이다. 헤니턴의 목적어는 햇살, 봄날, 갠 하늘, 자연, 일상, 소소한 것들, 지금 이 순간, 경치, 휴가 따위인데, 그 가운데 으뜸은 단연 '인생 그 자체'. 사는 맛을 즐기고 누리는 헤니턴은 흥청망청 재미 보는 일에는 쓰이지 않는다. 둘러보면 헤니턴의 목적어는 무궁무진하다. 네덜란드 말에도 내가 미처 알지 못했던 무궁무진한 그 속살이 있을 것이다.

궁금하면 참지 못하고, 뉴스가 있으면 나눠야 한다고 생각하시는 토니 어머니한테서 전화가 왔다. 새로 산 보청기를 달았더니 교회 예배가 한결 수월해졌으며 너무 많은 소리가 귀에 들어온다는 소식, 친구 린 할머니가 달포 예정으로 스페인으로 겨울 휴가를 떠났다는 소식, 뉴질랜드에 사는 사촌에게서 안부 편지가 왔다는 소식, 막내아들 네 손자 브람이 고등학교 졸업시험에 통과했다는 소식(과목별 점수도), 그리고 저녁에 '더운 음식' 먹느냐는 질문에 이어, 저녁 맛있게 잘 먹고 남은 저녁 시간 잘 보내라는 말씀을 하셨다. 곰곰이 다 들은 뒤 이렇게 대답한다.

"네, 젤프더."

chapter 2

림뷔르흐 나들이

깨달음의 맨 처음은 땅과 하늘의 모양새다. 몬드리안의 차가운

추상처럼 수평과 수직의 선적인 풍경은 남부 림뷔르흐로 오면 삼차원이 된다.

오르막 내리막이 있고 포도밭이 있는 구릉 사이 계곡으로 낮은 시냇물이 돌아간다.

풍차보다 수차가 많으며 마을마다 작은 교회들은 벽돌이 아니라 돌로 지어졌다.

"지금 당신은 네덜란드에서 가장 아름다운 곳에 서 있는 겁니다.

한국에도 이렇게 아름다운 곳이 있나요?"

네덜란드에서.
가장.
아름다운 곳에.
서다.

 해묵은 여행 노트를 펼쳐 보면 옛날 일기를 꺼내 읽는 것처럼 민망하다. 여행자 특유의 탄복과 찬사들이 밤에 써서 아침에 읽어 보는 연애편지 같다. 넘치는 감상은, 진기한 유적이나 풍광보다 예쁜 잔에 커피를 담아내 오던 카페, 그 카페에 앉아 있던 노부부의 다정한 모습, 주인의 정성스런 손길이 느껴지는 창가 풍경에서 온다. 창틀에 놓인 화분 하나에도 감탄하고, 세상에 하나밖에 없을 듯한 이색 가게나, 자전거 앞뒤로 아이를 태우고 가는 젊은 엄마, 자전거 위에서 담배를 말아 피우는 빨간 머리의 여학생에 눈길을 빼앗긴다. 하지만 이국의 일상이 주는 로망은 유효기간이 있다. 익숙함과 남루함이 동의어는 아닐진대, 쉽게 들썩이던 천진한 마음은 시들해져 가는 것이다.

팔켄뷔르흐는 림뷔르흐의 언덕에 있는 오래된 도시다. 이 남쪽 휴양도시에서 보낸 처음 며칠 동안의 노트에는 이렇게 적혀 있다.

"이 작은 도시에는 유독 사람 구경하는 여행자들이 많다. 여행이란 결국 다른 사람 사는 모양을 구경하는 일이라지만, 이 휴양도시의 노천카페에는 거리를 내다보며 앉은 할머니, 할아버지가 가득하다. 한 손에는 말보로, 다른 손에는 커피 잔을 들고, 세상이 오고 가는 걸 바라본다. 『Snowcat in Paris』에서 분류한 카페 종류에는, 공부하기 좋은 곳, 친구 만나기 좋은 곳, 그냥 앉아서 사람들 구경하기 좋은 곳 등이 있는데, 여기는 단연 사람들 구경하기 좋은 곳이다."

사람 구경하기 좋은 카페란, 지나고 보니 팔켄뷔르흐에만 해당하는 것은 아니었다. 어디서나 카페테라스에 앉은 사람들은 길 가는 사람을 하릴없이 구경하는 게 일인 듯했다. 카페에서 나란히 앉느냐 마주 보고 앉느냐의 문제는 우선 나이와 크게 관련 있다. 사랑은 나란히 앉아 한 방향을 바라보는 것이라지만, 반백 년을 같이한 이들의 사이란 마주 보며 눈 맞추지 않아도 될 만큼 농익었거나 더는 할 얘기가 남아 있지 않거나일 게다. 팔켄뷔르흐의 카페 순례자들은 나란히 앉은 실버 커플이 많았다. 극장에라도 앉은 듯 줄지어 앉아 오가는 사람들이 만드는 거리 풍경을 관람한다.

이 도시의 공식 이름은 '팔켄뷔르흐 안 더 횔', '횔 강가의 팔켄뷔르흐'라는 뜻이다. 지레 겁먹지 말고 찬찬히 뜯어보면 이들의 작명법에는 귀여운 구석이 있다. 이를테면 '카펠러 안 덴 에이설(에이설에 있는 마을)', '알펀 안 덴 레인(라인 강의 로마 시대 정주지)', '노르드베이크 안 제이(바닷가 북쪽 동네)', '캇베이크 안 제이(바닷가 고양이 동네)', '캇베이크 안 덴 레인(라인 강의 고양이 동네)', '훅 판 홀란트(홀란트의 모서리)'와 같은 서술형 지명은 그 이름에서 위치나 지형을 가늠할 수도 있고, 그 고장의 어떤 사연을 눈치챌 수도 있다. '낮은 땅'이라는 뜻인 '네덜란드'도 지리학에 충실한 이름이다.

지리학으로 풀어 쓰니 길이도 길어져, 드렌터 주에 있는 하셀테르부르베인스헤몬트라는 동네, 오버레이설 주의 베스테르하르프리젠베인세베이크라는 동네도 있다. 그러니 '휠 강가의 팔켄뷔르흐'쯤이야 길다고 할 수도 없다.

마스트리흐트에서 갈아탄 완행열차는 십여 분 뒤에 팔켄뷔르흐 역에 선다. 시내로 들어갈수록 가까워져 오는 뒷산, 팔켄뷔르흐 어디에서나 볼 수 있는 이 산 위엔 허물어져 뼈대만 남은 돌무더기가 으스스하다. 산이 없는 나라이니 당연한 기록이겠지만 네덜란드에 남아 있는 중세시대 성 가운데 산에 지은 성으로는 유일함을 내세운다. 성은 12세기 첫머리에 팔켄뷔르흐 영주가 지은 목조건물에서 시작, 침략과 함락을 여러 번 겪으며 파괴, 복구, 증축, 개축을 거치다 14세기에 무너져 다시 지을 때 지금 모양의 성이 되었다. 그 뒤에도 주인이 바뀔 때마다 성은 쑥대밭이 되었는데, 어느 순간부터는 재건을 멈추었다.

숙소는 무너진 성이 유령처럼 서 있는 언덕을 등에 지고 늘어선 호텔 가운데 하나였다. 아침밥까지 차려 주는 게 유럽 호텔의 대접이지만, 밥집 찾기가 마땅치 않을 만큼 외지거나 저녁을 포함해도 가격이 알맞다 싶을 때는 저녁밥까지 묶어 예약하곤 한다. 뷔페식 아침과 네가지 코스의 정찬이 제공된다는 것만으로 호사스러운 기분이 들었으나, 이것이 잘못된 선택임을 깨닫는 데는 첫날 저녁으로 충분했다.

여섯 시부터 시작되는 저녁 식사는 일곱 시까지는 도착해야 먹을

팔켄뷔르흐 역사.
국가 문화재로, 1800년대 중반에 지어진 네덜란드 최고령 기차 역사다.

수 있는데, 이런 것이 네덜란드의 평등주의인지, 저녁 여섯 시에 온 사람과 일곱 시에 온 사람이 음식을 받는 시각이 같았다. 여섯 시에 전채요리를 시작했다 해도 여섯 시 오십 분에 온 사람이 전채요리를 끝내고 두 번째 코스를 받을 준비가 되어야만 내게도 음식을 가져다준다. 먼저 온 사람이 으레 먼저 먹을 권리가 있지 않느냐 따져 보고도 싶었지만, 탐탁잖게 여기는 동지 하나 없는 것이 더 환장할 노릇이었다. 자연스레 하루 일과에서 가장 고단한 때는 저녁밥 시간이 되었고, 여섯 시에 시작한 '디너 코스'는 여덟 시가 넘어야 끝났다. 그렇다고 네덜란드 요리라는 게 몇 시간을 즐길 만큼 다채롭고 맛깔스럽달 수도 없으니 더 피곤했는지도 모른다.

정식 만찬이라지만 디저트와 커피를 빼면 접시 두 번을 받는 게 고작인데, 그걸 기다리는 힘겨운 시간을 다른 이들은 어떻게 보낼지 정말 궁금해서 둘러본다. 맥주나 와인을 홀짝이다가 조용히 종업원에게 "시간 있으시면, 한 잔 더 주시겠어요?" 하고 속삭인다. 미소를 머금고! 여행할 때만이라도 느릿해져 보자는 생각도, 이 호텔의 '슬로 모드'를 견디기에는 한참 모자랐다. "합리적이라는 네덜란드 사람들이, 왜 이런 상황을 군소리 없이 넘어가느냐? 먼저 온 사람이 먼저 대접받아야 하는 거 아니냐? 실리와 실용은 어디 갔느냐? 우리가 낭비한 시간은 누가 보상해 주는 거냐? 한국 같으면 이런 호텔은 망하고 말 거다."라며 애꿎은 토니에게 지청구를 퍼부었으니 말이다.

"저들은 서두를 까닭이 하나도 없는 사람들이야. 식사를 한 시간쯤 일찍 마친다는 게 저들에게 무슨 의미가 있을까? 살 만큼 살았고, 지금 인생을 즐기고 있기 때문에, 숨넘어갈 만큼 급한 사람들은 아무도 없는 거지……."라는 게 토니의 대답이었다.

하루키가 그리스에 머무는 동안 체득한 '오랫동안 멍하니 뭔가 바라보면서도 지루해하지 않을 수 있는 능력' 같은 것이 내겐 아직 없었던 것이다.

"팔켄뷔르흐에서 그 호텔 기억나?"

"애틀랜타 호텔?" 토니는 호텔 이름도 잊지 않았다.

"그땐 저녁 시간이 정말 고역이었잖아……."

직장인으로서 연휴에 휴가를 '붙여서' 겨우 마련한 여행이었으니 뭐든 가능한 한 눈에 많이 담아 두자는 결의로 가득했을 것이다. 오전 열 시에도 채 깨어나지 않는 이 작은 도시의 게으름에 어쩔 줄 모르다가, 문을 열지도 않은 팔켄뷔르흐 성에 도착해서 기다려야 했던 시간이 없었다면, 그때 내려다본 휠 계곡이 그렇게 아름다운 줄도 미처 몰랐을 것이다.

파스텔화처럼 아스라하고 몽롱한 인상, 손끝에서 바스러질 듯한 풍경, 이 도시의 이국적 향기는 아무래도 연노란색 건물들 탓이다. 팔켄뷔르흐는 이 고장에서 나는 이회암으로 만들어졌다. 벽돌 아닌 건축 재료를 구하기 어렵지 않은 요즘에도 네덜란드 사람들은 벽돌로 집 짓기를 즐겨 한다. 돌도 나무도 마땅치 않았던 이 저지대의 사람들은 대대로 강가의 진흙을 구워 벽돌집을 짓고 살았고, 이는 베를라허의 시대나 현대에도 전통으로 자리 잡았다. 그런데 팔켄뷔르흐에서는 교회도, 국민 잡화점 헤마HEMA도, 기차 역사도 깡그리 이회암이다.

중세시대 성곽도, 옛 도시 들목의 성문도 비스킷처럼 바삭거린다. 이 돌들은 다 어디서 왔을까?

팔켄뷔르흐 성은 나폴레옹 군대가 차지한 뒤로 프랑스 귀족에게 팔아 버리는 통에 1924년에 이르러서야 그 소유권이 팔켄뷔르흐 성 재단으로 돌아왔다. 그 뒤 무너진 성을 손보면서 지하에서 비밀통로를 발견한다. 성에 깃발을 꽂으려고 엎치락뒤치락하다가 적들의 손에 넘어가게라도 되면 중세 기사들은 이 길로 탈출하곤 했을 것이다. 이 비밀통로는 성 옆의 플뢰에일렝롯(벨벳 동굴)으로 이어진다.

안내책자는 이 고장의 지질 정보도 실었다. 백악기 후기, 바다였던 땅은 지금과 같은 이회암 지층의 언덕으로 솟아올랐고 이회암은 팔켄뷔르흐 주변에서 쉽게 구할 수 있는 건축 재료가 되었다. 수 세기 동안 이 독특한 건축 재료를 얻었던 곳이 동굴로 남아 관광 코스가 되었다. 벨벳 동굴은 이 도시의 질료인 이회암 채석장이었다.

동굴 길라잡이 할아버지는 제2차 세계대전 때 열두 살의 나이로 마을 사람들과 함께 이 동굴 안에서 지낸 역사를 몸소 증언했다. 동굴은 나폴레옹 군대 점령기부터 피난소로 이용되었고, 제2차 세계대전의 독일 점령기에는 유대인을 비롯한 지역주민과 미군들이 숨어 지냈다고 한다. 석회질 성분이 강해서 손톱으로 긁으면 가루로 흘러내리는 이 동굴 벽에는 많은 그림이 남아 있다. 할아버지의 손에 든 유등이 비추는 불빛마다, 벽에 새겨진 간절한 마음이 드러났다. 관람객 몇은 예배소와 성화 앞에서 손 모아 기도한다. 순간 할아버지는 들고 있던 램프의 불을 껐다. 잠깐 동굴 안은 칠흑의 어둠이다. 소리도 없고 빛도 없는 우주 같은 공간에서 느낀 것이 공포였는지 아득함이었는

지 잘 기억나지 않는다.

　어둠 속에서 보낸 유년의 기억과 그 역사를 재미나게 들려주던 할아버지는 동굴 안에서 독일인 관광객을 만나면 여전히 마음이 어수선해진단다. 어릴 때 여기서 숨어 지내야 했던 나 같은 사람이 아직 살아 있는데, 구경 삼아 와 보는 관광지가 되었다니 역사는 서로에게 아픈 과거라는 말도 덧붙였다. 그날 관람객 가운데 독일 사람이 있었는지는 모르겠다. 할아버지는 예수를 그린 동굴화를 공들여 설명하며 오래 불빛을 비춰 주었다.

　동굴이 주는 신비함이 지금은 팔켄뷔르흐의 주요 관광자원이 되었으니, 할아버지는 유등을 들고 어둠 속의 역사와 동굴화의 간절함을 빼놓지 않고 들려줄 것이다. 신을 찾아 의지했던 이 어둠 속에서 십이월에는 크리스마스 시장이 열린다.

　말랑말랑한 이회암을 원하는 대로 조각하거나 글자를 새길 수 있는 공예품가게, 무서울 만큼 진짜 같은 아기 인형을 파는 인형가게나 수공 양초 가게를 이리저리 구경하며 세월의 검정 때가 묻은 이회암 도시를 걷는다. 새 건물에 쓰인 이회암 블록들은 참말로 벨벳 같다. 이 벨벳에 스윽 손대 보면 인절미 콩고물 같은 고운 가루가 묻어난다.

　저녁에는 팔켄뷔르흐의 시큼한 레이우 맥주, 팔켄뷔르흐스 빗이나 아우트 브라윈 같은 동네 맥주를 마시러 나가곤 했는데, 뿌연 가로등 불빛에 거리는 신비롭지만, 커튼을 닫지 않아 거실이 훤히 들여다보이는 집들은 마치 홍등가 쇼윈도 같았다. 그런데 집마다 텔레비전 앞에 사람들이 모여 있다. 그러고 보니 호텔에서도 사람들의 눈길은 숨

죽여 화면에 꽂혀 있었다.

　얼마나 굉장한 가수이기에 그 장례식을 텔레비전에서 생중계하는 것일까? 네덜란드의 가수 안드레 하저스의 장례식이 있는 날이었다. 심장마비로 숨을 거둔 안드레 하저스는 그 죽음이 거리의 인적을 끊기게 할 만큼 널리 사랑받은 국민 가수였는데, 그의 장례식에서 받은 뭐라 말할 수 없는 인상이 잊히지 않는다. 하저스는 암스테르담 축구 팀 아약스의 열성 팬이었고 아약스 또한 그의 팬이었는데, 고인의 유언에 따라 아약스의 홈구장인 암스테르담 아레나 축구 경기장에서 장례식이 거행되는 중이었다. 얼마나 서로 열성적인 팬이었기에 이런 일이 가능한지 가늠이 쉽사리 되지 않았다. 네덜란드에서도 대중 가수의 장례식을 축구장에서 하거나 중계해 주는 것이 처음이라니, 이런 것도 네덜란드의 한 모습이구나 생각할 뿐. 그 뒤 고인의 1주기에는 그 유골이 역시 유언에 따라 경기장 가운데서 불꽃으로 발사되어 뿌려졌다. 거리에 움직이는 것이라고는 우리 두 사람밖에 없던 기묘한 저녁이었다.

팔켄뷔르흐의 관광안내소는 시냇물처럼 졸졸 흐르는 횔 강가에 있다. 네덜란드 관광안내소로는 가장 오래되었다는 이 건물의 이력은 1661년으로 거슬러 올라가는데, 스페인 정부의 법원 건물이었다고 한다. 한 고장의 내력이란 언제 봐도 흥미진진하다.

스탓하우더르(각 주의 통치와 행정을 담당했던, 군주의 대리인)를 앞세우고 느슨하게 손잡고 있던 저지대(네덜란드)에 국가가 형성된 것은 16세기 들어서다. 부르고뉴공국을 이루던 이 저지대는 대담공 샤를의 외동딸 마리가 합스부르크가의 막시밀리안과 결혼하여 합스부르크가의 손에 들어간다. 몇 대 뒤에는, 신성로마제국 황제가 된 카를 5세의 아들 스페인 왕 펠리페 2세가 공국을 물려받아 다스리면서 스페인 아래에 놓이게 되는데, 이 스페인 왕이 다른 종교에 조금이나마 너그러웠다면 지금 네덜란드 땅은 스페인으로 남았을까? 이미 종교개혁이 진행되어 있던 저지대 귀족들이, 프로테스탄트를 박해하지 말아 달라고 사정했을 때 '거지들'이라 조롱하며 자극하지 않았다 하더라도, 더해 가는 스페인의 가혹한 통치에 맞서 일어서는 수밖에 없었을 것이다. 저지대 사람들은 칼뱅파 빌럼 판 오란여 공을 앞세우고 스페인에 맞서 싸운다. 스스로를 '거지들'이라 부르며 선봉대가 꾸려졌고 '바다의 거지들'이 브릴러(덴 브릴)라는 도시에 깃발을 꽂은 것을 시작으로 독립전쟁은 거세어진다. 이 '80년전쟁(1568~1648)'을 치르며, 현 네덜란드의 뿌리이자 네덜란드 최초의 국가인 '네덜란드공화국(1581~1795)'이 들어선다. 네덜란드어 정식 명칭은 '네덜란드 7개 주 연합 공화국'. 프로테스탄트를 믿는 북쪽 7개 주 대표들이 이렇게 위트레흐트에서 동맹을 맺으며 중앙집권국가를 세울 때, 네덜란드 남부 지방(노르트브라반트 주, 림뷔르흐 주)은 스페인에 항복해 버린 상태였다. 80년전쟁이 끝나고 마침내 네덜란드가 완전한 독립국이 될 때에도 남부 지방은 여전히 스페인 아래에 있었던 것이다. 네덜란드 남부 지방은, 이 7개 주 연합 공화국이 프랑스의 손에 들어간 바타비아 공화국(1795~1806) 시기에는 아예 프랑스 제1공화국령이었다가 네덜란드와 벨기에 통합 왕국인 네덜란드연합왕국(1815~1830)이 들어설 때 비로소 네덜란드의 품에 자리 잡는다. 그리고 네덜란드연합왕국은 1830년 벨기에의 독립으로 네덜란드왕국(1830~1954)이 된다.

그때 가톨릭을 믿는 네덜란드 남부 지방이 스페인에 맞서 결사 항전하지 않은 걸 보면, 네덜란드 독립의 가장 큰 동력은 역시 종교였을까? 종교를 밑동으로 하는, '우리'라는 정치적 공동체의 필요성을 느낀 것일까? 그렇다면 나중에, 역시 종교가 다른 벨기에가 네덜란드에서 독립할 때, 이 지방은 왜 네덜란드왕국에 남았을까? 이런 역사적 배경은 지금 사람들의 삶에 어떤 무늬로 남아 있을까? 혁명 없이 제 손으로 공화국을 세웠던 네덜란드 사람들이 왕을 추대하고 왕국을 만들 때의 고민은 무엇이었을까?

윗동네 사람들이 전쟁 승리와 독립 공화국 탄생을 축하할 때, 아랫동네는 스페인 왕국이었다. 팔켄뷔르흐를 흐르는 횔 강이 왕국과 공화국의 경계였고, 그 경계에 스페인 정부 건물이 들어섰다. 관광안내소에서, 아직도 횔 강 근처 어디를 달린다는 증기기관차 안내서를 챙겨 나왔다.

남부 림뷔르흐는 네덜란드에서 경치 좋기로 이름난 지방이다. 부르고뉴의 색깔은 역사, 종교, 언어, 음식, 사람들의 기질까지도 다른 네덜란드 지방과 변별되지만, 깨달음의 맨 처음은 땅과 하늘의 모양새다. 몬드리안의 차가운 추상처럼 수평과 수직의 선적인 풍경은 남부 림뷔르흐로 오면 삼차원이 된다. 오르막 내리막이 있고 포도밭이 있는 구릉 사이 계곡으로 낮은 시냇물이 돌아간다. 풍차보다 수차가 많으며 마을마다 작은 교회들은 벽돌이 아니라 돌로 지어졌다. 건물 모서리에는 성모상이나 예수상이 소담스레 조각되어 있고, 길가 예배소가 이정표 노릇을 한다.

남부 림뷔르흐 지방의 자연을 온몸으로 느껴 보려면 시냇물을 따라 걸으며 물레방앗간에서 쉬어 가거나 양과 소가 풀을 뜯는 언덕길을 올라 보는 게 제일이겠지만, 앉아서 즐길 수 있는 방법도 있다. 바로 이 림뷔르흐의 언덕을 지나는 밀유넨레인을 타는 것이다.

기차는 팔켄뷔르흐 역을 출발해서 종.착역인 심펠벨트까지 기적을 울리며 달린다. 창밖 멀리 팔켄뷔르흐 성이 보이는가 싶더니 높지도 낮지도 않은 언덕 사이를 스쳐 지난다. 종착역까지 소요 시간 35분, 이 짧은 노선의 기차는 오직 이 밀유넨레인 노선 덕택에 남아 있는 세 개의 간이역에서 쉬어 간다. 자원봉사자들이 꾸려 가며, 계절 따라 정해진 요일에만 달리는 관광열차다.

열차 안 매점 칸에서, 자원봉사자 할아버지가 커피포트에서 따라 주는 종이컵 커피를 사서 창가에 앉았다. 증기기관차 시절의 모습 그대로 보존된 객실 안은 ‘그 자체가 박물관이고 눈에 보이는 것마다 앤티크다. ‘창문에 기대지 마세요.’라는 경고 문구가 네덜란드어와 함께, 영어가 아닌 프랑스어로 새겨져 나무창틀 아래 붙어 있다. 증기기관차 세대가 아니면서도 왜 우리는 그 시절에 향수를 느끼는 것일까? 낡은 객실 안은, 그 복고 욕망 촉진을 위해 어설프게 복구되어 옛것인 척하는 게 아니라, 죄다 진짜다.

밀윤miljoen은 '백만'이라는 뜻이니 밀유넨레인Miljoenenlijn은 '백만 철도'다. 이 백만 철도의 역사는 1853년 네덜란드 마스트리흐트와 독일 아헨을 잇는 철로로 거슬러 올라간다. 이 노선에는 남부 림뷔르흐의 탄광도시인 케르크라더가 빠져 있었고, 케르크라더 사람들이 지역경제를 위해 철로를 끌어들이려 애쓴 덕에, 1925년부터 10년에 걸쳐 철로가 놓인다. 12.5킬로미터 길이의 철로를 놓는 데 얼추 천이백만 길더가 들었으니 킬로미터마다 백만 길더의 공사비가 든 셈이다. 언덕과 계곡을 지나고 광산 지대를 통과하는 험한 조건을 헤아리더라도 그때로선 꽤 돈이 많이 든 공사여서, 사람들은 깜짝 놀라 혀를 내두르며 백만 철도라고 부르기 시작했다. 어마어마한 돈을 들여 건설되었으나, 석탄을 더는 캐내지 않게 되자 1988년 기차도 그만 멈춰섰다. 지금은 옛 탄광도시의 역사와 향수를 담은 증기기관차로 복원되어 독일의 철도버스와 함께 국경 마을을 오간다.

기차에 탄 사람들은 얼마쯤 들뜬 낯으로 네덜란드 사람들 같지 않게 서로 곧잘 웃는다. 스스로도 계면쩍은지, 눈 마주치는 사람마다 저 들뜬 상태에 동의를 구하는 듯한 얼굴이다. 완행보다 더 느린 기차가 시골 마을의 건널목을 지날 때 기차를 향해 손 흔드는 동네 사람들도 하나같이 아이 같은 얼굴에 웃음이 그득하다. 그런데 매점 칸의 자원봉사자는 하얀 콧수염에 도수 높은 안경, 무뚝뚝하고 완고한 얼굴을

한 할아버지. 아무라도 붙잡고 "이 기차 아주 신 나네요."라며 호들갑 떨고 싶었던 마음이 쏙 들어간다.

팔켄뷔르흐 기차역에서 사 온 주변 안내지도를 테이블 위에 펼쳐 놓고, 어느 역에 내려서 놀다 올까를 궁리하는데, 유니폼을 입은 승무원이 "Do you mind(잠깐 괜찮은지)……?" 하며 커피 잔을 들고 섰다.

"물론 괜찮죠." 자원봉사 승무원 할아버지다.

"Are you enjoying(즐기고 있나요)?"

"예, 아주 많이요. 참 좋네요."

"This is the most beautiful landscape in Holland(이곳 풍경이 네덜란드에서 가장 아름답답니다)."

'경관'이라는 뜻의 영어 단어는 '란드스합landschap'이라는 네덜란드 말에서 온 것인데 '땅', '대지'라는 'land'와 '~스러움, 그 안에 담긴 성정'의 접미사 '-schap'이 만난 말이다. 16세기 네덜란드에 이 '란드스합'을 회화로 표현하는 장르가 유행했고, 여기에서 '풍경화landscape'라는 개념이 생겨났다. 네덜란드에서는 이 '경관', '풍경'이라는 말을 꽤 자주 듣는다. '경관'은 '자연'을 바라보는 관찰자의 감정과 생각을 품고 있다. 그 마음결은 자연을 어떤 지향으로 손질해 가꾸어 내는 것으로 나아가서, 바라보는 대상은 자연뿐만 아니라 사람이 살아가는 모든 환경이 된다. '자연경관', '문화경관', '역사경관', '도시경관'도 모조리 풍경이다. 말하자면 내가 보고 느끼는 경치가 풍경이고 경관이니, 세상에서 가장 아름다운 풍경이란 사람 수만큼이나 헤아릴 수 없는 것이다.

"예, 제 생각에도 그래요. 온통 언덕이잖아요. 이 기차 굉장한데요.

정말 증기로 가는 건가요? 혹시 디젤 아니고요?"

"No, no, it's real charcoal(아니요, 정말 석탄으로 가는 거예요)."

질세라 네덜란드 말을 하는데도 질세라 영어가 돌아온다.

"석탄과 물로 가는 진짜 증기기관차예요. 자원봉사자들이 석탄을 직접 삽으로 떠서 옛날 방식 그대로 하는 거지요."

어설픈 내 네덜란드 말을 배려한 것이겠지만, 이렇게라도 말하지 않으면 평생 생활영어만으로 네덜란드에 사는 외국인이 되지 않으리란 법도 없다.

"아, 멋지네요. 역사적인 기차가 사라지지 않고 운행되는 것도 근사하고, 이 기차가 없다면 어떻게 림뷔르흐의 언덕 사이를 여행할 수 있을까요?"

"그게 바로 우리 자원봉사자들의 보람이지요. 내 '취미'이고요."

역시 흰 콧수염, 도수 높은 안경과 부리부리하게 뻗친 하얀 눈썹이 완고한 인상인데, 완만한 얼굴선에 둥그스름한 콧마루가 홀란트 지방 사람과는 다른 얼굴이다. 브뤼헐의 그림에 나오는 농부의 인상, 익살스러운 주정뱅이 얼굴과 닮았다.

첫 번째 정차역인 '스힌 옵 휠'에 가까워지자 매점을 지키던 자원봉사자 할아버지가 툭 나오더니 "스힌 옵 휠!" 하고 외친다. '승객 여러분, 다음 역은 ○○○입니다.'가 아니라 정거장 이름만 딱 한 차례 외치고는 다시 매점 안으로 들어간다. 마치 시청 종탑에서 때가 되면 튀어나와 시간을 알리고 감쪽같이 사라지는 병정 인형처럼.

종착역인 심펠벨트는 증기기관차 시절을 제대로 상상할 수 있게 하는 역사였다. 그 시절 모습이 어땠는지 사실 알 수는 없지만, 이를

테면 드레스 자락을 끌고 기차에서 내리면 담배 파이프를 문 남자가 마차를 세워 놓고 기다리고 있을 듯한.

승객 대부분이 25분 뒤에 다시 출발하는 기차를 놓칠세라 역 안에 머무르며 기차 박물관을 구경하는 동안 역사 밖으로 나가 보았다. 동네 이름이 심펠벨트, 단순한 들판이라……. 어딘가에 들판이 있을 것이다. 역사 앞에는 깎은 듯 정갈한 정원과 깨끗한 유리창의 집들이 줄지어 있는데, 역시 벽돌이 아니라 돌이나 이회암 집이다. 그 사이로 내리막길이 보인다. 자동차가 요령껏 주차된 좁은 골목길로 따라간 시선은 다시 오르막길 너머 언덕에서 끝난다. 유리창 닦고 정원 일이 끝나면 여기서는 무엇하며 살까, 언젠가 와 본 적 있는 듯한 동네, 한참 바라보고 싶어지는 동네다.

심펠벨트에서 팔켄뷔르흐로 돌아오는 길에 중간 역인 베일러휠펀 역에서 내렸다. 네덜란드에서 가장 아름다운 언덕인 '휠과 휠프 계곡'을 걸어 보고 싶었다. 전지현이 나오는 영화 「데이지」가 촬영된 에펀에 가까운 곳이다. 베일러휠펀은 베일러와 휠펀의 두 마을을 붙여서 부르는 것인데, 마을 사이 거리가 고작 2킬로미터이니 이름을 아울러도 될 듯싶지만, 두 마을에는 각각 다른 맥주가 있을 만큼 별개의 마을이다. 베일러에서는 브란트 맥주가, 휠펀에서는 휠페너 맥주가 제 고장 음료다.

중세부터 네덜란드에 맥주 산업이 발전한 배경은, 맥주란 술이라기보다 전염병의 온상이던 운하 물을 대체한 국민 음료였기 때문이라고 한다. 지금도 맥주는 네덜란드 어디에서나 국민 음료이지만, 남쪽으로 내려올수록 술보다 음료라는 쪽으로 기운다. 네덜란드의 남쪽 나라 벨기에에서 오전의 카페를 기웃거려 보라. 커피가 아니라 맥주 마시며 신문 읽는 사람들은 흔한 풍경이다.

마을 교회 옆 카페 아우트 빌더르에서 '건강한'이라는 이름의 점심 메뉴를 시켰더니 거친 갈색 빵이 샐러드와 함께 나왔다. 주인이 직접 접대를 하며 맛있게 먹었느냐고 일일이 물어보는 친절함, 브란트 생맥주와 '건강한' 빵이 기분 좋게 어울리는 점심이었다. 손님 대부분은 등산객이거나 자전거 타는 이들인데, 한쪽 테이블 위에는 맥주잔만 그득하다. 미란다, 미란다, 하며 여주인 이름을 부르는 걸로 봐서 이 동네 사람들인가 보다.

베일러에서 휠펀까지는 곧은 한길을 피해 언덕길을 골랐다. 휠 강가의 수백 년 되었다는 물레방아를 지나고, 브란트 맥주 양조장을 돌아 베일러 성을 지나니 오르막이다. 그래 봤자 몇 분 지나 어느새 내리막. 그림 같은 휠펀 마을을 뒤로하고 얼룩소들이 이리저리 풀을 뜯는 풍경. 돌연 확 트인 공간에 어쩔 줄 모르는 마음으로 언덕을 내려간다. 아까워서 한달음에 내려가고 싶진 않은데 벤치마다 어르신들이 쌍쌍으로 앉아 있고, 두 사람이 가까스로 지날 만한 자드락길로 자전거족이 어지간히 올라온다.

엉겅퀴 꽃과 쑥부쟁이에 카메라를 들이밀고 있는데, 누군가 뒤에서 말을 건넨다.

"꽃을 찍는 건가……, 꽃을 배경으로 소들을 찍는 것 같기도 하고……."

"한 번은 접사, 한 번은 원경이에요."

"사진가인가 봐요. 아니면 취미예요?"

"취미라고 해야겠지요."

"사진을 출판하거나 어디에 글 쓰고 있는 건 없고요?"

조붓한 언덕길을 자전거로 올라오던 하이 스미츠만은 팔켄뷔르흐에 사는 작가라고 했다. 네덜란드 풍경을 담은 글을 쓴다 하니 이회암 동굴에 가 보았느냐 묻는다. 동굴이라면 몇 군데 들어가 본 적이 있어서 제법 말을 주고받았다. 아무나 그냥 들어가 볼 수 없는 이회암 동굴을 전문가와 함께 탐사하는 모임이 있는데 같이 가면 재미있겠다 부추긴다.

"사실 네덜란드 경관은 어딜 가나 평평하고 변화가 없잖아요. 그런데 여기 오니까 생각이 달라지네요."

흥미롭긴 하지만, 어둑하고 습한 동굴을 정기적으로 그것도 단체 탐사를 다닐 만큼 마니아는 아니어서, 남부 림뷔르흐의 아름다운 자연경관으로 주제를 바꾸었더니, 그는 백만 철도 기차의 자원봉사자 할아버지와 똑같은 말을 한다.

"지금 당신은 네덜란드에서 가장 아름다운 곳에 서 있는 겁니다. 여기는 네덜란드가 아니고 '스위스'라고 봐야죠. 한국에도 이렇게 아름다운 곳이 있나요?"

경관이란 그 장소의 고유한 풍취를 저마다의 미학으로 아로새기는 것인데, 그게 어디가 더 아름답고 어디가 덜하다 할 수 있을까? 내 눈에는 네덜란드의 폴더 경관도, 림뷔르흐의 구릉 경관도 저 나름의 맛이 있으며, 그 맛보는 방법이야 보는 사람이 정할 일이다. 광야, 사막,

초원 따위의 수평적 경관은 어쩐지 헛헛하여 오름세 내림세의 풍광 쪽으로 취향이 기울어 있지만, 네덜란드의 언덕을 스위스의 산에 대려면 꽤 상상력이 필요하다.

네덜란드 작가 세스 노테봄의 소설에는 이런 구절이 나온다.

"산 본 적 있니?"

눈이 오지 않는 나라 태국에서 온 친구는 겨울도 처음이지만 네덜란드에서 눈을 처음 보았다고 했다. 노테봄의 소설에서는, 산을 본 적이 없다는 말에, 그러면 넌 인생을 몰라 하는 내용이 이어진다.

살짝 맞장구를 쳐 주면 신이 나서 제 동네가 제일이다 힘주어 얘기하는 이들의 애향심은 기특하지만 안쓰러워도 보인다. 스위스에 네덜란드를 포개는 건 남의 바지 입고 춤추듯 좀 넘친다 싶지만, 그만큼 산이, 언덕이 아름답다는 뜻이려니 생각할 밖에.

베일러횔펀 역으로 돌아와 팔켄뷔르흐로 다시 가는 백만 철도 증기기관차를 기다린다. 두 시간에 한 대꼴로 오는 기차라 아직 시간은

넉넉하다. 기차역 앞 카페에서 마지막 브란트 맥주를 마시기로 했다. 기차역이 보이는 바깥 자리에 앉았는데, 옆 테이블에서 맥주 마시던 손님 가운데 덩치 좋은 한 부인이 와서 뭐 마실 거냐 묻고는 서빙하는 젊은 여자에게 알려 준다. 종업원은 브란트 맥주를 가져다주고는, 옆 테이블의 손님 자리로 합석한다. 손님과 주인이 따로 없는 동네 카페다. 쌉싸래한 맥주 맛을 음미하는데, 이들의 유난스런 사투리가 귀에 와서 부딪는다.

"나인, 나인."

어, 이건 독일어 아닌가. 스타카토처럼 탁탁 끊어 가는 억양이 우리 동네 사투리와는 또 다르다. 높낮이가 많아 노래처럼 들리는 건 여느 림뷔르흐 말과 같으나, 한결 빠르고 통통 튄다. 노령연금과 세금 비율을 놓고 얘기하는 듯한데, 손님이 새로 올 때마다 요란스런 인사 뒤에 반강제로 합석시킨다. 커피 주문은 아예 '타세 코피'를 달란다. ('타세 코피'는 '커피 한 잔'이란 말인데, 타세tasse는 독일어고 코피koffie는 네덜란드어이다.) 다른 테이블의 한 손님이 와서 자동차로 팔켄뷔르흐까지 가는 길을 물었다. 남자 넷과 여자 하나로 구성된 이 지역주민 테이블에서는, 2킬로미터 떨어진 팔켄뷔르흐까지 가는 길을 놓고 즉석 토론이 벌어졌다. 물레방앗간 가기 전 첫 번째 농가에서 우회전해야 한다, 모퉁이에 십자가가 있는 갈림길에서 우회전하는 게 낫다 하는 각자 의견 개진과 열띤 토론 끝에 결론이 나서야 길손을 보내 준다. 그리고 잘 가라는 인사를 시끌벅적 나눈다.

"츄-스(독일어로 '안녕')."

축제의 올해 주제는 '장미의 멜로디'.
노란색, 아이보리 색, 빨간색, 살구색, 쪽빛의 장미 코르사주부터
어디에 눈길을 둬야 할지 아득하게 장미, 장미다. 그런데 이 동네 사람들은 모두 장미 전문가인가?

마스 강.
따라.

여기서 당신은 아름다운 것들에 둘러싸여 자랄 거예요. 그 아
름다움을 당연한 것이라 생각하면서 말이죠.
  — 프랜시스 메이스, 『아름다운 토스카나』

나고 자란 대도시를 떠나 가까운 중소도시로 일터를 옮기고
이사도 해서 몇 해 살았을 때다. 한국에서 인구 50만 명의 지
방도시란(암스테르담 인구가 75만 명쯤 되니 여기 기준으로는 대도시다) 보
는 사람에 따라 대처일 수도, 두메산골일 수도 있다. 그 도시에 살던
몇 해 동안, 고향인 대도시에서는 겪은 적 없는 새로운 상황에 부딪히
곤 했는데, 이를테면 예정 없는 회식은 예사고, 영화관에서 직장 동료
를 우연히 맞닥뜨리거나, 대형 마트에서 운동복 차림으로 가족과 장
보러 나온 상사를 만난다거나 하는 일이다. 일로 만나는 회사 밖 사
람과 공중목욕탕에서 어정쩡한 눈인사를 나누기도 한다. 술 마신 저
녁에는 집까지 기분 좋게 걸어올 수도 있는 그 거리 안에 회사, 집, 마
트, 영화관까지 다 있는 도시. 너도나도 너나들이에 관대하여, 동료

사이는 서슴없이 형님 동생이 되며, 손위 여직원에게 직함이나 아무
개 씨보다 으레 언니라는 호칭을 붙이는, 말하자면 가족적인 분위기
였다. 꼭 그 때문은 아니었겠지만 가끔 살기 좋은 도시 조사 같은 데
서 윗자리에 뽑히는 곳. 뭇사람들은, 분주하고 삭막한 대도시보다 인
구 50만 명의 그 도시가 살기 좋다고 했다. 사람 사는 정을 느낄 수
있다고도 했다. 나도 그 정에 빠져, 매일 낮에 얼굴 보는 이들과 밤에
도 고만고만한 술집과 거리를 쏘다니며 보냈지만, 주말이면 내 고향
에 와서 큰 책방을 순례하거나 아는 사람 만날 일 없는 거리를 쏘다
니거나 트렌디한 카페에서 시간을 보내곤 했다. 그래 줘야 숨통이 트
이는 것 같았다.

그런 내 모습에 토니는 "네덜란드에는 아무것도 없는데……."라며
내가 숨이라도 막히지 않을까 걱정했다.

"거기도 사람 사는 곳인데 설마 아무것도 없으려고……." 하며 북
해 재즈 페스티벌이나 핑크팝 페스티벌, 아약스 경기장을 제집처럼
드나드는 세계적인 음악가들과 자유로운 영혼들로 가득한 카페를 멋
대로 떠올리곤 했다.

"정말 아무것도 없어. 풀밭에 젖소들뿐이라고."

와서 보니 과연 비가 오나 눈이 오나 자전거 타는 사람들 다음으
로, 풍차를 배경으로 풀 뜯는 소나 양이 가장 흔한 풍경이고, 재즈와
현대음악이 유명하다던 네덜란드 카페에는 컨트리 음악이 울려 퍼진
다. 내가 사는 이 소도시에서 하나뿐인 영화관에는 영화 한 편이 한
달 내내 걸려 있다. (그것도 하루 두 번 상영!) 네덜란드 사람들 스스로
인정하듯 나라 전체가 '하나의 거대한 시골 마을'이어서 어디까지가

도시고, 어디까지가 시골인지 도무지 알 수가 없다.

먼발치에서 언뜻 보면 서로 어금지금한 시골 마을이지만, 들여다보면 옆 마을과 똑같은 낱낱은 하나도 없다. 저 안에는 어떤 사람들이 살고 있을까, 이 고장 사람들은 해 진 뒤에 커튼을 열어 놓는 쪽일까, 꽁꽁 닫는 쪽일까(기독교인의 비율이 높은 '바이블 벨트'에 가까울수록 창문 커튼을 열어젖힌다), 이 동네 창문 셔터는 왜 죄다 빨간색일까, 알고 싶은 마음으로 들여다본다. 아무리 덩치 작은 마을이라도, 우리네 아파트 단지 하나도 채 안되는 사람들이 모여 살아도, 제 색깔을 내고 제 법칙대로 사는 모양은 볼수록 신기하다. 이 글을 써 가는 일은, 조그맣게 웅크린 시골 마을에 들어설 때마다, 이 사람들도 제 방식을 지니고 살아가는구나, 크게 이름나지 않은 존재라도 제 역사를 만들며 그 자리에 있구나, 하고 받는 위안이다.

암스테르담이나 로테르담의 '담dam', 풍차마을 킨데르데이크나 대제방이라는 네덜란드 단어 아프슬라위트데이크의 '데이크dijk' 모두 바닷물을 막는 둑을 일컫는 말이다. 담과 데이크가 사람의 힘으로 세운 둑이라면, '다윈duin'은 자연이 쌓은 모래언덕이다. 수많은 판 담, 판 데이크, 판 다윈들의 조상은 둑이나 모래언덕 근처에 살았을 것이다.

마스다위넌은 남북으로 흐르는 마스 강과 동쪽 숲 사이에 나지막이 솟은 언덕 지대다. 독일과 국경을 이루는 낮은 구릉이 있는 숲에서 마스 강까지는, 진달래 같은 히스가 울긋불긋한 황야와 풀밭처럼 보이지만 다가가 보면 질척이는 늪 같은 초지다. 강 따라 마을은 질세라 저마다의 자랑으로 발전해서, 어떤 마을은 성이 아름답고 어떤 마을은 교회가 멋들어진다. 어느 마을에나 예술가들의 작업실과 크고 작은 미술관이 있고, 저희네 고장 맥주를 마신다는 것이 공통점이다.

장미마을 로튐

장미마을이라니 어지간한 네덜란드 도시나 마을에 따로 있는 별칭쯤으로 생각했다. 장미 자전거 길이 있다는 말에도, 튤립 꽃밭을 수십 킬로미터씩 자전거로 달릴 수 있는 나라인데 장미쯤이야, 여겼다. 마을에 특산품 하나만 있어도 아스파라거스 자전거 길이나 딸기 밭 걷기 코스가 생기는 나라 아닌가?

마을 들머리에는 '장미마을 로튐에 오신 것을 환영합니다.'라는 글이 장미 넝쿨 사이로 새겨져 있고, 가로수는 골목마다 장미 나무다. 잘 가꾼 싱싱한 장미가 지천인 마을에 들어서자 괜히 마음이 설렌다. 이천 명 모여 사는 작은 동네가 어떻게 나라 전체 장미 묘목의 7할을 생산하는 장미마을이 될 수 있었을까? 장미 묘목 20만 그루에 둘러싸여 장미 향기를 맡으며 사는 일은 어떤 것일까?

림뷔르흐 지방에는 'Neet Oet Lottum'이라는 말이 있는데, '로튐 출신이 아닌'이라는 어구의 방언이다.

"쟤는 로튐 출신 아니야."

남자애들이 그다지 예쁘지 않은 여자애를 만났을 때 하는 말이다.

로튐의 여름에는 해거리로 장미축제가 열려 마을은 축제 공간이자 장미 전시장이 된다. 예부터 과수원과 묘목상이 많았는데, 유독 장미

농사가 잘되었는지 언젠가부터 장미마을이라는 이름을 얻었다.

마르크트에 설치된 무대 앞에는 밴드의 연주를 들으며 맥주 마시는 사람들로 붐볐다. 테이블마다 놓인 노란색, 아이보리 색, 빨간색, 살구색, 쪽빛의 장미 코르사주부터 어디에 눈길을 둬야 할지 아득하게 장미, 장미다. 집마다 앞 정원에는 오늘을 위해 두 해 동안 정성껏 가꾸었을 장미 나무가 하나도 같은 것이 없다. 가꾸기 까다롭다는 장미 정원이 이렇게 많은 이 동네 사람들은 모두 장미 전문가인가? 거기에 꺾은 장미로 꾸민 작품들이 더해진 걸 보면 플로리스트가 따로 없다. 테이블 위에는, 맥주 대신 연한 살구 빛 장미 거품이 넘치는 맥주잔도 꽃판이고, 의자는 꽃방석이다. 마르크트에서 제법 먼, 축제 행사장과 상관없어 보이는 집 뜰에도 하다못해 작은 장미 코르사주가 작은 의자 위에 놓여 있는, 꽃잔치다.

네덜란드 사람들의 꽃 사랑이야 말할 나위 없는 것이지만 전 국민의 꽃꽂이 실력도 가히 전문가 수준이다. 이를테면 집마다 즐겨 꽂는 꽃의 가짓수만큼 여러 모양의 꽃병을 갖춰 놓는데, 튤립을 짧게 끊어서 꽃병에 꼭 맞게 채우는 사각형 꽃병, 전통적인 붉은 장미용 도자기 꽃병, 글라디올러스를 꽂는 키가 내 허리춤까지 닿는 긴 꽃병은 기본 구색에 들고, 커피 테이블 위에는 앙증맞은 꽃 장식이 놓이고 현관문에는 동그란 리스(꽃과 잎을 가지고 원형으로 만든 꽃 장식)를 매단다. 그러니 장미마을에서야 그 솜씨를 글로 표현하기란 어렵도 없다.

떠들썩하고 어지러운 꽃멀미 속에서 서글프고 애틋한 뭔가가 일렁인다. 꽃이 시들고 나면 사라질 찰나를 겨우 비끄러매 놓았다는 엄연함 때문일까? 주점 골목마다 '술과 장미의 나날', '장밋빛 인생' 같은 바니타스(라틴어로 '인생무상')가 괜한 이름은 아닌 게다. 인생은 덧없는 것, 그래서 더 아쉬운 연한 꽃잎과 그 향기에 잠시 취해 보면 또 어떠리.

축제의 올해 주제는 '장미의 멜로디'. 살림집 앞마당에 단장한 모델 정원을 지나 마스 강둑으로 가는 길에는 장미의 멜로디를 담은 작품들이 즐비하다. 마을 사람들이 손수 만든 꽃 조형물이라 익살스럽다. 장미 드럼과 장미 기타로 「November Rain」을 연주하는 밴드 건즈 앤 로지즈 옆에는, 웬일로 이렇게 사람이 많은지 알기나 하는지 양들이 궁둥이를 들썩이며 풀을 뜯는다. 보르흐라프 성은 '베네치아'를 주제로 플로리스트가 만든 작품들로 그득한데, 흰 장미 백조 옆에 장미 곤돌라가 수로에 떠 있고, 사람들은 장미 젤라또에 마음을 빼앗긴다.

화사한 것들을 실컷 보는 호사를 누리고, 마을을 빠져나와 마스 강 건너편 마을 롬으로 가는 길에, 도강선이 오가는 선착장 옆 한적한 카페에서 쉬어 갔다. 강변 야영장을 겸하고 있는 이 '란드하위스 더 마스호프'에는 장미축제보다 한술 더 떠서 메뉴가 죄다 장미다. 장미 차를 시켜 놓고 장미 그늘에 앉았는데 옆 테이블에서는 장미 플라이를 먹나 보다. 그렇지 않아도 충분히 달콤한 플라이 위에 분홍색 장미 꽃잎이 소복이 얹혀 있다. 카페에는 꿀, 식초, 시럽, 차, 초콜릿, 쿠키, 와인, 사탕, 아이스크림 등, 이 모든 항목 앞에 '장미'가 붙은 메뉴를 판다. 한 방울만 뿌리면 정말 인생이 장밋빛으로 보일 듯한 장미수와 비누 따위를 손에 들었다 놓았다 했다.

그 장미 정원에서 끼적거린 노트에는 이렇게 적혀 있다.

"인생은 물론 장밋빛이 아니다. 저마다 향기를 풍기며 피고 지고 피고 질뿐. 장밋빛보다 아름다운 것이 인생이지만, 장밋빛 같은 순간이 있어서 인생은 아름답다.

장미수에 손을 씻고 장미 방석에 앉아 장미 찻잔에 장미 차를 마실 때."

나들이객들이 장미마을을 떠나더라도 마을 사람들은 그 꽃송이에 기대어 살아갈 것이다.

매듭마을 바를로

바를로로 가는 버스는 마스 강을 건넌다. 벌써 하굣길인지 학생들이 탄 자전거 무리를 지나, 숲인가 하면 다시 들이 펼쳐진다. 하늘이 깨끗한 날, 시골 마을로 가는 반나절 나들이에 다시 여행자가 된 듯 마음이 들썩인다. 여행자들은 보도 위의 개똥을 보지 않고, 소나기에 흠뻑 젖고 여우비에 홀려도 낭만인 법이다. 앞사람이 무거운 문을 잡아 주기만 해도 그 친절한 국민성에 감탄하며, 프릿도 별미요, 청어의 비린 맛도 음미할 자세다. 기차 안 소란스러움은 활달한 국민성이며, 뾰족구두를 걸어 잡는 돌부리보다 자갈길의 운치에 마음 기울이며, 오래되어 불편한 벽돌집도 앙증맞게 보일 뿐이다.

한국의 고단한 일상을 그새 많이 잊었듯, 자전거 타고 고색창연한 중세의 모퉁이를 돌아 빵가게에 가고, 로마 시대에 놓인 길을 누구에게도 방해받지 않고 산책할 때의 감미로움이나 새소리에 눈뜨는 아침의 평화로움을 잊었음을 문득 깨닫는다. 잊은 건 많다. 한국에 다니러 갈 때면, 파란 하늘과 먼 산을 바라보느라, 어디서나 사람을 밀치고 다녀야 할 만큼 그악스러운 삶의 속사정은 잘 떠오르지 않는다.

궂은 날이 더 많은 날씨와 '내가 이 세상의 중심'인 사람들에게 불평을 앞세우느라 음미할 순간을 지나쳐 버린 것들은 또 얼마나 많은가. 맨 얼굴로 외출해도 거리낄 것 없는 편안함, 뒤처지지 않을까 조바심 내지 않아도 되는 안도감, 도처에서 달려드는, "네가 진짜 원하는 게 뭐니?"라는 물음이 주는 얼떨떨한 유쾌함, 그리고 남들 눈길 때문에 억지로 뭔가를 하지 않아도 되는 자유로움.

버스 운전사는 여섯 번째 스트립에 도장을 찍어 준다. 스트립 여섯 개면 3유로에 가까운 요금이다. 학생들에게는 대중교통 요금을 받지 않는다는 정책에 입을 벌리다가도 비싼 일반 요금에는 아직도 깜짝 깜짝 놀라 입 다물지 못한다. 네덜란드에서 버스와 트램 삯을 낼 때는 여전히 버스표를 쓰며, 스트립 열다섯 개로 된 한 장의 '스트리펜카르트'를 사서, 가는 거리만큼 도장을 찍는다. 노선도를 보고 목적지 정류장까지 헤아린 수에다 하나를 더해 개찰기에 스트리펜카르트를 집어넣어 도장을 받는데,' 이 버스는 개찰기가 따로 없고 운전사가 찍어 준다. 바를로까지 간다고 하니 비닐이 씌워진 요금표를 꺼내서 확인하고 도장을 찍는다. 빨간 스탬프를 묻혀서 '탕' 하고 소리를 내는 모양이 어쩐지 향수를 불러일으킨다. 운전사에게 목적지를 말하며 인사를 주고받는 시간. 기계화 시대 이전의 대면 문화가 남아 있는 장면이랄까?

아무리 많은 승객이 줄 서 기다리고 있어도, 버스 운전사는 한 사람 한 사람 요금표를 확인하고 도장을 찍는다. 스트리펜카르트를 사 놓지 않았을 때는 운전사에게 직접 표를 산 다음 다시 도장 받는 절차를 거쳐야 하는데 종류대로 갖춘 동전 통에서 거스름돈도 직접 내어 준다. 물론 이 모든 절차가 끝나기 전까지 버스는 출발하지 않는다.

일회용 승차권을 살 수 있는 자동판매기를 버스 정류장에 설치하면 되지 않느냐고 주변에 물으니, 반달리즘(다른 문화나 종교, 예술 등에 대한 무지로 그것들을 파괴하는 행위. 유럽의 민족대이동 때 반달족이 로마를 점령해 광포한 약탈과 파괴 행위를 하였다는 데서 유래한다) 때문에 기계가 성하게 남아나지 않을 것이다, 지금대로도 별 불편함을 못 느낀다, 기계에서 표 사기란 헤젤러흐하지 않다는 등 저 나름의 답을 들려주었다. 어쨌거나 운전사와의 대면 시간을 줄여서 몇 분 일찍 도착하는 일이 그다지 중요하지 않은 것이다.

있던 제도를 바꾸는 데는 박한 나라이지만 네덜란드에도 대중교통 카드 제도가 마련되어 있다. 몇 군데 도시에서 맛보기로 사용 중인데 기술적 문제가 많다는 뉴스가 자주 나오는가 싶더니 2008년에 이르러는 로테르담과 암스테르담에 도입 성공했다.

그런데 1992년부터 검토에 들어갔던 이 제도도 2009년 전국 도입이 목표라더니 사정이 여의치 않은 모양이다. 아무튼, 뭘 하든 서두르는 법 없이 여러 번 돌다리를 두드려 보고 여론을 찬찬히 들은 뒤에야 비로소 한 발짝 움직이는 네덜란드식 절차에는 경외심이 들지만 고개가 갸우뚱거려지기도 한다. 사회적 합의를 내오는 민주적 절차 때문일까, 기술적 문제일까? 아니면 성과가 제대로 나타나지 않는 '효율'이라는 시스템의 문제일까?

버스 안 모니터는 다음 정류장 도착 시간을 알려 주고 에어컨도 시원하다. 기차처럼 마주 보는 자리에는 '의자에 발을 올리지 마시오.'

라고 씌어 있건만 남학생 몇이 빈 앞자리에 신발 신은 발을 올려놓고 있다.

반나절 나와 놀아 줄 마을에 남다른 볼거리가 있어야 하는 건 아니다. 이 동네는 이런 자태로 앉아 있구나, 사람들은 여기서 장을 보고 이런 카페에서 커피 마시는구나 하는 정도면 된다. 그래도 어디나 자잘한 자랑거리는 있다.

바를로에는 성城이 다섯 개라 '성읍마을'이다. 바를로는 '매듭마을'로도 불린다. '성읍마을에 오신 것을 환영합니다.' 마을 어귀 찻길가의 안내판을 지나자 마을 들목에는 키 큰 매듭이 마을 지킴이처럼 서 있다. 조각가 신키치 타지리의 작품 「연결」이다.

미국으로 이민 온 일본인 가정에서 태어난 신키치 타지리는 제2차 세계대전 뒤 미국을 떠나 독일과 프랑스 등 유럽에서 활동한 예술가다. 1949년에는 코펜하겐·브뤼셀·암스테르담의 전위예술 집단 코브라CoBrA와 전시회를 열었고, 네덜란드 조각가와 결혼한 뒤 바를로에 뼈를 묻기까지 네덜란드에 살았다. (바를로에 있는 성 다섯 개 가운데 하나가 그의 집이자 작업실이다.)

참전 경험에서 나온 전쟁 공포와 자연의 생명력·에로스를 담은 조각품을 비롯해 베를린 장벽을 담은 연작 사진, 비디오 작품 등 필름, 사진, 회화 갈래까지 이어지는 많은 작품이 남아 있다. 암스텔베인에 있는 코브라 미술관에서 그가 만든 일본식 정원을 보며, 유럽에 거주하는 미국 국적의 이 일본인은 코스모폴리탄, 아웃사이더, 이방인이었겠구나 싶었다. 네덜란드에 보금자리를 틀고 나서는 편안해했을까? 미국의 인종주의, 상업주의와 일본의 집단 문화를 언짢아했던 타지리는 작고하기 한 해 전에 국적을 바꾸어 네덜란드 사람으로 삶을 마쳤다. 미국에 쓴소리를 하려고 오히려 오랫동안 미국인으로 지냈던 것으로 미루어 보아, 나고 자란 고향 미국에 대해 꽤 어수선한 감정이었던 모양이다.

타지리의 작품은 미술관에 머무르지 않고 네덜란드 곳곳의 공공 공간에 놓여 있다. 혹시 암스테르담 스히폴 공항 안 '만남의 장소'에서 육중한 네모꼴 기둥에 매인 흰색 매듭을 본 적 있는지. 그가 붙들었던 주제 가운데 하나인 '매듭' 작품은 네덜란드 여러 도시에 놓여 있지만, 바를로는 그의 삶의 터전이자 작품 전시장이다.

마르크트에 있는 관광안내소에 마을 지도를 얻을까 하고 갔다가, '아스파라거스 길' 지도 사이에서 '조각품 길' 지도를 하나 찾았다. 지도에 소개된 조각품 열셋 가운데 여덟 개가 신키치 타지리의 '매듭' 작품이다. 굳이 지도를 따라가지 않아도 마르크트 가는 길목 여기저기에 매듭이다. 마르크트 너머에 있는 14세기 물레방앗간과 중세 성 둘레도 매듭, 매듭, 매듭이다.

이 작은 마을이 조각 공원이 된 데는, 마을 공동체의 힘이 있었다. 바를로가 속한 마스브레이 시는 이 마을에 닻을 내린 세계적인 예술가를 성안에만 머물도록 놔두지 않았다. 공공예술에 남다른 애정이 있었던 시장이 앞장서서 「심장으로 연결된」이라는 타지리의 조각품을 시청사에 들여놓은 뒤로 마을 모퉁이마다 매듭이 놓였고, 바를로는 매듭마을이라는 이름을 얻었다. 그리고 일본, 미국, 유럽을 떠다니며 나는 누구인가를 묻던 예술가는 지역사회에 아름답게 비끄러매어진다. 마을은 그를 보듬고 그는 마을에 깃들었다.

예술이란 이런 것일까? 매듭 앞에 서면, 생각이 꼬리를 문다. 이 매듭으로 말하려는 게 뭘까? 「연결」이나 「우정의 매듭」 같은 작품에서 미루어 보아, 타지리는 매듭이란 두 존재를 비끄러매는 어떤 것으로 생각한 듯하다. 그런데 나는 매듭을 보면 왠지 풀어내야 할 꼬인 무엇, 시작도 없고 끝도 없어 풀 수 없는 무언가가 떠오른다. 하지만 풀려 해도 풀어지지 않는 무엇이 있다면, 끊어 내려 해도 끊어지지 않는 어떤 기운이 있다면, 그것은 사람의 힘으로는 도저히 풀어낼 수 없는 단단히 매듭지어진 무엇일 테다. 핏줄이라거나 떠나온 고향이라거나 하는 것들 말이다. 그리고 우리는 또 새로운 매듭을 지으며 살아간다. 일본이라는 뿌리를 끊어 낼 수 없었던, 고향 미국을 떨쳐낼 수 없었던 타지리가 네덜란드의 한 시골 마을에 매듭짓고 살게 된 것처럼.

"사람들이 내 작품에 스스로 의미를 불어넣을 수 있으면 하고 바라 봅니다. 나는 '매듭'을 통해 작품과 감상자 서로가 단박에 이야기 나눌 수 있게끔, 예술에 문외한인 사람도 바로 알아들을 수 있는 한결 명료한 언어로 말하고 싶습니다. 매듭은 매듭입니다. 어떤 해석도 가능합니다."

제법 따가운 햇볕을 피해 플라타너스 그늘이 드리워진 길로 나왔다. 성 뒤쪽으로 난 카스테일란(성 가)에는 기다렸다는 듯 예쁜 테라스 카페가 있었다. 길게 내려온 지붕으로 미루어 보아 위층에 큰 작업

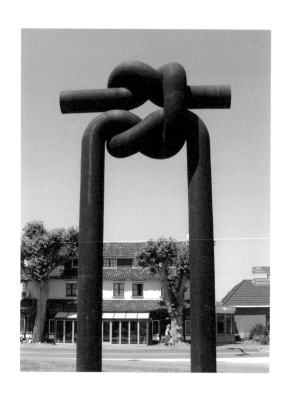

「연결」(1991)
마을 들목의 매듭은 북부 림뷔르흐와 중부 림뷔르흐가 만나는
바를로의 위치를 일차적으로 담고 있다. 지역사회와 예술가의
연결이라는 해석도 가능하다.

공간이 있었음 직한 농가 카페인데, 시골 카페라 얕잡아 본 것이 머쓱해질 만큼 꽤 신선한 커피를 내어 왔다. 1.5유로에, 커다란 파라솔과 테이블 위의 꽃 화분을 독차지하고 앉았는데, 이렇게 맛있는 커피에 미소를 담아 가져다주니 황송해진다. 한쪽으로는 성에 딸린 숲이, 다른 쪽으로는 말과 소가 뚜벅뚜벅 오가는 농장이 보이는 곳이었다.

성 가를 다시 건너는데 재미있는 표지판이 보인다. 엄마 오리(또는 아빠 오리?) 꽁무니를 따라 아기 오리 세 마리가 줄지어 가는, 오리들의 도로 횡단을 조심하라는 표지판이다. 그러고 보니 성의 도랑못과 그 둘레에 백조와 물오리가 많았다.

마르크트에는 카페가 하나다. 마을이 얼마나 작은지 카페 이름도 없이 그냥 '카페'라고 적혀 있다. 자전거 나들이를 나온 중년 커플이 커피와 림뷔르흐 플라이를 먹으며, 마을이 참 예쁘다고 연신 좋아하는 소리가 나른한 오후의 산들바람을 타고 간질거린다. 마르크트 가운데는 철 지난 메이폴(서양에서 오월절을 기념하기 위해 꽃이나 리본 등 갖가지 장식으로 치장하여 광장에 세우는 가늘고 높은 장대)이 우두커니 성황당처럼 서 있다. 이런 오색 헝겊이 티베트에서는 부처님이 득도했을 때 몸에서 나온 오색 빛을 의미한다지. 껑충한 막대 위에 색 바랜 오색 헝겊이 나부낀다.

옆 테이블에는 대여섯 살이나 된 듯한 여자아이와 그 묻는 말에 정성 들여 대답해 주는 아빠와 여자아이의 남동생을 챙기는 엄마가 있는 가족, 역시 자전거 나들이를 나온 모양이다.

커피는 이미 마셨으니 맥주를 시키려는데 아직 오후 한 시도 안된 시각이다.

    가방에서 노트를 꺼내 끼적거린다.

    "매듭은 매듭이다."

    "인생은 짧으나 시간은 더디 간다."

하얀 마을 토른에서 저 혼자 하얗지 않은 건물이
마을 가운데 도드라진다.
이 마을의 기원인 수도원 교회다.

나폴레옹 점령 당시 프랑스 군인들은 창문과 벽난로 크기라는
얄궂은 기준으로 세금을 거둬들였고, 이에 맞서 주민들은 창문
을 막아 벽으로 만들거나 작게 고치고 벽난로의 크기도 줄였다.
이렇게 건물을 급조한 흔적을 감추려고 꾀를 내어, 싸고 손쉽게
구할 수 있었던 석회를 칠한 것이 하얀 마을의 유래다.

'오르간 맨'은 온몸을 구릿빛으로 칠하고
동상인 척 피아노 앞에 있다가
아이들이 다가오면 능청스레 손 내밀며 놀래 준다.

하얀.
마을.
토른.

일기예보에 해, 비, 구름의 세 가지 그림이 한꺼번에 있는 날
이었다. 오락가락하겠구나 생각했지만, 해님도 한 컷을 차지
하고 있으니 '비는 조금 오고 흐리기만 하거나 해가 줄곧 나겠지.'라
며 마음대로 일기예보를 해석하고는 집을 나섰다. 한 해 한 번 찾아오
는 재밌는 행사를 놓치고 싶지 않았다. 오전에는 내내 맑고 무덥기까
지 해서 여름옷을 입고 선글라스도 챙겼다.

　토른 나들이를 갈 때는 베섬네데르베이르트 운하를 따라간다. 위
로는 스헤르토헨보스(덴 보스)에서 아래로는 마스트리흐트까지 이어
지는 베섬네데르베이르트 구간은 자를 대고 그은 듯한 직선이 17킬
로미터에 이른다. 차가 마주 오면 얼추 멈춰 서야 겨우 지나갈 만한
조붓한 길이 이 직선을 따라간다. 이 운하 옆 오솔길을 발견했을 때는
나만의 보물이라도 찾은 듯 설레었다. 물길을 따라서는 갈대와 야생
화가 무심히 피었고, 키 큰 상수리나무가 시끄러운 세상을 줄지어 막
아섰다. 자동차를 무서워하지 않는 새들이 능청스레 길 가운데에 앉

아 있고, 고기 잡을 생각이라곤 없는 듯한 강태공들을 간간이 만나는 고즈넉한 길이다.

그런데 이 오솔길 어귀에서부터 하늘이 컴컴해지더니 느닷없이 천둥 번개 치고 억수비가 쏟아진다. 잠시 쉬면서 지나가기를 기다려야 할 비인지 빠져나가야 할 소용돌이비 아래에 내가 있는 것인지 차를 잠시 세우고 생각해 본다. 운치 있는 나만의 길이 순식간에 공포의 길로 바뀌었다. 내비게이션의 지시를 따라가던 운전자의 종착지가 운하 속이었다는 며칠 전 뉴스가 생각난다. 가로등도 없는 지방도로에서 집중호우가 있던 날의 사망 사고였다.

금방 그칠 비는 아닌 듯해 비구름을 빠져나가기로 했는데 흘끗 쳐다본 운하는 넘칠 듯 출렁이고, 몸부림치는 상수리나무 가지는 차를 철썩 칠 것만 같다. 가로등도 없는데 앞은 안 보이고 노면에는 물이 차오른다. 지나가는 차도 없다. 이거 꼭 운하 속으로 걸어 들어가는 것 같구나 생각할 즈음, 거짓말처럼 먼 하늘에 어슴프레 밝은 부분이 눈에 들어왔다. 나는 굉장한 비구름 아래에 있지만 저 먼 하늘 아래 어딘가는 평온할 것이다. 거기가 토른이었으면 좋겠다고 생각했다.

네덜란드 사람들은 도시나 마을에 별칭 지어 주기를 좋아한다. 전구회사로 시작한 필립스 본사가 있는 에인트호번을 '빛의 도시', 네덜란드에서 가장 높은 돔 타워가 있는 위트레흐트는 '돔 도시'라고 하는 식이다. 이천육백 명 남짓이 옹기종기 모여 사는 작은 마을 토른에는 '하얀 마을'이라는 이름을 붙여 주었다. 마을의 집들이 죄다 흰색이기 때문이다. 흙 바르지 않은 벽돌집이 뿌리내린 나라에서 이 마을

파네쿠컨 식당이 모여 있는 수도원 교회 둘레가 유독 붐빈다. '파네쿠컨 요리사' 식당 앞에, 같은 이름의 살아 있는 동상 '파네쿠컨 요리사'가 구경꾼을 끌어모으는 참이다.

은 어쩌다 하얀 회칠을 했을까?

　유럽 어느 도시, 사람 많은 광장에서 퍼포먼스를 하는 익살꾼들 앞에 잠시 발걸음을 멈추었던 경험이 여행자들에게 한 번쯤은 있을 것이다. 토른에서는 이 익살꾼들을 아예 불러 모아 경연장을 연다. 오늘은 림뷔르흐 주에서 주최하는 '살아 있는 동상' 대회가 열리는 날이다. 네덜란드와 벨기에에서 온, 살아 있는 동상 스물다섯 팀이 마을을 대회장 삼아 한판 어우러진다. 구경꾼들은 동상 목록을 손에 쥐고 골목마다 퍼포먼스를 펼쳐 보이는 인간 조각상 가운데 으뜸을 골라 주최 측에 갖다 준다.

　토른에 처음 왔던 다섯 해 전 가을은 마침 토니 어머니의 생일잔치가 있을 즈음이었다. 전국에서 가족들이 각자 차를 타고 어디론가 집결한 곳이 바로 토른이었는데, '가시나무(영어로 thorn은 '가시'의 의미)'라는 말이 떠오르는 그 이름만큼이나 예쁜 마을이었던 기억이 난다. 형제자매 다섯과 그 아래 아이들까지 삼대가 모였으니, 어릴 적 외가 시골 잔치를 보는 듯했다. 손자 손녀들은 제각기 이성 친구까지 동반했다. 내게는 자연스럽게 그리고 한 번에 토니 가족 모두를 만날 수 있는 시간이기도 했다.

　처음 접했던 네덜란드 가족 잔치라 어색하기도 했을 텐데 다들 편안하고 스스럼없이 대해 주었다. 새로 만난 이에게 곁을 잘 내주지 않는 이들의 사교법이 서운할 때도 있지만 그래서 편안할 수도 있음을 그때 어슴푸레 느꼈던 듯하다.

　어디에서건 먼저 요구하지 않으면 얻을 수 없고, 먼저 내 의견을 밝히지 않으면 배려받지 못하는 것은 사람을 대할 때도 마찬가지였다. 먼저 다가가 내 소개 하며 말 걸지 않으면 꿔다 논 보릿자루가 되기 쉬우나(그래도 아무도 마음 쓰지 않는다는 편안함도 있지만), 그 낯가림을 잠깐만 눈 감으면 그 순간만큼은 누구라도 유쾌한 얘기 상대가 되어 준다.

토니의 형수가 인도네시아 사람인 데다 프랑스 사람과 결혼해서 벨기에 사는 조카 등 인종과 국적으로 따지자면 이미 다양해서 한국이라는 나라에서 온 내 등장이 그리 새삼스러운 것은 아니었다. 그저 삼촌의 여자친구일 뿐.

생일잔치라고 해서 유별난 것은 없고 파네쿠컨 식당에서 점심을 먹고는 가족이 함께 마을을 산책하고 기념사진을 찍으며 보냈다. 팬케이크 위에 과일을 비롯한 여러 종류의 토핑을 얹은 이 네덜란드식 피자가 이 나라의 대표 음식 가운데 하나라는 걸 그때 알았다. 밀가루, 버터, 우유로 만든 반죽으로 얇게 부친 팬케이크 위에 얹는 토핑에 따라 파네쿠컨의 종류가 달라진다. 그 종류마다 번호가 매겨져 메뉴판의 파네쿠컨은 415번까지 있었다. 바나나, 사과, 생강, 건포도, 체리, 복숭아, 딸기, 블랙베리, 산딸기, 치즈, 햄, 버섯, 파프리카, 살라미 따위가 달콤한 팬케이크 위에 올라간다.

네덜란드 음식은 '담백하다(아무 맛이 없다)', '소박하다(똑같은 음식만 먹는다)'는 평을 받지만, 그럼에도 '발상의 전환'이란 말을 절로 떠올리게 된다. 내 눈에는 도무지 어울리지 않는 재료들의 기이한 조합으로 보이기 때문이다. 내 주변에는 식빵 위에 땅콩버터를 두껍게 펴 바르고 그 위에 '우박'이라고 하는 초콜릿 알갱이를 뿌려 아침으로 먹

는 사람이 있다. 물론 우유와 함께. 그의 나이는 내년이면 예순이 된다. 네덜란드에서 흔한 아침 식사다.

'신선한 과일'이라는 이름의 파네쿠컨을 시켰더니, 팬케이크 위에 과일 몇 가지를 얹고 설탕을 눈처럼 뿌려 준다. 그 위에 다시 시럽을 뿌려 먹는 기이한 조합이 네덜란드의 파네쿠컨이다. 이렇게 끔찍하게 단 음식을 어른이 되어서도 즐겨 먹을 만큼 그 삶이 쓴맛일까, 아이처럼 달콤함을 좇는 천진함일까. 식당에서는 이렇게 요란한 파네쿠컨을 먹지만, 집에서는 한결 단출하다. 잼이나 꿀을 발라 돌돌 말아 먹거나 설탕을 뿌리고 시럽을 부어 먹는다. 토니에게는 이 파네쿠컨이 유년의 '그리운 옛 맛'이어서, 밥하기 귀찮아 간단히 한 끼 때울까 할 때 저녁으로 먹는다. 미국 드라마 「섹스 앤 더 시티」에서 캐리를 사로잡았던 러시아 남자가 데이트 다음 날 아침 식사로 만들어 주던 블린(러시아식 팬케이크)처럼, 네덜란드에서도 본디 파네쿠컨은 농부들의 든든한 아침이었단다. 프랑스의 크레페나 영국의 팬케이크 같은 여러 버전의 파네쿠컨은 네덜란드에서 한자도시를 거쳐 유럽 나라들에 퍼진 것이라는데, 유럽 바깥 나라들도 저마다의 밀전병이나 밀쌈이 있는 걸 보면 딱히 한 나라의 발명품이랄 수는 없을 것이다.

프랑스가 네덜란드를 주무르던 시절, 네덜란드 왕으로 임명된 나폴레옹의 동생 루이는 친네덜란드적인 태도로 크게 미움 받지 않았다고 알려져 있다. 그리고 파네쿠컨을 유난히 좋아했다고도 전해진다. 1806년 6월 5일, 임명 잔치에서 이 새로운 왕이 파네쿠컨을 아주 많이 먹은 모양인데, 자위트홀란트 지방에서는 해마다 6월 5일에 파네쿠컨을 먹는 풍습이 설핏 남아 있다고 한다. 지금은 집마다 똑같은 맛으로 만들어진 슈퍼마켓 파네쿠컨을 데워 먹고, 밥하기 싫은 날이 파네쿠컨 데이가 되어 버렸지만.

하얀 마을 토른에서 저 혼자 하얗지 않은 건물이 마을 가운데 도드라진다. 이 마을의 기원인 수도원 교회다. 교회는, 마스 강 지방에서 영주 노릇을 하던 안스프리트 백작이 10세기 끝머리에 세운 수녀원에서 시작된다. 중세시대 성모 마리아를 숭배하던 풍조에 힘입어 여성의 사회적 지위가 높아졌다고는 하나 경제적 자립은 여전히 어려웠으므로, 한결 능동적으로 살려는 여성들에게 수녀원은 매력적인 곳이었다. 십자군 전쟁으로 여성의 비율이 많아진 배경도 있을 것이다. 네덜란드 남부와 벨기에 플란데런에는 이런 수녀원 공동체가 많이 남아 있다.

이 수녀원은 그 우두머리가 자치권을 가지는 자치국으로 커 갔고, 신성로마제국에서 가장 단위가 작은 공국으로까지 나아갔다. 자치 군대, 고유 화폐, 사형을 집행할 수 있는 법원까지 있었던 자치공국의 역사는 18세기 저물녘 나폴레옹 군대에 의해 저물어 간다. 수녀원은 문을 닫았고, 공국의 귀족 여성들은 도망가야 했다. 공국 귀족들 밑에서 일했던 마을 주민들은 일자리를 잃고 곤궁에 빠졌다. 점령자들이 으레 그렇듯, 프랑스 군인들은 창문과 벽난로 크기라는 얄궂은 기준으로 세금을 거둬들였고, 이에 맞서 주민들은 창문을 막아 벽으로 만들거나 작게 고치고 벽난로의 크기도 줄였다. 이렇게 건물을 급조한 흔적을 감추려고 꾀를 내어, 싸고 손쉽게 구할 수 있었던 석회를 칠한 것이 하얀 마을의 유래다. 조금이나마 덜 빼앗기려던 민중들의 궁여

지책이 지금은 그럴듯한 경관이 되어 마을에 이름값을 더한다. 제2차 세계대전 뒤에는 마을의 이런 역사경관을 잘 건사하고 특성화하기 위해 본디 흰색이 아니었던 건물까지 흰색으로 칠해졌다. 그러고 보니 이 마을의 집들은 거실이 훤히 들여다보이는 칼뱅주의의 큰 창문과는 좀 거리가 있다. 회칠한 건물 벽을 잘 보면 창이나 문이었던 흔적이 보이기도 한다.

네덜란드에서 문화재란 오래된 건물이나 유적에 한정되지 않는다. 하얀 마을이 된 토른의 이 색다른 역사경관은, 문화재 보호법이랄 수 있는 모뉘멘트법에 따라 '보호마을경관'으로 등록되어 관리당한다. 보존 가치가 있는 건물을 '문화재'로 못 박아 엄격히 관리하듯, 도시·마을 경관, 거리 풍경같이 그 장소만이 지닌 색깔도 함부로 훼손해서는 안 되는 문화재로 다루고 보살핀다. 설령 문화재로 지정된 건물이 아니더라도, 그 건물이 뿜어내는 역사의 색채는 '보호해야 할 경관'으로 엄연한 문화재다.

저 하얀 집들 안에 사는 사람들은 제집 창문 크기도 모양도 색깔도 맘대로 고를 수 없을 테고, 집을 손볼 때마다 전문가와 공무원들의 관리 감독을 받아야 하는 등 여러 가지 불편함이 있을 것이다. 하지만 그 안에 간직한 많은 이야기를 우리는 기억하고 싶고, 오랜 시간 동안 쌓인 사연이 자아내는 마을 풍경이 변치 않고 그 자리에 있어 주길 바란다. 그것이 침략과 수탈의 역사가 남긴 흔적이라 할지라도.

특별한 행사가 없는 날, 토른에서 한적한 골목을 서성이는 사람을 만난다면 커다란 카메라 가방에 삼각대까지 갖추고 사진 찍는 사람

들이기 쉽다. 이젤과 접의자를 놓고 그림 그리는 사람들도 길목을 차지하고 있다.

방해가 될까 한 발 떨어져 조심스레 바라보는데, 지나가는 아마추어 사진가들은 서슴없이 이젤 앞에 다가선다. 팔레트에 물감을 섞어 색을 내고 있는 아마추어 화가에게 유화 물감이냐 아크릴 물감이냐, 그림 그린 지 얼마나 되었느냐 물어보면 화가는 물감을 꺼내 보여 주며 이야기 나눈다. 사진으로 담고 싶은 골목 모퉁이마다 번번이 먼저 와 있는 화가 한 사람에게 나도 다가갔다. "그림 멋지네요." 하고는 더 건넬 말을 고르지 못하고 있는데, "시작한 지 고작 한 해인걸요. 연습을 좀 더 해야 해요."라며 쑥스러운 듯 싱긋 웃는다. 수도원 교회 담장 아래의 벤치와 보리수나무에 덧칠하고 있는 나이 지긋한 이 아저씨는 아마도 은퇴 후 취미 생활을 즐기는 것이리라.

우리나라에서 전문가와 아마추어의 차이가 무색할 만큼 너도나도 사진 찍기를 즐겨 한다면, 여기서는 그림 그리기를 취미 삼는 사람들이 많다. 평생 일했던 손으로 이렇게 작은 마을 골목에서 그림 그리며 지나가는 이와 멋쩍은 애기를 나누는 온화한 모습에 나도 마음이 그윽해진다. 사진을 찍어도 되겠느냐 청하니 역시 쑥스러워하면서도 기분 좋게 응하신다. 다른 골목의 화가들도 마찬가지였다. 성가셔하는 사람은 아무도 없었다. 하긴 한 장소에 몇 시간씩 앉아서 고요히 자기만의 세계를 만드는 사람이 주변 모두에 어떻게 상냥하지 않을 수 있을까?

씻은 듯이 깨끗한 하늘과 갓 만들어 낸 듯한 구름. 태풍이 지나간다음 날처럼 햇살이 화살같이 내리꽂힌다. 건물이 온통 흰색이니 좁은 골목을 걷는데도 눈이 부셔서 카메라 노출을 눈 오는 날처럼 맞추었다. 마을에서 혼자 우뚝한 수도원 교회의 묘지 뜰에는 깊은 그늘이 괴괴한데 말이다. 교회 입장표를 사려는데, 표 파는 사람으로 보이는 할아버지는 자리를 비운 채 묘지 뜰 그늘에서 한 아주머니와 이야기하느라 바빴다. 얘기가 끝나길 기다려 자원봉사자인지 교회지기인지 모를 이 할아버지에게 박물관 카드를 내밀자 먼저 돋보기안경을 쓰더니 볼펜을 손에 들었다. 그리고 두 번 접은 A4 종이 위에 내 박물관 카드의 일련번호를 꾹꾹 눌러 적는다. 기계가 고장이라도 난 것인지, 본디 이런 식인지 모르겠지만 종이에는 난수표 같은 숫자가 빽빽하다. 저 숫자들을 나중에 다시 어디에 입력이라도 하는 걸까? 할아버지는 돋보기안경을 벗으며 "어느 나라 말로 된 안내서 줄까요? 일본어도 있답니다." 하며 영어로 묻는다.

토른 사람들의 자부심인 수도원 교회는, 바깥은 여러 시대에 걸쳐 덧붙여진 양식인데, 교회 안은 흰색과 금색의 바로크라 어쩐지 생뚱맞다. 카위페르스가 증축한 네오고딕 양식의 탑이 눈에 들어온다. 교회 한쪽 면은 로마네스크, 다른 쪽은 감쪽같은 고딕에다 높은 탑이니, 역시 전통에다 첨단을 섞은 퓨전이다. 조화로 따지자면 어색하기도 하나, 어쨌거나 그 앞에서 우리는 건물 하나가 지나온 수 세기의 시간을 가늠할 수 있다.

이 교회는 건물에서 가장 오래된 부분인 크립트가 유명하다. 성가대석 아래에 반지하로 만들어진 예배당인 크립트에, 문화재로서는 토른에서 가장 유명함 직한 아치 모양의 창 두 개가 있다. 이 스테인드 글라스 창에는 교회를 세운 안스프리트 백작과 부인 헤레스빈트가 각각 그려져 있다. 안스프리트 백작은 교회 옆의 자치공국 궁전 앞에도 동상으로 서 있는, 마을 역사에서 시조가 되는 사람이다. 토른을 알리는 책자마다 이 크립트의 스테인드글라스가 마치 렘브란트의 「야경」쯤이라도 되는 듯 적고 있는데 직접 가서 보니 가로세로 1미터도 안되는 봉창이었다. 그런데도 속았다기보다는 어쩐지 가상하게 여겨진다. 우리 집 지하실만 한 크기의 크립트에 있는 스테인드글라스가 지닌 역사적 배경과 의미, 고장 사람들의 자랑을 넘어 관광객들도 그 값어치를 음미해 볼 기회를 주는 것이니까. 그냥 지나칠 만한 것도 되돌아보게 하는 일, 그게 바로 '스토리텔링'의 힘일 것이다.

교회를 나서는데 하늘이 다시 어둑해지고 빗방울이 들어서 베잉아르트(포도 농가가 있는 시골 마을에서 마을 중심에 위치한 공터나 광장을 이르는 말)에 있는 박물관으로 얼른 들어갔다. 박물관 400군데 남짓을 그냥 들어갈 수 있는 박물관 카드는 이렇게 궂은 날 제값을 한다.

토른에서 발굴된 유물 사이에 마을 모형이 가장 큰 자리를 차지하고 있다. 박물관의 자원봉사자들은 내가 머나먼 나라에서 자기네 마을을 찾아온 것이 반갑고 고마운지, 마을 모형이 실제와 얼마나 닮았나, 로마 시대 동전이 얼마나 값어치가 있는지 등을 정성껏 설명해 준다. 유서 깊은 고을이나 워낙 작아서 전시품이 그리 많지 않은데도 작은 박물관을 동네마다 만들어 놓은 일도 기특해 보인다.

박물관 지하 전시실에는 「경비병」이라는 제목으로 조각가 신키치

수도원 교회의 스테인드글라스를 만든 사람은 유프 니콜라스라
는 루르몬트 출신 예술가이다. 스테인드글라스란 주로 교회 건축
물에, 그것도 예전보다 한결 커진 고딕 교회의 창에 종교적인 내
용을 담는 것이지만, 니콜라스의 작품은 마치 현대미술 같다.

타지리의 작품전이 열리고 있다. '매듭'과 함께 그가 붙들었던 '전사戰士'를 주제로 한 작품의 밑그림들이다. 그 가운데 펜로를 지날 때 자주 보았던 경비병도 있다. 남북으로 흐르는 마스 강의 오른쪽 연안에 있는 도시 펜로에는 다리 하나가 강을 가로지른다. 이 다리는 강 동쪽의 도시와 서쪽 땅을 이어 주기도 하지만, 동시에 동쪽의 독일과 서쪽의 네덜란드를 연결하는 주요 시설물이기도 하다. 제2차 세계대전 때 폭파되어 다시 놓인 다리 들목에 '경비병'을 세워, 전쟁의 폭력에서 도시를 지키고 선 '전사'다.

전시실의 테이블에는 관람객 두 사람이 마주 앉아, 타지리 작품집을 꼼꼼히 넘겨 보며 그의 작품 세계를 이야기한다. 세계적 예술가인 타지리의 전시회가 작은 시골 미술관에서 조촐하게 열리고 있다는 사실에 다시 감탄하며 그들 옆에 앉아 귀동냥했다.

박물관의 대규모 전시품에 주눅이 들어 본 적이 있는 사람이라면, 그 작품의 고향에서 그 장소에 걸맞게 열리는 작은 전시회의 쏠쏠한 재미를 짐작할 수 있을 것이다. 물론 달랑 창문 두 개 난 학교 교실 크기의 전시를 보려고 이름 모를 작은 마을을 찾아가는 여행자는 흔치 않다. 네덜란드의 아담한 도시에 살면서 절로 익히게 된, 자세히 들여다보는 습관이 없다면 말이다. 마실 가듯 잠깐 들러 그림 한두 점 들여다보고 갈 수 있는 전시회가 선사하는, 세계에 이름난 예술가의 작품이라네 하는 소박한 뿌듯함은 여행자보다는 이 고장 사람을 위한 것이리라.

박물관을 나오니 어느새 굿는 빗속에, 더는 동상 구경할 엄두가 나지 않는다. 유월이지만 빗속의 공기는 이른 겨울날처럼 차다. 수도원 교회 앞 카페 '하얀 집'에서 빈자리가 없는 통에 합석했다. 낯선 사람과 콧등이 닿을 만치 비좁은 공간에서도 눈에 보이지 않는 선을 긋고 그 선을 넘어가지 않는 이들이라 합석은 별 스스럼이 없다.

'살아 있는 동상' 대회로 대목을 맞은 카페 종업원들은 상기된 뺨으로 테이블 사이를 오가며 몰려드는 손님에 쩔쩔맨다. 오늘 하루 특별 아르바이트생으로 나온 마을의 십 대들인가 보다. 토른에 있는 레스토랑과 카페는 대개 파네쿠컨 하우스나 림뷔르흐 플라이 제과점을 겸한다. 살구 플라이와 커피를 시켰는데 종업원은 종이에 적어 가기까지 해 놓고선, 한참 뒤에 합석한 두 사람의 커피만 가져왔다.

과일을 깎아 놓고 둘러앉아 같이 먹는 우리네와 달리, 네덜란드 사람들은 그들만의 방법으로 과일을 섭취한다. 파네쿠컨 같은 부침개나 과일 플라이를 만들어 익힌 과일을 먹는 것인데, 이 고장 특별식이라는 '림뷔르흐 플라이'도 타르트 위에 사과, 체리, 살구 등 온갖 과일을 얹은 파이다. 내 사는 데가 세상의 중심이듯, 림뷔르흐에서는 내고장 음식을 으뜸으로 치는데, 플라이가 없으면 잔치가 되질 않고, 과일의 가짓수만큼 플라이의 가짓수가 있다. 여기서 몇 번의 겨울을 나 보고서야 어른 아이 할 것 없이 쩡하게 단 음식을 즐기는 까닭을 온몸으로 깨달았다. 어두운 하늘, 공기는 무겁고, 보슬비는 부슬비가 되고, 부슬비는 다시 바람비가 되고, 이내 억수 같았다가 다시 소슬해지는 오후쯤에는 커피와 함께 초콜릿이나 플라이 생각이 절로 난다. 우울을 이기는 이들만의 극약일까? 설탕과 생크림 덩어리일 뿐이라고 뇌까리며 그 맛에 길들지 않으려고 외면하지만, 오늘은 카페에서 커피와 함께 입에 녹는 림뷔르흐 플라이를 먹는다. 비가 오니까!

합석한 노부부는 줄곧 내가 투명인간이라도 되는 듯, 존재하지 않는 것처럼 행동한다. 무시하는 듯도 하고, 개의치 않는 듯도 하다. 밀라노 교외의 시골 버스 정류장에서 배차 간격이 뜸한 버스를 기다리며 이탈리아 시골 사람들과 말동무를 했던 적이 있다. 혼자 있는 여행자를 가만 놔두지 않던 그들은 손에 든 뭐라도 나누고 싶어 했다. 음료수와 주전부리를 권하는 그 간절한 눈빛에 과자는 한 조각 받아 들었지만, 병째 마시던 음료수를 같이 나눠 먹을 만큼 경계심이 없지는 않았다. 한 조각 먹고 나니 또 한 조각을 건네며 내 입에 손수 넣어 주고 싶어 하기까지 했는데, 그럴 때면 나도 네덜란드 사람들의 까탈스러움을 이해하게 된다.

'지나친 친절은 의심스럽다.'

뭐든지 지나친 것은 좋지 않고 '노르말(정상인)'을 규범으로 여기는 중용의 철학자들. 하지만 한쪽에서 '지나치다'고 여기는 일이 다른 쪽에서는 더없이 '정상'일 수도 있으니 무엇이 '노르말'인가.

얼굴 마주 보고 앉았으니 "맛있게 드세요." 하는 인사쯤으로 '친절함'을 표하고는, 관광안내소에서 집어 온 신문 「자위데를뤼흐트」를 꺼내 읽는다. 네덜란드, 독일, 벨기에 세 나라의 국경 지역 문화행사 정보지다. 자위더르는 '남쪽의'라는 뜻이고, 뤼흐트는 '공기', '하늘'이라는 뜻이니, 이건 '남쪽 공기'일까 '남쪽 하늘'일까 말 고르기를 하는데, 요제프 보이스의 기사가 눈에 띄었다. 독일 전위 조각가이자 행동하는 예술가였던 보이스가 말년을 림뷔르흐 중부 지방에서 보냈다는 것이다. 1986년 삶을 마감하기까지 열 해 남짓 동안 네데르베이르트에서 텃밭에 감자와 푸성귀를 심어 자급자족하며 자연과 어우러져 살았다고 한다. 마지막으로 그가 살았던 집은 새 건물이 들어서서 가뭇없이 사라져 버렸는데, 토른으로 오면서 난데없는 폭풍우를 만났던 베섬네데르베이르트 운하 옆 어디쯤이라는 내용이었다.

네덜란드, 아니 유럽을 처음 내 눈으로 봤던 때,
내 발로 걸으며 그 공기를 들이마셨던 첫 번째 도시가
마스트리흐트였다. 직접 느껴 보지 않고 구성된 '유럽 타운'
머릿속에 출렁일 적이었는데, 마스트리흐트는
그 이미지에 꼭 들어맞았다.

마스트리흐트 사람들은 세상에서 가장 아름다운 서점에서 책을 사고 커피를 마신다.

Boeken
met een
vaste
lage prijs.

een
kleine
uitgave

8

네덜란드 도시에서 물리적으로나 정신적으로나 중심에 위치한 것은 대체로 마르크트다.
시장이 서는 마르크트 둘레로 교회와 시청사가 자리하는데, 독특하게도
마스트리흐트의 도시 중심은 프레이트호프이다. 세르바스 성인이 묻힌
성 세르바스 바실리카와 빨간 종탑의 성 얀 교회가 나란한 프레이트호프라는 이름의
이 광장에서 모든 게 벌어진다. 카니발, 안드레 리위의 공연, 겨울에는 스케이트장…….

아,
마스트리흐트!

 네덜란드어 사전에서 '바쁘다'와 '밀다'는 동의어다. '누르다', '밀다'는 뜻인 '드뤽druk'은 '바쁘다', '분주하다'는 뜻도 된다. 누군가 또는 무엇인가가 나를 눌러 대고 밀 때 바쁘다고 여기며, 바쁨으로 말미암아 내 삶의 주인 자리를 누군가 또는 무엇인가에 내어 주는 상태를 못 견뎌한다.

바쁜 내 마음과 상관없이 느릿느릿 움직이는 일꾼들에 속이 타더라도, 그건 그들이 느린 게 아니라 '자기 페이스'대로 일하는 것이며, 누구도 그 속도를 높이라 할 수 없다. 그것은 여유이기도 하고, 일을 즐기는 매무새이기도 하고, 내가 노동의 주인이 되는 것이기도 하다. 그렇거니, 죽을 둥 살 둥 온 힘을 다해 일하는 모습과는 좀 거리가 있을 테다.

사고 현장에서 응급환자를 다루는 장면을 그대로 보여 주는 텔레비전 프로그램을 볼 때였다. 신고를 받고 현장으로 출동하는 응급구조 대원들은 서두르는 기색 없이 어디 산책이라도 가는 듯 느긋하다. 촬영 카메라에 얼굴 들이대고 정황을 설명하기도 하면서 말이다. 그럴 때는, 응급환자가 기다리는데 저 사람들 뛰어가지 않고 저게 뭐람, 하고 혀를 차게 된다.

우리는 눈코 뜰 새 없이 바쁜 데에 스트레스 받고, 바쁜 도시살이에 진저리 낸다. 세상 그 누가 내게 바쁘게 살며 일하라고 눌러 대고 밀어 대더라도, 이리 오라면 이리 가고 저리 가라면 저리 가며 쫓겨 살다가 나는 어디로 갔나 허망해지는 법 없이, 내 일정은 내가 정하고 내 삶을 통제하는 사람은 바로 나라는 생각을 놓지 않으며 바쁘게 살 수는 없을까? 도시에 살면서도 서로 채근하지 않고 살 수는 없을까? 남의 몸을 밀치고 다니면서 미안하다는 말 한 마디 건네기도 바쁜 모습은 과연 시간에 쫓겨서일까?

도시의 분주함을 뒤로하고 훌쩍 떠나는 여행이 찾아가는 것은 결국 여유다. 언젠가를 꿈꾸는, 마당 있는 집과 전원생활도 그 느긋함을 향해 있다. 휘몰아치는 생활에서 잠시 떠나 느릿함을 맛보겠다는 간절함으로 떠난 며칠 동안의 공간 이동은, 깨고 나면 다시 고단한, 삶의 습관성 약물. 그래서 더 강렬하고 더 먼 곳으로 더 돈이 드는 탈출을 위해 더 많이 일하고 바쁘게 산다.

도시 축에 들긴 해도 한국이라 치면 꽤 한갓진 작은 동네에 살고부터는 거꾸로 이런 방자한 생각을 하곤 한다. '여유'와 '느림'을 꿈꾸는 도시인이 막상 시골에 산다면 그 느려 터진 시간을 일상으로 견딜 수 있을까? 한 시간에 한 대씩 오는 버스, 새로 산 소파를 구경 오는 이웃들, 얼굴 붉혔던 시청 공무원과 시장 생선가게에서 부딪치고, 조깅하러 나가면 집배원 아저씨가 자전거를 멈추고 인사말을 던지며 엄지손가락을 치켜든다. 나를 어떻게 제법 아는, 안면부지의 집안 어른이 카페에서 아는 체를 해 오며 지난 주말에 내가 뭘 했는지 알고 있는 동네에 산다면……. 고단한 직장인들의 불쾌한 얼굴이 가득한 포장마차가 그립고, 근사한 카페의 세련된 인테리어 사이에 앉아 새로 나온 잡지를 뒤적이다 창밖으로 지나가는 새치름한 사람들을 보고 싶다면, 새로 산 구두에 어울리는 가방을 들고 큰 책방에서 어슬렁거리고 싶다면…….

그럴 땐 훌쩍 기차 타고 마스트리흐트에 간다.

마스트리흐트는 네덜란드에서 가장 오래된 도시다. 도시 성립으로 따지자면 2세기에 도시권리를 받은 네이메헌이 최고가 되지만, 사람이 모여 살며 도시가 형성된 흔적으로 보면, 기원전 50년 무렵으로 거슬러 올라가는 마스트리흐트가 앞선다. 카이사르가 로마 군단을 이끌고 갈리아 지방을 정복했던 시기를 도시형성의 기원으로 본다.

그 시절 로마 사람들은 라인 강 북쪽의 저지대를 뻘밭이라 살 만한 곳이 못 된다며 돌아갔다고 하지만, 게르만족을 코앞에 둔 마스 강변에는 로마 군대가 자리를 틀었다. 이 로마 병영의 주요 임무는 프랑스의 불로뉴쉬르메르에서 그들의 콜로니아(식민도시)인 독일 쾰른까지 이어지는 군사용 도로를 건설하는 일이었고, 이 콜로니아 가는 길은 마스 강을 건너야 했으니 다리도 놓아야 했다. 이 다리를 지키는 요새가 마스트리흐트의 못자리가 되었다.

이 도시 토박이에게 마스트리흐트가 무슨 뜻이냐고 물어보라. 'Trajectum ad Mosam' 또는 'Mosa Trajectum' 같은 '마스 강 횡단'이라는 의미의 라틴어를 술술 읊을 것이다. 중세 네덜란드어로는

네덜란드에서 가장 오래된 성 세르바스 다리.
1932년 빌헬미나 다리가 놓이기 전까지는 마스 강의
유일한 다리였으며, 그저 '다리'라고만 불렸다.

Trajectum, Trecta, Treeg 따위로 불렀다고 하는데, 21세기 마스트리흐트 사람들은 제 도시를 메스트레이흐라는 방언으로 부른다. 여울목에 자리 잡은 도시로 영국에 '-포드ford', 독일에 '-푸르트furt'가 있다면, 네덜란드에는 '-보르트voort'와 라틴어에서 온 '-트레흐트trecht'가 있다. 지척에 있는 벨기에 도시 통에런에는 마스트리흐트로 이어지는 옛 로마 길인 마스트리흐트세르스테인버흐('마스트리흐트 가는 돌길'이라는 뜻)가 있는데, 통에런 사람들은 이 긴 길 이름을 그냥 '트리흐츠'라고 부른다. 이천 년 전 로마의 흔적은 이토록 짙다.

마스트리흐트의 첫인상은 성 세르바스(세르바시오) 다리에서 온다. 언뜻 프라하나 파리의 강변 같다고도 하는데, 나는 이 다리를 건널 때마다 '마스를 건너다'라는 도시 이름을 되뇐다. 이쪽과 저쪽은 건너는 행위로 연결된다. 한번 넘어서 길이 걸쳐지면 이것저것 넘나들어 경계는 옅어진다.

불편하기 짝이 없는 수백 년 된 집에 사는 현대 네덜란드인을 보면, 보존해야 할 옛것이 너무 많은 후손의 숙명이란 마치 종갓집 종손처럼 무겁다는 누군가의 말을 떠올리게 된다. 그렇다 해도 편리함이나 쾌적함과 같은 이유를 들어 조상이 곳곳에 남겨 놓은 역사의 더께를 일찌감치 걷어 버릴 수도 있었을 것이다.

1900년대 들머리에 마스트리흐트 지역사회는, 폭이 좁아 성에 차지 않았던 '다리'를 새로 놓자는 논란에 휩싸인다. 돌기둥 위에 로마인들이 올린 나무다리는 13세기에 아치 돌로 다시 놓여 돌다리가 되었지만, 마스트리흐트를 공업도시로 탈바꿈시키는 데 바빴던 사람들은 이 중세시대 다리가 비경제적이고 비효율적이라 생각한 것이다. 다행스럽게도 이들의 근대 문명은, 이 중세의 흔적을 지우는 대신 새 다리를 놓자고 합의한다. 강 북쪽에 빌헬미나 다리가 놓이면서 네덜란드에서 가장 오래된 '다리'는 보행·자전거 교로 기능이 바뀌어 살아남았고, '성 세르바스'라는 이름을 얻었다.

성 세르바스 다리 남쪽에 보이는 철제 얼개 위 하얀 조각품은 본디 로마 시대 다리가 있던 자리다. 마스 강에서 건져 올린 로마 시대 유물의 복제품을 놓아서, 사라진 이천 년 전의 역사를 보여 준다. 이렇게 안간힘을 다해 붙잡지 않으면 손가락 사이로 빠져나가고 마는 것이 기억이다.

이 나라를, 아니 유럽을 처음 내 눈으로 봤던 때, 공항이나 기차 안에서 말고 내 발로 걸으며 그 공기를 들이마셨던 첫 번째 도시가 마스트리흐트였다. 직접 느껴 보지 않고 구성된 '유럽다움'이 머릿속에 출렁일 때였는데, 마스트리흐트는 그 이미지에 꼭 들어맞았다. 여행자란 얼마나 쉽고도 빨리 주관적 결론을 내려 버리는 종족인가. 마스트리흐트의 인상은 쉽사리 '네덜란드다움'으로 구축되어 갔고, 그 오해를 푸는 데는 제법 시간이 걸렸다. 네덜란드 도시가 곧 유럽 도시임은 당연한 이야기지만, 내 머릿속의 '유럽 도시'와 맞아떨어지는 곳은 네덜란드에서 아직도 마스트리흐트 하나다. '유럽답다'라는 뭉뚱그려 말하기도 내 맘대로 빚어낸 오해일 수 있으나, 네덜란드 사람들조차 자기 나라 남쪽 지방의 이 도시를 '외국 같다'고 하는 걸 보면, 뭔가 다른 분위기가 있는 게다.

성 세르바스 다리를 건너면 바야흐로 시내다. 자갈 깔린 좁은 길 골목골목에, 이 나라 복식 문화와는 어울리지 않을 듯한 고급 부티크가 천장 높은 석조 건물 안에 들어앉았고, 진열장을 기웃거리는 사람들 사이로 어떤 공기가 떠다닌다. 우아하지만 허세는 없다. 농익었으나 무겁지 않다. 나이를 가늠할 수 없는 사람처럼, 낯설다가도 이내 편안해지는 공기.

달콤한 냄새를 풍기는 와플가게를 지나치지 못하고 라위크서 바펄(리에주 와플)을 샀다. 거리의 와플가게에는 네덜란드 와플이 아니라 라위크(벨기에 왈롱 지방의 도시 리에주를 일컫는 네덜란드 말) 와플을 판다. 서툰 네덜란드 말에 활달한 영어로 대답이 돌아온다. 우리 동네 사람들보다 친절하고 더 많이 웃는다는 느낌은 풀어진 내 마음 때문일까? 리에주 와플은 브뤼셀 와플과 함께 벨기에 와플의 양대 산맥이다. 생크림이나 잼을 얹어 먹는, 바삭거리는 브뤼셀 와플에 대면 리에주 와플은 설탕을 많이 머금어 촉촉하고 부드러운데 따뜻한 와플에 흰 눈 같은 설탕 파우더만 뿌려 먹는다. 와플은 어쩌다 네덜란드로 오면서 길거리 음식이 되었을까? 마스트리흐트에서 와플은 거리 음식이기도 하고 카페 메뉴이기도 하다. (하긴, 벨기에에서는 프릿도 길에 서서 잘 먹지 않는다.)

지구상에 사람이 모여 사는 곳에서는 저마다 시간 개념이 형성된다. 현대에는 거리도 시간만큼이나 상대적인 개념이어서, 도시 사람에겐 물리적 거리보다 '얼마나 걸리느냐'를 따지는 시간 거리가 더 중요하다. '시간이 돈'이라는 생각이 바탕인 사회일수록.

기차로 30분이면 닿는 이 도시로 나들이 갈 때면 한국에서 몸에 밴 대도시적 거리 감각이 얼마나 달라졌나 깨닫는다. 시내에서도 한 시간 거리는 보통이고, 주말에는 네덜란드 남쪽 끝에서 북쪽 끝까지는 될 만한 거리도 예사로 다녔으면서, 유럽 여기저기를 축지법이라도 부리듯 오가는 여행자를 보면 그 옛 시절을 잊어버리고 어지러워진다. 여행에서도 비용 대 편익이 높아야 하는 우리네 삶의 방식을 보여주는 것이기도 하지만, 한편으로는 시간과 공간 감각이 남다른 까닭일 수 있다. 그만큼 크게 움직이는 게다.

고작 30분 기차 타는 일에 조금은 큰마음을 먹어야 할 거리로 느끼다니 삶의 폭이 그만큼 좁아졌다는 소릴까? 친구를 만날 때도 "오늘 오후에 마스트리흐트 '커피 러버즈'에서 볼까?"가 여의치 않은 것은, 30분 거리의 동네가 심리적으로 먼 '다른 동네'이며 '우리 동네'를 중심으로 살아가는 네덜란드적 삶에 익숙해졌다는 증거일 테다. 거기에 만만치 않은 기차요금도 한몫한다. 이탈리아행 비행기 표보다 공항에서 집까지 오는 국내 교통요금이 훨씬 비싼 형편이니 말이다.

'볼거리'에 대한 '밀도 감각'이 달라졌다는 점도 지나칠 수 없다. 색다른 뭔가를 보는 일보다 뭔가를 색다르게 발견하는 일이 더 그윽한 재미를 준다는 사실을 깨달았고, 뭔가를 바라보고 즐기는 데는 꼭 멀리 가지 않아도 된다는 것, 음미할 대상은 고밀도로 존재함을 알아챘기 때문이다.

흔히 삶이 공간적으로 확대되면 생각도 그만큼 폭넓어진다고 한다. 제 삶의 테두리에 익숙해지면 우물 밖 세상을 잊어버리기 십상이다. 한국에서 유럽으로 삶의 공간은 대륙적 범위로 확대된 듯하지만,

그 유럽의 한 모퉁이에서는 30분 거리 나들이도 번잡스럽고 비싸게 느껴진다. 그러니, 늘 깨어 있지 않으면 동네 울타리 안을 맴돌며 살기는 어디나 마찬가지다 싶다. 한 발짝만 떼서 나와 보면, 벨기에 와플을 파는 다른 동네가 있다는 사실을 잊지 말자.

마스트리흐트가 '유럽답다' 느꼈던 데는 이 로마의 도시에 이천 년 동안 더해진 여러 색깔을 내 식으로 읽었던 때문일 공산이 크다. 로마 사람들이 다녀간 뒤로 마스트리흐트는, 13세기 초 브라반트 공작과 벨기에 리에주 주교 공동통치 아래 도시권리를 얻기까지 이리저리 중세 유럽의 부침을 같이 겪는다. 부르고뉴공국 시절을 지나 스페인의 손아귀에 들었다가 네덜란드가 독립한 지 반세기도 못 되어 다시 프랑스 루이 14세가 침공해 왔고, 네덜란드로 되돌아가 평화로운 시절이 한 백 년 남짓 흐른 18세기 끝머리에는 나폴레옹 군대가 다시 쳐들어온다. 프랑스가 네덜란드에 꼭두각시 정부인 바타비아공화국을 세워 다스리던 이때에 마스트리흐트 사람들은 바타비아공화국민이 아니라 프랑스 국민이었다. 나폴레옹이 실각하고 19세기 첫머리에 네덜란드왕국이 탄생하자 마스트리흐트는 네덜란드 림뷔르흐의 주도가 되었으며, 1992년에는 유럽연합을 탄생시킨 마스트리흐트 조약이 체결된다. 네덜란드라는 하나의 정치 공동체로 살아온 지 그리 길지 않은 역사를 보면, 나라나 민족에 대해 느슨하고 제 고장에는 끈끈한 정서를 이해할 것도 같다. 이 도시에 흘러 들어와 켜켜이 쌓인 '다른 문화'도 헤아릴 수 있다.

유럽을 놓고 멀리서 보면 이 지방은 가톨릭 문화의 북방 한계선이

자 와인이 생산되는 가장 북쪽 지방이며 구릉은 잦아들고 '낮은 땅' 이 시작되는 지점이다. 네덜란드 쪽에서 보자면, 땅은 단단해지고 건물 재료에 돌이 섞인다. 그리고 마약이 버젓이 사고 팔리는 남방 한계선이다.

어둠이 드리워지지 않은 영혼이 없듯, 도시마다 그 화사한 얼굴 뒤엔 그늘이 존재한다. 마스트리흐트의 어두운 영혼이라면, '마약 관광'을 오는 이웃 나라 주민들로 말미암은 말썽을 들 수 있다. 네덜란드와는 마약 정책이 다른 이웃 나라에서 오는 손님들을 상대로 장사꾼들은 돈벌이를 하고 싶을 테고, 그래서 마스트리흐트에는 네덜란드 다른 도시보다 커피숍이 많다. (네덜란드의 커피숍은 커피를 마시는 곳이 아니라 약한 마약을 사서 피우는 곳이다.) 제 나라로 마약을 숨겨 들어가는 소소한 일부터 범죄 조직과 연결된 심각한 문제도 생긴다. 안네 프랑크의 가족이 나치를 피해 숨어 살 수 있었던 은밀한 네덜란드 주택 구조는 대마초가 자라는 비밀 정원이 되기도 한다. 지하실이나 다락에 부업 삼아 대마초를 키우는 집을 소탕하기란 쉽지 않을 것이다. 환각버섯은 커피숍에서 쉽게 살 수 있던 마약 종류였는데, 이를 빗대어 마스트리흐트 경제는 버섯 돋듯 피어난다고 이기죽거릴 만큼, 이 도시는 암스테르담 못지않은 '마약 관광의 메카'가 되었다. (이웃 나라에서 놀러 온 열일곱 살 소녀가 먹고 뛰어내린 사망 사고 뒤로 환각버섯은 불법화되었다.)

네덜란드의 무른 마약 정책에 이웃 나라들이 볼멘소리를 내자, 마스트리흐트 시는 커피숍이 규정을 제대로 지키는지 단속을 강화하면서도 제 목소리를 내는 것을 잊지 않는다. 마스트리흐트 시장은 벨기에, 독일도 네덜란드처럼 마약 정책을 바꾸라고 주문하기까지 한다. 마약 사용을 금지할 수는 있지만, 사람이 무언가를 피우는 행위는 결코 막을 수 없으며 어둠의 세계만 키울 뿐이므로 마리화나와 같은 약한 마약과 중독성이 강한 마약을 엄격히 나누고, 약한 마약 사용자들이 강한 마약에 덜 중독되도록 하는 위험관리가 현실적이라는 생각이다. 어쨌거나 마약중독자나 마리화나 흡연자 비율 등을 살핀 여러 수치는, 어찌 된 셈인지 네덜란드가 유럽 나라들에 견주어 '건전함'을 보여 주는 건 사실이다.

이런저런 속사정을 알기 전에 내가 만난 마스트리흐트의 어두운 영혼은 이 도시의 지하 세계였다. 관광객답게 마스 강 유람선을 탔는데, 배 위에서 먹는 커피와 림뷔르흐 플라이가 포함된 투어는 시가지 남쪽의 신트피테르스뷔르흐 동굴까지 엮은 상품이었다. 동굴은 16세

샤토 네이르카너는 1698년 지어진 성인데, 벨기에에 가까워서일까?
'성'이라는 단어로 카스테일이 아니라 프랑스어 샤토를 쓴다.

기부터 건축용 석재를 파내고 남은, 길이가 200킬로미터에 달한다는 미로였다. 통로가 2만 개쯤 되어서 모험심에 넘친 사람들의 시체가 더러 발견되기도 했다는 이 동굴은 전쟁 때마다 방공호이자 은신처 구실을 했고, 렘브란트의「야경」, 페르메이르의「골목길」그림도 여기서 제2차 세계대전을 났다. 가축 축사, 화장실, 화덕이 있는 빵집, 교회(네 개!), 우물까지 있는 이 지하 도시의 벽은 숨어든 사람들의 일기장, 시집, 캔버스였다. 등불을 비추면 수백만 년 된 물고기, 동물의 화석도 어둠 속에서 드러났다. 이런 동굴이 똬리를 튼 도시라면 어찌 영혼이 없을 수 있을까?

동굴 다음으로 간 언덕은 아마도 이 도시에서 가장 화사한 장소였을 게다. 자전거를 타고 시내를 벗어나자마자 낮은 언덕 사이로 개울이 흐르고, 주황색 지붕을 인 농가들이 나타났다. 그리고 포도밭 언덕 위에 고성이 있었다. 이게 바로 전형적인, 그림 같은 유럽 시골 풍경이구나 감탄했다. 포도밭 언덕 위의 성, 샤토 네이르카너에서 바로크 정원을 내려다보며 림뷔르흐 와인을 마시는데, 토니는 얼마 전 이 성에서 조카의 결혼 잔치를 했다는 얘기를 들려주었다. 참 화사한 삶이구나 싶었다.

광장 프레이트호프에 있는 성 세르바스 바실리카와 그 옆의 성 안(요한) 교회 둘레를 서성이며 로마네스크 양식 바실리카와 고딕 양식 교회를 구별하게 되기까지는 시간이 더 흘렀다. 성 안 교회 종탑의 좁은 계단을 올라 바라보는 전망이 근사하다는 것도 알게 되어서 지금은 누가 마스트리흐트에 오면 꼭 올라가 보라 권한다.

중세시대 도시 성벽을 따라 걸으며 삼총사 달타냥의 흔적도 찾아

본다. 프랑스 루이 14세가 네덜란드공화국에 쳐들어왔을 때, 이 태양
왕이 총애하는 총사 대장이었던 달타냥은 예순둘의 나이로, 마스트
리흐트에서 벌어진 공성전에서 전사했다. 프랑스 군대가 라인 강으로
진격하려면 밟고 가야 하는 첫 번째 관문이 마스트리흐트였는데, 마
스트리흐트는 그때 도시 벽을 두텁게 두른 요새였다. 달타냥의 죽음
을 치르고도 13일의 전투 끝에 마스트리흐트가 프랑스 손아귀에 들
어가고 곧 라인 강으로 진격하게 되자, 루이 14세는 이를 기념해 파
리에 개선문을 세우기도 했다. 개선문은 '단 13일 만에 Trajectum ad
Mosam이 항복했다.'고 적고 있다. 마스 강을 건넌 것이다. 후세의 네
덜란드 사람들은 적군 달타냥이 사망한 전쟁터였던 발덕 공원에 달
타냥 동상을 세워 놨다.

이 도시에 드나들며 눈길이 머무르는 곳은 그렇게 차츰 달라졌다.
관광 코스와 역사 유적과 오래된 교회로 가득한 도시의 여기저기를
다닌 지 몇 해가 지나, 나는 내 성소 몇 군데를 찾아냈다.

셀렉시즈 도미니카넌

프레이트호프와 마르크트 사이에 있는 옛 교회를 개조한 서점이다.
한국에서는 교회 수가 노래방을 앞질렀다는데, 네덜란드의 수도원이
나 교회 건물은 레스토랑으로, 호텔로 변신 중이다. 문화재인 건물 뼈
대는 그대로 두고, 건물 안에 서가를 상자처럼 쌓아 올렸다. 오랫동
안 신을 받들었던 공간에서 책을 찾아 진리를 찾아 서가를 오가는 일
이야말로 성소에 온 듯한 기분을 자아낸다. 한구석 카페에서 나는 달
그락달그락 커피 잔 소리와 진한 커피 향이 어둑한 교회 안을 떠다닌

남쪽 공기가 감도는 성모 마리아 광장.
알맞은 덩치로 편안히 광장을 내려다보는 성모 승천 바실리카는 네덜란드 최초의 교회다.

다. '세상에서 가장 아름다운 서점'이라는 찬사는 한 신문이 제 맘대로 바친 것이고, 비록 나는 세상 여러 책방을 가 보지는 않았으나, 세상에서 가장 아름다운 서점에서 책을 사고 커피를 마시는 마스트리흐트 사람들이 부러워지는 곳이다.

성모 마리아 광장

어떤 장소에 깃든 영적인 세계는 저마다 그 강약이 다르다. 생명력 있는 강한 영혼이 깃든 곳이라면, 도시는 그 자체로 살아 숨 쉰다.

성모 승천 바실리카가 있는 광장은 전체가 노천카페다. 날 좋은 저녁이면, 광장은 마스트리흐트 맥주를 즐기는 사람들로 떠들썩하다. 이 광장에 둥실거리는 어떤 공기를 찾아온 사람들이다. 성모 마리아 광장의 이런 기운을 여기서는 '남쪽 공기'라고 부른다. 네덜란드 북쪽에서도 테라스에서 맥주를 왁자지껄하게 마시기는 하겠지만 어쩌겠는가, 그 동네 공기는 '북쪽 공기'다.

황금시대의 흔적을 간직한 암스테르담, 델프트 같은 북쪽 도시의 인상과 달리 남부 지방의 도시에 어린 어쩐지 다른 분위기를 설명하는 데 자주 나오는 말 가운데 하나가 '부르고뉴식'이다. 네덜란드 남부 지방과 벨기에를 아울러 부르고뉴식이라는 말을 쓴다. 부르고뉴 스타일 레스토랑이라고 하면 정찬 말고도 와인과 함께 먹을 수 있는 안줏거리가 있고, 부르고뉴 스타일의 카페라면 커피 말고도 간단한 안주에 한잔하기 좋은 곳을 말한다. (네덜란드에서는 대체로 '먹는' 식당과 '마시는' 술집이 섞이지 않는다.) 요컨대, 부르고뉴식 삶이란 제대로 된 안주 곁들여 술잔 기울이며 인생을 음미하는, 느긋하고 한갓진 삶의 태도다. 부르고뉴에서는 와플도 프릿도 길에 서서 먹지 않고, 맥주와 와인은 마시는 것이 아니라 음미하는 것이며, 시간의 그물코는 한결 느슨해진다.

네덜란드 작가 하리 뮐리스의 소설 『천국의 발견』에는, 네덜란드에서 프로테스탄트와 가톨릭의 경계선이 빙하기 홍적세 지역과 일치한다는 내용이 나온다. 빙하기에 얼어붙었던 곳은 프로테스탄트 지역, 풀이 자라던 곳은 가톨릭 지역이라는 것이다. 수백만 년 전의 빙하기가 지금까지 우리에게 영향을 미치는 것일까? 흔히 '네덜란드 문화'라고 알려진 개방적이고 합리적이며 실리 중심에다 왕실을 지지하는 이성적인 북쪽 지방과 느긋하고 즐기길 좋아하며 여유로운 감성적 문화의 이곳 남쪽 지방은 지금도 확연히 대비되는데(카니발에 열광하는 남쪽 사람들은 북쪽 사람들과는 반대로 여왕의날에는 조용하다) 뮐리스는 둘의 차이를 한마디로 표현한 셈이다. 거세게 몰아쳤던 종교개혁의 바람도 그래서 남쪽은 피해 간 것일까?

알맞은 덩치로 편안하게 광장을 내려다보는 로마네스크 교회는 4세기로 그 기원이 거슬러 올라가는 네덜란드 최초의 교회다. 지금은 프레이트호프가 도시의 큰 마당 구실을 하지만, 중세 이전에는 이 소담스런 마당이 도심이었다. 성 세르바스 다리의 주인공 세르바스 주교는 벨기에 통에런에서 마스트리흐트로 옮겨 온 뒤, 로마 시대 신전이 있던 자리에 성모 승천 바실리카를 세우고 네덜란드에 기독교를 전했다. 교회 모퉁이에는 로마 시대 요새를 지을 때 쓰인 큰 돌이 섞여 있다. 광장은 본디 이 성모 교회의 묘지 뜰이었다. 옛사람들의 뼈와 영혼이 다져진 묘지 위에서 지금은 맥주를 마신다.

한 지붕 아래 고전 미술과 현대미술이 공존하는 독특한 조합의 보
네판턴 미술관은 2009년 개관 125주년을 맞았다.

주교의 방앗간에서 파는 빵은 달지도 않고 다른 첨가물도 없어서
텁텁하고 누룩 냄새가 날 듯한데, 그게 전통 농가식 빵이라고 한다.

이 광장 모퉁이에 있는 호텔 데를론에도 이야깃거리가 있다. 호텔을 재건축할 때 지하 6미터 아래에서 돌로 된 로마 시대 도로와 로마의 신, 주노와 주피터 신전 유적이 발굴되었는데, 지금은 '피아자 로마나(로마 광장)'라는 이름의 박물관 겸 칵테일 라운지다.

보네판턴 미술관

이탈리아 건축가 알도 로시가 설계한 림뷔르흐의 주립 미술관인데, 농민화가 브뤼헐을 비롯한 16~17세기 플란데런 회화, 초기 이탈리아 회화, 현대미술품이 있다. 성 세르바스 다리에서 미술관까지 마스강을 따라가는 강변 산책길이 그림만큼이나 근사한 구경거리다. 미술관이 있는 강 오른쪽 동네는 재개발해서 미끈하게 단장한 모습이다. 돔을 랜드마크로 내세워 강 건너 중세에 대응하는 현대적 스카이라인을 만들었다.

주교의 방앗간

방앗간이 달린 17세기 맥주 길드 건물이 지금은 빵집이다. 방앗간을 지나 뒤꼍을 들여다보면 예커르 강이 흐르고, 7세기부터 있었다는 물레방아가 돌아간다. 물레방아가 예전에는 주교가 관리하는 꽤 중요한 시설이었던 데서 '주교의 물레방아'라는 이름으로 불린다. 지금도 이 물레방아를 돌려 빻은 밀로 맥주와 빵을 만든다. 내게는, 구수한 손맛이 있는 빵과 커피로 점심을 먹을 수 있는 뒷골목 밥집이다.

흔히 커피라면 이탈리아의 에스프레소를 떠올리기 쉽지만, 유럽에서 정작 커피를 많이 마시는 곳은 북쪽이다. 커피를 처음으로 맛봤던 사람들이 커피를 약으로 썼듯, 무거운 공기와 어두운 하늘 아래 사는 북쪽 사람들에게 커피는 에너자이저 역할을 하는지도 모른다. 카페인이 피돌기를 돕고 눈물은 덜 나게 한다지 않은가.

유럽 나라마다 커피 마시는 양을 살핀 내용을 보면, 스칸디나비아 국가들이 하루 4.3잔, 핀란드가 5.4잔, 네덜란드는 3.2잔, 유럽연합의 평균치는 2.2잔이다. 주변의 커피 애호가들을 보면 대여섯 잔은 예사로 마시는 듯하다. 어쨌거나 마음을 달래 주는 한 잔의 와인보다 머리를 맑게 하는 카페인이 더 필요한 곳에 사는 사람들이다.

네덜란드에서 커피만을 마시고 싶다면 코피하위스나 카페에 가야 한다. 생각 없이 커피숍에 들어갔다가는 메뉴에서 온갖 마약을 발견하고 눈이 휘둥그레질지 모른다. 그런데 재밌는 것은, 카페를 비롯한 음식점에서 금연하도록 법이 바뀌어 커피숍도 예외 없이 금연구역이 되었다는 점이다. 그렇거니, 커피숍에서 마리화나는 피울 수 있지만 담배는 피울 수 없다. (마리화나는 담배가 아니라 약한 마약이므로.)

코피하위스에서는 주로 낮에 커피와 간단한 식사를 하며, 카페는 낮보다는 밤에, 커피보다는 맥주잔이 더 많이 오간다. 네덜란드의 전통다방(술집)은 브라운 카페(갈색 카페)라고 하는데, 시내 광장을 둘러싸고 있거나 동네 골목 어귀에 있다. 구멍가게는 없어도 브라운 카페 하나쯤 없는 동네는 잘 없다. 어쨌거나 '커피숍', '코피하위스', '카페' 간판을 잘 보고 들어갈 일이다.

커피를 즐겨 마시는 만큼 카페도 많아서 '카페 밀도'라는 지수를 발표하기도 한다. 림뷔르흐 주는 이 카페 밀도가 가장 높은 지방인데,

인구 901명에 카페가 한 개꼴이란다. 20세기 들머리만 해도 58명에 한 개꼴이었다니 얼마나들 마셔 댔을까?

브뤼헐 그림을 비롯한 플란데런 회화에는 주막과 비슷한 '헤르베르흐'의 한 장면이 자주 등장한다. 카페 문화가 움트기 전 네덜란드 사람들은 이 여인숙을 겸한 수수한 술집 헤르베르흐에 모여 마시고 떠들었다. 그러다 17세기 유럽에 커피가 들어오면서 커피를 마실 수 있는 가게가 생겨났고, 커피의 프랑스 말인 카페로 불리게 된다.

네덜란드의 전통찻집 '브라윈 카페'가 생기는 때는 19세기 들어서다. 나무테이블과 어둑한 조명 등 실내장식이 갈색인 데서 '브라윈 카페'라고 불리는데, 알고 보면 니코틴이 수 세기 동안 벽과 천장에 얼룩져서 갈색이 되었다는 쪽이 더 가깝다. 은은한 불빛, 안온한 분위기를 '헤젤러흐'하다 여기므로 브라윈 카페야말로 '헤젤러흐'한 곳이어서 제집 거실처럼 드나든다. 신문을 읽는 사람, 낮술 한잔하는 사람, 커피 마시는 사람, 주로 단골들이다.

브라윈 카페의 유래를 뒤적이다 알게 된 재미있는 사실은 이 카페가 여염집 사랑방에서 출발했다는 것이다. 커피라는 새로운 음료가 인기를 얻자, 사람들은 제집 응접실 한쪽을 잘라서, 여인숙 주막에서 만나 술 마시던 사람들에게 내어 준다. 더 많은 손님을 끌어들이려고 실내장식에도 돈을 적잖이 써 가며 너도나도 응접실을 카페로 바꿀 만큼 돈벌이가 되었던 모양이다. 플란데런 지방에서는 19세기 말, 여섯 집 가운데 하나는 이런 술집이었다고 한다.

20세기에 들어서, 집 단장하는 데 유겐트슈틸(프랑스의 아르 누보에 비견되는 독일의 미술 양식. 꽃, 잎 따위의 식물적 요소들을 미끈한 곡선으로 추상화·장식화 한 것이 특색)과 아르 데코('장식미술'의 약칭. 기본 형태의 반복, 동심원, 지그재그 등 기하학적인 것에 대한 취향이 두드러지게 나타나 있다)가 유행하자 응접실 술집도 그 흐름을 탄다. 멋들어진 실내장식을 따라갈 수 없었던 곳은 장삼이사들이 드나드는 크루흐(선술집)가 되었고, 실내장식에 공을 많이 들인 곳은 중산층이 고객인 카페로 갈라진다. 지금도 네덜란드 카페는 찻집과 술집을 겸하는데, 그 가운데 브라윈 카페는 커피보다 술 쪽에 더 기운다.

1960년대에 네덜란드 정부는 응접실 카페의 내부 구조를 놓고 감 놔라 밤 놔라 하기 시작한다. 카페는 면적이 적어도 35제곱미터는 되어야 하고, 화장실이 있어야 한다는 새로운 규정에 따라 대부분의 '응접실 카페'는 문을 닫았다. 동네 골목마다 카페가 불 밝히고 흥청거린다면, 네덜란드 주택가 밤 풍경은 지금과는 사뭇 달랐을 텐데 안타까운 노릇이다.

이때 문 닫은 '응접실 카페' 중 예외로 살아남은 카페가 있었으니, 바로 마스트리흐트의 한 골목에 있는 카페 '인 더 모리안'이다. 1540년으로 거슬러 올라가는 이 반목조 주택에서 응접실이었을 '인 더 모리안'은 면적이 20제곱미터도 되지 않아서 문을 닫아야 했지만, 마스트리흐트에서 가장 오래된 집의 응접실 카페라는 내력이 이 카페를 살렸다. 그리고 네덜란드에서 가장 작은 카페라는 이름을 얻었다.

카페는 제대로 앉을 자리가 없을 만큼 비좁지만, 뒤뜰에 낸 테라스에 들어서면 세상을 잊고 순간 고요해진다. 골목 안에서 로마 시대 목욕탕 유적이 발굴되어 덩그러니 빈터에 홀로 남은 덕분이다. 이천 년

전에는 로마인들이 목욕했던 곳, 마스트리흐트에서 가장 오래된 집, 그리고 예외로 살아남은 카페라니, 터가 어지간히 좋은 곳인가 보다.

마스트리흐트 사람들에게 제 고장의 '응접실'이라고 하면 프레이트호프를 뜻한다. 이 거대한 도시의 사랑방은, 마스트리흐트 출신인 바이올리니스트 안드레 리위가 이끄는 오케스트라의 야외 공연장이기도 하다. 세계 순회공연을 바삐 다니면서도 제 고장을 아끼는 마음이 각별해서 해마다 고향 사람들에게 음악을 들려주고 함께 즐기는데, 프레이트호프가 이때 마실 터 노릇을 톡톡히 한다. 공연은 한두 번으로 그치지 않고 대개 일주일 내내 저녁마다 이어진다.

본디 프레이트호프의 주인공은 384년 마스트리흐트에서 삶을 마친 세르바스 성인이었다. 그가 묻힌 프레이트호프 위에 성 세르바스 교회가 세워졌고, 이 마스트리흐트 수호성인의 묘지를 유럽 여기저기에서 찾아든 순례자들에 힘입어 중세 마스트리흐트는 종교 중심지로 커 나간다. 당시 도시 바깥이었던 묘지가 마실 터가 되고 소시에테이트(사회 지도층 남성들이 사교 생활을 하거나 지역의 어떤 일을 꾸려 나가곤 했던 모임)가 들어서고 응접실이 되고 잔치 마당이 되었다.

프레이트호프에서 열리는 안드레 리위 공연은 마치 추석 특집 나훈아 콘서트나 조용필 콘서트를 보는 듯하다. 테이블 위로 와인 잔을 부딪치며 노래를 따라 흥얼거리는 사람들, 그 옆에는 왈츠 추는 노부부, 다정한 눈길로 키스를 나누는 젊은 연인들. 흥이 오르면 어깨동무도 하고 기차놀이도 한다. 몇 나라 말을 하는 건지, 안드레 리위는 내가 보았던, 미국·이탈리아·독일 공연 방송마다 통역 없이 그 나라 말로 관객들과 편안하게 소통하며 공연을 이끌어 갔더랬다. 그런데 제 고향 앞마당 공연에는 네덜란드어 자막이 나오는 게 아닌가? 공연 내내 리위는 마스트리흐트 방언을 쓰고 있었다. 제 고향 사투리가 구수하게 오가는 클래식 음악 공연이라니…….

공연은 얼추 막바지여서 앙코르 곡 몇을 연주한 뒤였다. 내 귀에는 설기만 한 반주가 시작되자 와인 잔을 내려놓고 관객들이 일제히 기립한다. 그러고는 왼쪽 가슴에 오른쪽 손을 얹고 꼿꼿이 선 자세로 입 맞춰 노래한다. 네덜란드 국가는 아닌데……. 어리둥절해서 토니에게 물어보니 「마스트리흐트 시민의 노래」란다. 월드컵 경기장에서 국가 빌헬뮈스가 나와도 가슴에 손을 얹지 않는 사람들인데 신기한 노릇이다. 그리고 림뷔르흐·마스트리흐트 지방 민요가 몇 곡 이어진다. 이 사람들 오늘 집에 못 갈 것 같다. 노랫말도 아예 방언으로 지은 걸 보면 우리끼리만 즐기겠다는 심보다. 유럽연합이 탄생한 이 국제적인 도시에, 그들만의 노래가 그렇게 저녁마다 울려 퍼졌다.

로테르담에 전시회를 보러 가던 길의 기차 안이었다. 에인트호번에서 로테르담을 거쳐 덴 하흐가 종점인 기차의 객실은 여섯 사람이 마주 앉는 쿠페다. 기차 안에서만큼은 네덜란드의 개인주의자들도 '헤젤러흐'한 대화에 동참하는 집단주의자가 된다. 낮에도 입석 승객이 있을 만큼 붐비는 구간이라 쿠페 안은 만원이었다.

틸뷔르흐에서 탄 중년 부인 둘이 쿠페 칸의 분위기를 이끌었다. 델프트로 하루 나들이를 가는 이들과의 대화는, 네덜란드에서 어느 도시가 가장 '헤젤러흐'한지로 옮아갔다. 델프트, 하를럼, 아른험 따위의 도시가 불려 나왔고 암스테르담은 찬반이 엇갈렸다. 그들이 사는 틸뷔르흐는 정말 '헤젤러흐'하지 않다고 얼굴 가득 주름을 만들며 몸을 조금 떨기까지 했다. 하긴, 틸뷔르흐가 '쇼핑하기에 가장 헤젤러흐하지 않은 도시'로 뽑혔다는 뉴스를 나도 얼마 전에 본 적이 있다. 그 조사 결과 '쇼핑하기에 가장 헤젤러흐한 도시'는 마스트리흐트였다.

어쩐지 마냥 좋아요, 가 아니라 사랑의 이유를 요모조모 댈 수 있는 대상도 있는 법이다. 걷기 알맞은 크기, 켜켜이 쌓인 역사에 한 겹 더해 가는 현대적인 얼굴, 구석구석 숨은 카페, 고유한 간판을 내건 유서 깊은 가게, 그 가게에서만 살 수 있는 물건을 파는 디자이너들, 세련된 패션, 문화적 향기, 활달하고 친절한 사람들을 내세우며 헤젤러흐한 도시로 나는 마스트리흐트를 꼽았다. 로마 시대 도시, 중세도시, 부르고뉴의 도시, 유럽연합의 도시, 카페 도시, 대학 도시, 안드레리위의 도시, 마스트리흐트.

그랬더니 쿠페 칸에 있던 틸뷔르흐 부인 둘과 로테르담의 노부인이 입 모아 감탄사를 낸다.

"아, 마스트리흐트!"

"맞아, 마스트리흐트!"

네덜란드에서 가장 작은 카페 '인 더 모리안'. 지금도 제대로 앉을
자리가 없을 만큼 비좁지만 뒤뜰에 낸 테라스에 들어서면 세상을 잊고 순간 고요해진다.

chapter 3

네덜란드 걷기

예술과 상상력은 어떤 관계가 있을까?
눈에 보이는 그대로밖에 보지 못하는, 아니 그대로도 보지 못하는
우리가 잃어버린, 어느새 잊어버린 무언가를 예술은 남다른
상상력으로 길어 빚어낸다.

자전거.
타고.
고흐를.
만나다.

호허 펠뤼어 국립공원

설령 네덜란드를 잠시 지나가는 길이라 해도, 여행자들이 빠뜨리지 않는 일 가운데 하나는 반 고흐의 그림을 직접 보는 일이 아닐까? 화가 생전에는 한 점밖에 팔리지 않아서 유족들의 손에 고스란히 남았던 작품들을 모아 그의 이름을 내건 미술관을 만들었다는 사실은 관람객으로서는 참 고마운 일이다. 하지만 긴 줄 서서 들어간 암스테르담 반 고흐 미술관에서 그림을 배경 삼아 기념사진 찍는 관람객 사이를 오가느라, 그 고독한 영혼과 홀로 마주하고픈 바람을 가져 봤다면 크뢸러-뮐러 미술관을 알려 주고 싶다. 고흐의 그림을 많이 소장하고 있기로는 반 고흐 미술관 다음으로 버금가는 곳이나, 이 미술관이 있는 헬데를란트 숲 속까지 찾아오는 사람은 많지 않다. 그림과 오롯이 만날 수 있도록 남몰래 쟁여 두고도 싶지만, 큰 맘 먹지 않고서야 스치며 들를 만한 곳은 아니라 이래저래 다행인지도 모른다.

외국인 관광객들이 암스테르담, 로테르담, 델프트가 있는 서쪽 지방을 많이 찾는다면, 네덜란드 사람들은 국내 휴가지로 림뷔르흐 주와 함께 헬데를란트 주를 꼽는다. 자연이 잘 보존되어 있고, 왕실의 여름 왕궁이 있으며, 네덜란드 최대의 국립공원이 있는 곳이다. 크뢸러-뮐러 미술관은 바로 이 숲 속, 호허 펠뤼어 국립공원 안에 있다.

아른험을 지나 국도로 접어들자 시골집과 한가로운 들판 풍경은 간데없고 울창한 숲이다. 떡갈나무, 너도밤나무, 플라타너스 같은 아름드리나무 터널을 지날 때면 차의 창문을 내리고 손을 내밀어 본다. 길가에는 '사슴주의' 표지판이 자주 나타난다. 사슴뿐만 아니라 노루, 토끼, 고슴도치나 족제비 같은 야생동물을 조심하라는 것이다. 왕복 2차선 찻길이 겨우 숲을 가로질러 나 있는 데다 지나는 차도 많지 않으니 야생동물들이 꽤 오갈 법하다. 사람에겐 호젓한 드라이브 길이지만, 짐승에겐 먹잇감을 찾거나 마실 가는 생활 통로일 테다.

헬데를란트에서 토니의 남동생 헤라르트도 사슴과 부딪쳐 자동차 범퍼가 망가진 적이 있었다. 이렇게 야생동물과 부딪치는 사고가 한 해 수천 건에 이른다는데, 야생동물이 자동차 때문에 죽는 것도 골칫거리이지만, 덩치 큰 짐승과 부딪친 운전자가 핸들을 놓쳐서 인명 사고로 이어지기도 한다. 빛이라고는 내가 운전하는 차의 전조등밖에 없고, 가로등이나 노면의 조명시설이 거의 없는 네덜란드 지방도로에는 갓길 대신 가로수가 빽빽하게 늘어섰다. 로마 시대 군인들이 여름날 나무 그늘 아래에서 행진할 수 있도록 길가에 나무를 심은 것이 유래라는데, 찻길에서 1미터도 안되는 거리에 늘어선 고목이란 콘크리트 기둥이나 마찬가지다. 부딪히면 사망 사고로 이어지기 섭상이라

이런 가로수 길을 '죽음의 도로'라고 부른다. 길가의 가로수를 없애야 한다는 목소리도 있으나, 생태환경이라는 거룩한 가치 앞에 도로는 아름드리 고목 터널이다. 운치 있는 드라이브 길이 짐승에게도 사람에게도 죽음의 위험이 도사린 길인 셈이다.

그런데 외진 지방도로를 차로 달릴 때 조심해야 할 것은 야생동물이나 가로수만은 아니다. 자전거에 조명과 반사판을 달아야 하지만, '거리의 무법자' 자전거족들이 조명 없이 도로를 횡단해서 깜짝 놀랄 때가 잦다. 특히 자전거 전용 도로와 맞물린, 시골의 신호 없는 로터리에서는 밤이 아니라도 하늘이 어둡거나 안개가 짙은 날은 특히 집중해서 운전해야 한다. 자전거 신호등의 녹색 불과 상관없이, 자동차가 멈추리라 생각하고 도로를 건너는 자전거족들도 있으니 말이다.

어두운 밤길을 달리다 뭔가가 차에 와서 부딪쳤는데 야생동물이라 생각하고 그냥 집에 간 사람이 범퍼에 남은 사고 흔적을 보고는 뒤늦게 경찰에 신고했다. 그런데 그게 야생동물이 아니라 자전거 운전자였고 사망했더라는 무시무시한 뉴스도 있었다.

호허 펠뤼어 국립공원 들목의 매표소 건물은 존재감이 있는 듯 없는 듯 주변과 기묘한 조화를 이루고 앉아 있다. 네덜란드 건축 집단인 MVRDV에서 설계한 건물이다. 건물 사진을 찍고 있는데, 매표원이 토니에게 내가 어느 나라 사람인지 물어보는 소리가 들린다. "자위트 코레아, 오, 한국어 안내서도 있어요." 하며 챙겨 준다. 여기도 한국인들이 많이 오는구나 했더니, 한쪽에 일본어가 인쇄된 조잡하게 만들어진 미술관 안내 팸플릿이다.

"옹엘로펠레이크(믿을 수 없어). 입장료가 너무 비싸잖아……."

한국에서 다니러 온 가족들과 처음 왔을 때 이미 놀란 적이 있는데, 그때 산 자전거 길 안내지도 한 장이 10유로였다. 한국의 산처럼 크고 깊은 자연에서도 곳곳에 설치된 안내도와 표지판만 잘 따라가면 되는데 평지의 공원에서 안내도를 사야 한다니. 자전거 코스, 걷기 코스, 소요 시간 따위의 정보가 여기서는 현금과 교환가치를 지닌 고급 자료라는 걸 그때 알았다. 자연보호의 목적인지 지도를 팔아 얻는 덤 때문인지, 과연 공원 안에는 안내도가 없어서 지도는 그 값을 톡톡히 했다. 어지간한 박물관이면 쓸 수 있는 박물관 연간 카드도 여기서는 받지 않았다.

"실업급여, 주택 보조금 다 좋지만, 나라가 국민 여가에는 좀 소홀한 거 아냐? 별난 시설이 있는 것도 아닌 그냥 자연 지역에 들어가는데 사람 둘, 자동차 한 대 입장료가 36유로라니……."

"36유로, 옹엘로펠레이크……."를 뇌까리며 공원 방문자 센터를 향해 갔다. 사막과 히스 평원과 소나무 숲을 지나는 동안 마주치는 차 한 대 없었다.

하늘이 이렇게 낮고, 넓을 수도 있구나.

느리고 졸린 풍경, 우주에 우리만 존재하는 듯한 아득함.

"비싼 입장료가 그리 나쁘지는 않은 거 같아."

흔치 않은 풍경에 마음이 누그러진 것인지 태도를 바꾼 토니는, "네덜란드 사람들은 이렇게 비싸면 잘 안 오잖아. 공짜라면 다른 나라로 휴가 가지 않고, 여기서 다 북적댈 거 아냐……." 한다.

정말 비싼 입장료 때문인지 초겨울이라서인지 황야에는 우리밖에 없다.

사막 지대에 차를 세우고 모래언덕을 걸어 보았다. 진흙 같아 보이는 노란색의 고운 흙이 소리 없이 바스러진다. 사위에 짐승 발자국만 이리저리 뛰어다닌다. 붉은사슴, 노루, 야생 멧돼지, 코르시카 야생 양이 있다고 했지. 광야에 홀로 선다는 게 이런 것인가 하는 기분 좋은 오싹함이 밀려왔다.

입장료에 마음을 곤두세웠던 까닭은 우리가 한국에 달포 동안 다녀온 지 얼마 되지 않아서였을 테다. 관광안내소나 국립공원 탐방 센터에서 두툼한 안내서를 집어 올 때마다 토니는 "이게 다 공짜야?" 하고 묻곤 했다. 깨끗한 무료 공중화장실과 안내소 직원들의 상냥함에도 '옹엘로펠레이크' 연발이었고 버스나 지하철에서는 마치 신세계에라도 온 듯 두리번거리기는 나도 마찬가지였다. 깨끗함, 편리함, 비싸지 않은 요금, 이용객들의 반듯한 태도 등이 그 경탄의 대상이었다.

호허 펠뤼어 공원은 20세기 첫머리에 부유한 사업가 부부의 꿈으로 빚어졌다. 공원은 사냥을 좋아했던 안톤 크뢸러라는 사업가의 개인 사냥터였는데, 예술품 수집가였던 부인 헬레네 크뢸러-뮐러의 꿈이 더해져 자연과 문화가 한데 어우러진 곳이 되었다. 제1차 세계대전이 터지고 이 큰 프로젝트를 더 끌고 갈 처지가 되지 않자, 그간 모은 예술품을 모조리 나라에 기증, 공원은 '호허 펠뤼어 국립공원' 재단에 넘긴다.

성 휘베르튀스의 사냥용 오두막. 1914년 건축가 베를라허에게 의뢰해 지은, 크뢸러-뮐러 부부가
살았던 집이다. 부부가 동경했던 리에주·마스트리흐트의 주교 휘베르튀스(후베르토)의 이름을
붙였다. 성 휘베르튀스는 '사냥의 수호성인'이다.

공원은 고흐의 「밤의 카페테라스」를 보고 싶어 하던 언니와 자전거를 타고 싶어 하던 조카에게도, "이건 무슨 나무야, 이 꽃이 여기에도 있네." 하며 풀꽃 하나 예사로이 보아 넘기시지 않는 엄마에게도 딱 알맞은 곳이었다. 공원의 북쪽에서 남쪽 들목까지는 14킬로미터의 거리이니 걸어다닐 생각은 일찌감치 접는 게 좋다. 우리는 방문자 센터 옆에 주차하고 자전거를 타기로 했다. 매표소에서 산 공원 지도에서 가장 짧은 10킬로미터 코스를 골랐다.

전용 보관대에 가지런히 서 있거나 풀밭에 널브러져 있는 흰색 자전거들이 눈에 띄었다. 아무 자전거나 집어타고 자전거도로를 달리다가 다음 보관대에 놔두고 가면 되는 무료 자전거다. 자전거의 주인은 없다. 공원을 찾은 사람, 만인의 공용자전거이므로.

1960년대 암스테르담에 대안 교통수단으로 나온 '무료 공용자전거' 아이디어는, 1970년대 비로소 이루어져 자전거 1,700대가 공원 여기저기 놓였다. 도로를 달리는 자전거가 꼭 갖춰야 할 전조등, 경적, 기어, 자물쇠 기능을 모조리 없앴고, 제동장치도 없는 단순하면서도 튼튼한 자전거다. 페달을 반대로 돌리면 멈춘다.

조카는 자동차도 건널목도 없는 숲 속 자전거 전용 도로를 달리며 신 나 했고 지칠 줄 몰랐다. 자전거를 탈 줄 모르는 엄마는 방문자 센터에 가서 세발자전거를 빌렸으나 난생처음 저어 보는 페달에 쉽게 익숙해지지 못하셨다. 그래도 우리는 호숫가에 자전거를 세워 두고 꽃밭 구경도 했고 난데없이 나타나는 미국 서부영화의 한 장면 같은 광활한 풍경 속을 달리기도 했다. 동물관찰지역에서는 해 질 무렵 뿔이 멋진 큰사슴 떼를 볼 수 있었다.

자동차는 세상을 주무르는 하나의 괴물일까, 삶을 넉넉하게 하는 문명의 이기일까? 자동차를 사유재산과 자본을 상징하는 괴물로 보고, 이 괴물로 가득한 세상에서 자유로운 사회를 만들자는 것이 '흰색 자전거'를 내놓은 사람들의 꿈이었다.

베트남전, 남북 갈등, 사회주의 운동이 넘실대던 시대, 권위가 판치는 딱딱한 사회에 자본주의 소비문화가 거세지던 1960년대 네덜란드에서는 낡은 틀을 부수려는 '도발'이 사회를 들쑤시고 있었다. 1965년 암스테르담에서 뜻을 뭉친 프로보Provo('도발'이라는 뜻의 provocation에서 가져온 이름)는 다분히 무정부적인 성격을 띠었던 반문화 운동인데, 권위 철폐, 생태, 환경, 민주화, 반전, 자유연애, 예술 되살리기 등을 외쳤다.

이 프로보들은 새로운 사회를 만들어 보자는 급진적인 이상에 상상력의 때때옷을 입혀 표현했다. 프로보 창시자 가운데 한 사람인 행위예술가 흐로트벨트는 암스테르담 스파위 광장에서 소비문화와 중독 문제를 다룬 해프닝을 공연했는데, 담배 광고판에 검은 타르로 'K'자를 써 넣곤 했다. (K는 '암'이라는 단어인 kanker의 머리글자로, 암은 네덜란드에서 심한 욕이다.)

프로보들이 '퍼포먼스'와 함께 '투쟁 수단'으로 삼은 것은, 폭력을 쓰지 않으면서도 '당국을 혼란스럽게' 하는 일이었다. 아니, '어리둥절하게' 라는 말이 더 들어맞을 것이다. 네덜란드 왕실이 그다지 국민의 사랑을 받지 못했던 1966년, 지금은 여왕이 된 베아트릭스 공주와 독일 귀족 클라우스 공이 결혼할 때는, 식수에 LSD 같은 환각성 물질을 타 넣었다는 둥, 에이 만의 터널을 날려 버린다는 둥, 경찰이 타는 말에 LSD가 든 각설탕을 먹었다는 등 하는 소문을 퍼뜨린다. 클라우스 공의 나치청년단 전력을 문제 삼으며 군주제를 없애라고 외쳤던 이들이 여왕 결혼식에서 한 '투쟁'이란, 인체에 해가 없는 연막탄을 터뜨린 일이었다.

권위로 대표되는 낡은 가치를 깨부수려 했던 이 자유로운 영혼들은, 사회제도를 바꾸자는 정치운동과는 거리가 있었으나, 문제 해결을 위해 대안을 내놓는 사고방식과 그것을 별난 행동으로 직접 보여주는 실천을 통해 결국은 정치적·문화적 탈바꿈에도 큰 영향을 미쳤다. 지금 네덜란드 사람들이 누리는 끝 간 데 없는 자유의 젖줄은 프로보 운동에 대고 있다.

2009년, 프로보 운동을 싹틔운 호로트벨트가 작고했을 때 신문 기사에 달렸던 한 독자의 댓글이 잊히지 않는다.

"1960년대 초 네덜란드는 출신 배경에 따라 앞날이 달라지는 사회였다. 프로보 덕분에 그것이 달라졌다. 고이 잠드시길!"

이 프로보들이 내놓은 '도발' 가운데 화이트 플랜이 특히 의미심장하다. 도시화로 정신없던 1960년대 암스테르담의 여러 사회문제를 풀 방법으로 제안된 이 '흰색 계획'에서 '흰색 자전거 계획'이 가장 도드라진다.

'시 당국은 시내 한복판에 자동차가 들어오지 못하게 하고, 대중교통이 널리 이용되게끔 해마다 무료 자전거 2만 대를 갖춘다. 자전거는 흰색으로 칠하고 자물쇠가 없어야 하며 자전거는 공공재산이므로 누구나 공짜로 탄다.'는 세계 최초의 공공 자전거 계획이다. 이 제안이 받아들여지지 않자 프로보들은 흰색 자전거 쉰 대를 본보기로 갖다 놓았고, 경찰은 이를 모조리 거둬 간다.

'흰색 희생자 계획'도 프로보 운동이 지닌 사회적 성격을 잘 보여 준다. 보행자 사망 사고가 났을 때, 말하자면 '메멘토 모리(라틴어로 '죽음을 기억하라'는 말)'를 만들자는 생각인데, 사고를 낸 운전자는 도로 바닥면에 희생자의 윤곽을 1인치 깊이로 새겨 흰 시멘트를 채워야 한다. 지워지지 않는 경고가 되는 셈이다.

더 나아가, 대기오염 발생 공장에 세금을 매기고 공장 굴뚝에 흰색을 칠하자는 '흰색 굴뚝 계획', 한쪽에서는 집 없는 사람들이, 다른 쪽에서는 투기로 빈집이 넘쳐 나는 주택문제를 해결하기 위해 빈집에 무단으로 들어가 사는 '크라커르'는 풀어 주고 부동산 투기는 막자는 '흰색 주택 계획', 부부 다섯 쌍을 한 동아리로 공동 육아를 제안하는 '흰색 어린이 계획', 여성 건강, 가족계획 센터, 학교 성교육 네트워크를 만들자는 '흰색 여성 계획' 등이 있다. 허무맹랑한 듯하면서도 마음을 움직이는 구석이 있고, 조금 더 생각해 보면 그럴싸하다.

이 가운데는 네덜란드 사회의 사고방식으로 영근 생각도 보인다. 주인 허락 없이 남의 집에 들어가는 것은 주거침입이므로, 무단 점유자 '크라커르'가 빈집 문을 부수고 들어가 사는 것은 엄연한 불법이다. 하지만 이 크라커르를 강제로 쫓아낼 수 있느냐는 다른 문제다. 열두 달 넘게 사용하지 않은 빈 건물에 들어가 산다면 크라커르를 법으로 처벌할 수 없는데, 점유자가 된 크라커르의 주거권도 보호해야 하기 때문이다. 소유보다는 점유를 높이 치며 주거권을 기본 인권으로 여기는 생각이다.

해프닝 같은 문화적 퍼포먼스와 잡지로 제 이상을 알렸던 프로보들을 경찰이 거칠게 짓밟자, 암스테르담 시민은 프로보 운동에 마음이 더 기운다. 1966년 암스테르담 시 의회 선거에서는 프로보의 지도자가 의원으로 당선된다. 바로 흰색 자전거 계획을 제안한 뤼트 스히멜페닝크다.

암스테르담에서 움튼 흰색 자전거 계획은 곧 폐기 처분되어 버린 꿈이었으나, 지금은 여러 나라에서 '공용자전거 프로그램'이라는 친환경적 교통 대안으로 되살아나고 있다. 도시 안 단거리 이동에 자동차를 버리고 너도나도 공용자전거를 탄다면 대도시의 골칫거리인 차 막힘, 소음, 대기오염 문제를 해결할 수 있을까 하고 이제 와서 솔깃해진 덕분이다. 기차역과 같은 교통 환승지에 놓인 자전거를 타고 목적지와 가까운 보관소에 다시 놓아두면, 다음 사람이 와서 또 타고 가는 식인데, 현대사회의 시민은 1960년대의 이상을 따라가기에는 지나치게 자본주의화한 것인지, 도난과 반달리즘 때문에 자리 잡는 데 시간이 걸리나 보다. 프로보들은 순수와 무공해의 상징으로 공용자전거에 흰색을 칠했는데, 지금 여러 나라는 도난 방지라는 눈앞의 목적에 맞게 노랑, 빨강, 파랑과 같은 원색을 주로 쓴다. 파리,

코펜하겐, 뮌헨, 베를린, 헬싱키, 빈, 바르셀로나, 룩셈부르크 등 이 공용자전거를 도입하는 도시가 차츰 늘어 가는 걸 보면, 반세기 전 프로보의 이상은 과연 시대를 한참 앞서 갔다.

대안 교통수단으로 자전거를 내놓은 데서 나아가 다 함께 쓰자는 생각은 터무니없는 이상으로 받아들여졌으나, 사실 지금 암스테르담에서는 좀 부풀려 말하면 모든 자전거가 '만인의 자전거'나 마찬가지다. '자전거운전자협회'에서 펼치는 자전거 도난 방지 캠페인 자료를 보면, 네덜란드에 자전거가 얼추 천육백만 대 있는데(한 사람에 한 대 꼴), 한 해 도난 자전거가 90만 대쯤 된다. 암스테르담에서는 마약을 살 수 있는 교환가치를 지닐 만큼 도난 자전거 시장이 큰 데다, 자전거 도둑에게는 또 너그럽기도 하다. 암스테르담 운하 난간에 매인 자전거들을 보고, 이 사람들 역시 검소하구나, 라고 생각하면 오산이다. 여기저기 묶여 있는 자전거들이 굴러가기나 할까 싶을 만큼 낡은 까닭은 바로 악명 높은 자전거 도둑 때문이니까.

미술관 중앙 홀에서 숲으로 난 문을 열고 조각 정원으로 나간다. 토니는 입장료에 맺힌 한이 다 풀리지 않았는지, "이게 예술이야? 반나절이면 나도 만들 수 있겠는데." 하며 설치미술가 크리스토의 작품인, 나무 사이에 쌓아 올린 드럼통들을 평한다. 현대미술이 말하고 싶은 것도 바로 그것 아닌가. 예술은 누구나 할 수 있는 것.

가장 보고 싶었던 장 뒤뷔페의 「에나멜 정원」은 문이 닫혀 있어서 안에 들어가지 못했다. 한국 조각가 이우환을 비롯한 세계적인 조각가들의 작품이 숲 속 이곳저곳에 어우러져 있다. 이것도 예술이냐며 툴툴대던 토니는 어느새 조각품 사이를 거닐며 사진을 찍는다.

　미술관 가게에서 정원 안내지도 대신『조각품과 철학하기』라는 표제의 소책자를 샀다. 일곱 살 이상의 어린이와 성인용 책자라고 되어 있지만, 학생들 야외 학습용 자료인 듯하다. '예술과 상상력의 차이점은?'으로 시작해서 이런 질문이 이어진다.

　1. 상상력이 쓰이지 않은 예술이란 있는가?
　2. 상상으로 빚어 눈으로 볼 수 있게 만든 모든 것이 예술인가?
　3. 빈센트 반 고흐는 전 생애에 걸쳐 드로잉을 하고 회화를 그렸다. 예술품이 아닌, 드로잉과 회화가 먼저 존재해야 하는가, 아닌가? 고흐가 창작한 것은 언제나 예술이라고 할 수 있는가? 어떤 경우에 예술이 되는가?
　4. 미술관에 걸려 있다면 그것은 예술인가?
　5. 당신이 가장 잘 그린 드로잉이 미술관에 걸린다고 생각해 보자. 그것은 예술인가?
　6. 예술품 창작을 배울 수 있는가?

　이런 질문을 던지는 교사의 학생이라면 어떤 대답을 할 수 있을까? 예술교육이란 받아 본 적 없는 사람에겐 어린이용 미술관 관람 자료도 철학처럼 난해하게만 느껴진다. 미술관에서 작품은 흘낏 보고 작가와 작품명을 더 열심히 확인하는 수준의 관람객으로서, 아이들과 조각품 사이에 무리 지어 앉아 나눌 이야기 주제로 예시된 다음 내용은 그나마 좀 쉽다.

1. 모든 예술품은 이야기(배경)가 뒤따르는가?

2. 왜 이 예술가는 이 작품을 만들었을까?

3. 어떻게 만들었을까?

4. 각 예술품이 지닌 이야기를 말해 보자.

5. 어떤 이야기로도 예술품을 만들 수 있는가?

그리고 조각품마다 지닌 이야기를 조곤조곤 적고 있다. 고유한 이야기를 품은 것이 어디 조각품뿐일까? 세계적인 예술가의 대단한 작품이라는 지식이 아니라, 눈길도 제대로 받지 못한 채 잊히고 마는 것의 역사와 그 속의 숨은 이야기를 읽어 내는 일이 곧 예술과 삶을 대하는 매무새임을 아이들은 이 조각 정원에서 배우나 보다. 로댕과 무어 사이에서 장난치고, 움직이는 조각에 신기해하며, 아이들의 낙서 같은 '에나멜 정원'의 삼차원 공간에서 놀면서 말이다.

조각 정원에서 가장 눈을 사로잡은 것은 헤릿 리트벨트의 파고라(마당이나 평평한 지붕 위에 나무를 가로세로로 얽어 세워서 등나무나 담쟁이덩굴 따위의 덩굴성 식물을 올려 그늘을 만드는 정자, 테라스, 원두막 등)다. 벽과 하늘이 빚어내는 그 공간에서 가슴이 두근거리는 까닭은 이름난 건축가의 작품이어서만은 아니다. 다시 안내책자를 펼쳐 본다.

"이것은 집인가? 집처럼 보이는가? 당신은 이 건물을 어떤 용도로 쓰겠는가? 이 건물은 이 조각 정원에 어울리는가?"

호허 펠뤼어에서 가까운 도시 네이메헌 출신인 친구 프란스와 이 공원에 대해 이야기를 나눈 적이 있다. 요리사인 프란스가 크뢸러-뮐러 미술관을 설계한 건축가 빔 크비스트와 베를라허를 얘기할 때만 해도, 그가 이 고장 사람이라 호허 펠뤼어 공원의 건축물에 대해 밝은 줄 알았다. 그런데 프란스는 내 귀에 선 건축가 이름을 대며 그의 건축을 아느냐고 물었다. 요즘 좋아지는 스타일이라고 했다. 마치 요즘 이 가수의 노래가 좋아졌어, 하는 투다.

유명인들의 취향을 다뤘던 한 잡지 기사가 생각난다. 엔터테이너라고 할 수 있는, 말하자면 연예인들이 인터뷰 대상이었다. 질문 가운데 하나는 '네덜란드에서 가장 좋아하는 미술관은?'이었다. 어떤 이는 암스테르담 왕립 미술관을, 어떤 이는 크뢸러-뮐러 미술관을 대며 좋아하는 작품과 이유를 설명했다.

19~20세기 회화 작품이 많은 크뢸러-뮐러 미술관은 설립자 헬레네 크뢸러-뮐러의 이름을 땄다. 그녀는 11,500점가량의 예술품을 모았는데, 그 현대미술품에 둘러싸여 살 수 있는 '미술관 집'을 꿈꿨으니 이 미술관은 곧 그녀의 집이었던 셈이다. 입체파를 비롯한 당시 새로운 흐름의 미술을 마음에 두고, 피카소, 후안 그리스, 몬드리안, 더 스테일(네덜란드어로 '양식'이라는 의미로, 신조형주의라고도 불리는 네덜란드의 예술 운동. 형태와 색상의 본질적 요소로 단순화되는 순수한 추상성과 보편성을 지지했다) 화가의 그림을 사들였다. 그러나 그녀가 가장 사랑한 화가는 반 고흐였다. 헬레네는 반 고흐 가족 바깥에서 가장 많은 고흐 작품을 소장했던 수집가로, 유화만 91점에 달했다.

그녀는 단순히 예술품 수집가가 아니라 그때는 세상에 알려지지 않았던 몬드리안 같은 화가를 알아보았던 예술 애호가이기도 하다.

그녀가 고흐의 작품을 사기 시작한 때가 1900년대 첫머리이니 고흐가 삶을 마감한 1890년에서 그리 멀지 않다. 조금만 더 일찍 서로 알아보았다면 하는 아쉬움이 드는 건 어쩔 수 없다.

크뢸러-뮐러 미술관에서 가장 도드라진 방은 그래서 반 고흐다. 고흐가 프랑스로 가기 전, 누에넌과 데벤터르 같은 네덜란드 시골 마을에 머물던 시절에 그린 그림들이 많다. 농민화가를 꿈꾸며 그렸던 「감자 먹는 사람들」과 「베 짜는 사나이」 등 농민들의 지친 얼굴과 시골 부엌의 정물화가 가득하다.

몬드리안, 쇠라, 피카소, 엔소르들을 지나면 고흐의 프랑스 시절 그림 전시실이다. 동생 테오의 편지를 배달해 주던 우체부 조제프 룰랭, 프로방스의 시골길 야경, 룰랭 부인의 초상화, 생레미 병원의 정원, 아를의 다리, 그리고 밤의 카페테라스……

"저 그림 말이야, 고흐가 술 한잔하고 그려서 흔들린 거 아닐까?" 하고 토니는 나름의 상상력을 발휘한다. 고흐가 프랑스 오베르쉬르우아즈에서 보낸 마지막 67일을 담은 프랑스 영화 「반 고흐」를 보면 그가 70도가 넘는다는 압생트를 마시는 장면이 자주 나온다. 고흐의 프랑스 시절 그림은 나쁜 시력, 난시 또는 압생트 때문에 물체가 황색으로 보인 데 기인한다는 주장을 어디선가 읽은 적이 있긴 한데, 영화에서는 고흐뿐만 아니라 프랑스 시골 사람들 모두 술을 입에서 놓지 않고 산다. "밥 먹었니?" 하는 인사처럼, "들어와서 이거 한잔해."가 예사였다.

크뢸러-뮐러가 품었던 '미술관 집' 꿈은, 건축가 페터 베렌스와 미스 반데어로에가 이루어 갔다. 벨기에 건축가 헨리 반 데 벨데를 거쳐 부부가 죽은 뒤에는 네덜란드 건축가 빔 크비스트가 증축하여 지금에 이른다. 긴 복도와 유리 너머로 내다보이는 숲을 보고 있자면 자연과 예술과 건축이 한데 어우러져 있구나, 이게 바로 자연과 문화의 조화구나 하고 하염없이 감탄하게 된다.

미술관을 나와서 동물관찰지역을 찾아가는 길이다. 도로 모퉁이에 파란색의 거대한 모종삽이 보인다. 작은 오브제를 아주 크게 만들어서 공공장소에 놓아두곤 하는 클래스 올덴버그의 이 작품은 방향에 어리둥절해지기 쉬운 공원에서 이정표가 돼 주었다. 토니는 모종삽이 아니라 미장이가 쓰는 흙손이란다. 다시 보니 과연 흙손이다. 기차가 에인트호번에 가까워질 때, 가장 먼저 알려 주는 것도 이 작가의 조형물이다. 적잖게 보아서 익숙해졌을 만한데도 그 날아다니는 노란색 볼링 핀에는 언제나 씩 웃음이 난다.

예술과 상상력은 어떤 관계가 있을까? 눈에 보이는 그대로밖에 보지 못하는, 아니 그대로도 보지 못하는 우리가 잃어버린, 어느새 잊어버린 무언가를 예술은 남다른 상상력으로 길어 빚어낸다. 부유한 기업가의 개인 사냥터에 지나지 않았을 수도 있는 땅에, 자연과 문화를 아우르는 통 큰 꿈도 상상력 없이는 어림없는 일이었을 게다. 숲길로 자전거 타고 사슴 떼를 지나 고흐를 보러 간다. 상상만으로도 벅찬 일이다.

델프트 시청사 맞은편으로는, 마르크트를 사이에 두고 새 교회가 바라다보인다.
네덜란드에서 위트레흐트 돔 성당 다음으로 가장 높은 첨탑이다.

북해의 변화무쌍한 하늘 아래
페르메이르가 델프트 시내를 바라보았을 호이카더 부둣가에는
지금 여행자들의 요트만이 정박해 있다.

숨.
멋는.
순간을.
붙잡다.

델프트

여기엔 그 어떤 미화美化도 없다.

— 매릴린 매켄타이어, 『고요한 빛 속에서』 중 「우유 따르는 하녀」

북구의 모나리자라는 그 신비로운 표정을 한 소녀가 소설과 영화로 알려져 페르메이르라는 화가 이름을 접하게 되기 전만 해도, 토니 어머니의 집 거실에 걸려 있는 그림이 이 화가가 그린 「우유 따르는 하녀」라는 건 알지 못했다. 낡았으되 윤이 나는 세간과 델프트 도자기로 꾸민 그 거실에, 엄숙하고 정갈함이 느껴지는 그 그림이 잘 어울린다고만 생각했었다. 토니 아버지는 취미 삼아 그림을 그리셨는데, 꽃이 있는 정물이나 실내 풍경이 주로 화폭에 등장하지만, 페르메이르의 그림을 따로 좋아하셨는지 모사화 몇 점이 가족들의 거실에 걸려 있다.

요하네스 페르메이르는 17세기 네덜란드 황금시대의 화가다. 고향 델프트에서 일생을 보냈지만, 그의 그림은 델프트를 떠나 세계 곳곳으로 퍼져 나갔고, 네덜란드에는 덴 하흐 마우리츠하위스와 암스테르담 왕립 미술관에 일곱 점이 남아 있을 뿐이다. 페르메이르의 고향 델프트는 그림으로 다 말하지 못한, 화가의 발자취가 남아 있는 또 다른 박물관이다.

델프트에 가기 전에 페르메이르 센터에 관한 정보와 페르메이르 걷기 코스를 인터넷에서 찾아 출력하고, 덴 하흐의 마우리츠하위스 미술관에서 산 페르메이르 화집을 꼼꼼히 살폈다. 그리고 델프트행 기차의 쿠페에서 소설『진주 귀고리 소녀』를 다시 읽는다.

감춘 뭔가를 곧 드러낼 듯 말 듯 한 그리트의 낯빛에서 소녀와 화가 사이의 긴장감이 아른한 취기처럼 전해 온다. 여러 자료와 이 소설을 번갈아 따라가 보면, 작가가 페르메이르와 그의 도시를 얼마나 치밀하게 연구하여 되살려 냈는지 감탄스럽다. 등장인물 묘사와 그 설정은 작가의 상상력으로 빚어냈을 테지만, 이 상상은 섬세하게 그려진 델프트 안에서 파닥거린다. 소설 속의 운하와 교회 풍경은 페르메이르의 그림처럼 신비롭다. 실제의 델프트는 그 신비로움을 과연 얼마나 간직하고 있을까?

델프트 기차역에서 인터넷으로 갈무리해 온 주소의 자전거점으로 먼저 간다. 오브피츠OV-fiets를 빌리기 위해서다. 대중교통 자전거라는 뜻인 오브피츠는 기차 이용자들이 손쉽게 갈아탈 수 있게끔 대안 대중교통 수단으로 마련된 자전거이다. 여러 나라가 시도하고 있는 공용자전거 프로그램이 그 개념의 못자리인 네덜란드에서도 막 시작되었다.

엄격한 도심 주차 억제 정책 때문에라도(암스테르담 시내의 주차요금은 시간당 5유로까지 올랐다) 다른 도시에 갈 때는 자동차보다 기차를 타게 되는데, 암스테르담이나 로테르담 같은 대도시를 빼고는 대중교통 형편이 썩 좋지 않다. 그래서 기차역에 내렸을 때 걷거나 자전거를 타지 않으면 뾰족한 방법이 없는 경우가 많다. 네덜란드중앙통계청 자료를 보면, 기차 이용자 가운데 31퍼센트가 집에서 기차역까지 자전거를 타고 오지만 도착한 기차역에서 최종 목적지까지는 9퍼센트만이 자전거를 이용한다. 서울의 지하철 2호선만큼이나 미어터지는 출퇴근 시간대의 기차에 개인 자전거를 실을 수는 없으니 기차역에서 다시 목적지까지 연결해 주는 교통수단으로 공용자전거라는 방식을 도입한 것이다. 그닥 크지 않은 도시에서는 버스나 트램으로 이리저리 다니는 것보다 이 대중교통 자전거가 싸고 편리한데, 오늘처럼 도시 가장자리에 있는 델프트 도자기 공장이나 델프트 풍경의 그림 배경이 되는 곳까지 가 보리라 마음먹었다면 자전거가 한결 수월하다.

델프트Delft는 '구덩이를 파다'는 뜻의 델번delven, '운하'라는 뜻의 옛말 델프delf에 어원을 두고 있으니, 그 이름 자체로 '운하'라는 뜻이다. 델프트를 가로지르는 운하 '아우더 델프트(옛 델프트)'는 1100년 즈음에 판 것이라는데, 도시권리를 부여받은 때가 1246년이니, 운하가 나면서 사람들이 모여 살게 되고 그 이름까지 '운하'가 되지 않았나 싶다.

델프트를 따라다니는 여러 별칭은 이 도시의 발자취를 읊어 댄다. 네덜란드 왕실 오란여의 도시 프린센스타트(왕자의 도시), 동인도회사

가 있었던 상업도시, 델프트 블루(델프트에서 생산된 도자기나 타일에 채색하는 청색, 혹은 그 채색 기법)의 도시, 17세기 황금시대가 가장 고스란한 도시, 페르메이르의 도시, 대학 도시, 자전거 도시, 그리고 네덜란드에서 가장 걷기 좋은 도시.

네덜란드 양대 공과대학으로 델프트 공대와 에인트호번 공대를 흔히 꼽는다. 공과대학이라면 공업지대를 등에 업은 현대 도시를 더러 떠올리고, 역사의 묵은내가 풍기는 도시에 있는 유서 깊은 학교라면 철학과 사상과 문학을 탐하는 인문대학이라 생각하기 쉽다. 델프트는 '유서 깊은 공과대학'이 있는 예스런 도시다. 과연 가방을 등에 멘 젊은이들이 자전거로 씽씽 달린다. 어떤 내력이 전해져 오고 있을지, 한 번쯤 살아 보고 싶다는 느낌이 첫인상이었다.

기차역에서 센트룸으로 가는 길목의 운하 언저리에서 선이 굵은 흰색 동상을 지나치다 멈춰 섰다. 페르메이르의 그림 「우유 따르는 하녀」를 형상화한 조각품이다. 이제 바야흐로 페르메이르의 세계가 펼쳐질 모양이다.

마르크트로 접어드는 길모퉁이에는 박공에 저울 장식이 있는 시 계량소 건물이 보인다. 계량소를 두는 일은 중요한 도시권한 가운데 하나였다. 투명하게 거래하고 세금을 매길 수 있는 시 계량이 도시 발전에 큰 구실을 했을 테다. 시 계량소가 들어선 16세기 네덜란드는 이미 유럽에서 가장 도시화한 지역이었는데, 스페인 합스부르크 왕조 아래 있었으나 영국, 이탈리아 및 한자동맹 도시들과의 무역이 성했고, 정치적으로도 시민계급이 커 가던 때였다. 운하로 실어 온 치즈 같은 상품을 계량했을 저울을 안에 모셔 놓은 계량소 건물은 지금은 떠들썩한 카페다.

마르크트에는, 모퉁이마다 델프트 도자기와 관광 기념품을 파는 가게들이 아니라면 진주 귀고리 소녀 그리트가 장을 보고 물감 심부름하러 다니는 모습이 보일 것만 같다. 그때 그 모습을 보지는 못했지만, 내 상상력은 지금 눈앞의 마르크트 풍경에서 더 나아가지 못하고 멈춰 서서 이것이 황금시대 풍경이구나 바라본다.

마르크트를 지나, 페르메이르 센터가 있는 폴데르스흐라흐트(폴더 운하)로 먼저 간다. 페르메이르가 태어나고 자랐으며, 회원으로 있었던 길드가 있는 골목이다.

페르메이르는 1632년, 니우어 케르크(새 교회)가 올려다보이는 이 운하 옆 한 여관집에서 태어났다. 오란여 공이 이끄는 80년전쟁으로 스페인에서 독립하여 유럽 최초의 공화정을 수립했던 시기, 경제적·정치적 안정이 문화로 터져 나오던 시기였다. 세계 최대 무역회사인 동인도회사의 지점이 델프트에도 들어서서 향신료, 커피, 차, 중국 도자기 따위가 날마다 실려 오던, 인류사에서 가장 긴 호황기였다는 네덜란드 황금시대의 한복판에, 황금시대의 중심 도시에서 페르메이르는 나고 자랐다.

그의 부모는 이 폴더 운하 옆에서 '플리헨더 포스(Flying Fox)'라는 여관을 꾸리는 미술상이었다. 아버지 레이니르는 1620년대 중반부터 포스라는 성을 썼다고 하니, 여관 이름은 '나는 여우'가 아니라 '나는 포스'가 될 수도 있겠다. (이때는 아직 성을 두루 쓰지 않을 때여서, 이름 뒤에 '누구의 아들'이라는 식의 성으로 사람을 구분하곤 했다. 아버지 레이니르 또한 '얀의 아들'이라는 뜻의 '얀스'를 성으로 쓰다가 포스라는 성을 만들었고, 나중에는 페르메이르라는 성을 썼다. 레이니르 포스Reynier Vos는 '여우 레이나드Reynard the Fox' 설화를 언급한 이름으로 짐작한다. 페르메이르는 '판 더르 메이르'를 줄인 말로 '호수로부터'라는 뜻이다.)

'나는 여우' 또는 '나는 포스' 여관이 있던 자리는 이 골목의 25번 지라고도 하고 26번지라고도 하는데, 26번지의 앤티크가게 진열장에 는 '여기가 페르메이르의 뿌리'라는 설명이 내걸려 있다. 페르메이르 가 아홉 살이 되던 해에는 장사가 잘되었는지 그의 부모는 '메헬렌'이 라는 큰 여관으로 이사한다. 메헬렌은 델프트에서 가장 큰 여인숙 카 페였는데 예술가들의 모임 장소이기도 했다. 페르메이르는 어려서부 터 화가들이 드나들고 그림으로 둘러싸인 환경에서 자란 것이다.

페르메이르 센터는 그가 대표로 있었던 예술가 · 장인 조합인 성 뤼 카스(루카) 길드 건물에 마련된 작은 전시관이다. 지하에는 원화 크기 의 패널로 제작된 페르메이르의 작품이 그 뒷자락의 이야기들과 함께 연대별로 걸려 있다.

「골목길」과 「델프트 풍경」 두 점 말고는 인물화만을 그렸던 페르메 이르의 작품이 대부분 엇비슷한 구도인 까닭은, 창가에 서야 빛이 들 어오는 폭 좁고 어두운 네덜란드 주택의 특성 때문이라고 생각했다. 그런데 전시관에서 그의 그림을 한꺼번에 놓고 보니, 몇몇 그림은 비 슷한 구도가 아니라 아예 하나의 장소에서 그린 것이다. 검은색과 흰 색의 타일 바닥과 똑같은 창문 무늬는 그림의 배경이 그의 아틀리에 임을 짐작하게 한다. 전시관 이층에 재현된 화가의 아틀리에는 카메 라 옵스큐라(어두운 방의 한쪽 벽에 작게 뚫린 구멍을 통해 새어 들어온 빛

OMTRENT DEZE PLAATS
HEEFT HET HUIS „MECHELEN"
GESTAAN WAAR OCTOBER 1632
WERD GEBOREN

JAN VERMEER
DE SCHILDER

페르메이르 센터를 나와 마르크트로 가는 골목의 오른쪽 모퉁이에 있는 델프트 도자기 상점의 한쪽 벽. '1632년 10월 화가 얀 페르메이르가 태어난 메헬렌이 여기에 있었다.'라고 네덜란드어로 씌어 있다. 페르메이르가 아홉 살 때부터 살았던 여관 메헬렌이 있던 건물은 오래전에 사라졌고, 사람들이 페르메이르를 기리는 이 표지를 남겼던 1955년에는 '플리헨더 포스'가 생가라는 주장이 나오기 전이었다.

이 방 바깥 편에 서 있는 물체의 영상을 방 안 맞은편 벽면에 거꾸로 비춰 주는 것), 물감 제작법과 함께 어떻게 빛을 이용했는지 보여 준다.

그의 그림 「편지 읽는 여성」의 배경 공간을 그대로 옮겨 놓은 창가에서 사람들은 그림 속 주인공이 되어 사진을 찍는다. 페르메이르가 인물화를 그리는 과정은 사진관에서 사진을 찍는 행위와 비슷한 데가 있다. 커튼의 주름과 카펫 문양까지도 그는 마치 사진을 찍는 것처럼 사실적으로 그렸다. 하지만 사진가가 렌즈로 대상을 보듯이, 자기만의 눈으로 대상을 재창조했을 것이다. 그런데도 편지를 쓰고 우유를 따르며 레이스를 뜨거나 악기를 연주하는 그림 속 인물들과 실내 풍경은 마치 스냅샷 같다. 정면을 보는 인물들은 사진사와 눈을 맞추는 모델들 같지 않은가.

카라바조와 그 영향을 받은 위트레흐트의 화가들, 렘브란트를 비롯한 동시대의 암스테르담 화가들이 썼던 명암법은 빛과 그림자의 대비가 깊다. 짙은 그림자를 드리우는 강렬한 빛이다. 그런데 페르메이르의 그림에서 창과 커튼으로 들어오는 빛은, 어둡고 변화무쌍한 네덜란드의 하늘이 만들어 내는 은은하고 솜털처럼 부드러운 자연광이다. 이마, 뺨, 목덜미, 드레스 자락, 벽, 화폭 어디에나 고요히 비추인다. 늦은 오후의 절집 창호 문 사이로 떨어지는 빛.

대가족의 가장이었던 페르메이르가 인생무상, 편지, 숨겨진 에로스, 음란한 거래, 유혹, 돌아온 탕자 따위의, 그때 유행하던 장르화 주제를 외면하지 않은 것은 어쩔 수 없는 일이었을 테다. 하지만 그가 뭇사람들이 원하는 대로만 그렸다면, 무슨 일이 일어날 듯한, 또는 금방 일어난 듯한, 숨 멎는 순간을 붙잡아 낸 그림은 탄생하지 않았을 것이다. 와인 잔, 진주 귀고리, 편지, 벗겨진 슬리퍼, 류트 뒤에 숨은 말들은 오히려 수수께끼가 되어 상상을 자아낸다.

인쇄된 모사품이지만 작품들을 한꺼번에 보고 나니 통속과 경건함, 모호한 유혹과 신비로움 사이에 아슬아슬하게 걸쳐 있다는 평가도 상투적인 듯 느껴진다. 하긴, 그림 속 인물들이 무슨 생각을 하고 있을지 궁금하게 만드는 구석이 있어서, 찬찬히 바라보면 그 팽팽함 속에 정물화처럼 평화로운 정적이 있다. 내면을 응시하며 참선에라도 든 듯한 얼굴들.

평생 바뀐 적 없는 오트밀 죽 아침 식사, 비가 오나 눈이 오나 자전거로 집과 일터를 오가는 점심시간, 퇴근해서는 난로 앞 마룻바닥에 대자로 누워서 흔들어 깨워야 할 만큼 곤한 쪽잠을 주무셨다는 토니 아버지의 하루 일과를 더러 듣는다. 감자나 거친 빵이 놓인 저녁 밥상에 둘러앉아 셰리주나 제네바 진을 식전주로 마시며 고단한 하루의 노동을 씻었다고 한다. 제일란트 바닷가 시골 마을에 조그만 집을 빌려 가는 여름휴가는, 풍족하지 않았던 가정의 오 남매에게 우리 집이 가난하다는 생각을 잊게 해 주었던 가족의 유일한 사치였다. 토니 어머니의 생일에는 해마다 장신구 선물을 하셨다는데 쥐꼬리만 한 용돈을 모아 어떻게 금붙이들을 살 수 있었는지 지금도 미스터리라고 하는 걸 보면 무뚝뚝한 얼굴 뒤에는 살가움도 있었나 보다. 정년퇴직을 몇 해 남긴 어느 날, 건강이 나빠져 병원을 오가다 끝내는 일을 그만둬야 한다는(그만해도 좋다는) 판정을 받으셨는데 그러고도 다니던 직장에 한 해를 더 출근하셨다. 노동 부적합이라는 건강진단을 받으면 조기 은퇴를 하도록 사회보장제도가 마련되어 있으나, 일은 하지 않아도 좋으니 출근만 할 수 있게 해 달라는 청을 회사는 받아들였다. 준비되지 않은 은퇴와 평생 일한 직장을 갑작스레 떠나야 하는 스산함을 덜어 주려는 배려였을 테다. 그렇게 부담 없이 일터를 꼬박꼬박 오가면서, 평생 노동했던 손은 물감을 칠하는 손으로 다시 태어났다. 다 자란 아이들이 떠나고 남은 방 하나를 작업실 삼아, 그림 그리는 이모작 인생을 시작하신 것이다. 선하면서도 과묵한 인상의 사진 속 얼굴에서, 페르메이르가 그린 「우유 따르는 하녀」의 반듯한 이마가 겹쳐진다. 자기 일을 묵묵히 하는 사람이 풍기는 어떤 기운이다.

점심때가 되자 폴더 운하와 시청사 주변에는 제법 사람들이 많아졌다. 마르크트의 카페는 더더욱 문전성시여서 시가지 북쪽으로 운하를 따라간다. 아우더 케르크(옛 교회)의 기울어진 종탑이 보이는 운하 변에는 공중전화 부스 하나가 눈을 사로잡는다. 바깥에는 '예술을 위하여'라는 글자가 씌어 있고, 안에는 공중전화 대신 빨강, 노랑, 검정으로 된 교통 표지판이 서 있다. 네덜란드에서 가장 작은 미술관이라는 이 공중전화 부스는 한 달에 한 번 젊은 예술가의 작품으로 채워진다. 구경은 물론 공짜고 연중무휴다. 이 작은 전시관 앞에 있는 카페 '예술로부터'에 들어가려고 보니, 오후에나 문을 여는 모양이다.
　옛 교회 앞에 있는 '카페 더 아우더 얀'의 테라스에 앉았다.
　커다란 파라솔이 드센 바람에 흔들리고 테이블 위에 있던 차림표가 바닥에 뒹굴지만, 교회가 올려다보이는 바깥이 더 근사하다. 성 요한의 네덜란드식 이름인 얀을 붙여 옛 교회를 그냥 '아우더 얀(옛 얀)'이라고 친근하게 부르는가 보다. 발케넌더가 수상이었을 때, 뉴스에서 직함 없이 그의 이름만 말하는 걸 듣곤 했는데 이름이 아니라 '발 케넨더'라는 성을 부르긴 하나, 격식을 따지지 않는다고 해야 할지 무람없다 해야 할지 갸우뚱거리게 된다. 뉴스에서 "이명박이 오늘……" 한다고 생각해 보라.

누구나 이러이러한 장소에 살고 싶다는 저만의 희망 목록이 있을 테다. 꿈꾸는 목록에 들어맞아 마음을 빼앗아 가는 장소를 설령 여행길에서 만나더라도 여기서 한번 살아보면 어떨까 하는 상상까지 쉽게 이르지는 않는다. '옛 얀'에서, 얇게 썬 사과를 쌓아 올려 구운 타르트와 커피를 마시며 괜히 기분이 좋아져 공상에 빠진다. 기울어진 교회 종탑에조차 '얀의 사탑斜塔'이라며 성인 이름을 붙여 부르는 이 도시의 황금시대 문화재 사이에서 살면 어떨까? 이런 동네에서라면 궂은 날이 오더라도 '옛 얀'에 와서 기울어진 얀을 보며 커피를 마시거나 운하를 오가는 젊은 공학도들 틈에서 시간을 보내는 것도 근사하겠다 생각하며 새로 만난 도시의 어떤 점이 마음을 끄는지 목록을 만들어 본다.

지구인과는 다른 방법으로 시간을 인식하는 외계인 이야기가 있다. 커트 보네거트의 『제5도살장』 속 외계인은, 시간이란 지구인이 생각하듯 과거-현재-미래의 선형이 아니라 동시에 존재한다고 인식한다. 누군가 지금 죽는다면, 그는 특정 순간에 좋지 않은 상황에 있는 것일 뿐 과거의 어느 순간에는 여전히 살아 있으므로 슬퍼할 일이 아니라는 것이다. 그래서 순간은 늘 영원이다. 지금이 지나가면 옛일이 되고, 앞날은 다른 지금이 되어 찾아온다는 생각은 과연 지구인들의 착각일까? 사진관 같은 페르메이르의 아틀리에도 순간을 붙잡아서 영

원하자 꾀한 것일까?

나중에 크면, 나중에 시간 나면, 나중에 돈 벌면 하고 미루는 동안 이미 어른이 되어 버렸고, 충분한 시간과 여유 있는 나중은 없음을 알면서도 현재를 유보하며 살아가는 버릇은 여전하다. 만약 이 도시에 살게 된다면 하고 싶은 일들을 바로 지금 하고 있는 이 순간도 곧 옛일이 되어 버린다는 사실이 지구인인 나는 여전히 안타깝다. 그래서 이 순간 나는 이 도시에 살고 있으며, 이 순간은 영원하다는 트랄파마도어인들의 충고에 잠시 기대어 본다.

사실 화가의 발자취를 따라가려면 옛 교회는 가장 마지막에 방문해야 하는 곳이다.

페르메이르는 마흔셋의 나이로 이 교회의 가족묘지에 안장되었다. 아이 열한 명, 많은 빚과 함께 남은 부인은, 빵집의 외상값을 그림으로 갚을 만큼 그의 사후에도 재정 문제에 시달렸다. 페르메이르의 부인이 남긴 기록은, 가난한 가장을 짓눌렀던 스트레스가 심장마비로 이어져 갑작스레 생을 마감했다고 적고 있다. 화가 길드의 대표를 맡을 만큼 델프트에서 이름을 얻었던 그는 왜 그렇게 가난했을까?

80년전쟁의 1부가 끝난 1609년, 네덜란드와 스페인은 전쟁을 쉬어간다. 유럽 여러 나라가 뒤엉킨 30년전쟁이 이어졌지만, 휴전 뒤에 힘이 약해진 스페인과 치른 2부 전쟁은 네덜란드를 크게 할퀴지는 않아서 바야흐로 네덜란드의 호시절이 시작된다. 1602년 동인도회사가 설립된 때를 황금시대 시작으로 보기도 한다. 반세기 넘게 승승장구하던 네덜란드가 영국에 휘둘리자, 이 틈을 놓치지 않고 프랑스의 루이 14세가 네덜란드를 넘보며 쳐들어와서, 바다에서는 영국과, 안에서는 프랑스와 싸우는 판이었고, 자연스레 미술품 거래는 줄어든다. 이때까지만 해도 페르메이르 가족은 그리 쪼들리지 않았고, 서른 중반의 페르메이르는 성 루카 길드에서 대표를 맡으며 화가로서 명성과 사회적 위치를 쌓아 가고 있었다. 그러나 저물어 가는 황금시대와 함께 그도 대가족을 건사하기가 점점 어려워진다. 네덜란드 역사에서 '재앙의 해(1672)'로 불리는 이때, 페르메이르 가족에게도 재앙이 찾아든다. 후원자였던 피터르 판 라위번도 곧 사망한다. 판 라위번은 페르메이르가 그린 그림 가운데 반이 넘는 스무 점의 그림을 샀을 뿐 아니라 그에게 유산까지 남길 만큼 각별한 사이였다.

설상가상으로, 부유했던 그의 장모 또한 형편이 어려워진다. 이 '재앙의 해'에 네덜란드는 프랑스 군대를 막으려고 살수대첩처럼 둑을 터뜨려 부러 범람시키는 작전*을 쓰는데, 이때 장모의 소유지도 물에 잠겨 버린다.

그 와중에 빚도 늘어나 페르메이르가 사망한 해에는 암스테르담의 장사꾼에게 1,000길더를 꾸었는데, 이는 웬만한 장사꾼의 두 해 벌이에 맞먹는 큰돈이었다고 한다. 판 라위번이 샀던 페르메이르의 그림 스무 점이, 나중에 암스테르담 경매장에서 1,503길더에 팔렸다고 하니 빚의 덩치를 가늠해 볼 수 있다. 경제적 스트레스가 대가족의 가장을 죽음으로 내몰 만큼 괴로운 일이라는 사실은 그때나 지금이나 다

* 저지대라는 네덜란드의 특성을 살려 적의 침입을 물로 막는 군사전략으로, 스페인에 대항한 80년전쟁 때 네덜란드 독립에 큰 몫을 했다. 수위를 조절할 수 있는 수문과 둑을 만들고 요새를 쌓은 뒤 유사시 범람시켜 수상 방어선을 만들어 낸다. 18세기 말 나폴레옹 침공 때에는 이 방어선이 혹한으로 얼어붙어 도리어 길을 내주는 구실을 하기도 했다. 암스테르담 둘레의 방어선은 유네스코 세계문화유산으로 지정되어 있다.

르지 않은가 보다. 페르메이르는 1675년 어느 날 갑작스럽게 숨을 거두고 만다.

페르메이르의 묘표는 금방 눈에 띄지 않았다. 도드라진 표식이나 설명이 있는 머릿돌이 한둘이 아니고, 사람들이 제법 모여 고개 내민 머릿돌을 들여다보면 델프트의 다른 인물이다. 유독 붐비는 묘지가 있었다. 안토니 판 레이우엔훅, 페르메이르처럼 델프트에서 나고 같은 곳에 묻힌 동갑내기 과학자다.

판 레이우엔훅은 네덜란드 국민이 가장 존경하는 인물로 몇 손가락 안에 든다. 2004년 한 방송사에서 살핀 '위대한 네덜란드인'에 네 번째로 많은 표를 얻은 위인이니, 묘지의 인기도 높다. 이 조사에서 네덜란드 사람들이 고른, 열 명의 위대한 네덜란드인은 다음과 같다.

1. 핌 포르타윈 (정치인)
2. 빌럼 판 오란여 (네덜란드를 독립으로 이끈 건국의 아버지)
3. 빌럼 드레이스 (네덜란드 전 수상, 사회민주주의적 이상으로 사회복지 국가의 초석을 세운 정치인)
4. 안토니 판 레이우엔훅 (현미경을 발견한 미생물학자)
5. 데시데리위스 에라스뮈스 (인문주의자)
6. 요한 크라위프 (축구 선수이자 감독)
7. 미힐 더라위터르 (영국과의 전쟁에서 큰 공을 세운 해군 제독, 네덜란드의 이순신 장군)
8. 안네 프랑크 (『안네의 일기』 저자)

9. 렘브란트 하르먼스존 판 레인 (화가)

10. 빈센트 반 고흐 (화가)

　사회복지국가의 초석을 세운 빌럼 드레이스 전 수상에 이어 왕이나 정치인 다음으로 국민이 인정하는 위인이 판 레이우엔훅이다. 에라스뮈스, 렘브란트와 고흐를 제치고 이 과학자에게 더 많은 존경을 보내는 것이다.

　포목상이었던 판 레이우엔훅은 옷감을 더 자세히 들여다보자는 생각에서 고배율 확대경을 연구하게 되었는데, 나아가 자연세계를 관찰하려는 열망으로 현미경 연구 제작에까지 이르렀고, 지리학을 공부하여 지리학자가 되기도 했다. 원생동물, 박테리아, 정자, 혈구와 근육섬유의 존재를 밝혀내어 인류의 미생물학에 전기를 마련한 이 과학자가 페르메이르의 그림 「천문학자」와 「지리학자」의 모델이라는 주장도 있다. 그림 속 과학자와 실제 모습이 닮지 않았다고 하니 알 길이 없지만, 동년배의 페르메이르에게 많은 영감을 주지 않았을까? 카메라 옵스큐라를 소개한 사람일지도 모른다. 페르메이르가 죽고 부인이 시에 파산 신고를 냈을 때 시 의원이던 판 레이우엔훅이 관재인을 맡기도 했다. 크지 않은 도시의 저명인사였던 두 사람 사이에 어떤 교류가 있었으리라 미루어 짐작할 뿐이다.

　판 레이우엔훅 묘지를 지나 머릿돌마다 페르메이르라는 글자를 찾아 다시 어슬렁거리다 마침내 바닥 타일 두 개로 된 페르메이르의 묘표를 찾았다. 파란색 튤립이 놓여 있지 않았더라면 지나쳤을 뻔했다.

　페르메이르는, 어려서 죽은 아이 셋이 묻힌 이 옛 교회에 안장되었

IN DEZE KERK WERD BEGRAVEN
JOHANNES VERMEER
DELFT
1632 – 1675
SCHILDER
LID VAN HET SINT-LUCASGILDE

으나, 부인 카타리나는 머릿돌을 살 돈도 없었던 터라 끝내는 묘지를 유지하지 못했다고 한다. 1975년이 되어서야 화가가 본디 묻혔던 자리에 이 묘표를 마련했다니 델프트도 오랫동안 그를 소홀히 대접했던 듯하다. 2007년엔 북쪽 통로에 큰 묘지가 새로 마련되었다. 타일 두 장인 원래 크기의 수십 갑절은 되는 머릿돌에 루카 길드의 회원이었다는 글자와 길드의 문양이 새겨져 있다.

옛 교회까지 온 김에 길 건너의 프린센호프(왕자의 궁전)에도 들러 본다. 네덜란드 건국의 아버지이자 오란여 왕가의 시조인 빌럼 판 오란여가 계단에서 살해된 역사의 현장이다. 빌럼 판 오란여는 프린센호프에 거주하며 독립운동을 이끌다. 스페인의 펠리페 2세가 사주한 극렬 가톨릭교도의 손에 암살되었다. 그때의 탄흔이 중앙 계단 벽에 남아 있다.

네덜란드를 대표하는 두 가지 색깔인 오렌지와 블루는 그러고 보니 둘 다 델프트에서 왔다. KLM네덜란드항공의 파란색은 델프트 블루 도자기를 참조한 것이고 오렌지는 오란여 공에서 비롯된 색이다.

옛 델프트 운하를 따라 마르크트로 다시 내려간다. 운하에 떠 있는 카페테라스 보트 한 군데에는, 보라색 옷을 휘감고 잿빛 머리칼을 늘어뜨린 여성이 퀼런을 말고 있다. 델프트가 걷기 좋은 도시로 뽑히고 관광객이 끊이지 않는 까닭은 고스란히 남은 황금시대 덕분이겠으나, 사람들이 역사 유적과 문화재만을 보려고 이 도시에 오지는 않을 게다. 그 가게만의 고유함을 내세우는 카페테라스, 상점가, 갤러리들이 '얀' 아래에, 프린센호프 옆집에, 시 계량소 건물에, 그리고 페르메이르의 집터까지 차지하고 있으면서도 역사의 무게에 짓눌리지 않는다. 그 눈길과 매무새도 관광객만을 향한 것은 아니다. 마르크트에 있는 델프트 블루 도자기점 몇 군데를 들락거리며 훔쳐본 얼굴들은, 타일에 튤립을 그리는 장인이나 상인이나 이런 기색이다. "우리는 이렇게 살아왔고, 앞으로도 이렇게 살아갈 테다. 그런데 난 지금 아주 귀한 일을 하고 있어서 구경꾼에게 눈길 돌릴 틈이 없다."

페르메이르도 그때 여느 델프트 사람들처럼 마르크트를 중심으로 살았다. 마르크트의 뒷골목에서 태어나, 부모님과 가족이 묻혀 있는 마르크트의 새 교회에서 세례를 받았고, 마르크트의 여인숙 카페에서 자랐다.

새 교회는 신에게 기도하는 공간이라기보다 차라리 오란여가의 거대한 묘지다. 교회 안에는 빌럼 판 오란여의 영묘와 역대 네덜란드 왕실의 납골당이 있다. 측랑 한쪽에 매달린 모니터에는 빌럼 알렉산더르 왕세자 부부의 결혼식 화면이 나오고, 기념품가게에는 베아트릭스 여왕과 머지않아 왕과 왕비가 될 이 왕세자 부부 가족의 사진을 판다. 아버지 빌럼 알렉산더르의 뒤를 이어 먼 훗날 네덜란드 여왕이 될, 장난기 가득한 얼굴의 아말리아 공주는 제가 '푸른 피'로 태어났음을 알기나 할까? 그리고 이 교회가 제 묘지라는 것도…….

'옛 긴 둑'이라는 뜻인 아우더 랑엔데이크의 좁은 길로 발걸음을 옮긴다. 예전에는 여기에 긴 둑이 있었을까? 부평초가 떠 있는 이 운하 길 어딘가에 페르메이르가 살았던 집이 있다. 아니, 있었다. 페르메이르가 스물한 살이 되던 해 결혼해서 여관 메헬렌을 떠난 뒤 살았던, 새 교회의 남쪽 동네 '파펜훅'이다.

종교개혁 이후 가톨릭의 위세가 눌려 있던 시절, 가톨릭교도들은 파펜훅(Papists' Corner)을 이루고 모여 살았다. 페르메이르는 부인 카타리나의 어머니인 마리아 틴스의 집에서 처가살이를 했다. 페르메이르의 가정사를 얘기할 때, 꽤 부유했던 것으로 알려진 장모 마리아 틴스를 빼놓을 수가 없는데, 장모의 재정적 지원을 받으며 전업화가로 활동했으니 장모가 그의 예술적 후원자랄 수도 있겠다. 그때에도 결혼하여 부모와 함께 사는 것뿐만 아니라 구교도와 신교도의 결혼도 흔한 일은 아니었으니 여러 정황으로 보아 신교도였던 그가 결혼 직전 개종했으리라 짐작된다.

페르메이르의 작품 대부분을 낳은, 사진관 같은 아틀리에가 있던 집터는 아우더 랑엔데이크와 몰렌포르트 길모퉁이라고 하는데, 한때 이 언저리에 그가 살았다는 안내문만 교회 벽에 붙어 있다. 교회 주변을 왔다 갔다 해 보지만, 고샅길 같은 골목을 두리번거리는 나 같은 관광객 몇과 담장 아래 모여 뭔가를 피우는 청소년들을 만날 뿐이다. 나중에 자료를 찾아보니, 이 가톨릭 지구에 있던 비밀 가톨릭 교회를 확장하면서 페르메이르가 살던 집이 없어졌다고 한다.

델프트 시를 벗어난 적이 없었다는 페르메이르의 삶처럼(길드 입회 자격인 도제 수업 6년을 어디서 누구에게 받았는지는 미궁이다) 그가 남긴 단 두 점의 풍경도 이 도시 안에 머문다. 시간이 멈춘 듯한 주택가의 한 장면을 그린 「골목길」은, 꼭 집어내어 말로 표현하기 어려운 '더치 dutch다움'이란 바로 이런 게 아닐까 하는 실마리가 스멀거리는 그림이다. 아이들이 집 앞에서 놀고, 아낙들은 마당을 쓸거나 레이스를 뜬다. 남정네들은 배 타고 장삿길을 떠난 것일까? 무도회와 피크닉이 아니라 청소하고 바느질하는, 더없이 평범한 일상의 한 찰나다.

그림 속 골목길은 지붕도 창문 모양도 지금의 델프트 거리와 크게 다르지 않다. 300년하고도 반세기가 넘은 그때 그 골목길이 고스란히 남아 있을지는 모르겠으나, 페르메이르 센터에서 산 책자를 들고 페르메이르의 골목길을 찾아 나선다.

페르메이르의 흔적이 이렇게 아스라한 까닭은 그가 사후 200년 동안 잊힌 화가였던 사실과 연관 있을 것이다. 1866년, 한 프랑스 예술 비평가가 페르메이르 회화 66점을 다룬 글을 내놓았는데, 이것이 '델프트의 스핑크스'를 세상으로 불러낸 시작이었다. (이 가운데 35점이 페르메이르의 작품으로 여겨진다.)

「골목길」 그림 속의 골목길을 찾아 헤매다 가축시장까지 왔다. 소설 『진주 귀고리 소녀』에서 그리트가 푸줏간 아들 피터를 만나는 곳이다. 플라타너스가 우거진 이 작은 마당 가운데에는 가축시장이었음을 알려 주는 듯 소 조형물이 있고, 둘레로 노천카페가 시장처럼 활기차다. 실제로는 페르메이르의 친가가 있었던 동네다. 몇 걸음 안되는, 네모난 광장 둘레를 따라 페르메이르의 아버지가 태어난 곳과 조부모가 살았던 집의 번지수를 슬쩍 훔쳐본다.

물오리들이 떠다니는 운하 하나를 건너 가축시장 남쪽으로 내려간다. 운하 하나가 수백 년 시간의 경계라도 되는 듯, 센트럼과는 사뭇 다른 현대적인 분위기다. 그림 「델프트 풍경」의 배경이 된 시가지 남쪽으로 가려는데 갑작비가 쏟아졌다. 굵은 비를 맞으며 자전거를 타고 싶지는 않다 생각하는데, 눈앞에 '카페 페르메이르'라는 간판이 보인다. 카페 안은 영화가 시작되기 전의 극장처럼 어둡고 괴괴했다. 마르크트와 옛 델프트 운하의 그 많은 관광객은 다 어디로 간 걸까? 어둠에 눈을 잠시 맞추고 보니 손님이라고는 없는 카페 한쪽 벽면 가득, 진주 귀고리 소녀의 얼굴이 다가온다. 테이블마다 촛불만 흔들리는 어둑한 실내에 소녀의 눈동자와 입술이 진주 귀고리처럼 흔들린다.

오후의 텅 빈 카페에서 장대비를 내다보며 종업원이 가져다준 차가운 홀로스 맥주를 마시자니 '랭보의 화두'가 뜬금없이 떠오른다.

"내가 여기서 뭐하고 있는 거지?"

타고난 방랑자였던 시인 랭보는, 내가 대체 여기서 뭐하고 있나, 하는 물음이 여행의 본질을 보여 준다고 했다. 낯선 풍경과 새로 저장할 기억을 찾아다니는 한순간, 문득 지금 내 모습에 대한 낯섦이 먼저 다가올 때가 있다. 페르메이르를 따라 빗속의 골목을 헤매는 나, 그 불가사의함을 바라보는 것, 그게 여행이라는 말이었을까?

빗방울이 잦아들기를 기다려 시가지 남쪽의 항구 콜크로 페달을 밟는다. 시내를 흘러나오는 운하 몇이 이 작은 항에서 만나 스히 강을 따라 라인 강으로 흘러간다. 페르메이르가 「델프트 풍경」을 그렸을 때는, 델프트에서 로테르담으로 이어지는 스히 강에 물길을 놓고 이 콜크 항구를 막 단장했을 때였다. 강가에 말이나 사람이 지날 만한 길을 놓아 강을 따라 배를 끄는 물길인 트렉바르트가 스히 강에도 놓였으니, 콜크 항은 말하자면 도시 문 바로 바깥의 교통 터미널인 셈이었다. 페르메이르가 북해의 변화무쌍한 하늘 아래 델프트 시내를 바라보았을 호이카더 부둣가에는 네덜란드 건축 집단 KCAP가 설계한 주거 단지가 들어섰는데 「델프트 풍경」을 그린 지점은 너른 터로 남아 있다.

구름이 하늘의 반을 덮은, 여름날 오전을 그린 이 그림은 서양미술사에서 처음 나타난 참다운 도시 풍경화라고 한다. 그 시절 부유한 중산층 사람들이 풍경화를 선호했듯, 지금도 「델프트 풍경」은 네덜란드 사람들이 가장 좋아하며 가장 아름답다 여기는 그림으로 손꼽힌다. 네덜란드 한 신문사에서 독자 투표로 뽑은 '가장 아름다운 네덜란드 회화'에는 「진주 귀고리 소녀」가 1위, 「델프트 풍경」이 2위로, 렘브란트와 반 고흐를 제치고 페르메이르가 가장 사랑받는 화가로 꼽혔다.

해석이나 설명이 필요 없는 명료한 풍경, 과장도 수사도 없는 그림이지만 보이는 대로 그린 사실화는 물론 아니다. 그만의 렌즈를 끼워 바라본 관찰에는 빈틈이 없다. 그림 속 델프트 하늘은 넓다. 화폭의 3분의 2를 차지하는 하늘에 낀 구름도 세찬 바람에 어느새 사라질지 모른다. 부둣가에 조그맣게 보이는 사람들은 로테르담 나들이라도 가는 걸까?

트렉바르트의 출발점이었던 호이카더 부두에는 보트 대신 요트들이 정박해 있다. 요트 여행자들의 잡담만 들릴 뿐, 그림 속 이른 아침처럼 숨을 멈춘 듯하다. 델프트 대학에서 하교하는 학생들의 자전거 무리가 끊이지 않고 지나간다. 운하 변 어느 카페에서 파티라도 있는 걸까? 소나기가 또 오기 전에 나도 자전거 페달을 밟아야겠다.

마약, 매춘, 공원에서의 섹스, 뒷골목 방뇨, 한여름에

겨울 외투를 입든, 남자가 여자 속옷을 입고 걸어가든, 어젯밤에 쓴

시를 거리에서 외치든 약속된 것 말고는 뭐든지 해도 좋다면

이 도시는 이성적인가 아닌가?

암스테르담은 운하 도시다.
수치로 견주면 베네치아보다 많다.
암스테르담은 섬 아흔 개로 이루어진 도시다.
다리 1,281개가 그 섬들을 잇는다.
파리보다 다리가 많다.

때로는,
여행자처럼,
때로는,
토박이처럼.

암스테르담

 한국에서 다니러 온 가족들과 처음 암스테르담을 찾았던 팔월의 여름날, 중앙역 앞은 쏟아지는 폭우로 출렁거렸다. 운하 따라 걸으며 안네 프랑크의 집에나 가 볼까 하던 계획은 날씨 덕분에 미술관 답사로 급조되었고, 우산도 소용없을 만큼 들이붓는 빗속에서 새처럼 젖고 새처럼 떨며 긴긴 줄을 섰다. 우리처럼 비를 피해 들어온 관광객들로 아수라장인 반 고흐 미술관과 왕립 미술관에서 눅눅하게 명화 감상을 했던 가족들에게 암스테르담은 어떤 도시로 남아 있을까? 성性 박물관과 밀랍 인형을 구경하고 홍등가를 기웃거리다 맥주 체험장을 다녀간 한국 여행자들은 어떤 향기로 이 도시를 기억하고 있을까?

암스테르담에는 냄새가 난다. 에이 만으로 올라온 바다 냄새일까? 여러 인종의 사람들이 저마다 고향에서 실어 온 몸내이거나 커피숍에서 새어 나오는 하시시 냄새일지도 모른다. 담락 거리는 어쩐지 마음

한구석을 들썩이게 하는 들큼한 냄새로 술렁인다.

이안 매큐언의 소설 『암스테르담』속 두 친구는 암스테르담에 와서 죽는다. 작가는 도덕성과 위선을 끄집어내기 위해 '차분하고 품위 있는 도시', '너그럽고 편견 없는, 일종의 성숙한 장소', '기분 좋게 잘 정돈된 거리 모퉁이 커피숍에서는 마약을 파는 곳'에 두 주인공을 보낸다. 내 잣대로 남의 됨됨이를 재는, 우리가 지닌 도덕 기준을 뒤죽박죽으로 만드는 이 도시에서, 개인에게 주어진 끝 간 데 없는 자유의지는 두 친구를 파멸로 이끈다. 또는 저마다 도덕적 잣대로 착각했던 위선이야말로 파멸의 이유인지 묻는다.

어떤 도시에 대한 인상이야 사람마다 다른 것이지만, 암스테르담에 드리워진 첫인상을 한 겹 벗겨 내고 보아도, 도시는 그 맨얼굴을 쉽사리 보여 주지 않는다. 뜨내기들의 도시인가 싶으면 뱃사람처럼 고집 세고, 한껏 풀어져 있다 싶으면 빈틈없이 여며져 있다.

벨기에 가수 자크 브렐이 노래했던 1960년대 항구도시 암스테르담에는 삶의 질펀함과 그악스러움이 있었다. 반세기 뒤 록 그룹 콜드플레이는 암스테르담에서 사라져 가는 별과 구원을 웅얼거린다. 이 도시가 세상에 던진 섹스, 마약, 매춘, 안락사 따위의 화두는 아직도 곳곳에서 논쟁 중이고, 저는 여전히 모호한 낯으로 알 듯 모를 듯 한 이야기들을 읊조린다.

중앙역 앞은 에이 만 너머 북쪽에서 시내를 남쪽으로 가로지르는 지하철 공사가 한창이다. 역 한쪽에는 시민의 불편을 다독거리려는 양 공사 홍보관이 그럴듯하다. '가이드의 나라'답게 이 지하철 공사 구간을 엮은 투어 프로그램까지 있다. 그렇지 않아도 사람, 트램, 버스가 뒤섞인 곳에 공사 차량까지 오가는, 기막힌 카오스다.

담락 거리의 분주함을 비켜 싱얼 운하를 따라 걷는다. '이성적으로 정돈된 도시'란 바로 이 운하 주변 풍경을 말하는 것일 테다. 15세기 이전의 암스테르담Amsterdam은 암스털Amstel 강 하구에 둑Dam을 쌓아 만든 작은 어촌이었고, 그 둘레를 도랑못처럼 싱얼이 감싸 돌았다. 17세기 황금시대 경제성장이라는 내압과 종교의 자유를 찾아 몰려든 유럽 여러 나라 이민자들의 외압에, 도시는 중세의 틀을 견디지 못하고 바깥으로 커져 나갔다. 15세기 첫머리에 3,000명이던 인구가, 17세기 첫머리에는 54,000명으로, 17세기 뒤로 가서는 206,000명으로 불어났으니 도시는 성벽을 허물고 그 팽창을 따라가기에 바빴을 것이다. 본디 도시 외곽이었던, 반원형의 싱얼 너머로 암스테르담은 뻗어 갔다.

뭐든지 꼼꼼히 계획하고 그에 따라 행동하기 좋아하는 네덜란드 사람들은 도시계획가들에게 시가지 계획을 맡겼고, 계획가들은 싱얼에 나란한 고리 모양의 운하 계획을 내놓았다. 무역이 발달하자 숨 가쁘게 늘어난 상인들의 집 문제가 급선무였다. 싱얼 바깥으로 한 겹 한 겹 띠를 이루며 헤렌흐라흐트(신사 운하), 케이제르스흐라흐트(황제 운하), 프린센흐라흐트(왕자 운하)가 더 바깥의 싱엘흐라흐트(싱얼 운하)까지 이어지는, 이 고리 모양의 운하 지역을 '흐라흐텐오르덜(운하 띠)'이라고 한다.* 서쪽의 요르단 지역이 노동자 · 이민자 주거지로 조성되었다면, 담 광장과 왕궁에 가까운 운하 띠 지역은 부유한 상인들

---

* 중세 암스테르담은 도시를 둘러싼 도로 싱얼이 운하 노릇도 했다. 도시가 커져 감에 따라 이 싱얼 바깥으로 여러 겹의 '흐라흐트(운하)'가 놓이고, 그렇게 확장된 도시를 다시 싱엘흐라흐트가 감싸 돈다.

의 거주지였다. 토호 귀족이 아니라 장사로 벼락부자가 된 이 상인들은 프란스 할스나 렘브란트에게 초상화를 의뢰하고 거실에 정물화와 풍경화를 걸어 놓고 살던 도시 신흥 귀족들이다.

싱얼로 접어들자 서울 종로통에서 비원에 들어설 때처럼 순간 고적해진다. 분주한 세상의 비밀스런 뒤뜰로, 시간까지 거슬러 온 듯하다. 폭이 1미터인 집, 돔이 있는 새 루터 교회, 옛 루터 교회, 렘브란트의 그림 「야경」의 중심인물인 암스테르담 시장 프란스 바닝 코크가 살았던 집(돌핀 하우스) 같은 운하 주택이 이어진다. 운하 띠에는 안네 프랑크의 집부터 황금시대를 주름잡았던 인물들과 관련된 역사가 집마다 남아 있는데, 그 가운데는 반 고흐가 암스테르담에 오면 묵곤 했던, 그의 삼촌이 꾸리던 가게가 있던 건물, 그 옆에는 건축가 리트벨트가 디자인한 지붕을 인 메츠 앤 코Metz&Co. 건물도 보인다.

이 세 겹의 운하 띠 지역을 아우른 싱얼 운하 안에만 7천 개 가까운 국가 문화재가 있으니, 암스테르담은 네덜란드에서 국가 문화재가 가장 많은 도시가 된다. (두 번째로 많은 도시는 마스트리흐트, 세 번째는 위트레흐트다.) 한 나라의 수도이니 당연하게 들릴 수도 있겠지만, 도시의 나이도 왕조의 역사도 그리 긴 편이 아님을 미루어 보면 소스라칠 만한 밀도다. 더 나아가, 이 싱얼 운하 안 문화재 가운데 얼추 6,500개가 주택이다. 궁궐이나 교회가 아니라 살림집이라는 소리다. 서울 사대문 안, 잘 보존된 조선시대 살림집에 사람이 살고, 관아는 시청과 동사무소로 쓰이는 풍경을 상상해 본다. 과연 암스테르담은 왕이나 황제나 신의 도시가 아니라 상인들, 시민계급이 주인공인 도시다.

암스테르담 시는 네덜란드 황금시대를 증거하는 이 운하 띠 지역을 유네스코 세계문화유산으로 등재 신청하고, 세계문화유산에 걸맞은 유지 관리 계획도 마련하여 유네스코의 결정을 앞두고 있다. 세계문화유산 암스테르담을 썩 반기지 않는 이들도 있다. 유네스코 기준에 이리저리 맞추다 보면, 도시가 아름다워질지는 모르나 그 자유로운 영혼은 숨 죽어 버리리라는 우려다.

암스테르담 시장은 연일 방송에 나와서 새로운 지하철 노선이 왜 필요한지 설명한다. 공사가 이미 진행 중인데도 한 프로그램 진행자는, 과연 이 공사를 꼭 해야 하느냐며 시장에게 반대 의견을 거칠게 던지기도 한다. 개발에는 의심과 회의가 따르기 마련이고, 개발 주체들은 억울한 기색을 띠면서도 그 혜택이 도시의 앞날과 다음 세대에게 돌아가리라는 확신으로 참을성 있게 얘기한다. 시민투표까지 거치며 수십 년의 논쟁과 민주적 절차에 따라 내려진 결정이라도 반대 의견이 거침없이 오가는 이런 모습이 암스테르담의 현재다. 내압으로 중세의 틀이 터지기 전에 압력을 감지하고 조절하여 이 도시가 황금시대를 누렸듯, 도시 얼개를 다시 짜는 일은 쉽이 없다. 도시라는 그릇 안에 담긴 이야기가 차고 넘치면 사람들은 그 안에서 짓눌리지만, 슬쩍 풀어 놓아도 살아 움직이는 유기체처럼 제 모양을 찾아가는 법이다. 나이 먹은 도시일수록 비록 그 몸동작은 둔하고, 그릇이 깨지지나 않을까 조심스럽기는 하다. 세계문화유산과 지하철 공사와 잠시도 멈추지 않는 도시의 생명력 사이에서 이들의 자유로운 영혼과 미학이 어떻게 어우러질지 흥미롭게 지켜본다.

하우스보트는 계단을 통해 아래로 내려가야 생활공간이 나온다. 실내 채광을
위한 창문들. 화장실과 욕실이 수면보다 낮은 곳에 위치하게 되니 펌프를 설치
하거나 수면보다 높아지도록 화장실과 욕실을 갑판에 두거나 한단다. 이 하우
스보트들은 시에 합법 주택으로 등록된 만큼, 모든 간선시설에 대한 서비스를
받는데 수도·가스·전기·전화·텔레비전 등이 갖추어진 매우 현대적인 집이
다. 다만 오수는 바로 운하로 방출된다. 운하 자체가 오수 시스템의 하나이므로.

앞에 큰 나무박스를 매단 수레 자전거에 꼬마들을 태운 암스테르담머르가 운하 길을 달린다. 길모퉁이 카페는 보도에 테이블을 내어 놓고 오랜만의 햇볕을 쬐는 사람들에게 자리를 내어 준다. 이 운하 변 건물은 박공마다 막대가 툭 튀어나와 있다. 가파르고 좁은 계단으로 옮기기 어려운 가구를 들어 올리려고 내단 것이다. 가구를 들어 올리다 부딪혀 상하기라도 할까 봐 벽면을 일부러 기울여 짓기도 했는데, 16세기 건축법규에는 그 기울기가 1 대 25 이하로 정해져 있었다고 한다.

기울어진 집들만큼이나 운하에 떠 있는 집들도 진기하다. 늘 바닷물과 싸워야 했던 사람들이 그 물 위에 또 집을 지어 살고 있으니 물이란 이들에게 애증의 대상이다. 남부럽지 않은 내부 구조에, 물 위의 집이라는 낭만적인 분위기가 더해져 지금은 외려 고급 주택 축에 들지만, 보트를 집 삼아 살게 된 배경은 주택 부족이라는 현실적인 이유였다. 제2차 세계대전 뒤 집이 모자라자, 더는 없어도 되는 낡은 화물선을 고쳐 집으로 삼는 사람들이 생겨났다. 암스테르담을 사로잡았던 히피 문화 때문일까, 자유로운 듯 독특한 이 물 위 집은 날로 인기가 높아져 갔다. 지금 암스테르담에는 2,400호가량의 하우스보트가 주택으로 등록되어 있으며, 총량 상한제로 관리된다. 하우스보트가 유난히 많은 왕자 운하에는, 1960년대까지 골재 수송선으로 쓰이던 보트가 어떻게 주택으로 바뀌었는지 안을 볼 수 있는 하우스보트 박물관도 있다.

도시 하나를 두고 어떤 사람들은 거리의 음악사도 교수 같아 보이는 도시라 하고, 어떤 사람들은 버릇없는 망나니들로 들끓는 곳이라 한다. 네덜란드만을 놓고 보면 내 눈에 암스테르담은 이 나라에서 가장 흐트러진 도시다. 뭐든지 해 볼 수 있는 곳, 진보적인 톨레랑스의 이 도시는 거리낄 게 없다. 감출 생각이 없으니 있는 그대로 드러난다. 그게 무엇이라도 말이다.

그런데 곰곰이 들여다보면 그 첫인상은 곧 '말 잘 듣는 학생 같다'로 바뀐다. 빈틈없이 깔린 보도, 에누리 없는 주차 단속, 줄지어 선 집들은 잘 맞춰 놓은 퍼즐 같고, 신문 가판대도 버스표 판매소도 하나 없는 거리. 모든 게 약속대로만 움직인다. 자동차는 제 차선을 벗어나지 않고 자전거는 선 안의 자전거 길을 달린다. 아무리 좁은 골목이라도 자전거를 타고 가도 좋을지 끌고 가야 할지 미리 약속되어 있다. 묵계가 아니라 누구나 반드시 지켜야 하는 무거운 약속이다.

그렇다면 이 도시에서 무언의 약속은 무엇인가? 마약, 매춘, 공원에서의 섹스, 뒷골목 방뇨, 한여름에 겨울 외투를 입든, 남자가 여자 속옷을 입고 걸어가든, 어젯밤에 쓴 시를 거리에서 외치든, 약속된 것 말고는 뭐든지 해도 좋다는 것이다. 이 도시는 이성적인가 아닌가? 거리를 오가는 사람들이 자유로워 보이는 것은 뜨내기의 눈으로 본 착시라 해도, 세상을 놀래며 앞서 나가는 이 나라의 자유정신과 강박적인 질서 정연함은 어쩐지 어울리지 않는 듯해 어리둥절해진다.

건축비평가 에런 베츠키는 『인공 평지』라는 책에서 이 역설을 네덜란드의 독특한 처지에 빗대어 풀었다. 강 끝자락의 척박한 땅에 뿌리내려 위협적인 바닷물과 거센 바람에 맞서 싸우며, 신과 바로 대화할 수 있는지를 물었던 네덜란드 사람들은 개신교를 선택했다. 나아가 사람의 운명이란 예정된 것인지, 온 힘을 다해 애쓰면 완전한 영혼을 가질 수 있는지 궁금해했다. 사람의 능력이 미지의 세계를 휘두를 수 있는가, 아니면 외부의 힘이 더 어마어마한 것인가 하는 물음에 이들은 제 손으로 완전한 영혼, 완전한 경관을 빚는 것으로 답한다. 요컨대, 변덕스러운 하늘과 바다는 어찌할 수 없는 카오스지만, 사람이 창조할 수 있는 것에는 있는 힘껏 질서를 추구하여 혼돈에 맞선다. 그래서 자연경관도, 도시경관도, 사람 손이 닿는 데라면, 흐트러짐 없이 제자리에 있어야 하며 예측할 수 있어야 한다고 생각한다. 질서 정연함이란 정신적 자유로움과 혼돈의 매끄러운 외연인 셈이다.

어떤 장소를 떠다니는 자유라는 공기는, 그 도시의 역사에서 온다. 운하 띠 건설이 한창이던 17세기 암스테르담에는 프랑스, 벨기에, 스페인, 포르투갈 등 유럽 여러 나라에서 이민자들이 몰려왔다. 자유의 숨결을 찾아 그때 네덜란드로 온 사람들 가운데는 데카르트도 있었다. 스페인의 지배를 제 힘으로 물리친 개신교 나라, 그러면서도 종교적 관용이 넘치는 나라, 상업과 문화가 만개한 황금시대를 맞은 1628년, 데카르트는 자유로운 학문의 분위기를 꿈꾸며 이 도시로 옮겨 왔고, 네덜란드 여성과 가정도 이루었다. 프랑스의 시골에서 은둔하던 발자크에게 암스테르담으로 오라며 그가 누리는 자유를 한껏 자랑하는 편지를 보내기도 했다.

"내가 사는 여기, 나 말고는 모두가 무역 일에 몸담고 있는 이 위대한 도시에서는 다들 이윤을 내는 데 정신이 팔려 있으니, 나는 단 한 사람도 만나지 않고 일생을 보낼 수 있을 듯합니다. 날마다 나는, 당신이 숲길을 걸으며 느끼는 만큼이나 자유롭고 평온한 마음으로, 어마어마한 사람 물결이 만들어 내는 혼돈 속을 산책합니다. 그리고 내가 만나는 사람들을, 당신이 숲에서 보는 나무나 동물을 볼 때처럼 여깁니다. 그들의 소소한 근심이 자아내는 성마른 소음조차도, 내 명상을 방해하는 시냇물 소리보다 더하진 않습니다. 그들이 움직이는 모습을 곰곰이 보고 있으면, 당신이 농부들이 들에서 일하는 모습을 바라볼 때와 같은 즐거움을 느낍니다. 만약 당신의 과수원에서 과일이 한껏 무르익어 가는 모습을 보는 즐거움을 찾을 수 있다면, 인도네시아와 유럽 전역의 진귀한 물건들을 잔뜩 싣고 여기 도착하는 배들의 풍경도 마찬가지로 즐길 수 있으리라 생각하지 않나요? 여기 말고 세상 어디에서, 생활의 모든 편리함과 우리가 갈망하는 호기심을 쉬이 찾을 수 있을까요? 마음 푹 놓고 잠잘 수 있는, 언제라도 국민을 지켜 줄 군대가 있고, 독살과 기만과 중상모략이 덜 알려진, 우리 선조의 순수함이 아직 건재한 곳, 그런 완전한 자유를 즐길 수 있는 다른 나라가 어디에 있을까요?"

비가톨릭교도를 가만 놔두지 않던 프랑스를 떠나온 데카르트는, 네덜란드에서도 자주 집을 옮기고 은둔해야 했지만 화형대에 오르거나 감옥에 가는 일은 피할 수 있었다. 이 독창적인 사상가는 1649년 스웨덴 여왕의 개인교사로 초대받아 이듬해 스톡홀름에서 어처구니없는 죽음을 맞기 전까지, 스무 해 남짓 네덜란드에 사는 동안 그의 주요 저서 대부분을 펴내며 서양철학의 근대를 열었다.

데카르트에 이어 이성의 시대를 열어젖힌 스피노자도 암스테르담의 자유로운 공기를 들이마신 철학자다. 종교의 자유를 찾아 포르투갈에서 이민 온 유대인 가정에서 태어난 스피노자의 진리 탐구는 암스테르담에서도 순탄치만은 않았다. 유대 사회에서 쫓겨나고 가족들에게서도 외면받았으며 17세기 후반에는 암스테르담의 자유로운 분위기도 꽤 험악해져 살해의 위협을 느끼며 익명으로 책을 써야 했다.

네덜란드의 공화당파와 왕당파 사이의 갈등으로 자유와 관용의 분위기도 흉흉해져 가던 무렵, 스피노자는 익명으로『신학정치론』을 발표한다. 오란여가를 중심으로 한 왕당파에 맞서, 공화제 편에서 국가와 자유의 문제에 대한 사상을 내놓은 것이다. 스피노자는 이 책에서, 사상과 표현의 자유를 보장하는 것이 자유로운 국가의 본질이며, 이때 국가의 평화와 남의 권리를 해치지 않는 범위에서 자유를 허용하는 문제에 대해, 자유란 결코 불편함을 자아내는 것이 아니라며 제 고향 암스테르담을 예로 든다.

"암스테르담이라는 도시는 이 자유의 열매를 거둬들이고 있다. 이 도시는 대단한 번영을 이루어 냈고 누구나 그에 찬사를 보낸다. 이 가장 번창한 국가, 가장 눈부신 도시에서 온갖 민족과 종교의 사람들이 가장 잘 어우러져 살아간다. 종교와 종파는 중요하게 여겨지지 않는다. 법정에서 재판 결과에 아무 영향도 주지 않기 때문이다. 어느 종파라도, 그 신도가 아무도 해치지 않고 저마다 책임을 다하며 올바르게 살아간다면, 시민의 권위를 보호받지 못할 만큼 백안시되지 않는다."

의회의 힘을 업고 공화정을 이끌던 더빗 형제가 처참하게 암살되고, 왕당파가 득세하여 다시 오란여 가문의 빌럼 3세가 권력을 잡은 시기였다. 시대는, 영국, 프랑스, 스페인과 힘을 겨루던 네덜란드에 강

력한 중앙정부를 요구했고, 역사는 오란여 가문을 다시 구국의 영웅으로 만든다.

도시에는 산 사람과 죽은 사람의 이름이 여기저기서 불리며 떠돈다. 우리가 낯선 도시에 도착해 가장 먼저 하는 일이란 결국 산 사람과 죽은 사람 사이에 오가는 이야기에 귀 기울이고 끼어들기다. 싱얼을 따라가는 운하 길에도 운하의 물처럼 말들이 출렁거린다.

싱얼 위에 걸쳐진 토렌슬라위스에서 뮐타튈리 동상을 부딪친다. 언뜻 다리라고 눈치채지 못하고 지나치기 쉬운데, 이 토렌슬라위스는 암스테르담에서 가장 오래된 다리이자 가장 넓은(폭 42미터) 다리다. 뮐타튈리는 네덜란드가 인도네시아를 식민지 삼아 부리던 19세기에, 그 식민주의를 고발한 소설 『막스 하벨라르』를 쓴 네덜란드 작가 에뒤아르트 데커르의 필명이다. 그때 네덜란드의 식민 지배 방식은 유럽 제국주의 나라들에 견주면 그리 가혹하지 않았다고 하지만, 이 문학적 내부 고발은 '인도적인 식민지'는 없다는 것을 보여 준다. 17세기 황금시대가 막을 내리고 여러 전쟁을 치르며 약해진 네덜란드는, 스페인과 포르투갈이 앞서서 식민지를 늘려 나가자 네덜란드 동인도회사를 내세워 하나둘 나라 밖 시장 개척에 나선다. 19세기 저물녘에는 이 식민지에서 들어오는 돈이 네덜란드 나라 예산 3분의 1에 맞먹었다고 하니, 칼뱅주의의 금욕적인 신앙심과 합리적인 상인 정신을 바탕으로 한, 안정된 중산층 사회도 식민지 민중의 피땀과 떼 놓고 볼 일이 아니다. 싱얼과 신사 운하 사이에 있는 데커르 생가가 뮐타튈리 박물관으로 남아 있다. 1988년에 세워진 '막스하벨라르협회'는, 세계 최초로 공정무역 상품에 라벨을 붙이는 인증 제도를 시작한, 공정무역 운동의 선구자다.

암스테르담 대학 도서관과 꽃 시장을 지나면 싱얼은 뮌트 탑에서 암스털 강으로 합류한다. 중세 도시 문의 일부였고 화폐 제조소로 쓰였던 이 뮌트 탑이 있는 뮌트 광장도 광장이자 다리다. (뮌트는 '동전', '화폐'라는 의미이다.) 암스테르담 다리의 일련번호 가운데 '1호 다리'인 뮌트 광장에서, 운하 띠는 암스털 강을 건너 새 신사 운하, 새 황제 운하, 새 왕자 운하로 이어져 에이 만으로 흘러 나간다. 19세기에 조성된 이 새 운하들이 두 세기 앞서 놓인 운하 띠를 이어 반원형 도시 구조를 완성한다.

뮌트 광장 둘레에는 어느 방향으로 갈까, 길을 고르는 관광객들과 트램 정류장으로 늘 사람 물결이다. 근처 암스털 강변에는 암스테르담에서 가장 사랑스러운 테라스 카페가 있다. '카페 더 야런(그 시절)'에 앉아 암스털 맥주를 시켜 놓고 대학생들의 잡담 사이에서 점심을 먹는다. 남의 눈길에 마음 두지 않고 제 일에만 몰두하는 것이 타인의 자유를 보장해 주는 암스테르다머르들의 방법이지만, 나는 여기저기서 귓결을 스쳐 오는 말들을 듣는다. 이 도시의 생활인들 사이에서 나는 눈에 띄지 않는, 이름 없는 사람, 곧 떠나갈 여행자이므로. 이 카페 테라스에서 커피 한잔 마시려고 잠시 서 있는 물 위의 보트처럼.

암스테르담은 운하 도시다. 수치로 견주면 베네치아보다 많다. 암스테르담은 섬 아흔 개로 이루어진 도시다. 다리 1,281개가 그 섬들을 잇는다. 파리보다 다리가 많다. 그 가운데 암스테르다머르들이 가

장 사랑하는 다리라면, 암스털 강에 놓인 '마헤러 브뤼흐'다.

"잘 봐, 고흐 그림에서 보는 거랑 색깔이 같잖아."라며 '고흐의 다리'라고 농지거리도 한다. 물론 암스테르담에 있는 것은 고흐의 도개교 그림이고, 그 그림 속의 다리는 네덜란드가 아닌 프랑스 아를 지방의 것이다. 암스테르담의 예술가들은 천 개가 넘는 다리를 건너다니며 그저 길로 여겨 소홀히 한 것인지, 이 도시의 다리가 문학이나 회화에 등장한 적은 없지만, 사람들은 다리 밑을 지날 때 키스를 하면 헤어지지 않는다는 시시껄렁한 이야기도 지어냈다. 암스털 강 양쪽에 떨어져 사는 마허르라는 성姓의 두 자매가 서로 만나기 쉽도록 다리가 놓였다는 이야기도 전해진다.

마헤러 브뤼흐는 '빼빼한 다리'라는 뜻으로, 본디 다리 폭이 두 사람이 겨우 지나갈 수 있을 만큼 좁아서 이름이 붙었다. 1670년부터 암스털 강 양쪽을 이어 주었고 1871년에 폭을 넓혔다. 지금도 배가 지나갈 때면 다리가 올라간다.

아는 사람들에게 암스테르담에 관한 설문조사를 해 보았다. 외국인이 보는 이 나라의 수도에 대한 인상과 현지인의 생각은 다를 것이니 안내책자에 없는, 그들만이 아는 내면의 장소가 있을 듯했다.

'암스테르담을 좋아하세요?'

'암스테르담에서 즐겨 가는 곳은 어디인가요?'

수도 바깥에 사는 사람들에게 암스테르담이 그리 매력적인 곳은 아닌가 보다. 무엇보다 '분주함'은 '헤젤러흐하지 않은 것'으로 여기는 이들이니, 뜨내기들이 많은 도심을 좋아할 리는 없겠다. 미술관을 꼽는 사람도 있고, 젊은 사람들은 취향에 따라 유명한 카페나 공연장을 즐겨 찾는다고 했다.

중부 지방의 작은 도시에 사는 재클린은 알베르트 카위프 시장을 추천했다. 쇼핑이라면 위트레흐트로 가지만, 눈요기와 기분 전환으로는 이 시장만 한 곳이 없다며 딸 로즈마린과 나란히 시장 구경을 즐기는데, 특히 아프리카나 아시아의 토산품 구경을 좋아한단다.

알베르트 카위프마르크트는 암스테르담 최대의 재래시장이다. 유럽에서 가장 크다고도 한다. 우리네 기준으로는 서울 남대문 시장이나 부산 국제시장 크기는 되어야 제법 큰 시장 축에나 들지만, 유럽에서는 이만한 규모에 '최대'라는 타이틀이 붙는다.

하지만 동네 시장 크기라고 얕잡아 봐서는 안 된다. 1킬로미터 남짓 늘어선 저잣거리는 없는 것 빼고 다 있는 장터인데 사람살이에 꼭 있어야 할 물건으로 구색을 갖췄다. 두 개에 15유로 하는 구찌 향수부터 전자제품까지.

아무리 대형 슈퍼마켓이 우리 삶을 다스리는 세상이 되었다지만, 토요일마다 돌아오는 우리 동네 장날에도 이런 시장이 날마다 서면 얼마나 좋아, 하는 생각이 절로 든다. 슈퍼마켓보다 싸게 음식 재료를 구할 수 있는 데다, 요즘 세상에도 장날에만 구할 수 있는 물건이 있기 때문이다. 그러니 재래시장이 늘 그 자리에 있다는 사실이 네덜란드에서는 이름날 만한 일이다. 그만한 이용 인구가 있어야 가능한 일일 텐데, 이 상설 재래시장은 이 동네 특성과 떼어 놓고 생각할 수 없다. 시장이 있는 페이프 지구는, 데우기만 하면 되는 반조리 식품, 손질되어 씻은 채로 나오는 봉지 채소나 가공식품으로 가득한 슈퍼마켓으로는 성에 차지 않는 사람들이 모여 사는 곳이다. (페이프는 '파이프'의 네덜란드 말인데 좁고 긴 골목이 파이프 같아서 붙은 이름이라고도 하지만 정확한 유래는 아무도 모른다.)

19세기 뒤로 가면서 암스테르담은 말 그대로 '폭발적'으로 인구가 늘었다. 중세 도시 문을 넘어 운하를 고리 모양으로 불리며 커지던 도시는 드디어 싱얼 운하도 넘어야 할 지경에 이르렀다. 산업혁명으로 너도나도 도시로 몰려들던 이때를 놓치지 않고 장사꾼들은 날림으로 집을 짓기 시작했다. 짓기만 하면 팔리던 시절이었으니 주거환경보다는 잇속이 앞서서 싸구려 집들이 마구잡이로 들어섰는데, 이런 집을 '혁명 건물' 또는 '투기 건물'이라고 부른다. 암스테르담의 지반이 뻘이 아니었거나 그때 그만한 건설 기술이 있었다면 '투기 아파트' 지역이 되지 않았을까? 어쨌거나, '혁명'에 몸을 실어 상경한 사람들은, 서울의 사대문 안이라 할 만한 싱얼 운하 안에서는 방 한 칸 구하기 어려웠으니 그 언저리 페이프에 봇짐을 풀었다. 학생과 예술가들도 싼 방을 찾아 이 동네로 들어왔는데, 그 가운데는 화가 몬드리안도 있다.

20세기 들어서는 암스털 강 서쪽에 암스텔베인도 들어서고, 시가지는 차츰 남쪽으로 뻗어 간다. 네덜란드 근대건축의 아버지, 베를라허가 도시계획을 맡아 암스테르담 학파의 건축 양식을 볼 수 있는 곳이기도 하다.

어느 고을이 '예향'이 되는 데는 그 고을 이름도 기운을 쓰는 것일까? 당시 계획가들은 이 동네의 거리 이름으로 17세기 황금시대 네덜란드 화가들의 이름을 붙였다. 혼토르스트, 얀 페르메이르, 얀 스테인, 프란스 할스 같은 화가 이름이 길에 남아 있다. 알베르트 카위프도 풍경화를 주로 그린 화가다.

1905년부터 열린 알베르트 카위프 시장은 자연스레 도시 노동자, 이민자의 부엌이 되었다. 스페인 음식, 이탈리아 아이스크림, 터키 빵 같은 여러 나라 음식 재료를 살 수 있고, 스페인, 레바논, 수리남, 시리아, 모로코, 에티오피아, 브라질 등 거주민의 국적만큼 여러 나라 밥집도 들어섰다. 지금은 이 지역이 '사대문 안'이랄 만큼 도시는 덩치가 커졌고, 골목의 주인은 이제는 노동자, 서민만이 아니라 여피족이 가세하여 독특한 문화 지대를 이룬다. (지금의 저소득층 주거지는 더 남쪽으로 밀려났다.) 파리의 라틴 지구에 더러 비유된다.

페이프 주민에게는 장거리이자 삶의 터전이지만, 구경 삼아 오는 사람들은 '이국적' 정취를 찾아서 온다. 그런데 여기서 '이국적'이라는 풍경이 내게는 외려 푸근하게 비친다. 모든 게 제자리에 놓여 있어야 직성이 풀리는 사람들이, 길가에 물건을 쌓아 두고, 바로 옆에서는 타파스를 먹는다. 정직한 거래는 아닐지 모르나 에누리도 흥거운 구석이 있음을 암스테르다머들도 즐긴다.

시장통에서 네덜란드 국민 가수 안드레 하저스의 동상을 만났다. 아레나 경기장에서 있었던 장례식 장면을 텔레비전에서 본 뒤로, 이 나라 사람들의 마음을 빼앗아 가 버린 이 가수의 노래가 궁금해서 들어봤다. 네덜란드 대중음악은 단순 반복 노랫말에 가벼운 컨트리풍이어서 '뽕짝'이나 '건전가요' 같다는 생각은, 이들도 어떤 한이나 응어리가 있을지 모르겠다, 로 바뀌었다. 하저스의 노래는 '피, 땀, 눈물'(그의 인기 곡 중 하나의 제목이다)로 토해 내는 절창이었다.

페이프에서 유년을 보낸 하저스는, 엄마 선물을 사러 왔던 이 시장에서 열린 행사에 우연히 참가한다. 시민 노래자랑쯤 되는 행사였던 모양이다. 거기서 관계자의 눈에 띄어 가수로 발탁된 것이 그가 여덟 살 때였다.

사람들이 동상을 세우는 까닭은 누군가를 기억하거나 산 사람들 곁에 두려는 것이다. 잊지 않기 위해 동상을 세운다는 건, 바꿔 말하면 쉬이 잊힐 수도 있으니 우러러보며 기리고자 하는 것일 테지만, 곁에 두고 싶어 세우는 동상에는, 육신은 이미 세상을 떠난 누군가를 여전히 사랑하는 마음이 정겹게 담긴다. 하저스의 동상은 뒤쪽인 듯싶다. 저잣거리에서 마이크를 들고 노래하는 그의 발치에 쪼그리고 앉아 그 아래 새겨진 글귀를 읽는다.

'아주 남다르고, 아주 평범한. 평범히(그저) 아주 남다른 사람.'

반 고흐를 닮은 한 남자가 다가와 잔뜩 심각한 얼굴로, 이 사람이 누군지 아느냐 묻더니, 네덜란드 최고의 가수라며 엄지손가락을 치켜세워 보인다.

중앙역으로 돌아가려고 트램 정류장을 찾아가는데 하이네켄(헤이네컨) 맥주 체험장 옆으로 카페테라스가 즐비한 원형 광장이 보인다. 이름이 마리 헤이네컨 광장이다. 헤이네컨의 부인쯤이나 되는 걸까 하고 검색을 해 보니, 마리 헤이네컨이라는 화가이고, 헤이네컨 창립자 헤라르트 헤이네컨의 조카다.

광장은, 어디론가 옮겨 간 헤이네컨 공장 자리에 맥주 체험장과 아파트를 지을 때 동네의 역사성을 살리자는 취지로 토론을 거쳐 만들어졌다. 지역주민들은 이 마당을 '헤이네컨 광장'으로 부르고 싶어 했

지만, 생존 인물의 이름에다 특정 기업의 상호인 탓에 지명으로 받아들여지지 않았다. 저마다 다른 의견이 맞부딪칠 때 네덜란드 사회에서 문제를 푸는 방법인 '합의'를 거쳐, 헤이네컨 가문의 화가를 용케 찾아냈고, 광장 이름은 '마리 헤이네컨 광장'이 되었다. 화가들 이름으로 도로 이름을 정했던 도시계획적 맥락과 기막히게 맞아떨어지는 절충안이다. 그런데 '마리 헤이네컨'이라는 긴 이름 탓인지, 마지못해 붙여진 탓인지, 광장은 그저 '헤이네컨 광장'으로 불린다. 여름이면 맥주잔이 오가는 동네 마당이니 화가보다는 맥주가 으레 먼저 떠오르는 것이리라.

가슴이 거의 다 드러난 옷차림을 한 빨간 머리 중년 여성, 머리부터 발끝까지 히잡으로 꽁꽁 싸맨 소녀가 앞서거니 뒤서거니 걷는 거리, 라틴 카페와 인도네시아 식당이 나란한 이 시장이 가장 암스테르담다운 곳이라는 데 암스테르다머르들은 이견이 없다. 네덜란드 사람들이 고집하는, '헤젤러흐'한 유쾌함으로 가득한 곳이기 때문이다. 그 헤젤러흐함은 이 동네에 감도는 '관용'이라는 기운 덕분일 테다. 서로가 서로에게 이국적 존재이며 그래서 푸근하기만 한 기운.

얼마나 더 시간이 흐르면 이 동네 사람으로 보일까? 한국 사람인 듯하지만 저 사람 입에서는 네덜란드 말이 나올 듯한 예감, 이런저런 이유로 현지에 오래 산 사람에게 받는 인상 말이다. 물론 현지인같이 보여야 할 까닭은 없다. 그렇다고 해서 누군가에게 더 친절을 받는다거나 하는 선물도 있을 턱이 없다.

암스테르담에 간다고 하면, 토니는 물가에 나가는 아이 대하듯 당부하곤 했다. 소매치기 조심해라, 여권은 따로 몸에 지니고, 가방은 안으로 매고 의자에 던져 놓지 마라……. 잔소리 덕분이었는지, 외국살이 초기의 긴장 때문이었는지, 소매치기나 궂은일을 당한 적은 한 번도 없었다. 하긴, 그런 일을 일생에 여러 번 당하는 사람도 있을까?

처음에는, 관광객과 그 관광객들을 노리는 꾼들로 넘치는 담 광장에서 지갑이 든 가방을 한 손으로 움켜쥐며 걸어다녔을 게다. 지금은, 사람 많은 담 광장을 피해 다니며 어느 골목에 뜨내기 관광객이 많고, 어느 골목 카페에 토박이들이 주로 드나드는지 꿰뚫을 만큼이 되었으니, 내가 꾼들의 표적이 될 수도 있다는 생각은 잊은 지 오래다. 여기는 '외국'이나 '관광지'가 아니라 그냥 '우리 동네'이기 때문이다. 하지만 운전 사고도 초보 딱지를 막 뗐을 때 나기가 더 쉬운 법.

헤이네컨 광장에서 트램을 타고 뮌트 광장에 내려서 걷다가 갑자기 무더워지기에, 스파위에서 다시 트램을 탔다. 큰 카메라 가방에, 챙 넓은 모자까지 쓴 차림이었다. ('현지인'들은 햇볕이 강할수록 모자를 쓰지 않는다.) 지하철 공사 때문에 중앙역 앞에 트램이 서지 않는다는 안내문을 보고 황급히 담 정류장에 내렸다. 담 정류장 앞에는, 베를라허가 설계한 증권거래소 건물이 있다. 이 벽돌 기념 건물을 찍을까 하고 카메라를 꺼내려는데 가방이 이미 열려 있다. 1분도 채 걸리지 않은, 고작 한 정류장 거리의 트램 안에서 어이없게 소매치기를 당한 것이다. 은행에 카드 분실신고부터 해야 한다는 생각이 들긴 했지만, 전화번호도 없는 데다 경찰서가 코앞이라 경찰서부터 갔다. 예상한 바였지만 경찰들은, 돈 빌리러 온 사람 대하듯 창구에 십 분 동안 세워두었다. 그사이 은행에 현금카드 이용 정지 신고를 하고 다시 십 분께 기다렸다. 화보다는 어이없음, 공포 비슷한 감정, 창피함, 앞으로의 사태 등 걱정이 밀려온다. 소매치기는 범죄 축에도 못 끼는 암스테르담에서 지갑을 잃어버린 것이 누구에게 하소연할 일은 아니니 마음을 가라앉히며 경찰관을 기다릴 뿐. 흥분, 하소연, 다 먹히지 않는 곳이니 말이다.

한국이 썩 안전한 나라라고 알고는 있었지만, 흉흉한 범죄도 만만치 않다고 생각했었다. 두 나라의 범죄율을 내놓고 대보지는 않았으나 고백하자면, 네덜란드의 범죄와 그로 말미암은 생활의 불편함은 참으로 놀라운 것이었다. 이 나라가 남달리 범죄자가 들끓어서가 아니라 우리나라가 꽤 안전하고 안정된 사회임을 깨달은 놀라움이라고 해야겠다. 남을 해코지하지 않는, 어질고 온순한 민족이라는 말도 무슨 소린지 알 듯하다. 좀도둑에서 강력 범죄까지 끊이지 않는 한국에서 몸에 밴 기초 주의사항도 네덜란드에서는 무용지물이었다. 크면서 그렇게도 싫었던 '해 지기 전 귀가' 말고도, 새로 익혀야 했던 생활 습관은 이런 것들이다.

주차할 때마다 자동차의 내비게이터, 오디오를 빼서 가방에 넣어 간다. 차에 동전 한 닢 놔두지 않는다. 자동차 등록증도 차에 두는 게 아니라 몸에 지니고 다녀야 한다. 노트북, 카메라, 손가방 같은 소지품은 자동차 트렁크에도 놔두지 않는다. 집에서도 이런 물건은 함부로 거실에 두지 않는다.

이쯤은 늘 지켜야 할 생활수칙인데 그 불편함에 익숙해지기까지 시간이 제법 걸렸다. 예컨대 고속도로 휴게소에서 잠시 쉬어 간다면, 차에서 내릴 때 챙겨야 할 게 한둘이 아니다. 퇴근길에 헬스클럽에서 운동을 하는 윔은 그날따라 귀찮아서 트렁크에 그냥 둔 노트북과 소지품을 몽땅 털렸다. 우리 집 카포트에 주차한 차 유리창을 깨고 오디오를 털어 간 적도 있다. 덧붙이자면 우리 동네는 우범지대가 아니다. 부자 동네도 아니지만 가난하지는 않은 보통 사람들이 사는 동네다. 오디오를 빼고 끼우는 습관은 아직도 설어서, 차에서 음악을 듣지 않는 게 외려 습관이 돼 버렸다.

사실 잃어버린 지갑을 찾으리라는 희망으로 경찰서에 간 것은 아니다. 은행 현금카드, 신용카드, 거주증, 운전면허증, 박물관 카드, 기차 할인카드 따위의 네덜란드 생활에 꼭 있어야 할 카드를 죄다 잃어버렸으니 재발급을 받아야 하는데, 그러려면 분실신고 서류를 갖춰야 한다. 곳곳에 범죄가 도사리는 나라에서 신분증을 잃어버린 일은 그저 내 잘못이므로, 앞으로 길고 험난한 싸움이 기다리고 있다.

담당 경찰관이 오기까지 기다리는 동안 이미 계좌에서 현금이 꽤 인출된 사실을 확인했다. 소매치기를 당한 지점에서 가까운 현금인출기에서였다. 허술해 보이기까지 했는지 뒤를 따라붙으며 비밀번호를 읽었던 모양이다. 하루 서른 건 소매치기 신고를 받는다는 경찰관은 친절하지도 무례하지도 않았지만, CCTV가 있으니 마음먹으면 잡을 수도 있을 듯한 범인을 잡아 줄 것 같진 않았다.

마약을 살 수 있는 커피숍, 공공연한 매춘과 같이, 알고 있던 사실 말고도 이 나라는 예상하지 못했던 얼굴을 불쑥불쑥 내민다. 끔찍한 화장실, 길에서 조심해야 하는 두 가지인 자전거 부대와 개똥, 작은 부엌에서 만들어진 차갑고 단순한 음식, 그리고 여전히 경이로움투성이다. 더는 놀랄 일이 없을 즈음이면 뜨내기티를 벗게 될까?

왕복 편으로 샀던 기차표도 지갑과 함께 사라졌으니 무임승차로 집에 가야 할 판인데, 분실신고 서류로 기차표를 갈음할 수 있을지 경찰관에게 물었다. 역시나 정확한 답을 주지 않았다. 경찰이 모르면 누가 안단 말인가? 서른 번째쯤 되는 신고 시민에게 경찰관이 돈을 빌려 줄 리는 없으니, 분실신고 서류를 움켜쥐고 무임승차를 했다. 다른 방법이 없다. 검표원이 벌금 딱지라도 끊는다면, 당신이 돈을 빌려 주든지 아니면 집까지 걸어가랴 따질 생각이었는데, 이날은 한 번도 검표를 받지 않았다.

내 손으로 나만의 삶을 살고자 하는 암스테르다머르들의 완고함과 다채로움이란 이런 걸까? 이 도시에서 살아가려면 누구라도 나만의 뻣뻣함과 단단함을 벼리게 되겠구나 싶다. 하지만 상황에 맞게 늘 변주되는 완고함이다.

만만한 뜨내기처럼 보이더라도, 현지인보다는 여행자처럼 살고 싶은 게 솔직한 내 마음이었다. 시간이 더 지나, 누군가 내게 말을 걸 때 영어보다 네덜란드 말을 먼저 꺼낼 쯤이 되더라도, 그 모든 놀라움에 어쩔 줄 모르고 화가 치밀더라도, 그래도 여행자처럼 암스테르담을 걷고 싶었다. 내가 미처 알지 못한 어떤 부분을 얼마쯤은 신비의 영역으로 남겨 두어도 괜찮겠다는 생각이었다. 익숙함에서 오는 편안함보다 낯섦이 주는 설렘이 더 달콤하지 않은가?

'다양한 경직성'을 나도 부려 봐야겠다. 때로는 여행자처럼, 때로는 토박이처럼. 그것이 암스테르다머르들이 사는 법이고, 암스테르담에서 살아남는 방법이므로.

에라스뮈스의.
비밀.

하우다

 여름 내내 비가 오지 않는 목요일을 기다렸다. 하우다 치즈 시장은 여름철 목요일 오전에만 열린다. 날씨 좋은 목요일을 기다리다가는 여름이 다 갈 것 같아, 비가 온다는 일기예보를 애써 무시하고 기차를 탔다. 위트레흐트 중앙역에서 덴 하흐 방향 기차로 달리는 이십 분 동안, 창밖은 도시는커녕 마을 하나 안 보이는 들판이다. 네덜란드의 '녹색 심장'인 '흐루너 하르트(Green Heart)'로 들어가는 참이다.

국토가 꽤 고루 발전한 나라이지만, '균형 있게 발전한 국토'란 국토 전체가 개발되어 시가지화·도시화 했다는 말도 되고, 국토 전체가 전원적이라는 말도 된다. 국토 전체가 도시나 다름없다는 관점에서 보자면 란드스타트가 그 대표적인 예다. 암스테르담에서부터 덴하흐·로테르담·위트레흐트로 이어지는 4대 대도시가 연담화하여 말굽 모양으로 붙어 버린 란드스타트는, 네덜란드 전체 인구의 절반이 사는 인구 밀집 지역이다. 둘레 영향권까지 셈하면 전체 인구의 3분의 2인 천만 명이 사는, 덩치 큰 도시 연담권이다.

인구 대부분이 국토 서쪽에 몰려 있어 집값은 비싸고 차는 막히고 골칫거리는 많지만, 다행스러운 한 가지는 이 고리 모양의 란드스타트 안이 습지라는 사실이다. 도시 건설에 알맞지 않은 지질 덕분에 이미(저)개발지는 자연스레 란드스타트의 확산을 막고 산소를 공급하는 '심장' 노릇을 하게 되었다. 그러니 온실조차 못 짓게 할 만큼 나라에서 엄격하게 관리하는 마지노선 같은 곳이다. 그렇다고 이 녹색 심장 안에, 우거진 숲이나 잘 보존된 원시 자연이 있는 건 아니다. 스카이라인이라고는 풍차밖에 없는 간척지는 폴더 농업·목축업으로 오랫동안 이용되어 왔고, 석탄시대 앞까지 토탄을 캐냈던 연료원이었다. 토탄을 캐내고 남은 습지대는 풍차로 물을 빼내고 메우거나 아예 호수로 만들었다. 란드스타트에 토탄이라는 연료를 공급해 주던 땅이 지금은 도시의 숨통을 틔워 주는 여가 공간이 된 것이다. 소와 양이 풀을 뜯는 이 녹색 심장 안에서 하우다 치즈가 만들어진다.

네덜란드 도시에는 이탈리아나 프랑스 도시에서 볼 수 있는 장엄한 '축'이 없다. 바르셀로나, 뉴욕, 서울 강남 같은 격자형 대로도 없다. 교회와 시장 중심으로 형성된 네덜란드 도시에서 방향을 모를 때는 가장 높은 건물인 교회 종탑을 향해 가면 된다.

하우다 기차역을 나와 시내를 동그랗게 감싸 흐르는 운하를 건너서 마르크트로 가는 길은 눈에 익은 간판이 즐비한, 색다를 것 없는 풍경이다. 네덜란드에서 나온 한 한국 여행 책자에는 PC방을 설명하는 이런 대목이 있다.

'네덜란드 도시에 ABC가 있다면, 한국 도시에는 PC방이 있다.'

네덜란드 도시의 ABC란, 알베르트 헤인Albert Heijn(슈퍼마켓), 블로커르BLOKKER(잡화점), C&A(의류점)의 첫 자를 딴 저잣거리 말인데, 한국의 PC방처럼 없는 데가 없다는 소리다. 한국의 도시 풍경을 압도하는 것이 PC방 간판뿐이랴만, 여기와 저기를 엇비슷한 공간으로 만드는 도시의 ABC는 어디나 있기 마련이다. 교회 종탑을 가늠하며 ABC 가게 거리를 걷다 보면 어느 한순간, 마치 접혀 있었기라도 한 듯한 공간이 활짝 펼쳐진다. 그리고 시간은 뒤틀린다.

오늘은 장날이다. 마르크트에는 치즈 시장이 섰다. 빨간 덧문이 달린, 동화 속 집 같은 시청사 앞에 노란색 치즈 덩이가 쌓여 있다. 수레 하나가, 하우다 둘레의 어느 농가에서 만든 치즈를 싣고 마르크트에 들어온다. 나막신에 푸른색 일옷을 입은 농부가 마구를 풀면 시장 관리인이 자리를 할당해 주고, 농부는 수레에서 치즈 덩이들을 내려 마르크트 바닥에 펼쳐 놓는다. 흰옷을 입은 치즈 거래인은 치즈를 이리저리 살피며 검수한 뒤 농부와 흥정을 하는데, 구경꾼들은 옆에서 "그건 너무 싸다.", "좀 더 불러." 하며 괜스레 농부 편을 들어 준다. 거래가 성사되자 담뱃대를 입에 문 농부가 구경꾼들에게 눈을 찡긋해 보인다. 치즈는 다시 수레에 실려 시청사 앞의 치즈 계량소로 옮겨진다. 정확한 무게를 달고, 세금이 매겨지고, 돈이 오갈 것이다.

네덜란드 청소년들이 이렇게 사랑스러웠던가? 전통 치즈 시장 구경의 백미는 치즈 소년과 치즈 소녀들을 보는 것. 하우다 치즈처럼 연하고 해맑은 미소로 치즈를 나르고, 구경꾼들의 사진 요청에 웃으며 자세를 취해 준다.

네덜란드 치즈의 역사는 길다. 선사시대부터 치즈를 만들었으며 카이사르도 갈리아 전쟁 때 저지대에서 만든 치즈를 먹었다고 한다. 무역이 흥하던 중세 말에는 치즈를 다른 나라에 내다 팔았고, 17세기 황금시대에는 '치즈 나라'라는 이름을 얻는다. 지금도 4분의 3을 나라 바깥에 판다.

장터에는 나무를 깎아 나막신 만드는 사람, 바구니를 그 자리에서 직접 만들어 가며 파는 가게, 갓 구워 낸 스트로프 바펄(시럽 와플)을 파는 가게, 파네쿠컨을 작게 만든 포페르처 파는 가게들이 눈요기하기에 좋았다. 남자 주먹만 한 크기로, 작게 밀랍 코팅한 치즈 공을 사 가는 사람들은 관광객일 게다. 수레바퀴 같다고 해서 '휠'이라 부르는 커다란 치즈 덩이 하나는 무게가 12킬로그램이나 나가는데, 대개는 이 '수레바퀴'에서 원하는 만큼 덜어서 산다.

'양키'라는 말은 네덜란드에서 가장 흔한 남자 이름 가운데 하나인 '얀'에서 왔다고 하는데, 네덜란드에도 '양키'에 해당하는 말이 있다. '카스콥'이라는 말이다. '콥'이 주로 짐승이나 물건의 머리를 가리키는 말이니 이는 '치즈 대가리'에 가깝겠다. 벨기에서 네덜란드 사람을 '치즈 대가리'라고 불렀던 데서 온 말로, 하우다와 함께 네덜란드 치즈를 대표하는 에담 치즈 덕분에 얻은 별명이다. 암스테르담 북쪽의 작은 마을 에담에서 나는 에담 치즈는, 밝은 노란색의 부드러운 하우다 치즈와 달리 빨간색 파라핀으로 코팅되어 단단하고 모양도 공처럼 둥글다. 딱딱한 치즈처럼 단단한 머리라니 물론 칭찬은 아니다.

'수레바퀴'에서 치즈를 덜어 살 때는 그 자리에서 얇게 썰어 달라 할 수도 있지만, 대개는 무게를 달아 덩어리째 산다. 얇게 썰어 빵에 얹어 먹는 주 용도 말고도 깍둑 썰어 와인 안주로 먹거나, 강판에 갈아 스파게티나 파스타에 뿌려 먹기도 한다. 얇게 썰지 않고 덩이째 사는 첫째 이유는 아무래도 헤프지 않기 때문이 아닐까? 뭐든지 헤픈건 못 봐 주는 이 치즈 머리들은, 치즈를 빵에 끼워 먹을 때는 집에서 슬라이서로 얇디얇게 썰어 낸다. 네덜란드의 발명품이라 흔히 오해하는 이 '더치스러운' 도구, 치즈 슬라이서는 노르웨이 목수가 궁리해낸 물건이다. 기계로 썬 듯 치즈를 얇게 썰어 내는 모양은 참 신기하다. 치즈는 써는 게 아니라 대패질한다고 하는데, 네덜란드 부엌의 필수품인 이 치즈 슬라이서도 그 이름이 '치즈 대패'다. 이 치즈 대패를 쓰는 유럽 북쪽 나라들은 치즈도 어째 딱딱하다.

우리네 밥상의 김치처럼 필수 식료품이라 치즈와 관련된 재미있는 표현도 생겨났다. 콩 하나도 나눠 먹어야 할 때 '치즈 대패질법'을 써야 하고, 얼마 안되는 예산은 '치즈 대패질'하듯 부처별로 똑같이 나눈다.

민속촌 같은, 치즈 만들기 체험터와 공예상을 지나 시청사 뒤쪽에는 시럽 와플 포장마차가 줄지어 있다. 치즈와 함께 하우다에서 맛봐야 할 음식이다. 시럽 와플도 하우다 치즈와 마찬가지로 지금은 어느 슈퍼에서나 살 수 있지만, 갓 구워 낸 얇은 와플 두 장 사이에 눈앞에서 직접 스트로프(시럽)를 발라 붙여 주는 걸 보고 있자니 주전부리를 안 할 수가 없다. 벨기에에 두껍고 폭신한 사각형 와플이 있다면, 네덜란드 와플은 얇고 시럽이 들어간 와플인데 하우다가 그 고향이다. 빵 만들고 남은 부스러기로 만들기 시작한 시럽 와플은 먹을거리가

변변치 않았던 때엔 '빈자貧者의 쿠키'라고 불렸다니, 최소한의 반죽으로 얇게 구워 만든 절약 정신의 소산이다. 커피 잔 위에 얹어서 커피와 같이 먹는다. 뜨거운 커피의 훈김에 시럽이 녹으면서 와플은 먹기 좋게 부드러워지는데, 진한 네덜란드 커피와 잘 어울린다.

관광안내소에서 산 시내 지도를 따라 시내를 한 바퀴 돌아본다. 박물관으로 꾸민 옛 항구, 담배 파이프 박물관, 원조 양초 가게, 원조 시립 와플 제과점, 풍차 따위를 돌아보고 다시 마르크트로 왔다. 마르크트 한쪽에는 네덜란드에서 가장 긴 교회, '하우다의 창'이 있는 성 얀 교회가 있다.

교회 안에는 한 여성의 노래가 성가대에서 애절하게 울려 퍼진다. 휘 둘러볼 참으로 들어간 교회에서, '하우다의 창'을 병풍처럼 뒤로하고 들려오는 음악과 관람객들의 진지한 모습에 안내지도 하나를 집어 들었다.

'하우다의 창'이라 불리는 이 스테인드글라스는 하우다의 수호성인인 성 얀(요한)의 일생과 성경 내용을 담고 있다. 보통 사람들이 읽을 수 있는 성경이 없던 16세기에 만들어진 거대한 그림 성경책이다. 창에 그려진 그림은 네덜란드 역사책이랄 수도 있다. 건국의 아버지 빌럼 판 오란여부터, 스테인드글라스가 제2차 세계대전을 피해 안전

하게 몸을 숨겼다가 종전 뒤 돌아온 것을 기념한 '승전 기념 창문'도 있다. 생생하게 묘사된 성경과 역사 한 장 한 장마다 발걸음을 멈추고 소곤소곤 기도하는 사람들 등 뒤에서 안내지도를 길라잡이 삼아 유리창을 읽어 본다. 하우다 시청사의 빨간색과 흰색 창 덧문은 얀 성인을 기린 것인데, 순수와 사랑의 상징인 '흰색'과 고난의 상징인 '빨강'이 이 수호성인의 색깔로 하우다 시의 문장과 같은 색이란다.

"모든 성경이 세상 여러 말로 번역되어, 시골 농부와 베 짜는 아낙네 그리고 나그네들이 성경 읽기로 지루함을 달래길 바랍니다."

더 많은 사람이 성경을 읽을 수 있게끔 그리스어 성경을 라틴어로 옮기며 에라스뮈스가 서문에 쓴 말이다. 성경 내용을 잘 몰라서인지 칠십 쪽이나 되는 그림책보다 성가대에서 들려오는 음악 소리에 마음을 더 빼앗겼다.

교회를 나와서 뒷골목을 돌아가는데 카페가 하나 있다. 골목길 이름은 '교회 뒤'이고, 카페 이름은 '얀 아래'. 얀 아래에서 도멜스 맥주를 마시며 쉬어 간다. 쌉싸래한 듯 부드럽다. 그리고 이제 하우다에 숨겨진 에라스뮈스를 찾으러 간다.

2006년 10월, 성 얀 교회에서는 『에라스뮈스의 비밀』이라는 책 출간 발표회가 있었다. 지은이는 25년 전부터 이 교회에서 일하는 마우리츠 톰폿과 작가 이너스 판 보크호번인데, 특히 톰폿은 '하우다의 창' 스테인드글라스 전문가다. 허구를 표방한 역사소설인데도, 주요 일간지들은 '에라스뮈스는 하우다 출신이다.', '에라스뮈스는 어디에서 태어났나?'와 같은 표제 기사로 관심을 쏟아 냈다. 『에라스뮈스의 비밀』은 베일에 가려진 그의 출생을 소재로 한 소설이다.

에라스뮈스는 1466년 또는 1469년 로테르담에서 태어나 1536년 스위스 바젤에서 숨을 거둔 것으로 알려졌다. 성직자가 성경 해석을 독점하던 시대에 '시골 농부와 베 짜는 아낙네'가 읽기를 희망하며 성경을 번역해 냈고, 저서『우신예찬』으로 교회의 타락과 방종을 풍자했으며, 루터가 이끈 종교개혁 운동의 토대가 되는 사상을 연구한 철학자, 사상가, 신학자, 인문주의자였다.

에라스뮈스 스스로 로테르담 출신이라고 거듭 밝혔으나, 그의 출생을 둘러싼 사실에는 여전히 석연치 않은 점들이 있다. 불확실한 출생 연도와 불확실한 이름 그리고 불확실한 출생지.『에라스뮈스의 비밀』의 저자가 출판과 동시에 기자회견을 열어 "지금 이 순간부터는 에라스뮈스와 관계있는 도시가 로테르담만은 아니다."라고 밝힌 것을 보면 이 책이 허구로 가득한 소설만은 아닌 듯하다. 그의 출생지를 둘러싼 로테르담과 하우다의 싸움을 시작하는 선전포고나 다름없는 셈이다.

에라스뮈스가 로테르담 출신이라 알려진 것은 그가 서른일곱 되던 해에 스스로 로테로다뮈스(로테르담 사람)라고 부른 데서 비롯되었다. 그 뒤 불세출의 이 인문주의자 에라스뮈스는 조그만 어촌에 지나지 않았던 로테르담에 많은 이름을 남긴다. 로테르담의 다리, 대학, 병원, 지하철 노선, 보험회사, 자동차 운전 학원에도 그의 이름이 불리고 동상이 세워져 로테르담은 곧 '에라스뮈스의 도시'가 되었다. 하지만 정작 그가 로테르담 출생이라는 기록은 어디에도 없으며, 출생신고 서류도, 세례 기록도 없다. 그뿐만 아니라 암스테르담의 렘브란트 하우스나 독일 본의 베토벤 생가처럼 위인들이 남기는 물리적인 발자취조차 네덜란드 그 어디에도 없다. 네덜란드가 그를 푸대접했던 것일까? 아니면 어떤 말 못 할 사연이 있는 것일까?

에라스뮈스는 하우다의 신부였던 아버지 헤라르트와 그의 가정부였던 어머니 마르하레타 사이에서 사생아로 태어났다. 사생아에게 '결함이 있는 출생'이라는 가혹한 딱지가 붙어 따라다닐 때다. 에라스뮈스가 로테르담에서 태어난 것이 사실이라면, 그의 어머니는 이 '결함'을 숨기기 위해 로테르담에서 임신 기간을 보냈을 것이라 역사학자들은 추측한다. 서너 살 때 에라스뮈스는 로테르담을 떠나 하우다에서 신학교를 다녔고 데벤터르에 있는 수도원학교를 거쳐 하우다 근교 스테인이라는 곳에 있는 수도원에서 수도서원을 한다. 슈테판 츠바이크는 에라스뮈스 평전에서, 네덜란드에서 가장 훌륭한 고전 도서관이 이 수도원에 있었다고 쓰기도 했다. 수도원과는 어울리지 않을 법한 유아용 의자가 발견되어 아기 에라스뮈스와 연관 있지 않을까 하는 호기심을 또 들쑤신다. 수도원의 고루함과 편협함을 견디지 못했던 에라스뮈스는 스물여섯에 수도원을 나온 뒤 특유의 기지와 처세로 유럽 여러 나라를 여행한다.

이쯤으로 알려진 에라스뮈스의 출생 배경도 알고 보면 객관적 사료가 아니라 그 스스로 남긴 다음과 같은 기록에 기대고 있다.

"나는 로테르담에서 태어났다. 어머니는 제벤베르헌(하우다에서 가까운 마을)에 사는 의사의 딸이었으며, 아버지는 어머니와 결혼하기로 한 비밀스런 관계였다. 아버지는 형제 열 가운데에서 막내 바로 위였는데, 형제들 가운데 한 사람으로서 수도서원을 하게 되었다. 그래서 아버지는 어머니에게 편지를 남기고 떠났으나 어머니는 나를 가진 상태였다. 아버지는 로마로 떠나 공부했고, 어머니가 돌아가셨다는 편지를 받았을 때 슬픔 속에서 신부가 되었다. 아버지는 어머니를 다시는 볼 수 없었지만 나를 잘 키워 주었다."

에라스뮈스는 제 출생 관련 사실을 이렇게 스스로 갈무리했을 뿐 아니라 이름 또한 '자유의지'로 골랐다. 그가 데시데리위스나 로테르다뮈스 같은 여러 '버전'의 이름을 쓰다가 마흔이 되던 해 데시데리위스 에라스뮈스로 결정한 일을 두고 여러 추측이 오가지만, 아버지 이름인 헤라르트에서 제 이름을 만들었다는 이야기가 그럴싸해 들린다.

헤라르트Gerard는 네덜란드에서 흔한 남자 이름인데 Geert, Gerrit 과는 철자만 살짝 다른 한 가족으로, '갈망하다', '원하다'라는 뜻인 어근 geer-를 품고 있다. 에라스뮈스의 본명은 헤릿 헤리츠존, 헤릿의 아들인 헤릿이라는 이름이다. 그러니 '갈망하다'는 뜻이 있는 본디 성과 이름을 각각 라틴어와 그리스어로 바꿔 지었다는 추측이 나올 법도 하다. 데시데리위스는 '갈망하는 자'라는 뜻의 라틴어고 에라스뮈스는 같은 뜻의 그리스어다. 여기에 더해지는 동정 어린 추측은 사생아인 에라스뮈스가 '부모님이 원해서 (사랑으로) 태어난 자'라는 긍정적이고 다의성을 띠는 이름을 지었다는 것이다.

하우다에는 그의 출생지와 관련된 흥미로운 물건이 하나 있다. 성 얀 교회 뒤의 하우다 박물관에 있는 메달이다. 에라스뮈스의 흉상이 새겨진 이 나무메달에는 라틴어로 '하우다에서 잉태되어, 로테르담에서 태어나다.'라고 적혀 있다. 그가 머물렀던 수도원에서 발견된 것이라고 한다.

세간의 눈을 피해 로테르담에서 태어났다 하더라도 서너 살 때 로테르담을 떠나 성장기를 보낸 곳이니, 하우다는 그 생명뿐만 아니라 정신세계도 잉태한 곳이 아닌가? 그러니 그의 명성은 로테르담과는 별 관계가 없으므로 하우다가 그 명예를 가져와야 한다는 주장이 거세게 들릴 법한 근거는 제법 있으나, 에라스뮈스라는 이름이 빚어낸 로테르담의 명예가 쉽사리 줄어들지는 않을 듯하다.

출생지를 둘러싸고 또렷하지 않은 역사를 가진 사람들이 임의의 고향을 만들어 현혹하기 마련이라, 로테르담 출신임을 줄기차게 주장했던 에라스뮈스의 모습에 사람들은 외려 더 의혹을 품는지도 모른다. 하지만 서너 살에 떠나온 고향을 평생 다시 가 본 적이 없고 네덜란드에조차 다시 발도 디디지 않았던 사람, '책이 있는 곳이 내 집'이라며 책과 자유의 공기가 있는 곳에 머물렀던 사람의 실제 고향이 어디인지가 무슨 의미가 있을까?

그의 출생지를 둘러싼 이런 논쟁에 대해 로테르담의 에라스뮈스 센터에서는 다음과 같이 일축한다.

"현재 로테르담 시립 도서관은 세계에서 가장 방대한 에라스뮈스 서가를 갖추고 있다. 그러므로 에라스뮈스의 집은 역시 로테르담이다."

신을 연구하는 학자이자 스스로 성직자 신분이었으면서도 교회의 속 좁음을 견딜 수 없어 했고, 자기가 머무는 곳을 고향으로 삼으며, 어느 편에도 절대 속하지 않았던 그의 '에라스뮈스적 정신'은 '결

암스테르담의 시 조각가였던 힐도 크롭이 만든 에라스뮈스 흉상.
에라스뮈스가 1469년 하우다 출생이라는 설명이 버젓이 씌어 있다.

함 있는 출생'으로 태어났다는 사실과 어떤 연관은 없을까? '원하지 않은' 아이로 태어났으나 '원하는 자'가 되고 싶었던 갈망, 제 출신 배경을 숨기거나 가공해야만 했을 그 고독함을 세속적인 생각으로 짐작해 가다 보면 어느새 나도 '에라스뮈스의 비밀'에 빠져드는 것만 같다. 부모의 직업, 피부색, 고향 따위는 골라 태어날 수 없으니 사람의 자유의지가 소중한 것이고, 따라서 어느 쪽도 어느 쪽에 대해 우월하지 않다는 휴머니즘 정신은 그만이 간직한 비밀에 신세 진 것은 아니었을까?

로테르담에 견주면, 하우다가 에라스뮈스를 기억하는 장소는 많지 않다. 그의 이름을 붙인 에라스뮈스트라트(에라스뮈스 길)는 하우다 시내를 감싸 도는 운하 바깥에 있는 수더분한 동네의 골목이었다. 시내에 에라스뮈스 흉상이 하나 있다는데, 안내지도는 아무 말이 없다. 아흐니턴 교회 근처라고 했으니, 짐작으로 지도에서 아흐니텐스트라트(아흐니턴 길)를 보고 찾아간다. 치즈 계량소 뒤쪽의 니우 마르크트(새 시장) 가까이에 과연 아흐니턴 교회가 있고 교회 벽에서 에라스뮈스가 내려다보고 있다.

문득, 에라스뮈스가 스스로 로테르담 출신이라 내세우며 이름까지 삼은 것은 하나의 조롱일 수도 있겠다는 생각이 든다. 로테르담 시민의 65퍼센트가 에라스뮈스를 '에라스뮈스 다리'의 설계자로 생각한다지 않는가. (나아가 로테르담의 명물인 이 다리는 본디 이름인 '에라스뮈스 다리'보다 '백조'라는 별칭으로 더 많이 불린다.)

이 위대한 인문주의자를 서로 제 편에 세우려 한 것이 오늘날의 일만은 아니며, 그럴 때마다 그는 어느 편에도 속하지 않으려 했지만,

그가 잠시 머물렀던 유럽의 도시마다 에라스뮈스 동상, 에라스뮈스 하우스, 에라스뮈스가 강의했던 대학을 내세우고 그 거리에는 에라스뮈스 카페, 에라스뮈스 호텔이 들어섰다.

　장이 끝난 오후의 텅 빈 마르크트에 다시 와서 '벨베데레(궁전이나 주택의 위층 또는 정원의 높은 곳에 전망용으로 건조된 일종의 옥상 노대)'라는 이름의 카페에 앉았다. 과연 시청사와 마르크트가 보이는 전망 좋은 곳이다. 그러고 보니 여느 도시의 마르크트와 왠지 다르다는 느낌은 치즈 시장 때문만이 아니라 시청사와 마르크트의 독특한 배치 때문인 듯도 하다. 마르크트는 별나게도 부채꼴 모양이고, 그 꼭짓점에 치즈 계량소가 있다. 게다가 시청사는 마르크트 가운데에 오도카니 섬이다. 관광안내소에서 산 안내 자료를 보니, 15세기 도시 화재 때 무너진 건물 부스러기로 본디 습지였던 자리를 메워 지금의 시청사를 지었다고 한다.

　시간이 좀 더 흐르면 이 마르크트에서 에라스뮈스의 흔적을 찾을 수 있을지도 모른다. 쉬이 눈에 띄지 않았던 아흐니턴 교회에 있는 에라스뮈스 흉상을, 마르크트에 있는 관광안내소 건물 앞이나 성 얀 교회 뜰로 옮기는 일이 추진되고 있다 한다. 관광안내소 건물은 에라스뮈스가 다녔던 라틴어학교가 있던 장소다. 그의 말마따나 "어떤 사람이 어디에서 태어났는가는 내게 그다지 중요하지 않다. 사람을 키운(위대하게 만든) 나라가 출생지보다 더 유명해질 권리가 있다."고 했으니 그 명예를 되찾는 것은 순전히 뒷사람들 몫이다.

　에라스뮈스를 키운 곳이 그가 잉태되고 태어난 곳과 동의어는 아닐

수 있으나, 네덜란드 사람에게 드리워진 그의 정신을 읽어 내기란 어렵지 않다. 얽매이지 않는 생각, 그러면서도 인정하고 타협하는 합의 방식, 다른 집단·정파·인종·국가와 손잡기, 창조적 정신의 힘을 믿는 사람들, 조용한 방에서 책을 읽으며 어디에도 어느 사람에게도 속하지 않으려는 고집 센 사람들.

에라스뮈스의 비밀을 밝히려는 하우다 사람들의 노력이 이어지면, 거리 여기저기에서 그의 이름이 불리고, 기념품가게에는 '에라스뮈스 와플', '에라스뮈스 양초'가 놓일 게다. 지금은 치즈 농가가 된, 그가 자란 옛 수도원 자리까지 '에라스뮈스 길'이 생길지도 모른다. 그의 정신이 잉태되고 여물어 익은 곳이 세상 어디 한 곳뿐이랴마는 발효된 세월을 잘 익혀 숙성된 역사를 만드는 것도 남은 사람들의 몫이다. 하우다 사람들은 잘 알고 있을 게다. 오래된 치즈가 향도 짙다는 것을.

서른일곱 해 짧은 삶의 삼십 대 첫머리 두 해를
고흐는 누에넌에서 지냈다. 고향 네덜란드에 머무른 마지막 시절이었으며
숨을 거둘 때까지 다시는 이 땅을 밟지 않았다. 고향으로
돌아온 것은 수많은 그의 작품과 영예뿐이다.

눈을 사로잡는 굉장한 볼거리보다 스쳐 지나갈 법한
희미한 사실들로 엮은 이야기들이 장소에 의미를 드리워 준다.
고흐의 그림에 여러 번 등장하는 풍차 로스동크는 지금은
밀밭이 아니라 옥수수 밭을 뒤로하고 섰다.

감자.
먹는.
사람들.

누에넌

 한 해에 며칠 찾아오는 삼십 도가 넘어가는 여름날 오전, 초인종이 땡그랑 땡그랑 울렸다. 10시 30분, 토니 어머니다. 로테르담에 사는 맏아들네 다니러 가기 전에 우편물 챙기기며 정원에 물 주기를 부탁하러 들르신 게다. 난초 화분 몇 개에 꽃이 끊이지 않게 가꾸시는 터라 집 비우실 때면 물 주기에 마음이 쓰인다. 요즘 날씨면 정원에도 날마다 물을 줘야 한다.

사실 빈집 들여다봐 달라는 부탁은 핑계고 커피 동무가 필요하셨나 보다. 집안 대소사와 앞집 옆집 이웃들 근황까지 전하시더니 혼자 반델런 다녀온 얘기를 한참 하셨다. 예전처럼 알프스로 피레네로 등산하러 다니진 못하지만 한 주에 한 번은 반델런을 하시는데, 이번에는 사십 분 동안 걸었다며 자랑하신다. 몇 해 전 다리 수술을 받은 데다 팔순이 넘으신 터라 이십 분 이상을 쉬이 걷지 못하시기 때문이다. 10시 20분 주차장 도착, 10시 40분 이정표까지 걷고 나서, 벤치에서 십 분 동안 휴식, 다시 이십 분을 걸어 주차장으로 돌아옴. 오는 길에 무슨 무슨 카페에 들러 카푸치노를 마시고 집에 왔다는 내용을 보고라도 하듯 들려주실 때마다 역시 걸음이 편찮으신 친정엄마 생각이 나는 건 어쩔 수 없다. 다른 점이라면 엄마는 먼 나들이도 하고 뒷산에 물 뜨러도 다니시지만 다리가 예전 같지 않다는 말씀을 되풀이하시고, 네덜란드 할머니들은 노쇠해 가는 기력을 탓하기보다 지팡이를 짚고라도 걸으며 여가를 즐긴다. 비가 오나 눈이 오나, 바퀴 달린 롤레이터(노약자용 보행 보조차)를 밀거나 전동차에 탄 채로 장을 보고 카페 커피도 즐긴다.

네덜란드 할머니들은 커피 약속이라도 잡을라치면 아헨다라고 하는 달력 수첩을 꺼내 그날 약속이 있는지 챙겨 본다. 토니 어머니는 손수 운전해서 장도 보고 수영장도 다니시지만 한 번에 오래 걷질 못하니 날마다 조금씩 일정을 만드시는데, 하루는 슈퍼마켓, 하루는 도서관, 하루는 채소가게, 하루는 달걀가게, 하루는 친구분과 카페에서 커피 마시기, 하루는 끼니마다 한 주먹씩 드시는 약 타러 가는 날로 수첩이 빼곡하다. 햇살이 좋았던 요 며칠 사이 바깥나들이를 꽤 하신 모양인데, 자주 찾는 근처 국립공원에서 반델런을 하고 오신 참이란다. 친구분인 리츠 할머니는 영국으로 열흘 휴가를 가는데 롤레이터를 가져가서 영국 남쪽 해안을 걷는다는 계획도 들려주셨다.

한국에 등산 문화가 있다면, 네덜란드의 국민 스포츠는 단연 반델런이다. 자전거 타기와 반델런이 막중지세랄 수 있으나, 반델런은 걸음이 불편한 어르신들도 보조 기구를 갖추면 즐길 수 있으니 두루 사랑받는 스포츠다.

반델런 좋아하느냐고 누가 물으면, 그보다는 등산을 좋아하는데 가까이 산이 없어서 애석하다고 답하곤 했다. 네덜란드 풍경 속을 걸으며 한국의 산자락 타는 맛을 느끼기는 물론 어렵다. 끝 간 데 없는 덤불 사이를 걷거나, 나뭇잎이 떨어졌다가 봄이면 새로 나는 만큼의 변화는 영 심심하다. 그러니 힘겹게 오른 오르막 끝에 내가 올라온 세상을 내려다보며, 쉬어 가는 맛과 굽이굽이 다른 자태를 보여 주는 한국의 산하를 그리워하는 신세가 되었다. 올라갔다 내려오는 리듬을 대신할 만한 어떤 재미를 느끼며 반델런하려면 아직 먼 게다.

한국에서 다니러 온 가족들과 숲으로 반델런 갔을 때다. 걸음이 불편해지신 엄마가 예전처럼 산을 탈 수 없게 되자 세상 재미를 다 잃은 듯 내쉬는 한숨 소리를 자주 들을 무렵이었다. 질퍽한 땅에 마른 솔가지가 쌓이고 쌓여 푹신하기까지 한 데다 돌부리 하나 없는 평평한 국립공원의 반델런 코스를 걸으며, 우리나라에 이런 데가 있으면 날마다 와서 걷겠네 하셨다. 허리도 무릎도 아프지 않아서 걷기에 그만이라는 거다. 지루하고 재미없는 숲길이 엄마에겐 오래 걷기 좋은 길이었다. 그렇거니, 시시하다 얕잡아 보았던 네덜란드의 반델런은 평생을 즐길 만한 스포츠가 될 수도 있겠다.

네덜란드어 사전은, '반델런wandelen'이란 즐거움을 목적으로 걷는 것, 이라고 적고 있다. 가게에 우유 사러 또는 기차 타려고 역까지 걷는 것 말고 순전히 즐거움을 위해 걷는 일이다. 걷기 좋게 따로 낸 길이나 숲, 바닷가 같은 자연 속을 걷는데, 네이메헌에서 해마다 열리는 '나흘간 걷기 대회'가 잘 알려진 반델런의 예다. 노르딕 워킹(양손에 폴을 들고 좌우로 흔들어 주며 걷는 운동)이나 하이킹과 비슷한 의미로 쓰이지만, '방랑하다', '유랑하다'는 뜻인 영어 단어 wander과 겹쳐져 어쩐지 정처 없이 떠도는 듯 걷는다는 느낌이 든다.

네덜란드의 동서남북은 반덜 루트가 촘촘하게 잇는다. 사람 손을 타지 않은 자연이 드문 나라 구석구석을 기찻길이나 고속도로만큼 이리저리 연결하는 것이 반덜 루트다. 고장마다 저를 잘 보여 줄 수 있는 반덜 루트를 궁리해 낸다. 아스파라거스 반덜 루트, 풍차 반덜 루트, 옛 농가 반덜 루트, 카페 반덜 루트, 갤러리 반덜 루트, 주제는 끝이 없다. 도시는 도시대로 건축물 반덜 루트, 교회 반덜 루트, 도시 조형물 반덜 루트, 역사 반덜 루트, 문화재 반덜 루트, 박물관 반덜 루트, 더 파고들어, 한 건축가나 시대별 건축물을 연결한 반덜 루트, 렘브란트 반덜 루트, 17세기 황금시대 반덜 루트……. 우리 동네에는 건축가 카위페르스 반덜 루트가 있다. (20세기 네덜란드 건축사에 베를라허가 있다면, 19세기에는 카위페르스가 있었다. 루르몬트가 세상에 내보낸 가장 뛰어난 인물이라 할 만한 건축가 카위페르스는, 20세기로 가는 분수령에서 암스테르담 중앙역, 암스테르담 왕립 미술관 같은 건축물을 설계한 네오고딕의 거장이다.)

다채로운 주제에 전문성도 있어서 시마다 공식 길라잡이를 두고 반덜 루트를 꾸린다. 한두 시간이면 걷기에 너끈한, 이런 주제별 반덜 루트는 가 보니 별것 없더라 할지도 모른다. 눈을 사로잡는 굉장한 볼거리보다 스쳐 지나갈 법한 희미한 사실들로 엮은 이야기들이 장소에 의미를 드리워 준다. 변화무쌍한 풍광, 끓어넘치는 얘깃거리가 아니라 과묵한 들판 사이로 조곤조곤 시냇물이 겨우 흘러가는 곳이니, 이야기를 솔깃하게 지어내는 재주를 절로 길렀는지도 모른다.

우리나라는 지도를 펼쳐 어디에 점 하나를 찍더라도 볼거리, 먹을거리가 넘쳐 나고 역사, 문화, 자연이 어우러진다. 그 넘쳐 나는 이야깃거리를 조금만 다듬어 준다면, 그 장소는 갈 때마다 다른 이야기를 들려줄 테고, 우리는 그곳만이 지닌 이야기 듣는 법을 배워 갈 수 있을 테다.

네덜란드여행자협회는 장거리 반덜 루트를 마련해서 내놓는다. 북해 바다 둑을 따라 237킬로미터를 걷는 삼각주 길, 훅 판 홀란트에서 북쪽 덴 헬더르까지 213킬로미터의 바닷가를 따라 걷는 홀란트 해변 길, 네덜란드와 벨기에 사이의 국경을 걷는 363킬로미터의 국경 지대 길, 독일 오스나브뤼크에서 네덜란드의 데벤터르까지 229킬로미터의 옛 상인들 발자취를 따라 걷는 장삿길 등이 있다.

100킬로미터가 넘는 장거리 길 가운데 가장 이름난 것은 피테르파트(피터르 길). 네덜란드 땅 최북단 피테르뷔런과 최남단 신트피테르스뷔르호를 잇는 가장 긴 반덜 루트로 485킬로미터에 이른다. 남쪽 '피터르'에서 북쪽의 '피터르'를 잇는 이 피터르 길 위에 대중교통과 민박을 엮어서, 마음먹으면 국토 종단을 할 수도 있다. 피터르 길에서 남쪽으로 국경을 넘으면 벨기에, 룩셈부르크를 지나 알프스 산맥을 넘어 니스에 닿는 GR5 길로 이어진다. 암스테르담에서 시작하는 순례자 길은 벨기에, 프랑스를 거쳐 스페인의 산티아고 가는 길이다.

'가이드(북)의 나라' 네덜란드에는 어느 도시나 마을에도 관광안내소가 있다. 낯선 곳에 도착해서 종잡을 수 없을 때는 관광안내소에 가서 반델런 지도를 구하면 된다. 입맛에 맞는 주제를 골라, 지도 속의 길라잡이와 함께 그 장소가 들려주는 이야기를 따라가면, 문화는 그 길 위에서 여가가 되고 스포츠가 되고 즐거움이 된다.

네덜란드 남부 노르트브라반트 주에는 반 고흐 길이 여럿 있다. 감자 농사 짓는 한촌이었던 이 고장은 고흐가 짧은 삶의 대부분을 보낸 곳이다. 노르트브라반트의 쥔데르트에서 나고 자라, 누에넌에서는 자연과 농민들의 삶을 가까이에서 지켜보며 많은 농민화를 남겼고, 이 고장 사람들은 고흐의 이야기를 반덜 루트로 엮어 냈다.

고흐의 누에넌 시절 그림은 하나같이 어둡다. 어두운 날이 더 많은 날씨를 사실적으로 그린 것일까? 그래서 농민들도 덩달아 어두운 낯빛이었을까?

고흐가 네덜란드에서 마지막으로 머물렀던 곳에 대한 호기심으로 집을 나섰다. 지도는 누에넌에 도착하면 구할 수 있을 게다. 하늘이 어둡고 빗방울이 떨어졌지만, 누에넌에서 고흐 따라 걷기는 궂은 날이라도 상관없을 듯했다. 긴 옷을 껴입고, 우산과 방수점퍼를 가방에 구겨 넣었다. 고흐의 발자취 따라 놀멍 쉬멍 즐기며, 비가 오면 그의 그림 속 어둑한 시골길을 우산 속에 걸으리라 생각하면서.

에인트호번 기차역 옆 버스 정류장에서 누에넌 가는 버스를 기다린다. 안내판에 적힌 번호의 승강장에는, 2분 뒤면 출발 시각인데 아직 버스가 들어오지 않았다. 둘러보니 표시된 번호와 다른 승강장에 버스가 서 있다. 11시 41분이라는 출발 시각은 에누리 없이 지켜져서 40분에서 41분으로 땡 하고 바뀌자마자 버스가 출발한다. 승객은 나를 포함해 둘이 전부다.

여남은 분 지나 버스는 누에넌 센트륌이라고 적힌 정류장에 섰는데, 고속도로 변의 뜬금없는 간이 정류장 같다. 센트륌이라고는 보이지 않아서 두리번거리다 교회 탑을 보며 걷는데, 길 이름이 빈센트 반고흐스트라트다. 제대로 왔구나 안도하는 사이에 마을이 나타나고, 마을 도서관 앞 주차장에는 반 고흐 광장이라고 씌어 있다. 거기서 다시 방향을 가늠하는데, 마르홋 베헤만스트라트(마르홋 베헤만 길)라는 표지판이 눈에 들어온다. 누에넌 시절에 반 고흐의 연인이었던 그 마르홋? 아니나 다를까 '누에넌에서의 빈센트 반 고흐의 연인'이라는 설명이 길 이름 아래에 적혀 있다. 가족들의 반대로 사랑을 이루지 못했다더니 누에넌 사람들은 그 연인의 이름을 잊지 않고 길 이름에 붙여 놓았다.

센트륌으로 가는 반 고흐 길의 가로등에는 해바라기 화분이 매달려 있다. 가로 조경용으로 해바라기라니, 반 고흐 마을에 오긴 왔구나. 생화인가? 까치발로 올려다보니 조화 해바라기가 진짜 담쟁이덩굴과 섞여 있다. 해바라기들을 따라가면서도, 관광객은커녕 아무 일도 일어나지 않을 듯한 동네 인상에 길이 맞는지 다시 의심이 인다. 반 고흐 마을 환영 문구나 마스코트가 마을 어귀에 마중 나와 있으리라 기대하진 않았지만, 고흐의 생가는 아니라도 고흐가 살았던 마을, 「감자 먹는 사람들」이 탄생한 곳으로는 퍽 조용하다. 갸우뚱거리며 관광안내소를 찾아가는 길에는 '카페테리아 반 고흐' 앞에 십 대 아이들이 지겨워 죽겠다는 얼굴로 콜라를 마시며 앉아 있다.

서른일곱 해라는 짧은 삶에서 삼십 대 첫머리의 두 해를 고흐는 이 마을에서 보냈다. 고향 네덜란드에서 보낸 마지막 시절이었다.

지금은 쓰이지 않는 옛 시청사 건물 전면을
장식하고 있는 그림은 「감자 먹는 사람들」(1885)이다.

반 고흐 길의 출발점인 자료관을 향해 공원에서 베르흐 길을 따라 걷는데, 「감자 먹는 사람들」 그림으로 뒤덮인 건물이 보인다. 지금은 쓰이지 않는 옛 시청사 창문을 고흐의 그림으로 막아 놓았다.

고흐는 덴 하흐에서 연인 신과 헤어지고 나서 네덜란드 북쪽 시골 지방인 드렌터로 여행을 떠났고, 이듬해 가족이 살던 누에넌으로 온다. 베르흐 29번지라는 주소를 미리 봐 두지 않았더라면 알아보지 못하고 지나쳤을 듯싶은 목사관이 옛 시청 건물에 마주 서 있다. 목사였던 고흐의 아버지가 가족과 함께 살았던 이 집의 현관문에는 '반 고흐 집, 관람할 수 없으니 벨을 누르지 마시오.'라고 씌어 있다. 고흐의 그림 속에는 나무가 지붕쯤을 가리고 있는데, 지금은 참나무 가지가 이층 창문을 죄다 덮었다.

삶의 동반자이자 모델을 구하지 못했던 가난한 화가에게 모델이기도 했던 연인 신과의 생활은 슬프게 끝났지만, 고흐는 신의 두 아이와 같이 살며 가정에 대한 소망을 설핏 품기도 했다. 덴 하흐 역에서 이들과 헤어질 때의 마음이 "쉬운 것은 아니었다."며 테오에게 보낸 편지와 "우린 언제나 하나로 연결되어 있다."는 고백으로 짐작해 보건대 퍽 고통스러운 이별이었나 보다. 그렇게 덴 하흐를 떠나 고흐가 향한 곳은 우리나라로 치면 강원도 얼추 비슷할 드렌터 지방이었고, 그 시골에서 농촌 풍경과 농부들의 소박한 삶을 보며 밀레를 동경했던 마음을 키워 나갔다. 이별의 아픔을 달래기도 했을 것이다.

그리고 집 떠난 자는 다시 집으로 돌아온다. 이 목사관에 살던 가족에게 돌아왔을 때부터의 나이를 셈해 보았다. 서른에 누에넌으로 돌아와 두 해 동안 머문 뒤 안트베르펜, 파리를 거쳐 프랑스 남부 지

1984년 '반 고흐의 누에넌 100주년' 기념으로 세운 고흐 동상. 반 고흐 길은 고흐가 동상으로 서 있는 공원에서 끝난다. 누에넌 시절 그의 모습에 가장 가깝게 빚었다고 하는데, 한 손에 그림 도구를 들고 어디론가 무언가를 찾으러 가는 듯한 모습이다. 동상 아래에는 1884년 고흐가 동생 테오에게 쓴 편지의 글귀가 새겨져 있다. "그리고 사람들이 꿈꾸는 브라반트에, 아마도 실제는 이미 꽤 가까이 있다."

방 아를에 자리 잡은 때가 서른다섯, 오베르쉬르우아즈에서 숨을 거
둔 때는 서른일곱이다. 태양의 화가 고흐의 작품이 태양처럼 빛나는
시절은 마지막 몇 해 동안이다.

목사관의 지금 주인은 호기심 많은 관광객을 반기지 않는 눈치이
지만, 고흐의 아틀리에를 볼 수 있을까 하고 뒤란을 기웃거린다. 정원
에 딸린 작은 창고가 화가의 아틀리에였던 듯하다. 아틀리에의 담장
에는 수국이 한창이다.

목사관 옆은 누너 빌이라는 건물 이름이 파사드에 도드라진, 마르
홋 베헤만의 집이다. 하나의 사랑이 가고 나면 또 다른 사랑이 찾아온
다. 다리를 다친 고흐의 어머니를 자주 찾았던 옆집 여인 마르홋은 고
흐와 결혼하여 가정을 꾸리고자 했던 유일한 연인이었다. 두 사람은
함께 누에넌 주변을 '반델런'하며 사랑을 속삭였다고 한다. 하지만,
마르홋과 고흐의 사랑도 순탄치 않았다.

사랑이나 결혼같이, 개인이 좇는 행복에 관해서라면 가장 앞서 간
나라에서도 그때는 사정이 사뭇 달랐던 모양이다. 두 사람의 결혼을
마르홋 가족들이 반대하고 나섰고 마르홋은 자살 시도까지 한다. 열
두 살 아래 가난뱅이 화가와의 결혼이 가져다줄 경제적 어려움이, 이
결혼을 드세게 반대했던 마르홋 가족들이 꼽은 이유였다. 누너 빌은
지금 눈으로 봐도 크기가 만만치 않은 저택이다.

마을 수호신처럼 팔을 벌리고 선, 400살 먹은 보리수나무 옆엔 이
번에는 반 고흐 기념비다. 1932년 건축가 베를라허와 화가 몬드리안
이 앞장섰고, 암스테르담의 시 조각가 힐도 크롭이 만들었다. 고흐의
상징인 태양을 새기고 그 아래는 '1883년 12월에서 1885년 11월까지

빈센트 반 고흐는 이 마을에서 일했다.'라고 씌어 있다. 고흐가 이 마을에서 보낸 시간을 기리는 데는, 어떤 찬사보다 사실을 기록하는 것만으로 충분하다는 듯하다.

반덜 루트는 고흐의 아버지가 목사로 있었던 개혁교회로 이어진다. 울창한 나무에 반쯤 가려진 교회는 「누에넌의 개혁교회를 나서는 사람들」, 그 그림 속보다 더 작아 보인다. 뼈를 다쳐 누워 있던 어머니를 위해 이 그림을 그렸을 즈음은 나뭇잎이 다 떨어진 겨울이었으나, 이듬해 가을 돌아가신 아버지의 장례 풍경이 그 위에 더해졌다. 고흐는 아버지의 장례식을 마치고 교회를 걸어 나오는 사람들과 나뭇잎을 덧칠해 넣었다.

가톨릭 사회인 노르트브라반트 지방에서 당시 프로테스탄트 교회는 섬과도 같았다는데, 이 고장에서 두 종교는 어떤 반목도 없었을까? 남달리 고흐가 주변에 쉽사리 동화되지 않는 기질이었을까? 그래서 이루어질 수 없는 상대만을 골라 사랑에 빠지고 괴로워하기를 되풀이했을까? 만약 마르홋과 결혼해서 이 마을에 둥지를 틀었다면 그 삶과 예술 세계는 어떻게 달라졌을까? 조촐한 교회를 보며 괜히 마음이 어수선해진다.

교회 건너편에 있는 반 고흐 자료관이 관광안내소인 줄로만 알고, 반 고흐 길 안내지도를 살 수 있느냐고 물었더니 입장료부터 내라는 말을 들었다. 관광안내소를 겸한, 작지만 알찬 반 고흐 전시관이다. 고흐의 누에넌 시절을 중심으로 작품과 그 배경, 스케치, 동생 테오와 주고받은 편지 등을 연대순으로 보기 좋게 정리해 놨고, 「브라반트 주에서의 반 고흐」라는 영화가 썩 볼만했다. 쥔데르트에 있는 빈센트 반 고흐의 묘지를 보여 줄 때는 섬뜩한 기분도 들었다. 고흐는 형 빈센트 반 고흐가 사산아로 태어난 이듬해 같은 날에 태어났다. 저와 같은 이름, 생일마저 같은 또 다른 빈센트 반 고흐의 묘지를 지날 때 그는 무슨 생각을 했을까?

　방문객이 뜸해서인지, 자료관 직원은 하나하나 설명해 주고 싶어 못 견디겠다는 모양으로 붙어 섰더니, 일본인 방문객이 새로 들어오자 나를 놓아준다. 부모님을 모시고 온 듯한 딸이 네덜란드 말로 이것저것 물어보고 일본어로 다시 옮겨 말한다. 고흐에 관해서라면 꽤 열성적인 일본에도 누에넌은 그리 알려지지 않았나 보다. 덩달아 우리나라 안내책자에도 더러 소개되었을 법한데 말이다. 뭇사람들이 좋아하는 고흐의 작품은 대개가 프랑스 체류 시절의 것이니 그 작품 배경도 순례지가 된 것이겠으나, 자료관을 꼼꼼히 둘러보고 나자 그의 정신적 못자리가 어디인지 알 듯도 하다. 고흐가 미술상으로 일하던 시절, 런던·파리·브뤼셀에 각각 얼마간 머무르기는 했으나, 나고 자라 삶의 대부분을 보낸 노르트브라반트 지방은, 어김없는 반 고흐의 고향이다.

　반 고흐 길은 크게 세 가지다. 마을 안을 도는 7.5킬로미터 코스, 고흐 아버지 묘지와 교회 탑이 있었던 곳까지 가는 9킬로미터 코스, 마을 남쪽의 물레방아 두 군데까지 엮은 18킬로미터 코스가 있다. 9킬로미터 코스를 골라, 북쪽의 시가지 바깥으로 간다.

　풍차 로스동크가 있는 지점에서는 챙겨 오지 않은 선글라스가 아

쉬울 만큼 무더워졌다. 오늘 날씨는 비바람 아니면 직구로 떨어지는 햇볕, 둘 가운데 하나다. 고흐의 그림에 여러 번 등장하는 이 풍차는 지금은 밀밭이 아니라 옥수수 밭을 뒤로하고 섰다. 한길 건너편에는 난데없이 해바라기 밭이 펼쳐지고 그 너머로 고흐가 자주 드나들었을 베 짜는 집이 보인다. 이 집에 살았던 베 짜는 사람을 고흐는 여러 그림에 담았다. 지금은 살림집이어서 까치발로 휘휘 둘러본다.

베 짜는 집에서 찻길을 따라 조금 더 걸으면 오른쪽으로 더흐로트 가족이 살았던 회색 집이다. 더흐로트는 그림 「감자 먹는 사람들」에 나오는 농부 가족이다. 고흐는 이 시골집에서 더흐로트 가족과 함께 시간을 보내며 그림을 완성해 가는 동안 스케치와 그 진행 과정을 자세히 편지에 써서 테오에게 보내곤 했다.

"감자 접시를 둘러싼 농부들의 그림을 다시 그리고 있다. 이 농가에서 방금 돌아왔는데, 이번에는 낮에 시작했는데도 램프 불이 켜질 때까지 그림을 그렸다. 스케치를 제법 큰 캔버스에 옮겨 그렸는데, 그 안에 생기가 있는 듯하다."

"인물들의 얼굴을 새로 연구해서 그렸고 특히 손 부분은 많이 바꿨다. 내가 가장 힘을 기울이는 것은 그 안에 생명을 불어넣는 일이다."

"등불 아래 감자 먹는 이 사람들이, 접시에 내밀고 있는 바로 그 손으로 땅을 일구었다는 생각을 불러일으키려고 애쓰고 있다. 우리네 삶, 문명화된 사람들의 삶과는 완전히 다른 삶의 방식을 보여 주는 그림을 그리고 싶었다."

"먼지투성이에 덕지덕지 기운 해진 청색 치마를 입은 농부의 딸이 내 생각엔 숙녀보다 더 아름답다. 하지만 그녀가 숙녀 옷을 입는다면,

그 진정성은 사라져 버린다. 퍼스티언 천으로 만든 옷을 입고 들에서 일하는 농부가 신사용 코트를 입고 일요일 날 교회에 갈 때보다 더 아름답다."

반 고흐 자료관에는 고흐가 작품 하나를 완성하기까지 그린 습작에 대해 공들여 설명되어 있었다. 화가가 작품 하나를 완성할 때, 캔버스 앞에서 떠오르는 영감대로 붓을 휘갈기지는 않겠지만, 그다지도 많은 구상과 연습을 하는 줄은 몰랐다. 밀레 같은 농민화가를 꿈꾸던 고흐는 「감자 먹는 사람들」을 구상하며 농부들의 손과 표정을 겨우내 연구했다. 그리고 그의 그림 가운데 첫 번째 대작이 탄생한다.

「감자 먹는 사람들」의 배경이 어두운 까닭이 프란스 할스의 영향이다, 에밀 졸라의 소설『제르미날』을 읽고 광부의 삶에 감명 받았기 때문이다, 는 이야기를 짚어 보려고 고흐 편지 전집을 도서관에서 빌려와 꼼꼼히 읽어 봤다. 고흐가 테오에게『제르미날』을 빌려 읽은 때는 이 그림을 완성하고 나서였다.『제르미날』을 읽는 동안 그림 그리기를 잊을 만큼 빠져들었다고 적고 있으나, 한 화가의 어느 시기 화풍과 색채가 소설 한 권으로 결정될 수는 없을 테다.

'감자 먹는 사람들'이 살았던 '회색 집'은 번듯한 집에 딸린 창고 크기라고 해도 될 만큼 작다. 누구의 영향이 아니라 이 움막집이 그만큼 어둑했을 뿐임을 깨닫는다. 양초 하나 켜지 못한 등불 아래 밥상이 어두운 것은 당연하다.

목사관 옆으로 난 '담장 뒤' 길과 '감자 먹는 사람들 골목길' 길을 걸어 고흐의 작품을 따라간다. 1960년대 시가지를 키울 때 붙은 길

이름에는 고흐의 그림 제목, 모델이었던 동네 사람들의 이름, 교류했던 화가들의 이름이 담겨 있다.

마르홋 베헤만 길 뒤쪽을 돌면 '신 더흐로트스트라트(신 더흐로트 길)'다. 신이라면 고흐가 누에넌에 오기 전 덴 하흐에서의 연인 이름이 아닌가?

고흐의 내면을 따라가 볼 수 있는 귀한 기록인 편지에는 두 사람의 '신'이 등장한다. 하나는 덴 하흐에서 만났던 신, 또 다른 하나는 신 더흐로트라는 여성으로 「감자 먹는 사람들」의 모델인 더흐로트 가족 가운데 한 사람이다. (그림 왼쪽에서 두 번째, 흰 두건을 쓴 여성이 신 더흐로트다.) 고흐는 그녀의 본디 이름 딘 대신에 신이라고 편지에 적고 있는데, 사람 이름에 그리 정확하지 않았다던 그의 단순한 잘못인지 옛 연인의 이름을 부른 어떤 사연이 있는 것인지는 알 수 없다.

누에넌을 떠난 뒤 누이에게 보낸 편지에서 고흐는 옛 연인 마르홋 베헤만과 더흐로트 가족의 안부를 물은 적이 있다. 그리고 신 더흐로트가 결혼했는지, 그녀가 낳은 아이는 살아 있는지도 궁금해한다.

신 더흐로트는 누에넌 시절, 고흐의 단골 모델이었다. 스무 번이 넘게 고흐의 그림에 등장하는 그녀는 흰 두건을 쓰고 왠지 울상인 낯빛이다.

최근 네덜란드 델프트 공대의 연구 팀에서 고강도 X선 및 입자 가속기 같은 최신 기술로 고흐의 그림 한 점을 복원했다는 발표가 있었다. 이 신기술을 그림 「잔디밭」에 적용하자 잔디밭에서 한 여성의 얼굴이 나타났고, 연구 팀은 이 얼굴을 꽤 제대로 되살려 냈다. 윤곽만이 아니라 머리에 쓴 농부 모자, 굳게 다문 입술 등 누구인지 판별할 수 있을 만큼 원상에 가까운 얼굴이 드러났다. 언론에서는 '고흐의 숨겨진 여인이 드러나다.', '미스터리한 이 여인은 누구일까?'라며 호기심을 부추기는 표제를 뽑았지만, 전문가들이 말한 바로는, 고흐의 작품 가운데 3할가량이 그 바탕에 다른 그림을 품고 있다 한다.「감자먹는 사람들」을 그리려고 습작했던 농부 초상이 50점이나 된다고 하니 아마 그 가운데 캔버스 하나가 재활용되었을 게다.

　이 소식은 잔디밭 속에 숨어 있다 얼굴을 드러낸 여성이 혹시 신 더호로트가 아닐까 하는 흥미진진한 추측을 자아냈다. 고흐가 누에넌 시절 가장 많이 그렸던 모델이니 몇 해 뒤에 안부를 물어보는 것도 그리 이상한 일은 아니다. 그런데 신 더호로트는 고흐가 누에넌에 머물 때 미혼으로 임신했고 아이 아버지가 누구인지는 끝내 알려지지 않았다. 이쯤이면 미스터리가 되기에 적절한 사연이다. 이 작은 시골 마을에서 얼마나 큰 스캔들이었을지 짐작하고도 남는다.

　「잔디밭」그림 속 초상이 복원되고 나서, 한 방송사에서 신의 손자 마르틴 더호로트를 인터뷰했다. 칠순이 넘은 마르틴은「잔디밭」에 숨은 여인이 신 더호로트, 곧 자기 할머니일 수도 있다며 말문을 열기는 했다. 그 가능성을 사실로 굳힐 만한 어떤 증거도 없으므로 섣부른 추측이며, 게다가 복원된 얼굴은「감자 먹는 사람들」속 신의 얼굴과 닮은 구석이 없다는 게 전문가들의 의견이다. 신의 유일한 혈육인 아들은 아버지가 누구인지 모른 채 자랐다고 한다. 신의 손자 마르틴 더호로트가 고흐의 손자일 가능성이 있을까? 마르틴은 자기는 물론, 가족 가운데 누구도 그림에 소질 있는 사람이 없으므로 아닐 가능성이 95퍼센트라며 웃는다.

남은 사람들은 과거를 재발견한다. 여의치 않을 때는 상상력을 부려 재구성한다. 숨겨진 과거는 세인들의 호기심을 더 부추기는 법이고, 추측은 영원히 추측으로만 남는다. 잔디밭 그림에 숨어 있던 여인이 신 더흐로트이며 실제 고흐의 숨은 연인이었고 그의 아이까지 낳았는지는 알 길이 없지만, 누에넌에는 그녀의 이름을 붙인 길이 있다. '딘 더흐로트'가 아니라 고흐가 불렀던 '신 더흐로트'라는 이름으로.

고흐 동상이 있는 작은 공원에는 분수대 물줄기에 아이들이 물장난하며 논다. 카페테라스에는 맥주잔, 커피 잔을 앞에 놓고 오후 사교 모임이 한창이다.

고흐는 1884년 5월부터는 목사관을 나와 방 두 개를 빌려 작업실과 주거 공간으로 삼아 지냈다. 공원에서 보이는 성 클레멘스 교회 뒷골목에 있는, 이 교회지기 스하프라트의 집이다. 목사관 뒤뜰에 딸린 창고는 아틀리에로는 어둡기도 했거니와 가족과의 사이도 썩 좋지는 않았던 듯한데, 사실 고흐는 마을 사람들에게도 그리 좋은 소리를 듣지 못했다. 들에서 그림을 그릴 때 가까이 가면 성을 곧잘 냈으며 무뚝뚝하여 사람들과 어울릴 줄을 몰랐다는 '증언'도 있다. 고흐는 이 농촌 마을 풍경에 젖어서 눌러 살고 싶다는 생각마저 했지만 마을 사람들은 그를 백안시하기도 했던 모양이다. 그런 분위기에서도 그를 멀리하지 않았던 사람들이 바로 그에게 방을 내주었던 스하프라트 가족이었다.

성 클레멘스 교회 아래에 있는 카페 스하프라트에서 필스 맥주를 마시며 쉬어 간다. 고흐에게 우호적이었던 이름의 카페를 그냥 지나칠 수가 없다. 지금도 그 후손들이 가업을 이어 가는지는 모르겠지만, 고흐의 전 집주인이었던 스하프라트가 1895년 문을 연 카페다. 카페에 마실 나온 동네 할아버지들은 한껏 멋을 낸 말쑥한 옷차림에 중절모까지 쓰고 있다. 할아버지 한 분이 요즘 컴퓨터를 배운다며 이메일 계정과 비밀번호란 무엇이냐 자랑하듯 설명을 늘어놓자 옆 테이블의 중년 커플은 아주 진귀한 얘기를 듣는 듯한 얼굴로 맞장구를 치다가 내 눈과 마주치자 찡긋 윙크를 보내온다.

반 고흐 길의 마지막 코스는 마을 들머리의 '옛 탑'이다. 빈센트 반 고흐 길을 다시 걸어 나와 버스 정류장이 있는 한길을 지하통로로 건넜다. 드로잉을 포함한 그림 서른다섯 점에 등장하는 이 탑이 있던 자리에는 나지막한 아파트가 들어섰다. '빈센트 반 고흐의 그림 소재였던 옛 교회 탑'이라는 설명이 적힌 표지판이 나를 잊지 말아 달라는 투로 여기저기 서 있다. 울창한 나무들 때문인지 어쩐지 울적한 분위기를 자아내는 골목길을 돌아가니 옛 교회 묘지가 있어 더 으스스하다. 고흐는 이 묘지에서 아버지 무덤가에 앉아 탑과 마을 풍경을 그렸을 테다.

사람이 길 떠나는 데야 꼭 누가 등 떠밀어서는 아니겠다만, 고흐가 누에넌을 떠난 직접적인 까닭은, 모델을 찾기가 차츰 어려워져서였다고 알려졌다. 고흐의 누에넌 시절 자료를 쫓아가며 뜻밖의 서글픈 사실들도 만났다. 클레멘스 교회 뒤의 방 주인 스하프라트에게 고흐를 내쫓으라고 압력을 넣은 사람은 이 교회의 신부였다고 한다. 이 신부는 고흐의 단골 모델이었던 신 더흐로트가 임신하자, 아이의 아버지가 고흐라고 손가락질하며 마을 사람들에게 그의 모델이 되지 말라고 막아섰다. 신부의 영향력이 꽤 컸을 가톨릭 마을이었고, 고흐도 쓰기를, 마을 사람들은 성직자의 눈으로 세상을 본다고 했으니 그를 얼마나 뜨악해했을지 짐작이 간다. 마을 사람을 더는 그릴 수 없게 되자 고흐는 동네 아이들에게 푼돈을 쥐여 주며 새를 잡아 오게 하여 새 둥지를 그리거나 정물화를 그리기도 했다는 기록도 있었다.

어쨌거나 고흐는 이때 누에넌을 떠나 암스테르담으로 갔고, 그때 막 문을 연 왕립 미술관에서 렘브란트와 프란스 할스의 작품을 여러 번 감상하고 크게 감명 받았으며, 벨기에 안트베르펜으로 가서 일본 판화와 루벤스를 접했고, 동생 테오가 있던 파리에서 인상파 화가들과 교류한다. 그리고 프랑스 오베르쉬르우아즈에서 숨을 거둘 때까지 네덜란드로 돌아오지 않았다. 고향으로 돌아온 것은 수많은 그의 작품과 영예뿐이다.

고흐가 그린 누에넌 풍경은 가을 또는 겨울이거나 어둡기만 하다. 해가 드물게 나는 날씨를 헤아리더라도 그의 마음이 스산했던 탓은 아닌지, 그래서 태양을 찾아 남쪽으로 간 것은 아닌지 하는 부질없는 생각을 해 본다. 반 고흐 자료관에서 본 설명으로는, 고흐의 누에넌 시절은 어둑했던 그림과 달리 농민화가의 꿈으로 의욕에 넘쳤으며 퍽 밝았다고 한다. 이 시기에 쓴 편지에서도 자연과 시골살이에 얼마나 푹 젖어 지냈는지, 그림 욕심을 얼마나 부렸는지 느낄 수 있다.

반 고흐 길에 남은 그의 흔적을 따라가며 상상의 나래를 펼쳐 보지만, 결국 고흐 자신만이 알 일이다.

원하는 사람들에게,
여기 세계가 열린다.

—

알베르트 페르베이

할스, 프란스
Frans Hals
1583~1666 / 화가

폰덜, 요스트 판 덴
Joost van den Vondel
1587~1679 / 시인이자 극작가

혼토르스트, 헤라르트 헤르만스존 판
Gerard Hermanszoon van Honthorst
1592~1656 / 화가

1600
바닝 코크, 프란스
Frans Banning Cocq
1605~1655 / 17세기 중반 암스테르담 시장, 렘브란트의 「야경」의 주인공

렘브란트 하르먼스존 판 레인
Rembrandt Harmenszoon van Rijn
1606?~1669 / 화가

더라위터르, 미힐 아드리아엔스존
Michiel Adriaenszoon de Ruyter
1607~1676 / 해군 제독

카위프, 알베르트 야콥스존
Albert Jacobszoon Cuyp
1620~1691 / 화가

더빗, 요한
Johan de Witt
1625~1672 / 정치인, 네덜란드공화국의 공화당 당수

스테인, 얀 하빅스존
Jan Havickszoon Steen
1626?~1679 / 화가

하멜, 헨드릭
Hendrik Hamel
1630~1692 / 선원, 『하멜 표류기』는 한국을 유럽에 소개한 최초의 문헌

판 레이우엔훅, 안토니
Antoni van Leeuwenhoek
1632~1723 / 무역업자 겸 박물학자, 미생물학의 아버지

페르메이르, 요하네스(얀)
Johannes(Jan) Vermeer
1632~1675 / 화가

스피노자, 바뤼흐
Baruch Spinoza
1632~1677 / 철학자

빌럼 3세(윌리엄 3세)
Willem III van Oranje(William III of England)
1650~1702 / 네덜란드공화국 통령 겸 영국 스튜어트가의 왕

1800
데커르, 에뒤아르트 다우어스
Eduard Douwes Dekker
1820~1887 / 작가, 필명은 '뮐타튈리'

카위페르스, 피러(페트뤼스 요세퓌스 휘베르튀스)
Pierre(Petrus Josephus Hubertus) Cuypers
1827~1921 / 건축가

헤이네컨, 헤라르트 아드리안
Gerard Adriaan Heineken
1841~1893 / 하이네켄의 설립자

반 고흐, 빈센트 빌럼
Vincent Willem van Gogh
1853~1890 / 화가

베를라허, 헨드릭 페트뤼스
Hendrik Petrus Berlage
1856~1934 / 건축가

반 고흐, 테오(테오도뤼스)
Theo(Theodorus) van Gogh
1857~1891 / 빈센트 반 고흐의 동생, 미술상

크뢸러, 안토니 헤오르허 안톤
Anthony George Anton Kröller
1862~1941 / 사업가, 크뢸러-뮐러 미술관의 기초를 마련

하위징아, 요한
Johan Huizinga
1872~1945 / 역사가

크롭, 힐도(힐데브란트 뤼신)
Hildo(Hildebrand Lucien) Krop
1884~1970 / 조각가

드레이스, 빌럼
Willem Drees
1886~1988 / 정치인, 네덜란드 전 수상

리트벨트, 헤릿(헤라르트 토마스)
Gerrit(Gerard Thomas) Rietveld
1888~1964 / 건축가이자 가구 디자이너

니콜라스, 유프(요세퓌스 안토니위스 휘베르튀스 프란시스퀴스)
Joep(Josephus Antonius Hubertus Franciscus) Nicolas
1897~1972 / 유리공예가이자 화가

1900
뮐리스, 하리 퀴르트 픽토르
Harry Kurt Victor Mulisch
1927~ / 작가

크비스트, 빔
Wim Quist
1930~ / 건축가

호로트벨트, 로베르트 야스퍼르
Robert Jasper Grootveld
1932~2009 / 행위예술가이자 프로보의 창시자

노테봄, 세스(코르넬리스 요하네스 야코뷔스 마리아)
Cees(Cornelis Johannes Jacobus Maria) Nooteboom
1933~ / 작가

스히멜페닝크, 뤼트(라우렌스 마리아 헨드리퀴스)
Luud(Laurens Maria Hendrikus) Schimmelpennink
1935~ / 산업디자이너 겸 정치인

베아트릭스(베아트릭스 빌헬미나 아름하르트)
Beatrix der Nederlanden(Beatrix Wilhelmina Armgard)
1938~ / 현 네덜란드 여왕, 1980년 즉위

크라위프, 요한(헨드릭 요하네스)
Johan(Hendrik Johannes) Cruijff
1947~ / 전직 축구 선수이자 감독

포르타윈, 핌(빌헬뮈스 시몬 페트뤼스)
Pim(Wilhelmus Simon Petrus) Fortuyn
1948~2002 / 정치인 겸 사회학자, 칼럼니스트

리위, 안드레 레온 마리 니콜라스
André Léon Marie Nicolas Rieu
1949~ / 바이올리니스트 겸 지휘자, 작곡가

하저스, 안드레 헤라르뒤스
André Gerardus Hazes
1951~2004 / 가수

발케넨더, 얀 페터르
Jan Peter Balkenende
1956~ / 2002년부터 2010년까지의 네덜란드 총리

반 고흐, 테오(테오도르)
Theo(Theodoor) van Gogh
1957~2004 / 영화감독, 각본가 겸 제작자 테오도뤼스 반 고흐의 증손자

보스, 바우터르 야코프
Wouter Jacob Bos
1963~ / 정치인, 재무부 장관과 부총리를 역임

판 보크호번, 이너스
Ines van Bokhoven
1966~ / 작가

빌럼 알렉산더르(빌럼 알렉산더르 클라우스 헤오르허 페르디난트)

Willem-Alexander der Nederlanden(Willem-Alexander Claus George Ferdinand)

1967~ / 현 네덜란드 제1왕자, 베아트릭스 여왕의 장남

판 흐리컨, 파울

Paul van Grieken

1973~ / 현 암스테르담 시 의원, 2006년 당선

2000

카타리나 아말리아(카타리나 아말리아 베아트릭스 카르먼 픽토리아)

Catharina-Amalia der Nederlanden(Catharina-Amalia Beatrix Carmen Victoria)

2003~ / 현 네덜란드 왕위 계승자 빌럼 알렉산더르 왕세자의 장녀

주에서의 반 고흐」라는 영화가 썩 볼만했다. 쥔데르트에 있는 빈센트 반 고흐의 묘지를 보여 줄 때는 섬뜩한 기분도 들었다. 고흐는 형 빈센트 반 고흐가 사산아로 태어난 이듬해 같은 날에 태어났다. 저와 같은 이름, 생일마저 같은 또 다른 빈센트 반 고흐의 묘지를 지날 때 그는 무슨 생각을 했을까?

방문객이 뜸해서인지, 자료관 직원은 하나하나 설명해 주고 싶어 못 견디겠다는 모양으로 붙어 섰더니, 일본인 방문객이 새로 들어오자 나를 놓아준다. 부모님을 모시고 온 듯한 딸이 네덜란드 말로 이것저것 물어보고 일본어로 다시 옮겨 말한다. 고흐에 관해서라면 꽤 열성적인 일본에도 쥔데넌은 그리 알려지지 않았나 보다. 덩달아 우리나라 안내책자에도 더러 소개되었을 법한데 말이다. 뭇사람들이 좋아하는 고흐의 작품은 대개가 프랑스 체류 시절의 것이니 그 작품 배경도 순례지가 된 것이겠으나, 자료관을 꼼꼼히 둘러보고 나자 그의 정신적 뭇자리가 어디인지 알 듯도 하다. 고흐가 미술상으로 일하던 시절, 런던·파리·브뤼셀에 각각 얼마간 머무르기는 했으나, 나고 자라 삶의 대부분을 보낸 노르트브라반트 지방은, 어김없는 반 고흐의 고향이다.

반 고흐 길은 크게 세 가지다. 마을 안을 도는 7.5킬로미터 코스, 고흐 아버지 묘지와 교회 탑이 있었던 곳까지 가는 9킬로미터 코스, 마을 남쪽의 물레방아 두 군데까지 엮은 18킬로미터 코스가 있다. 9킬로미터 코스를 골라, 북쪽의 시가지 바깥으로 간다.

풍차 로스동크가 있는 지점에서는 챙겨 오지 않은 선글라스가 아

빈센트 반 고흐는 이 마을에서 일했다.'라고 씌어 있다. 고흐가 이 마을에서 보낸 시간을 기리는 데는, 어떤 찬사보다 사실을 기록하는 것만으로 충분하다는 듯하다.

반덜 루트는 고흐의 아버지가 목사로 있었던 개혁교회로 이어진다. 울창한 나무에 반쯤 가려진 교회는 「누에넌의 개혁교회를 나서는 사람들」, 그 그림 속보다 더 작아 보인다. 뼈를 다쳐 누워 있던 어머니를 위해 이 그림을 그렸을 즈음은 나뭇잎이 다 떨어진 겨울이었으나, 이듬해 가을 돌아가신 아버지의 장례 풍경이 그 위에 더해졌다. 고흐는 아버지의 장례식을 마치고 교회를 걸어 나오는 사람들과 나뭇잎을 덧칠해 넣었다.

가톨릭 사회인 노르트브라반트 지방에서 당시 프로테스탄트 교회는 섬과도 같았다는데, 이 고장에서 두 종교는 어떤 반목도 없었을까? 남달리 고흐가 주변에 쉽사리 동화되지 않는 기질이었을까? 그래서 이루어질 수 없는 상대만을 골라 사랑에 빠지고 괴로워하기를 되풀이했을까? 만약 마르홋과 결혼해서 이 마을에 둥지를 틀었다면 그 삶과 예술 세계는 어떻게 달라졌을까? 조촐한 교회를 보며 괜히 마음이 어수선해진다.

교회 건너편에 있는 반 고흐 자료관이 관광안내소인 줄로만 알고, 반 고흐 길 안내지도를 살 수 있느냐고 물었더니 입장료부터 내라는 말을 들었다. 관광안내소를 겸한, 작지만 알찬 반 고흐 전시관이다. 고흐의 누에넌 시절을 중심으로 작품과 그 배경, 스케치, 동생 테오와 주고받은 편지 등을 연대순으로 보기 좋게 정리해 놨고, 「브라반트